Das Buch

Europa in der zweiten Hälfte des 16. Jahrhunderts: Spanien steht auf dem Höhepunkt seiner Macht, während England gerade erst damit beginnt, die Weltmeere für sich zu erobern. Nur eine Hand voll englischer Schiffe steht der gewaltigen Armada Spaniens gegenüber, die den ständigen Goldfluss aus den eroberten Gebieten in der Neuen Welt sichert. Offenen Widerstand gegen den spanischen König kann sich die junge Königin Elizabeth nicht erlauben. Daher sucht sie das heimliche Bündnis mit Piraten und Freibeutern. So lernt Lord Cooper, der Gesandte Ihrer Majestät, die berüchtigste Piratin ihrer Zeit kennen: Jeannet Harris, die an Bord der WITCH BURNING das Kommando führt und mit dem Degen ebenso gut umzugehen weiß wie jeder Mann ihrer Besatzung. Eine Liebe von verzehrender Leidenschaft entbrennt zwischen Lord Cooper und der Piratin, die man den »Fluch der Meere« nennt. Eine gemeinsame Zukunft scheint undenkbar, doch sie halten an ihrem Traum fest …

Der Autor

Ashley Parker war Beamter, Ghostwriter und Journalist, schrieb für große Illustrierte und verfasste zahlreiche Spannungsromane, Kurzgeschichten und Erzählungen. In letzter Zeit beschäftigt sich der Autor verstärkt mit historischen Themen.

Ashley Parker

Der Fluch der Meere

Roman

Ullstein

Besuchen Sie uns im Internet:
www.ullstein-taschenbuch.de

Umwelthinweis:
Dieses Buch wurde auf chlor- und säurefreiem Papier gedruckt.

Ungekürzte Ausgabe im Ullstein Taschenbuch
1. Auflage März 2006

Umschlaggestaltung: Büro Hamburg
Titelabbildung: © Daeni, Pino via Agentur Schlück GmbH
Druck und Bindearbeiten: Ebner & Spiegel, Ulm
Printed in Germany
ISBN-13: 978-3-548-26339-7
ISBN-10: 3-548-26339-9

Prolog

Das Königreich England zählte in der zweiten Hälfte des 16. Jahrhunderts unserer Zeitrechnung kaum mehr als vier Millionen Einwohner. Zum Vergleich: Heutzutage ist das die Einwohnerzahl von Frankfurt/Main und Umgebung. In Frankreich hingegen lebten zur selben Zeit immerhin zwanzig Millionen Menschen. England war mithin ein kleines Land, und es lag für damalige Begriffe sogar am Rand der bewohnten Welt.

Der Aufstieg Englands im Zeitalter von Königin Elizabeth I. (sie herrschte von 1558 bis 1603), der Tochter des großen Heinrich VIII., war eng mit der Tatsache verbunden, dass sich die maritime Randlage in Vorzüge zu verwandeln begann. Allerdings nicht von allein. Königin Elizabeth musste es aktiv betreiben. Sie wusste haargenau: Die atlantische Welt war die Welt der Zukunft, doch sie wurde rigoros monopolisiert von der spanischen Handelsschifffahrt – noch!

Ein offener Konflikt mit dem politisch befreundeten Spanien unter König Philipp II. hätte unweigerlich zu ihrem Sturz geführt, denn sie brauchte ihn als Verbündeten gegen das ihr feindlich gesinnte Rom. Und genauso brauchte er sie, denn England war von enormer Bedeutung für die Sicherung der Verbindungslinien zwischen Spanien und den Niederlanden.

Königin Elizabeth fand einen anderen, höchst inoffiziellen Weg. Die Zeit ihrer Herrschaft wurde die hohe Zeit der englischen Freibeuter, die insgeheim das Wohlwollen von Königin Elizabeth ernteten, sofern sie bevorzugt spanische Handelsschiffe überfielen und dadurch deren Majorität untergruben!

Viel später, im zwanzigsten Jahrhundert, hätte man eine solche Vorgehensweise wohl als eine Art »Kalten Krieg« bezeichnet …

ERSTES BUCH:
In der Neuen Welt

Im Jahre des Herrn 1564

Die WITCH BURNING hatte beigedreht. Das Piratenschiff lag nun seitlich neben der SWORD FISH, einem Kriegsschiff Ihrer Königlichen Majestät, Elizabeth I. von England.

Ein Fallreep verband beide Schiffe. Die Segel waren sowohl auf Seiten der Engländer als auch auf Seiten der Piraten so sehr gerefft, dass beide Schiffe kaum noch Fahrt hatten. Sie dümpelten gemeinsam in Richtung Süden dahin, wo einige Dutzend Seemeilen entfernt die Küste von Darien lag, wie die schmale Landbrücke genannt wurde, die den Atlantik vom Pazifischen Ozean trennte.

Es wehte ein nur lauer Wind aus Westen, der überdies stetig nachgelassen hatte.

Ein Wind, der vom Pazifik her über die Mangrovensümpfe Dariens strich.

Lord Coopers rechte Hand legte sich um den Griff des mächtigen Degens, den der Gesandte seiner jungfräulichen Majestät Elizabeth an der Seite trug.

Er blinzelte gegen die tief stehende, milchig gewordene Sonne und sah den grinsenden Piratengesichtern entgegen. Grobe Kerle, gekleidet in geraubte Uniformteile und Kleidungsstücke aus aller Herren Länder waren sie. Sie waren gut bewaffnet. Degen, Schwerter, Harkebusen, Musketen und Armbrüste sah Lord Cooper.

»Wo bleibst du, Gesandter der jungfräulichen Königin?«, rief einer der Männer mit rauer Stimme. »Traust du dich etwa nicht, deine gelackten Schuhe auf die Planken der verfluchten WITCH BURNING zu setzen?«

Ein grölendes Gelächter folgte.

Die wilde Piratenmeute amüsierte sich köstlich.

Lord Cooper nahm das gelassen hin. Er suchte mit den Augen die Reihen der wilden Gesellen ab.

Wo ist sie?, dachte er.

Jeannet … Die Frau, von der er wusste, dass er sie niemals würde vergessen können. Mochten auch Standesunterschiede und die Staatsräson sie trennen.

»Ihr sucht Eure Piratenanführerin, Sire?«, fragte Geoffrey Naismith. Der Zweite Offizier der SWORD FISH hatte die Gedanken seines Kommandanten exakt erraten. »Ihr wundert Euch, dass sie nicht an Deck ist, um Euch zu begrüßen …«

Lord Cooper wandte den Kopf in Naismiths Richtung. Der süffisante Unterton gefiel Cooper nicht. Naismith war feinfühlig genug, um das zu bemerken.

Er hob beschwichtigend die Hände.

»Vergebt mir, Sire! Aber Eure Sympathie für die Kommandantin der WITCH BURNING war nicht zu übersehen!«

»Hütet Euch!«, knurrte Lord Cooper düster.

Naismith lächelte.

Der Wind frischte etwas auf und wehte ihm das bis über die Schultern reichende gelockte Haar ins Gesicht.

»Missversteht mich nicht! Jeder würde Euch dieses Vergnügen gönnen, selbst wenn es Euch vielleicht mit der Mission im Dienst der jungfräulichen Königin in Konflikt bringen könnte. Trotz der Männerkleidung, die diese junge Frau stets trug, wirkte sie, als wäre darunter einiges zu finden, das Euer Herz vielleicht höher schlagen ließ.«

Die Art, auf die sein Zweiter Offizier sich zu äußern wagte, gefiel Lord Cooper ganz und gar nicht. Unwillkürlich ballte er die Hände zu Fäusten. Aber dies war nun wirklich der schlechteste Zeitpunkt, um einen Ehrenhändel unter Gentlemen auszutragen.

Es ist deine eigene Schuld!, ging es ihm durch den Kopf. *Du hättest vorsichtiger sein müssen. Außerdem solltest du immer und überall damit rechnen, dass der Hof seine Augen und Ohren selbst hier, weit draußen in den feuchtheißen Gewässern der Neuen Welt, hat.* Lord Coopers mächtiger Brustkorb hob und senkte sich. *Vielleicht ist Naismith Auge und Ohr der Königin oder einer ihrer Schranzen. Wer weiß?*, überlegte er. *Würde er es sonst wagen, derart selbstbewusst gegenüber seinem Kommandanten aufzutreten?*

Einer der Piraten trat an die Reling.

Es war Ben Rider, der Erste Offizier der WITCH BURNING und Jeannets Stellvertreter.

»Warum zögert Ihr, Cooper?«, rief er. »Unsere Kommandantin erwartet Euch!«

Naismith hielt ihn zurück.

»Wartet, Sire!«

»Weshalb?«

»Das ist eine Falle!«

»Für Eure Annahme gibt es keinen Anlass! Diese Piraten mögen Euch nicht gefallen, aber Ihr mögt Euch bitte daran erinnern, dass sie Verbündete Englands sind!«

»Von Jeannet ist weit und breit nichts zu sehen, Sire.«

»Aye.«

»Wahrscheinlich hat dieser Halsabschneider Ben Rider längst das Kommando übernommen und Jeannet den Haien zum Fraß vorgeworfen oder als Sklavin verkauft! Ihr wisst doch, wie käuflich diese Hundesöhne sind! Wenn Ihnen jemand ein paar Golddublonen mehr für ihre Dienste gibt, dann wechseln sie bedenkenlos die Seiten!«

Cooper lächelte dünn.

»Jeannet ist eine starke Kommandantin. Ich glaube nicht, dass sie sich so einfach im wahrsten Sinn des Wortes ausbooten lassen würde!««

Cooper trat als Erster auf die rutschigen Planken des Fallreeps, das beide Schiffe miteinander verband.

Naismith fluchte vor sich hin und folgte ihm zusammen mit einem halben Dutzend Bewaffneter.

Mehr als dieses Gefolge ließen die Männer der WITCH BURNING allerdings nicht zu.

Die anderen schickten sie mit lautstarken Beschimpfungen zurück.

Ben Rider baute sich breitbeinig vor Lord Cooper auf.

Eine Hand umfasste den Degen, der Daumen der anderen klemmte hinter einem breiten Gürtel. Eine Filzklappe bedeckte Riders rechtes Auge. Er blickte abschätzig an Cooper hinunter und spuckte dann aus.

»Bringt mich zum Kapitän!«, forderte Cooper.

»Folgt mir, Cooper. Aber Eure Männer bleiben hier an Deck.«

Naismiths Hand griff zum Degen.

»Was habe ich Euch gesagt, Sire!«, stieß er erregt hervor.

Der Zweite Offizier der SWORD FISH ließ seine Waffe allerdings stecken, als ein halbes Dutzend Harkebusen, Pistolen und Armbrüste plötzlich in seine Richtung zeigten.

»Es ist schon in Ordnung«, erklärte Cooper an Naismith gerichtet.

Er nickte Rider zu und folgte ihm unter Deck.

Sie stiegen eine schmale Treppe hinab. Die Bretter knarrten bei jedem Tritt. Anschließend ging es durch einen engen Korridor, an dessen Ende sie die Tür zur Offiziersmesse erreichten.

Rider klopfte.

»Lord Cooper ist hier!«, rief er.

Eine helle, freudig erregte Stimme antwortete.

»Dann mag er hereinkommen!«

Lord Cooper hätte diese Stimme unter Tausenden sofort erkannt. Zweifellos gehörte sie niemand anderem als Jeannet Harris, der gefürchtetsten Piratin, die je die Gewässer der Neuen und der Alten Welt befahren hatte.

Die Tür öffnete sich knarrend.

Rider trat zur Seite.

Lord Cooper ging in die Kapitänskabine. Hinter ihm ließ Rider die Tür wieder ins Schloss fallen.

»Jeannet!«, stieß Lord Cooper hervor.

Der Anblick, der sich ihm in diesem Augenblick bot, raubte dem großen, breitschultrigen Mann beinahe den Atem. Keine Piratin in Männerkleidern und einem breiten Waffengurt stand vor ihm, sondern eine bildhübsche junge Frau in einem grünweißen, mit kostbaren Stickereien besetzten Kleid, das die vollendeten Formen ihres weiblichen Körpers vorteilhaft betonte. Das rötliche, dichte Haar war kunstvoll aufgesteckt. Wertvolles Geschmeide trug sie um den Hals. Geschmeide, das sie mit Sicherheit spanischen Seglern abgenommen hatte.

Sie lächelte.

»Nun, Lord Cooper, hat es Euch etwa die Sprache verschlagen – oder erkennt Ihr mich tatsächlich nicht mehr wieder!«

»Nun …«

»Eigentlich hatte ich gedacht, dass unsere letzte Begegnung einen etwas nachhaltigeren Eindruck auf Euch gemacht hätte!««

»Wie könnte ich Euch vergessen, Jeannet!«

»Da bin ich beruhigt! Ich dachte schon, in den langen Monaten, die wir getrennt waren, hättet Ihr Euch Frauen zugewandt, die nicht in Männerkleidern herumlaufen und Musketen abfeuern!« Ihre grünen Augen, die Cooper stets an die Farbe und den Geruch von Seetang erinnert hatten, blitzten herausfordernd.

»Während meiner Passage nach England und der Zeit am Hof habe ich nur an Euch gedacht, Jeannet!«

»Und doch ist Eure Begrüßung viel scheuer und zurückhaltender als erwartet. Fast so, als hättet Ihr unseren leidenschaftlichen Abschied schon ganz und gar vergessen ...«

Cooper schluckte.

Sie trat auf ihn zu, raffte dabei etwas ihr Kleid zusammen. Dennoch raschelte der Saum über die Holzplanken. Amüsiert stellte Cooper dabei fest, dass ihre Füße nackt waren.

Sie drehte sich einmal herum. Das Kleid schwang dabei mit ihr und ergab zusammen mit ihrem schlanken, wohlgeformten Körper ein harmonisches Bild. »Das ist die neueste Mode aus Spanien!«, lachte sie. »So etwas trägt man jetzt in Madrid und Toledo.«

»Geraubt von spanischen Galeonen«, murmelte Lord Cooper.

»Geraubt im Auftrag der Königin von England!«, ergänzte Jeannet.

Sie schlang die Arme um seinen Hals. Er fasste sie bei der Taille. Der Geruch von französischem Parfum umgab sie. Es war wie in einem Traum.

Er flüsterte zärtlich ihren Namen, sprach ihn mit einem unverwechselbaren Timbre aus, das die junge Frau unwillkürlich schlucken ließ.

»Jeannet ...«

»Oh, Donald. Ich bin so froh, dich nach all den langen Monaten endlich wieder zu sehen.« Ihr Gesicht wirkte auf einmal sehr ernst. Der Blick ihrer Augen suchte in seinen Zügen nach Spuren jener Liebe, die sie miteinander verband. *Existierte das unsichtbare Band zwischen ihnen noch? Diese geradezu unheimliche Anziehungskraft, die sie im Zweifel alles andere vergessen lassen würde? Ja,* dachte sie. *Es ist noch da!*

Sie sah es in seinen Augen, seinem Lächeln, seiner Körperhaltung. In jedem ach so lieb gewordenen Detail. *Wir sind für-*

einander bestimmt, und daran wird sich nie etwas ändern, dachte sie. *Gleichgültig, welche Ozeane uns auch trennen sollten – mögen sie nun aus Salzwasser oder politischen Abgründen bestehen!*

In seinen Augen leuchtete jenes unvergleichliche Feuer, jenes lebenshungrige Blitzen, das sie schwach werden ließ, wenn sie nur daran dachte. Ihm gegenüber brauchte sie nicht darauf zu achten, die Autorität zu behalten. Sie konnte sich fallen lassen, schwach sein und doch die Gewissheit haben, dass er dies niemals ausnützen würde.

»Ich habe mich nach Euch gesehnt, Lord Cooper – oder gestattet Ihr mir, Euch Donald zu nennen?«

Jeannet sprach leise, fast gedämpft.

Sie wollte nicht, dass irgendeiner ihrer Männer etwas von dem mitbekam, was hier gesagt wurde.

Niemanden ging das etwas an.

Niemanden auf der ganzen Welt.

Lord Cooper lächelte.

Jeannet machte sich hin und wieder über die Standesunterschiede zwischen ihnen lustig, indem sie ihn sehr förmlich anredete, obwohl sie ihm in Wahrheit sehr, sehr nahe war. Aber dieser Graben stand nun einmal zwischen ihnen. Sie, die auf die schiefe Bahn geratene Tochter einer im Hexenwahn dahingemordeten Gauklerfamilie, er ein Mann, der sich zum Berater der Königin hochgearbeitet hatte. Sie eine Piratin, er ein Vertreter der Gesetze und der Macht Ihrer jungfräulichen Königlichen Majestät Elizabeth I. von England. Der Unterschied hätte größer nicht sein können, der Graben der Konventionen nicht tiefer.

»Oh, Jeannet, ich habe mich auch so nach Euch gesehnt«, stieß er hervor.

Ihrer beider Blicke verschmolzen für einige Augenblicke miteinander. Eine sanfte Röte überzog ihr Gesicht. Cooper strich ihr zärtlich eine verirrte Haarsträhne von der Stirn.

Sie standen dicht beieinander. Jeder konnte den bebenden Herzschlag des anderen spüren. Jeannet stellte sich auf die Zehenspitzen, während sich Lord Cooper etwas herabbeugte. Sie spürte den Griff seiner starken Hände in ihrem Rücken.

Ihre Lippen trafen sich mit den seinen zu einem Kuss, zuerst tastend und vorsichtig, dann fordernder und voller Leidenschaft. Ein Augenblick, von dem Jeannet sich wünschte, er würde ewig anhalten. Ein prickelndes Gefühl durchlief ihren Körper. *Mein Gott, wie habe ich das nur die ganze Zeit ohne ihn ausgehalten!*, durchzuckte es sie. Ihre Lippen suchten immer wieder die seinen. Wie ausgehungert fühlte sie sich.

Atemlos lösten sie sich schließlich wieder voneinander.

Cooper nahm sehr zärtlich ihre Hände.

Sie hob die Augenbrauen. Ein strahlendes Lächeln stand in ihrem Gesicht, ihre Augen leuchteten. »Na, wie gefalle ich Euch?«, fragte sie. »Ihr habt Euch bisher noch nicht sehr ausführlich dazu geäußert!«

Cooper lächelte mild.

»Ihr seht bezaubernd aus, Jeannet!«

»Ich befürchtete schon, dass Ihr mich längst vergessen hättet. Schließlich gibt es am Hof Ihrer Majestät sicher sehr viel reizvollere Frauen als mich.«

»Selbst in Männerkleidern und mit Waffengurt habt Ihr einen reizvolleren Anblick geboten, als manche der Hofdamen von London!«, erwiderte Cooper.

»Oh, Ihr seid ein Süßholzraspler!«

»Ich spreche die Wahrheit!«

Sie lachte auf. »Gewiss!«

»Was ich sehe, hat mich überwältigt, Jeannet. Aber selbst in Lumpen gehüllt würde ich Euch noch voller Bewunderung und Liebe ansehen.«

»Ihr seid ein Schmeichler!«

»Ich untertreibe eher noch!«

»Ach, Donald!«

»Zweifelt Ihr an meinen Worten, Mylady?«

»Jetzt übertreibt Ihr wirklich. Diese Anrede kommt mir nicht zu.«

»Sie kommt einer Dame von innerem Adel und äußerer Vollkommenheit zu, und das seid Ihr zweifellos!«

Sie lachte, halb verlegen, halb vor Glück. »Ich wette, Ihr macht mindestens der Hälfte aller Frauen am Hofe Elizabeths derartige Komplimente!«

»Wenn dem so sein sollte, so geschah es stets nur aus taktischen Erwägungen«, erwiderte Cooper mit einem leicht spöttischen Lächeln.

Jeannet entzog ihm ihre Hände und stemmte die Arme in gespielter Empörung in die Hüften. Eine Geste, die eher zu der einfachen Gauklertochter als zu dem hochherrschaftlichen Kleid passen wollte.

»Taktische Erwägungen? Was soll das denn heißen?«

»Nun, wenn ich die Männer dieser Frauen als Verbündete in der einen oder anderen Beratung mit Ihrer Majestät benötige, so …«

»… so erzählt Ihr ihnen das Blaue vom Himmel? Lasst sie glauben, dass sie schön und begehrenswert sind?«

Cooper atmete tief durch. Sein mächtiger Brustkorb hob und senkte sich dabei. »Jeannet, wollen wir uns jetzt wirklich streiten, nachdem wir uns so lange Monate nicht gesehen haben? Im Herzen war ich Euch vollkommen treu …«

»Nur im Herzen?«

»Von ganzer Seele, Jeannet. Warum so misstrauisch? Ist das nicht unserer Liebe unwürdig?«

Sie seufzte. Dann musterte sie ihn von der Seite, strich sich dabei eine verirrte Strähne ihres dichten Rotschopfs aus dem Gesicht.

»Das, was Ihr über Taktik gesagt habt, hat mich nachdenklich gemacht«, meinte sie.

Cooper hob beschwichtigend die Hände.

»Das braucht es nicht, Mylady!«

»Ist es gar auch Taktik, diese Anrede jetzt erneut zu benutzen?«

»Ihr unterschätzt mich, Jeannet!«

»Ich hoffe, dass Ihr nicht aus Taktik zum Wohle Englands, sondern aus Liebe zu diesem Treffpunkt gekommen seid, Sir Donald!«

»Dessen könnt Ihr sicher sein.«

Erneut nahm er ihre Hände, und sie ließ es geschehen.

Er sah an ihr herab. »Ihr seht wirklich bezaubernd aus!«

Sie seufzte. »Es ist lange her, dass ich überhaupt ein Kleid getragen und mich derart herausgeputzt habe.«

»Zweifellos solltet Ihr es öfter tun!«

»Damit meine Männer mich nicht mehr ernst nehmen? In mir nur eine schwache Frau sehen und nicht ihren Kapitän, mit dem sie auf Beutejagd gehen?« Sie schüttelte entschieden den Kopf. »Nein, für das Leben, das ich führe, ist *das hier* ein sehr unpraktischer Aufzug, den ich nur aus einem einzigen Grund angelegt habe: um Euch gebührend zu empfangen.«

»Dieser Ehre bin ich mir wohl bewusst«, lächelte Cooper.

»Gleichwohl ist es ungewohnt. Ihr Männer seid doch darum zu beneiden, dass es Euch möglich ist, gleichzeitig Kleidung zu tragen, die praktisch ist *und* in denen Ihr den Frauen gefallt!«

»Sagt bloß, dieses entzückende Kleid ist Euch unbequem, Jeannet!«

Jeannet zog Cooper zu sich heran.

»Vielleicht habt Ihr ja Lust, mich von dieser Bürde zu befreien ... Ich habe mich so danach gesehnt, in Euren Armen zu liegen, Sire!«

»Jeannet!«

»Warum sollen wir unserer so lange aufgestauten Leidenschaft nicht freien Raum lassen!« Sie löste sich aus Coopers Griff, ging zur Tür und schob den Riegel davor. Dann näherte sie sich ihm wieder. Ein halb herausforderndes, halb sehnsüchtiges Lächeln spielte um ihre vollen Lippen. In ihren Augen glänzte das pure Verlangen. Zu viel Zeit war seit ihrem letzten Abschied vergangen, und es stand zu befürchten, dass auch dieses Zusammentreffen nur von kurzer Dauer sein würde. *Aber ehe der Abgrund zwischen unseren Welten wieder die Ausmaße eines Ozeans annimmt, möchte ich keinen Augenblick verschwenden, der mir mit diesem Mann geschenkt wird!*, durchzuckte es sie siedend heiß.

»Ich muss Euch etwas sagen, Jeannet!«

Sie trat an ihn heran, drehte sich herum.

»Helft mir bei diesen verflucht komplizierten Verschlüssen! Ohne eine Zofe vermag sie niemand zu öffnen! Kein Wunder, dass die feinen Damen einen Hofstaat brauchen, der manchmal Hunderte von Personen zählt! Nun macht schon und befreit mich, Mylord!«

»Jeannet!«

»Was glaubt Ihr, wie lange sowohl meine als auch Eure Leute unsere *Unterredung* tolerieren werden, ohne Misstrauen zu schöpfen? Eine Stunde? Zwei Stunden? Oh, Donald, wir haben Dinge zu besprechen, die die hohe Politik und den ewigen Konflikt zwischen Spanien und England betreffen! Da ist eine *Beratungszeit* von zwei Stunden doch nichts, worüber sich jemand wundern wird!«

Cooper fasste sie bei den Schultern und drehte sie herum.

»Ich fürchte, die Männer auf unseren Schiffen wundern sich, was das betrifft, ohnehin über kaum etwas!«

Ihre Augen wurden schmal.

»Was soll das heißen, Donald?«

Sein Blick wurde sehr ernst. »Nichts würde ich jetzt lieber tun, als mich ausschließlich unserer Liebe hinzugeben, Jeannet ...«

»Was hindert Euch daran?«

Sie sah ihn fragend an. Irgendetwas stand plötzlich zwischen ihnen, das spürte die junge Frau sehr deutlich. Jeannet hatte plötzlich das Gefühl, einen dicken Kloß in ihrem Hals zu haben. Gerade noch hätte sie vor Glück beinahe zerspringen können, jetzt schien ein düsterer Schatten alles zu verdunkeln.

Sie schob Donalds Hände zur Seite und verschränkte die Arme.

»Was ist los?«, fragte sie.

Er sah sie offen an. »Am Hof der Königin hat sich der Wind gedreht«, erklärte er nach einer kurzen Pause. »Elizabeth ist jetzt auf Ausgleich mit Spanien aus.«

»Ich dachte, sie sähe in Spanien den schlimmsten Feind Englands und jeder Feind der Spanier wäre ihr Verbündeter! Waren das nicht Eure Worte?«

Cooper nickte.

»Ja, das waren meine Worte.«

»Dann verstehe ich nicht, was sich geändert haben sollte!«

»England versucht eine Flotte aufzubauen, die in der Lage ist, sich gegen einen Angriff der spanischen Armada zu wehren. Aber das braucht Zeit. Die Regierung Ihrer Majestät plant, die Duldung der Freibeuter in den Gewässern der Neuen Welt und entlang der Passage über den Antlantik aufzuheben.«

»Und was will diese ach so mutige Königin damit erreichen? Die Spanier werden sie früher oder später doch angreifen!«

»Früher – oder später. Genau das ist die alles entscheidende Frage, an der sich vielleicht Sieg oder Niederlage entscheiden!«

Jeannet hob den Kopf.

»Und jemanden wie mich lässt man dafür über die Klinge springen?«

Cooper nickte.

»Ja«, sagte er tonlos. An der Politik seiner Königin gab es in dieser Hinsicht nichts zu beschönigen.

Jeannet hatte genau erfasst, worauf dieses Spiel hinauslief.

Die junge Frau schluckte. Ihr war sofort klar, was das bedeutete. Der Pakt, den Lord Cooper zwischen ihr und der Krone von England geschmiedet hatte, konnte schon in Kürze hinfällig sein.

»Heißt das, wir werden wieder auf verschiedenen Seiten stehen?«, fragte sie.

Lord Cooper nickte.

»Ich fürchte, ja.«

Sie drehte sich herum, blickte durch eines der Fenster hinaus auf die grünblau schimmernde See. Als sie wieder zu sprechen begann, klang ihre Stimme belegt. »Wann wird es dazu kommen?«

»Ich nehme an, dass wir uns bei unserer nächsten Begegnung als Feinde gegenüberstehen, Jeannet!«

Sie schluckte. Mit einem Griff löste sie ihre Frisur und ließ das rot gelockte Haar über die Schultern fallen. Tränen glitzerten in ihre Augen, Tränen des Zorns. »Ich wusste es! Ich wusste es von Anfang an! Die Gräben zwischen uns scheinen so tief zu sein, dass nicht einmal die Liebe sie zu überwinden vermag. Ich bin nur eine dieser auf Piratenschiffen gestrandeten Existenzen, während Ihr eine geachtete Persönlichkeit am Hof der Königin seid! Ihr hättet Euch nie in mich verlieben dürfen!«

»Das solltet Ihr nicht sagen!«, erwiderte er. Er fasste sie bei den Schultern. Sie versuchte nur halbherzig, sich ihm zu entwinden. Dann schlang sie die Arme um ihn. Sie kamen aus verschiedenen Welten, so schien es. Aus Welten, die für kurze Zeit in Verbindung miteinander getreten waren. Aber diese Verbindung konnte offenbar nicht von Dauer sein.

»Ganz gleich, welche Dokumente die Königin in London mit ihrem Federstrich auch unterzeichnen mag – ich werde Euch immer lieben, Jeannet«, sagte Lord Cooper. »Kein Standesunterschied und keine Staatsräson können daran irgendetwas ändern.«

»Ich würde Euch so gerne glauben!«, sagte Jeannet.

Cooper legte die Arme um ihre Schultern.

»Es wird einen Weg für uns geben«, versprach er.

»Es gäbe nichts, was ich mir sehnlicher wünschen würde.«

»Warum zweifelt Ihr dann?«

»Haltet mich fest! Wenigstens für diesen Moment!«

Für Augenblicke hatte sie geglaubt, das Glück in den Händen zu halten. Etwas, das wichtiger war als alle Schätze, die sie spanischen Schiffen im Verlauf ihrer Piratenkarriere abgenommen hatte. Und jetzt drohte ihr dieses Glück zwischen den Händen zu zerrinnen und sich einfach in nichts aufzulösen. Oft genug war sie in den letzten Jahren in lebensgefährlichen Situationen gewesen. Die See konnte so grausam sein wie die spanischen Conquistadores. Aber Jeannet konnte sich nicht daran erinnern, jemals in dieser Zeit eine Verzweiflung und einen inneren Schmerz empfunden zu haben, der mit dem vergleichbar war, was sie in diesem Moment fühlte.

»Was wird nun aus uns?«, fragte sie.

»Es wird schwer werden.«

»Schwer?«

Ihre Stimme war belegt. Sie musste sich alle Mühe geben, ihre Tränen zu unterdrücken. In den Jahren als Kapitän der WITCH BURNING hatte sie gelernt, wie man das machte. Zumindest in dieser Hinsicht war sie ein Mann geworden, um von Männern akzeptiert zu werden.

»Wir werden einen Weg finden«, versprach Lord Cooper. »Einen Weg, so dass wir …«

»… zusammenbleiben können und eine gemeinsame Zukunft haben?«, unterbrach sie ihn voller Bitterkeit. »Meine Eltern wurden der Hexerei bezichtigt und deshalb von Soldaten umgebracht, weil ihr kommandierender Lord nicht den Mut hatte, sich dem Pöbel entgegenzustellen. Und mich verdächtigt man ja auch mitunter der Zuhilfenahme übernatürlicher Mittel. Dabei verfüge ich über nichts weiter als einen wachen Verstand und zwei gesunde Hände, die allerdings einen Degen zu führen wissen. Ich kann nicht hexen, Mylord – könnt Ihr es? Aber einen anderen Weg sehe ich für uns nicht.«

»Doch, es gibt einen. Doch darüber reden wir später. Zunächst gib deinen Männern den Befehl, vor der Küste des Isthmus vor Anker zu gehen.«

Sie seufzte und verschränkte die Arme vor der Brust. Ihr Gesicht bekam einen trotzigen Ausdruck. »Du willst ein paar schöne Tage mit mir genießen, während deine Männer die

Trinkwasservorräte der SWORD FISH auffrischen«, stellte sie fest. »Und dann werden wir uns trennen. Du bist wieder ein rechtschaffener Diener deiner Königin, ich eine Gesetzlose, die kein Pardon verdient.«

»Jeannet!«, unterbrach Cooper sie tadelnd.

»Ist es denn nicht die Wahrheit? Jetzt werdet Ihr mir irgendwelche Depeschen Ihrer Majestät überreichen, aber beim nächsten Zusammentreffen seid Ihr verpflichtet, mich in Ketten nach England zu schaffen!«

»Wir werden einen Weg finden«, versprach Lord Cooper. Er nahm die etwas widerstrebende Jeannet in den Arm. Zuerst wollte sie ihn von sich stoßen, doch dann schmiegte sie sich an ihn, legte ihren Kopf an seine breite Schulter. Er strich ihr sanft über das Haar. *Hatte ich es bisher nicht schwer genug?*, dachte die junge Frau dabei. *Habe ich nicht auch Anrecht auf etwas Glück? Aber kaum hat man es gefunden, da zerrinnt einem alles zwischen den Händen.*

Es schien keine Gerechtigkeit zu geben.

Jedenfalls nicht für Menschen wie sie, die nicht in die höheren Schichten der Gesellschaft hineingeboren worden waren.

Was beklagst du dich?, meldete sich eine andere Stimme in ihr, weit hinten aus ihrem Hinterkopf, während sie weiterhin die Berührungen ihres Geliebten Sir Donald Cooper genoss. *Du hast das Glück immerhin kennen gelernt, wenn auch nur für kurze Zeit. Aber ist das nichts? Du hättest auch als armselige Bettlerin in der Gosse einer englischen Hafenstadt enden können. Aber stattdessen bist du eine reiche Frau, die sich von niemandem Vorschriften machen zu lassen braucht und hast sogar etwas erfahren, wovon du geglaubt hast, dass es so etwas für eine wie dich nicht geben könnte. Liebe. Ist das nichts? Ist das nicht mehr, als vielen anderen zuteil wird?*

Aber diese Stimme blieb schwach und verhalten.

Alles in Jeannet sträubte sich dagegen, sich mit der Situation zufrieden zu geben.

»Ich frage mich, ob die mächtigen und gekrönten Häupter eigentlich wissen, was so mancher Federstrich von ihnen für so viele Menschen bedeutet«, murmelte Jeannet. »Wie er das Glück von Menschen begründen oder zerstören kann.«

»Nein, diese gekrönten Häupter ahnen davon nicht einmal etwas«, sagte Donald. »Sie leben isoliert in einer Scheinwelt, die durch die Intrigen von Höflingen bestimmt wird. Eine Welt, die nichts mit der Wirklichkeit des gemeinen Volkes zu tun hat.«

»Warum muss das so sein?«

»Oh, Jeannet, ich weiß nicht, ob das wirklich so sein muss. Aber es ist nun mal die Ordnung, in der wir leben. Der Einzelne hat kaum eine Möglichkeit, sich dagegen aufzulehnen!«

»Für dich mag das gelten, Donald …«

»Für dich nicht?«

»Ich bin Freibeuterin. Für mich gilt nur meine eigene Ordnung und der Ehrenkodex der Piraten. Aber es wird nie wieder ein Gesetz oder eine Herrschaft geben, unter deren Willen ich mich zwingen lasse. Nie wieder!«

… und doch wirst du trotzdem dein Glück nicht erringen können, ging es ihr gleichzeitig durch den Kopf. Was konnte sie tun? Den Augenblick nutzen, das Glück, das sie in Anwesenheit Sir Donalds empfand, festhalten, solange es nur irgend möglich war? *Vielleicht ist das alles, was dir bleibt …,* überlegte sie. Eine bittere Erkenntnis.

Durch die Tür hindurch ertönte jetzt die Stimme von Ben Rider, dem Ersten Offizier der WITCH BURNING.

»Kapitän? Eure Beratungen ziehen sich hin! Gibt es irgendwelche Schwierigkeiten, bei denen Ihr der Unterstützung bedürft?«

Ein Lächeln umspielte Jeannets Gesicht. Ein Lächeln, in dem sich Glück und Bitterkeit mischten. Aber das Glück überwog.

»Unterstützung? Die brauche ich im Augenblick gewiss nicht!«, sagte sie, stellte sich auf die Zehenspitzen und gab Donald einen zärtlichen Kuss. Mit blitzenden Augen fügte sie dann noch hinzu: »Wir kommen mit unseren Verhandlungen sehr gut voran, Rider!«

»Wie Ihr meint, Kapitän!«

»Bereitet alles vor, um vor der Küste Dariens vor Anker zu gehen! Wir werden uns einen Küstenabschnitt suchen, an dem sich gut landen lässt und wo es keine Mangrovensümpfe gibt!«

»Aye, Kapitän!«

»Wir könnten unsere Vorräte an Trinkwasser und Nahrungsmitteln gut und gerne wieder auffrischen. Schließlich will ich nicht, dass sich Skorbut ausbreitet!«

Ben Rider zögerte mit seiner Antwort.

Schließlich brachte er einen Einwand vor: »Solange wir mit der SWORD FISH verbunden sind, dürfte das unmöglich sein!«

Jetzt mischte sich Sir Donald in das Gespräch ein.

»Wir haben die Aufnahme von Wasser und Vorräten mindestens ebenso nötig wie eurer Schiff!«, rief er. »Holt mir meinen Zweiten Offizier her, damit er meine Befehle entgegennehmen kann!«

»Das ist im Übrigen auch *mein* Wunsch!«, setzte Jeannet noch hinzu.

»Ihr seid der Kapitän, Jeannet Witch! Und für Euch werde ich sogar zum Lakaien eines Beraters der Königin!«

»Vergiss niemals, wer der Kapitän ist und mit wem dir das Beuteglück bisher treu geblieben ist, Ben! Aber dafür vergiss deine Förmlichkeit und nenn mich Jeannet, wie sonst auch! Es besteht keine Notwendigkeit, höflicher zu sein als der Hof!« Vor der Tür waren Riders Schritte zu hören, der feste, schwere Tritt seiner Stiefel. Jeannet schlang die Arme um den Hals ihres Geliebten und hauchte: »Meinst du nicht auch, Donald?«

»Ja.«

»Oder besteht Ihr darauf, dass ich Euch Mylord nenne, *Sir* Donald?«

Er lächelte mild.

»Ich fürchte, mein Stand verbietet es mir, eine andere Anrede zu akzeptieren, Mylady!«

Schritte waren vor der Tür zu hören.

Es klopfte.

»Hier spricht Naismith, Zweiter Offizier der SWORD FISH«, meldete sich eine sonore Stimme. Schweren Herzens löste sich Donald von seiner geliebten Jeannet. Er ging zur Tür und öffnete sie einen Spalt. Er sah Naismith streng in die Augen. »Die Verhandlungen werden sich hier noch *etwas* hinziehen, Naismith.«

»Wie Sie meinen, Sire!«

»Lösen Sie die SWORD FISH von der WITCH.BURNING und suchen Sie dann einen gemeinsamen Ankerplatz an der darischen Küste. Sie wissen ja selbst, wie es nach der langen Überfahrt um unsere Vorräte bestellt ist.«

Es war Naismith anzusehen, wie sehr er das Verhalten seines Kommandanten missbilligte.

Aber er enthielt sich einer Bemerkung.

Naismith versuchte, einen Blick ins Innere der Kabine zu erhaschen. Aber von der berühmt-berüchtigten Piratenkapitänin war nirgends etwas zu sehen. Jeannet hatte sich mit Bedacht in die Ecke rechts der Tür gestellt, um auf keinen Fall ins Blickfeld zu geraten.

Donald bemerkte den neugierigen Blick seines Zweiten Offiziers und sagte: »Ich denke, Ihr möchtet so wenig wie ich riskieren, dass unsere Leute meutern, weil sie nur noch verdorbenen Zwieback zwischen die vom Skorbut verfaulten Zähne bekommen!«

»Natürlich nicht!«

Damit wandte sich Naismith ab und stapfte mit schweren Schritten davon.

Donald verschloss sorgfältig die Tür.

»Ich muss verrückt sein, dieses Risiko immer wieder einzugehen«, sagte er dann. »Was glaubst du, was geschehen würde, wenn meine Leute herausbekämen, dass ich ganz andere Dinge im Kopf habe, als irgendwelche Botschaften Ihrer Majestät, wenn ich mit dir verhandle …«

»Deine Männer werden das längst ahnen, Donald!«

»Aber sollten sie es *wissen*, könnte mich das die Position, vielleicht sogar den Kopf kosten!«

»Glaubst du, mir würde es besser ergehen?«

»Wir scheinen beide einem Wahn verfallen zu sein, Jeannet.«

»Einem Wahn, den wir glücklicherweise teilen!« Sie schmiegte sich erneut an ihn. Er zögerte einen Augenblick, ehe er sie ergriff und seine kräftigen Arme um ihren Rücken legte.

Donald fragte sich, ob er im Zweifelsfall wirklich bereit gewesen wäre, alles für sie aufzugeben, alles, was er errichtet hatte, nicht nur aufs Spiel zu setzen – das hatte er längst getan –, sondern wegzuwerfen.

Verworrene Gedanken rasten ihm durch den Kopf.

Gefühle, die so heftig waren, dass sie ihn in einem wahren Strudel einfach mitzureißen drohten.

Erneut vereinigten sich ihre Lippen zu einem heftigen, leidenschaftlichen Kuss. Dann hob Sir Donald seine Jeannet hoch. Sie schmiegte sich gegen ihn und ließ es geschehen. Es gab niemanden sonst auf der Welt, dem sie das gestattet hätte! Aber wenn die kräftigen Arme dieses großen Mannes sie emporhoben, so geschah das mit einer Selbstverständlichkeit, gegen die sich einfach nichts einwenden ließ. Jeannet hatte das Gefühl, ein Schiff zu sein, das von einer mächtigen Meeresströmung mit sich gerissen wurde. Es gab kein Halten, keine Rückkehr, kein Wenden in letzter Sekunde. Die Kraft, die in diesem Strom lag, war einfach zu groß.

Sir Donald Cooper trat mit Jeannet auf den Armen an das Bett heran, in dem der Kapitän der WITCH BURNING zu nächtigen pflegte.

Eine Koje, die – gemessen an den Verhältnissen an Land – recht eng war. Gemessen an dem, was Seeleuten an Bord eines Schiffes für gewöhnlich zustand, wo jeder Quadratmeter kostbar war, handelte sich um ein großzügiges Lager.

Sie sah ihn voller Liebe an. Ein leidenschaftliches Feuer glänzte in ihren Augen.

»Helft Ihr mir jetzt aus meinem Kleid, Sir Donald? Oder wollt Ihr einer Dame die Hilfe verweigern?«

Er lächelte und scheuchte die düsteren Gedanken an die Zukunft oder das diplomatische Ränkespiel bei Hofe davon. Der Augenblick zählte jetzt. Sonst nichts. Nicht die Vergangenheit und nicht die Zukunft, nicht der Rang und nicht die Standesposition oder die politische Vernunft. Und selbst der Gedanke an die Gefahr, dass jemand wie Geoffrey Naismith sich seine eigenen Gedanken machte, sich vielleicht das eine oder andere zusammenreimte und ihn bei Hofe des Verrats anklagte, um eigene Vorteile daraus zu ziehen, machte ihm in diesem Moment keine Sorgen mehr.

»Einer Dame würde ich die Hilfe niemals verweigern«, sagte er. »Vorausgesetzt, diese Dame hat nicht mehr die Absicht, mich umzubringen – so wie es bei unserer ersten Begegnung der Fall war!«

»Oh, Donald! Werdet Ihr mir das ewig nachtragen?«

»Keineswegs. Ich bin die Gefahr gewohnt. Bei Hofe lauert ständig irgendwo ein Dolch im Rücken, auch wenn er nicht immer aus blankem Stahl bestehen mag, sondern zumeist aus irgendeiner Intrige, die allerdings ebenso tödlich sein kann!«

Sie seufzte und drehte sich herum, während Donald die Verschlüsse ihres Kleides zu lösen begann.

»Ich werde den Augenblick nie vergessen, als ich dich zum ersten Mal sah, Donald. Damals, zwei Jahre ist es her ... Ihr hattet unser Schiff aufgebracht, nachdem wir gerade eine spanische Galeone gekapert und im Schlepptau hatten. Ich sah dich an Deck, der Wind in deinen Haaren, das Glitzern in deinen Augen ...«

»Das alles hat dich nicht davon abgehalten, mir den Dolch an den Hals zu setzen, als ich Euch im Namen Ihrer Majestät Elizabeth ein sehr großzügiges Angebot zu unterbreiten versuchte!«

»Du wirst es mir also doch ewig nachtragen?«

»Gewiss!«

»Ich bin eine Piratin, aber so rachsüchtig bin ich nicht!«

Donald lachte.

»*Touché*, Jeannet. Wie man sieht, weißt du auch mit Worten zu fechten – und nicht nur mit dem Degen.«

»Vielleicht widmet Ihr diesem Gefecht nicht die nötige Aufmerksamkeit, weil Euch etwas anderes ablenkt, hochwohlgeborener Lord!«, meinte Jeannet mit wohlwollendem Spott.

Lord Cooper richtete sich auf.

Sein mächtiger Brustkorb hob und senkte sich, während er tief durchatmete.

»Bei allen Heiligen, wie bist du nur in dieses Kleid hineingekommen, Jeannet! Man könnte meinen, du seist darin geboren worden!«

»Hatte ich deine Fingerfertigkeit überschätzt? Gilt sie nur für den Umgang mit dem Degen und den Federstrich unter Regierungsdokumenten?« Und mit gespielter Förmlichkeit fügte sie hinzu: »Mylord, Ihr foltert mich, indem Ihr mich warten lasst!«

Donald lachte.

»Das ist nichts gegen die Folter, dich über Monate hinweg nicht sehen zu können, aber dein Bild, deine anmutige Gestalt, dein Lächeln und das Blitzen in deinen Augen ständig im Geiste vor sich zu sehen!«

»Diese Folter teilen wir! Aber jetzt mach der anderen ein Ende!«

»Euer Wunsch ist mir Befehl, Mylady! Und da ich weder mit Worten noch mit den Händen geschickt genug bin, um Euch Paroli zu bieten, bleibt nur eine Möglichkeit!«

Er griff an die Seite, zog den mächtigen Dolch heraus, den er zusätzlich zum Degen am Gürtel trug und schnitt damit die Verschlüsse des Kleides auf. Mit großer Vorsicht ging Lord Cooper zu Werk, um Jeannet mit dem scharfen Dolch nur nicht zu verletzen.

Jeannet ließ das Kleid von den Schultern gleiten.

Nichts konnte jetzt noch ihre Leidenschaft bremsen.

Sie drehte sich zu ihm herum, schlang ihre Arme um seinen Hals und zog ihn zu sich auf das Lager. Der Dolch fiel zu Boden. Ihre Lippen fanden sich und wenig später landete auch die breite Lederschärpe, die den Degen hielt, neben dem Bett.

»Donald ...«, hauchte sie. »Wie lange habe ich darauf warten müssen ...«

»Ich weiß.«

Nur der nötigsten Kleider entledigten sie sich. Jeannet fühlte seine Hände über ihre Haut gleiten, den Hals entlang, die Schulter, dann tiefer. Zu gerne hätte sie diese starken und doch zärtlichen Hände überall zugleich spürt. Ihr gesamter Körper vibrierte. Ein Gefühl wie ein Fieber. Rauschhaft und hemmungslos. Als sich ihre Körper endlich vereinten, hätte sie am liebsten aufgeschrien vor Lust. Aber sie biss sich auf die Lippen. Schließlich wollte sie ihren Männern gegenüber nicht als schwache Frau erscheinen, die sich dem Gesandten Ihrer Majestät luststöhnend hingab, anstatt ihn zum Teufel zu jagen, wenn er schlechte Nachrichten zu überbringen hatte!

Sie presste ihre Lippen aufeinander. Schweißperlen glänzten auf ihrer Stirn. Donalds Hand fuhr durch ihr Haar. Von ihrer Frisur würde nichts bleiben, als eine völlig zerzauste Mähne. Ihre stürmische Vereinigung strebte einem ersten, wilden Höhepunkt entgegen, ehe sie seufzend zurücksanken und erst langsam wieder zu Atem kamen.

»Sei ehrlich: Ist diese Art des Nahkampfs nicht viel besser als das, was du auf den rutschigen Planken geenterter Schiffe erlebt hast?«, fragte Donald.

»Touché, Mylord!«

Seine Hand strich sanft über ihre Haut und löschte auf wohlige Weise die letzten Reste des fiebrigen Feuers, das ihren Körper und ihre Seele gleichermaßen in Besitz genommen hatte.

In diesen raren Momenten erschienen ihr die Gedanken an die Zukunft ganz weit weg zu sein. Nichts wünschte sich Jeannet so sehr, als das Glück dieses Augenblicks festhalten zu können. Ein Leben lang und über den Tod hinaus. Ihr Verstand wusste, dass die Wirklichkeit anders war. Aber daran mochte sie im Moment nicht denken. Jetzt, in diesem wunderbaren Augenblick des Glücks, zählte nur dieser herzerfüllende Traum.

Es widerstrebte Jeannet zutiefst, sich damit wahrscheinlich begnügen zu müssen.

Als Piratin war sie es inzwischen gewohnt, sich zu nehmen, was sie wollte, und nicht darauf zu warten, dass ein mehr oder weniger gnädiges Schicksal ihr etwas zuteilte.

Sie schmiegte sich an den Lord und spürte die Berührung seiner kräftigen Hand auf ihrem Rücken. Ein prickelnder, kribbelnder Schauder von nie gekannter Intensität lief von dort aus über ihren gesamten Körper. Sie hatte in diesem Moment nur den einen Wunsch, sich ganz diesen Empfindungen hinzugeben, sich darin zu verlieren. Nur einen kurzen Moment erschreckte sie der Gedanke daran, wie schwach und verletzlich sie jetzt, da sie diese Gefühle zuließ, war. Aber das war wohl unvermeidlich. Die Alternative wäre gewesen, ganz darauf zu verzichten.

Und das wollte sie nicht, um keinen Preis der Welt.

Erneut fühlte sie Lust in sich aufkeimen.

Ihr Hunger nach Liebe, nach Zärtlichkeit und Berührung war noch keineswegs gesättigt. Ganz im Gegenteil! Sie hatte das Gefühl, jetzt, in diesem raren Augenblick alles das in Erfüllung gehen zu lassen, was an geheimen Wünschen in ihr geschlummert hatte. Wer konnte schon sagen, ob es noch eine weitere Chance dafür geben würde?

Wenn man nach Donalds Worten ging, so sah es düster für die Zukunft aus.

Jeannet schluckte kurz.

Jeden Gedanken an die Zukunft verbot sie sich jetzt, um den Augenblick nicht damit zu vergiften.

Sie hob den Kopf, strich das wirre rote Haar aus dem Gesicht. Der Blick ihrer grünen Augen verschmolz mit dem seinen.

»Ich liebe dich«, sagte sie. »Und daran wird sich auch in Zukunft nichts ändern.«

»Ich hoffe, Eure Beratungen haben Euch nicht über Gebühr angestrengt, Sire!«, sagte Geoffrey Naismith mit ziemlich süffisantem Unterton, als sein Kommandant wieder an Deck erschien.

Lord Cooper hatte peinlich genau darauf geachtet, dass seine Kleidung nicht zu derangiert erschien. Seine Hand ruhte am Griff des Degens. Er sog die nach Salz und Seetang riechende Luft ein und blickte hinauf auf das glitzernde Meer.

Naismith trat an Lord Cooper heran, nachdem er den Blick über die wilde Piratenmeute hatte schweifen lassen. »Sir, es stellt niemand in Frage, dass wir Vorräte aufnehmen müssen und dass vor allem das Trinkwasser nach der langen Überfahrt ziemlich knapp geworden ist.«

»Eine richtige Feststellung«, unterbrach Lord Cooper seinen Zweiten Offizier.

»Aber dass wir ausgerechnet die Gesellschaft dieser dahergelaufenen Bande von Halsabschneidern brauchen, um unsere Vorräte aufzufrischen, will mir einfach nicht einleuchten!«

»Das braucht es auch nicht, Naismith!«

»Ach, nein?«

»Es reicht völlig, wenn Ihr meine Befehle befolgt. Für das Denken bin ich zuständig. Denn schließlich befehlige ich diese Mission – und nicht Ihr, auch wenn Eure Zeit in dieser Hinsicht sicher noch kommen wird!«

Naismith lächelte säuerlich.

»Es freut mich, dass Ihr meine Fähigkeiten doch zu schätzen wisst.«

»Habt Ihr daran gezweifelt?«

»Man zweifelt an manchem, wenn einem diese verfluchte tropische Sonne auf das Haupt scheint. Das geht nicht nur mir so, Lord Cooper!«

Die Blicke der beiden Männer begegneten sich.

Ich werde auf ihn aufpassen müssen, dachte Donald.

Beide Schiffe hatten sich voneinander gelöst und dümpelten weiter auf die Küste zu. Die Segel hingen schlaff herab. Es herrschte Flaute.

»Offenbar habt Ihr ja meine Befehle ordnungsgemäß überbracht«, stellte Cooper fest. »Allerdings frage ich mich, warum Ihr hier an Bord der WITCH BURNING weilt und nicht auf der SWORD FISH, um die Durchführung meiner Anweisungen zu überwachen?«

»Ich war um Eure Sicherheit besorgt. Der Erste Offizier teilt im Übrigen meine Sorge. Schließlich wart Ihr allein mit einer kriminellen Person, die zu allem fähig ist.«

»Seit wann haltet Ihr mich für einen wehrlosen Zwerg, Naismith?«

»Ein Zwerg seid Ihr gewiss nicht, Lord Cooper. Aber wehrlos werden auch nicht nur Zwerge …«

Lord Cooper überhörte die Anspielung geflissentlich. Er bemerkte, dass Ben Rider ihn beobachtete. Der Stellvertreter der Piratenkapitänin hatte ihn immer im Argwohn betrachtet. Auch jetzt drückte sein Blick tiefe Skepsis aus. *Auch auf ihn werde ich achten müssen,* erkannte Donald.

Ein Küstenabschnitt tauchte am Horizont auf, aber beim gegenwärtigen Tempo würde es wohl noch Stunden dauern, bis sich beide Schiffe weit genug genähert hatten, um zu ankern und Barkassen zu Wasser lassen zu können.

Eine Vielzahl von Gedanken schossen Donald durch den Kopf, während er dem Land entgegenblinzelte.

Ein paar Tage würde die Aufnahme von Nahrungsmitteln und Trinkwasser schon in Anspruch nehmen. Die Besatzungen beider Schiffe würden an Land gehen, Tiere erjagen und saubere Wasserquellen suchen müssen. Außerdem mussten essbare Früchte und Beeren gesammelt werden.

Noch war die Neue Welt eine Terra incognita, von der nur Bruchstücke bekannt waren.

Und diese Bruchstücke gehörten den Spaniern, die die einheimischen Indio-Herrscher auf ihrer Suche nach Gold niedergemacht hatten.

Lord Cooper trat neben Ben Rider, der seinem Blick auswich.

»Spanier müsste man sein, findet Ihr nicht?«, fragte Cooper.

»Ich weiß nicht, was Ihr meint, Lord Cooper!«, behauptete er.

»Nun, ganz einfach: Wären wir Spanier, könnten wir einen der Häfen anlaufen, die von ihnen inzwischen angelegt wurden.«

»Häfen?«, lachte Rider. »Ich glaube, Ihr stellt Euch das etwas zu großartig vor. Ein paar Rattennester mit verlausten Siedlern und eifrigen Jesuitenmönchen, die aus Indios fromme Christen zu machen versuchen.«

»Wie auch immer ...«

»Worum ging es bei Eurer Beratung mit Jeannet?«, fragte Rider jetzt unverblümt.

»Das wird Euch Euer Kapitän zu gegebener Zeit sagen!«

»Es geht mich genauso an wie jeden anderen auf dem Schiff!«

»Vertraut Ihr Eurem Kapitän nicht, Ben Rider?«

»Gewiss tu ich das!«

»Dann weiß ich nicht, was Euer Misstrauen soll!«

»Das ist kein Misstrauen«, korrigierte Rider.

Cooper hob die Augenbrauen. »So? Was denn dann?«

»Vorsicht. Und die ist ja wohl angebracht, wann immer man einem Vertreter Ihrer Majestät Elizabeth begegnet!«

»Ihr habt einen bestimmten Grund, Euer ehemaliges Heimatland zu hassen?«, fragte Cooper.

»Nicht mein Heimatland.«

»Sondern?«

»Ich werde mit Euch nicht weiter darüber reden, Lord Cooper. Ihr würdet es nicht verstehen.«

Lord Donald Cooper zuckte die breiten Schultern.

»Wie Ihr meint, Ben Rider!«

Jeannet lag in den Kissen und seufzte. Sie schloss einen Augenblick lang die Augen. Es musste ein Traum gewesen sein, was sie soeben erlebt hatte. Ein paradiesischer Traum von Glück und Liebe. Viel zu schnell war dieser Rausch vergangen.

Lord Cooper hatte die Kabine der Kapitänin verlassen, aber Jeannet kam es so vor, als wäre er immer noch anwesend.

Natürlich könnte er seine Privilegien als Berater der Königin und Befehlshaber eines englischen Kriegsschiffes einfach aufgeben, auf die WITCH BURNING kommen und ...

Nein, das waren Illusionen.

Die Vernunft sagte ihr, dass es nicht den Hauch einer Chance für diesen Gang des Schicksals gab.

Erstens konnte sie von Lord Cooper unmöglich erwarten, dass er sein ganzes Leben, alles, wofür er hart gearbeitet hatte und woran er glaubte, einfach aufgab. Und das nur, um einer Piratin zu folgen, die sich letztlich nur im Umfang der Beute vom Räubergesindel in den finsteren Gassen Londons unterschied.

Sie hatte keine andere Wahl gehabt, als Piratin zu werden. Es war für Jeannet eine Chance gewesen, dem Elend zu entkommen. Dem Elend einer Waisen, deren Eltern von einem Haufen Marodeure und dahergelaufenem Mob grausam ermordet worden waren, weil man sie der Hexerei beschuldigt hatte.

Aber Donald standen alle Möglichkeiten offen.

Er hatte es ganz nach oben geschafft.

Der Tod Heinrichs VIII. und die Thronbesteigung seiner Tochter Elizabeth, die ihr Volk angeblich so sehr liebte, dass in ihrem Herzen kein Platz mehr für die profanere Liebe zu einem Mann war, hatte Donald empor auf die höchsten Gipfel der Macht gehoben. Höher als er konnte ein Mann, der dem bürgerlichen Stand entstammte, nicht kommen. Gleichgültig, welche Fähigkeiten ihm eigen sein mochten.

Aber selbst wenn Donald dazu bereit gewesen wäre, all dies für seine Jeannet aufzugeben, so wäre ein Scheitern ihrer Liebe vorprogrammiert gewesen.

Jeannet war lange genug Piratin, um zu wissen, welche Kräfte innerhalb einer Schiffsmannschaft frei werden konnten. Kräfte, die auch der beste, härteste und erfolgreichste Kapitän letztlich nicht unter Kontrolle halten konnte. *Die Mannschaft würde es nicht akzeptieren, wenn Donald an meiner Seite wäre!*, erkannte ihr Verstand. Das lag vollkommen klar auf der Hand. Männer wie Ben Rider – aber auch andere! – hätten sich in ihrem Rang innerhalb der Mannschaft bedroht gefühlt und zur Gegenwehr gegriffen.

Meuterei wäre die Folge gewesen.

Ein schöner Traum, der nicht von Dauer sein wird – das ist unsere Liebe!, dachte Jeannet.

Sie schlug das Bett zur Seite, erhob sich und streckte sich.

Die Kapitänin hörte den Ausguck rufen.

Es wurde alles klar gemacht zum Ankern.

Offenbar hatten die WITCH BURNING und die SWORD FISH die nahe Küste Dariens inzwischen erreicht. Der goldene Isthmus, so wurde das Gebiet zwischen den beiden großen Ozeanen dieser Welt auch genannt. Jeannet zog sich rasch eine eng anliegende Hose und ein Hemd an. Männersachen. Außerdem hängte sie sich die Lederschärpe mit ihrem Degen um und knotete das Haar zusammen.

Dann ging sie an Deck.

Lord Cooper stand zusammen mit seinem Zweiten Offizier Naismith am Bug. Jeannet kannte Naismith von vorherigen Treffen mit der SWORD FISH. Sie hatte ihn nie gemocht – er sie umgekehrt wohl auch nicht. Jeannet hatte immer das Gefühl gehabt, dass dieser Mann mit dem eiskalten Blick in ihr Innerstes sehen konnte. Dass er genau wusste, was zwischen ihr und Lord Cooper vor sich ging. Sie hatte sich immer wieder gesagt, dass es wahrscheinlich nur ihre eigene Furcht war, die sie zu dieser Annahme getrieben hatte.

Andererseits hatte Jeannet ein ziemlich gutes Gespür für das entwickelt, was ein Mensch an verborgenen Beweggründen so mit sich herumtrug. Anders hätte sie sich niemals an der Spitze ihrer Piratenmannschaft halten können. Ein derartiges Gespür war dafür ebenso überlebensnotwendig wie das Kaperglück.

Die WITCH BURNING hatte geankert.

Die SWORD FISH ankerte nur wenige Hundert Yards entfernt.

An beiden Schiffen hingen die Segel jetzt ziemlich schlaff von den Masten.

Wahrscheinlich war es eher einer verborgenen Meeresströmung als dem Wind zu vedanken, dass sie die Küste noch vor Einbruch der Dunkelheit erreicht hatten.

Jeannets Blick ging kurz hinüber zum Land.

Es würde ihnen allen gut tun, mal wieder festen Boden statt der rutschigen Planken eines Piratenschiffs unter den Füßen zu spüren.

Einen kurzen Moment nur blieb ihr Blick an Lord Coopers breitem Rücken haften.

Ein wohliger Schauder erfasste sie bei dem Gedanken an das Geschehene, und die Erinnerung ließ neue Lust, neues Begehren in ihr aufkeimen.

Er drehte sich herum, schenkte ihr sein unnachahmliches Lächeln.

»Sollen wir die Boote zu Wasser lassen?«, fragte João, ein entlaufener portugiesischer Sträfling, den eine wechselvolle Lebensgeschichte auf Jeannets WITCH BURNING verschlagen hatte.

»Ja, tut dies!«, rief Jeannet. »Ich brauche zehn Mann, die eine Muskete benutzen können und sich am Ufer etwas umsehen! Und wenn möglich, sollte es einen Braten geben!«

Ihre Befehle wurden weitergegeben.

Das erste Beiboot wurde zu Wasser gelassen.

Lord Cooper wandte sich ihr zu.

»Werdet Ihr auch an Land gehen, Jeannet Witch?«

»Nun, Mylord, wenn Ihr Euch traut, mit mir zusammen auf einem Beiboot zu weilen, dann könnten wir gemeinsam an Land setzen!« Sie lachte hell. Ihr Blick glitt zur Seite in Richtung von Naismith. »Aber Ihr habt Euren Schatten, der auf Euch Acht gibt!«

»So wie Ihr!«, erwiderte Cooper seinerseits mit Blick auf Ben Rider.

Ein weiteres Beiboot wurde zu Wasser gelassen.

Sowohl Jeannet als auch Lord Cooper stiegen an Bord der Barkasse. Ben Rider und Geoffrey Naismith waren ebenfalls mit von der Partie, außerdem noch etwa ein Dutzend weiterer Piraten, alle schwer bewaffnet. Schließlich wusste niemand, ob sie sich nicht unwissentlich im Herrschaftsbereich eines kriegerischen Indio-Kaziken befanden.

Jeannet beobachtete, dass auch von der SWORD FISH Beiboote zu Wasser gelassen wurden.

Das Schiff des Lordberaters Ihrer Majestät ankerte etwas näher am Ufer, so dass Coopers Männer den Strand früher erreichen würden als die Piraten.

Zwischendurch trafen sich immer wieder fast verstohlen die Blicke der beiden Kommandanten. Blicke, die mehr sagten, als tausend Worte.

Jeannet fürchtete, dass jedermann ihr anzusehen vermochte, was für eine Art von Beratungen in ihrer Kapitänskajüte stattgefunden hatte.

Sollen sie sich nicht so haben!, dachte sie. *Hatten diese Männer nicht auch ihre Abenteuer in weiblicher Gesellschaft, wenn die WITCH BURNING einen Piratenhafen anlief? Stand ihr, der Kapitänin, nicht dasselbe Recht zu?*

Offensichtlich nicht.

Und Jeannet war vorsichtig und klug genug, um dies zu akzeptieren.

So lauteten nun einmal die Spielregeln, und es stand nicht in ihrer Macht, sie zu ändern.

Die Beiboote näherten sich dem schneeweißen Strand. Einige Hundert Yards dahinter begann ein dichter Wald. Dies schien ein fruchtbares Land zu sein. Sicherlich gab es irgendwo in der Nähe der Küste auch Süßwasser, eine Lagune vielleicht oder einen Flusslauf.

Die Boote liefen auf Grund.

Die Männer sprangen vom Boot, Jeannet folgte ihnen und sank bis zu den Knien ins Wasser.

Die Boote wurden noch ein Stück an Land gezogen.

Es war eigenartig, nach den Wochen auf See endlich einmal wieder festes Land unter den Füßen zu haben. Jeannet stapfte an Land. Die flache Brandung umspülte ihre Stiefel. Sie verfluchte sich dafür, sie nicht vorher ausgezogen zu haben.

Die Männer der SWORD FISH warteten bereits auf die Beiboote der WITCH BURNING.

Hier und da waren ein paar unfreundliche Bemerkungen von beiden Seiten zu hören.

Piraten und Seeleute Ihrer Majestät – eine explosive Mischung!, dachte Jeannet. *Schon deswegen kann unser Aufenthalt an dieser Küste nicht ewig dauern. Sonst knallt es, und zwar im wahrsten Sinne des Wortes.*

Ein schwarzbärtiger Mann, der als Einziger von Coopers Männern bei der Hitze noch seinen Helm trug, näherte sich.

Es war John Kane, seines Zeichens Erster Offizier der SWORD FISH.

Er war ein erfahrener Haudegen, gestählt in den Kriegen, die Heinrich der VIII. gegen die aufständischen Iren geführt hatte. Eine Narbe, die quer über sein Gesicht verlief, legte Zeugnis davon ab.

»So mancher hat sich schon Sorgen um Euch gemacht, Lord Cooper«, meinte er.

»Völlig unbegründet, wie Ihr seht, Kane!«

»Aye, Kapitän. Außerdem seid Ihr ja auch ein Mann, der sich wohl zu wehren weiß!«

»Davon könnt Ihr ausgehen!«

John Kane warf einen Blick auf Jeannet und lachte dreckig.

Lord Cooper ärgerte dies. Er ballte unwillkürlich die Fäuste.

Jeannet warf ihm einen Blick zu.

Sie schüttelte leicht den Kopf.

»Was belustigt Euch?«, fragte sie.

»Es ist widernatürlich, was Ihr tut!«

»Wovon sprecht Ihr? Davon, dass ich eine Piratin bin?«

»Davon, dass Ihr Hosen tragt, Mylady!«

Einige Mitglieder der SWORD-FISH-Mannschaft, die in der Nähe standen, hatten die Bemerkung des Ersten Offiziers gehört und brachen nun ihrerseits in ein schallendes, heiseres Gelächter aus.

Schon griffen ein paar Männer der WITCH BURNING nach ihren Degen und Entermessern.

John Kane setzte sogar noch eins drauf.

»Man könnte sogar sagen, es ist Blasphemie, wenn eine Frau Hosen trägt.«

Blasphemie …

Dieses Wort hatte in Jeannets Ohren einen ganz besonders üblen Klang. Erinnerungen stiegen in ihr auf. Sie schloss kurz die Augen, wollte diese Gespenster der Vergangenheit verdrängen, aber es gelang ihr nicht. Blasphemie … Davon hatte auch jener sich selbst als fanatischer Bekämpfer der Hexerei verstehende Lord gesprochen, dessen Soldaten ihre Eltern umgebracht hatten. Die Schreie hallten in Jeannets Kopf wider. Immer wieder, so als wäre es erst gerade geschehen.

Blasphemie …

Manchmal genügte ein Wort, um sie in die Vergangenheit zu schleudern.

Das Gauklerhandwerk ihrer Eltern hatte dieser streng dreinblickende Puritaner, der stets in Schwarz gekleidet war, ebenfalls mit diesem Begriff belegt. Das war letztlich ihr Todesurteil gewesen.

Donalds Stimme drang nun in ihre Gedanken, holte sie ins Hier und Jetzt zurück.

»Genug jetzt!«, bestimmte Lord Cooper auf eine Weise, die keinen Widerspruch duldete. »Geht aufs Schiff zurück, Kane, wenn Ihr Eure Worte nicht zu wählen wisst!«

»Ist es nicht wahr, was ich gesagt habe?«

»Es geht nicht um die Wahrheiten, sondern um den Dienst an England und seiner Königin, Kane. Und wenn Ihr das nicht akzeptieren könnt, seid Ihr nicht der richtige Mann für Euren Posten. Habt Ihr mich verstanden?«

Kane atmete tief durch, in seinen Augen funkelte es. Er stand kurz davor zu explodieren.

Aber das Pulver, mit dem er bis zum Hals gefüllt zu sein schien, hatte wohl etwas zu viel Feuchtigkeit abbekommen. Jedenfalls schluckte Kane das, was er zu sagen gehabt hatte, herunter.

»Aye, Kapitän!«, sagte er.

Lord Cooper ging ein paar Schritte an Kane vorbei, auf die anderen Männer aus der SWORD-FISH-Mannschaft zu. »Was ich gesagt habe, gilt für jeden!«

»Aye!«, kam es zurück.

Naismith trat neben Cooper. »Die Stimmung könnte sehr leicht umschlagen und alles in einer Katastrophe enden!«, meinte er.

»Nicht, wenn Ihr mir dabei helft, die Männer im Griff zu halten«, erwiderte Cooper.

»Ihr wisst selbst, dass das bei aller Strenge nur zu einem gewissen Grad möglich ist.«

»Ja, das weiß ich, Naismith.«

»Und ich hoffe, dass Ihr nicht etwa daran denkt, unsere Leute gemeinsam mit dem Lumpengesindel der WITCH BURNING auf die Jagd oder auf Wassersuche zu schicken.«

Cooper schüttelte energisch den Kopf.

»Nein, da könnt Ihr ganz beruhigt sein. Beide Gruppen werden getrennte Wege gehen. Die Einzelheiten werde ich mit dem Kapitän der anderen Seite besprechen!«

»Dann werdet Ihr Eure Beratungen ja zwangsläufig fortsetzen müssen, Kapitän!«, sagte Naismith süffisant.

»Ihr sagt es«, zischte Cooper auf eine Weise zwischen den Zähnen hindurch, die den Zweiten Offizier der SWORD FISH unwillkürlich erbleichen ließ.

Er wusste, dass er zu weit gegangen war.

Cooper war ein geduldiger Mann, aber niemand durfte den Fehler begehen, ihn zu sehr zu reizen.

Geoffrey Naismith wusste dies nur zu gut.

Und er war klug genug, um zu erkennen, dass es jetzt besser war zu schweigen.

Lord Cooper wandte sich unterdessen Jeannet zu, trat ihr entgegen und blickte ihr direkt ins Gesicht.

»Die Stimmung wird sich schon bessern, wenn es erst frisches Fleisch und Süßwasser gibt«, war Cooper überzeugt.

»Ihr seid ein Optimist, Mylord!«

»Ihr nicht?«

»Auf gewisse Weise schon ...«

»Diesen Eindruck hatte ich bei unseren bisherigen *Beratungen* durchaus auch, Jeannet Witch!«

»Ach, ja?«

»Ja.«

»Hört mir zu: Lasst Eure Männer nach Nordwesten und meine nach Südwesten gehen, dann werden sie sich weder bei der Jagd noch bei der Wassersuche begegnen!«

»Eine gute Lösung!«

»Und noch ein Hinweis, Mylord! Es gibt in diesen Wäldern entsetzlich viele Insekten, die einen bei lebendigem Leib aufzufressen versuchen.«

»Wie schrecklich!«

»Aber des Nachts ist die Plage weit weniger schlimm.«

Sie trat plötzlich noch etwas näher an ihn heran.

Jeannet Witch streckte ihren Arm aus. »Seht Ihr die Halbinsel dort hinten?«

»Gewiss«

Wie ein heller Strich zog sich diese Landzunge in das Meer hinein.

Jeannets folgende Worte waren nur geflüstert.

»Ich erwarte Euch dort. Heute nacht.«

Ehe Donald in der Lage gewesen wäre nachzufragen, hatte sie auch schon einen Schritt zur Seite gemacht und damit begonnen, ihren Leuten lauthals Anweisungen zu erteilen.

Die Nacht war hereingebrochen. Sterne funkelten am Himmel. Der Mond stand als großes, helles Oval über den Wäldern und wirkte wie ein überdimensionales Auge. Sein Licht spiegelte sich in der leicht gekräuselten See.

Jeannet glitt beinahe lautlos durch das Wasser. Schon seit frühester Jugend konnte sie schwimmen wie ein Fisch. Für sie war es kein Problem gewesen, von der WITCH BURNING zur Halbinsel zu gelangen. Die angenehme Kühle des Wassers erfrischte sie.

Endlich spürte sie nun wieder festen Grund unter den Füßen.

Ein paar Züge noch und sie erreichte den Strand.

Ihr eigener Körper erschien ihr seltsam schwer und unbeholfen, als sie das Wasser verließ und ohne dessen Auftrieb auskommen musste, an den man sich allzu leicht gewöhnte.

Die Kleider klebten ihr am Leib.

Stiefel trug sie allerdings nicht, nur die eng anliegenden Hosen und das weiße Männerhemd. Bewaffnet war sie nur mit einem Entermesser, das hinter ihrem breiten Gürtel steckte.

Man konnte ja nie wissen.

Jeannet strich sich das Haar zurück und blickte hinaus zu den Schiffen, die im Mondlicht friedlich dalagen. Die Ankerketten hingen schlaff herab. Immer noch herrschte Flaute. Kein Lüftchen wehte.

Sie blickte zur SWORD FISH hinüber und fragte sich, ob es Donald wohl genauso leicht fiel wie ihr, sich von Bord zu stehlen.

Zwar patrouillierte an Deck der WITCH BURNING eine Wache, aber Jeannet hatte keine Schwierigkeit gehabt, sich unbemerkt von Bord zu begeben, ins Wasser zu gleiten und loszuschwimmen. Ihre Männer glaubten jetzt, dass sie in ihrer Kajüte lag und schlief.

Aber diese Nacht war nicht zum Schlafen da. Sie war für etwas anderes geschaffen. Vielleicht bestand in dieser Nacht die letzte Chance für sie, ihren geliebten Donald ungestört treffen zu können.

Sie setzte sich in den weichen, trockenen Sand
Obwohl jetzt die Sonne nicht mehr in all ihrer Unbarmherzigkeit vom Himmel schien, war es noch immer sehr warm.
Jeannet wartete ab.
Es dauerte eine ganze Weile, bis sich etwas tat.
Und das, was dann geschah, hatte die junge Frau keineswegs erwartet.
Sie glaubte, durch das Geplätscher der seichten Wellen ein Geräusch hören zu können, das dem Schlagen von Ruderblättern sehr ähnlich war.
Wenig später hatte sie dann Gewissheit.
Eine Barkasse verließ die Schattenzone der SWORD FISH und wurde für einige Augenblicke vom Mondlicht beschienen, ehe sie vom nächsten Schatten verschluckt wurde.
Jeannet runzelte die Stirn. *Seid Ihr jetzt vollkommen verrückt geworden, Mylord?*, ging es ihr ärgerlich durch den Kopf.
Sie erhob sich und stemmte die Arme in die Hüften, während sie dem herannahenden Boot entgegensah.
Es war eine ganze Weile nur als ein vager Schattenriss erkennbar. Wenn man nicht genau darauf achtete, war es überhaupt nicht zu sehen.
Was ist nur in dich gefahren, Donald? Ist das Risiko nicht schon groß genug? Musst du unbedingt im trockenen Boot übersetzen, nur damit du dir deine edlen Füße nicht nass machen musst? Du Narr …
Das Boot näherte sich und wurde jetzt besser erkennbar.
Ein einzelner Mann saß darin und ruderte mit kräftigen, ruhigen Schlägen.
Geliebter Narr …
Selbst aus dieser Entfernung war sich Jeannet vollkommen sicher, dass es niemand anders als Donald sein konnte. Zu typisch waren die Bewegungen und die Silhouette.
Schließlich erreichte die Barkasse das Ufer.
Donald sprang hinaus, das Wasser spritzte auf. Er packte das Tau am Bugende und zog das Boot noch ein Stück an Land, so weit es ging.
Jeannet lief hinzu, fasste mit an.
»Da bist du!«, rief sie.
»Jeannet!«
»Ich hatte schon gedacht, diese wunderschöne Nacht heute doch allein verbringen zu müssen – wie so viele Nächte zuvor!«

»Du Ärmste!«

»Ich hoffe nicht, dass du dich über die ehrlichen Gefühle einer Frau lustig machen willst!«, sagte sie in gespielter Empörung.

Donald schüttelte den Kopf. »Das würde ich nie wagen, Jeannet. Speziell bei dir nicht. Schließlich hast du mir ja bereits einmal das Messer buchstäblich an die Kehle gesetzt, und ich weiß nicht, ob du beim nächsten Mal möglicherweise erfolgreicher wärst!«

»Das war ein einmaliger Vorfall!«, verteidigte sich Jeannet. »Und inzwischen bereue ich ihn zutiefst, das weißt du!«

»Sicher weiß ich das.«

»So wäre es höflich, wenn du ihn nicht mehr erwähnen würdest!«

»Höflichkeit – oder das Vergnügen, die Zornesröte in dein Gesicht steigen zu lassen! Du stellst mich vor eine sehr schwere Wahl, Jeannet!«

»Schuft!«

Zu einer Erwiderung kam er nicht mehr, denn ihre Lippen verschlossen ihm den Mund mit einem leidenschaftlichen, fordernden Kuss. Seine Hand strich ihr über das noch immer feuchte Haar. Sie sanken gemeinsam in den weichen Sand. Jeannet spürte, wie eine Welle fiebriger Hitze sie durchlief. Sie nestelte an der Schnalle von Donalds Degenschärpe herum und schaffte es schließlich, sie zu öffnen. Der Waffengurt glitt zu Boden. Sein Hemd ebenfalls. Sie umfasste seinen muskulösen Nacken, zog ihn zu sich herab und küsste ihn. Erst auf den Mund, dann glitt sie tiefer. Seine Hände berührten sie derweil zärtlich, sie öffneten das unförmige Männerhemd, das sie lediglich mit einem Knoten vor der Brust geschlossen hatte. Ihre Brüste schimmerten matt im Mondlicht.

»Donald!«, hauchte sie. »Ich bin so froh, dass du hier bist.«

»Hör zu, Jeannet. Ich möchte dir etwas sagen …«

»Nein, jetzt nicht. Jetzt ist nicht die Zeit zu reden. Lass uns diese Nacht als Geschenk eines gnädigen Schicksals nehmen …«

Sie fuhr fort ihn zu küssen und zu liebkosen. Der sinnliche Rausch, dem sie verfallen war, riss nun auch Lord Cooper mit. Es gab kein Halten mehr. Nach und nach entledigten sie sich ihrer restlichen Kleidung. Jeannet stöhnte lustvoll auf, als er zärtlich in sie eindrang. Ihre Vereinigung war nicht ganz so ungestüm wie beim ersten Mal, aber genauso beglückend. Jeannet schwang sich rittlings auf ihn, und gemeinsam strebten sie einem überwältigenden Höhepunkt entgegen. Ermattet sank sie schließlich auf ihm nieder, legte ihren Kopf an seine breite Schulter. Sie hielten sich fest. Jeder spürte den Atem und den pochenden Herzschlag des anderen.

»Ich muss sagen, Ihr wisst Euren Degen wohl zu führen, Mylord!«, hauchte Jeannet schließlich, als sie wieder in der Lage war zu sprechen. »Ich werde Euch allerdings nicht fragen, wo Ihr das gelernt habt und will das auch gar nicht wissen!«

»Jeannet ...«

»Etwas anderes würde mich schon interessieren.«

»So?«

»Warum bist du das Risiko eingegangen, mit dem Boot hierher zu kommen? Die Wachen deines Schiffes können doch kaum gleichermaßen blind und taub sein ...«

»Nein, aber in dieser Nacht sind sie unaufmerksam.«

»So? Wie kommt das? Handelt es sich nicht um wackere englische Offiziere? Obwohl ich von manchen dieser Offiziere weiß, dass sie es mit der Treue zu ihrer Königin weit weniger genau nehmen, als Ihr das tut, Mylord!«

»Wie kommst du darauf?«

»Einige meiner besten Leute standen früher im Dienste Englands.«

»Ah, das meintest du!«

Sie stützte sich mit dem Arm auf. Er betrachtete ihre Gestalt im Mondlicht.

»Du weichst meiner Frage aus«, stellte sie fest.

»Nun, meine Wächter sind deswegen unaufmerksam, weil ich dafür gesorgt habe, dass sie Zugang zu unseren Brandweinvorräten bekommen. Sie schnarchen vor sich hin!«

»Dann wäre dein Schiff jetzt eine leichte Beute für meine Männer!«

»Aber deine Männer wissen nichts davon und halten die SWORD FISH für gut bewacht!«

Jeannet atmete tief durch.

Ihre wohlgeformten Brüste hoben und senkten sich dabei.

Sie strich sich mit einer beiläufigen Geste ihr widerstrebendes, eigenwilliges und ziemlich zerzaustes Haar zurück in den Nacken.

»Dennoch, ich verstehe nicht, dass du einen derartigen Aufwand betrieben hast, um nach hier zu gelangen!«

»Wie du siehst, bist du mir jedes Risiko wert!«

»Aber dieses Risiko war unnötig!«

Donald setzte sich nun ebenfalls auf. Er sah ihr in die Augen.

»Ich muss dir ein Geständnis machen.«

»So?«

»Ich kann nicht schwimmen.«

Jeannets Mund stand offen, und vor Staunen vergaß sie vorerst, ihn wieder zu schließen.

»Wie bitte?«, stieß sie hervor.

Er lachte. »Dieser Anblick deines erstaunten Gesichts war die Überwindung wert, die mich dieses Geständnis gekostet hat!«

»Aber – wie ist das möglich?«, fragte sie.

Er zuckte die breiten Schultern. »Es hat sich nie die Gelegenheit ergeben, es zu lernen.«

»Aber – Ihr seid in der Marine Ihrer Majestät tätig!«

»Und wenn schon! Wenn man einen schweren Harnisch trägt, ersäuft man ohnehin, sobald man ins Wasser fällt! Da können einen noch so gute Schwimmkünste auch nicht mehr retten!«

»Ein Grund für mich, solche Dinger nicht zu tragen und dafür eher die Gefahr eines Degentreffers in Kauf zu nehmen!«

»Bislang hatte ich immer das Glück, auf Schiffen zu reisen, die sich während meiner Anwesenheit *über* Wasser befanden!«

»Auf dieses Glück solltest du nicht in alle Ewigkeit vertrauen, Donald!«

»Ich werde es wohl müssen – und da Ihre Majestät inzwischen ganz gute Schiffbauer beschäftigt, sehe ich darin auch kein Problem!«

Jeannet stand auf und nahm ihn bei der Hand.

»Komm mit mir!«

»Was hast du vor?«

»Ich werde dir das Schwimmen in dieser Nacht beibringen, Donald!«

Er stand jetzt neben ihr. Sie wollte ihn zu der seichten Brandung ziehen.

Aber er hielt sie fest.

»Warte …«

»Worauf willst du warten?«

»Ich wollte dir vorhin schon etwas sagen. Und das duldet jetzt keinen Aufschub mehr.«

Sie sah ihn fragend an.

Das Mondlicht glitzerte in seinen Augen.

Sein Gesicht wirkte sehr ernst.

»Was ist los?«, fragte sie.

»Ich möchte mit dir zusammenbleiben, Jeannet. Du bist die Frau meines Lebens, das weiß ich jetzt.«

Sie schluckte.

»Nein, ich glaube nicht, dass du weißt, was du da redest, Donald! Du kannst es nicht wissen, sonst …«

»Ich meine, was ich sage. Und ich habe lange darüber nachgedacht, ob ich bereit bin, mein gesamtes vorheriges Leben für dich aufzugeben. Alles, woran ich geglaubt habe, alles, was mir etwas bedeutet hat. Aber dieser Plan verlangt dasselbe von dir, Jeannet …«

Ihre Augen verengten sich.

»Von welchem Plan sprichst du?«

»Ich habe alles vorbereitet. Du brauchst nur ja zu sagen. Aber hör mir erst einmal zu, dann werde ich dir jetzt alles erklären. Es gibt einen Weg für uns! Aber er wird ziemlich dornenreich sein …«

ZWEITES BUCH:

Jagd auf die WITCH BURNING

Zwei Jahre zuvor, am Hof zu London

Schwere Stiefelschritte hallten zwischen den kalten Steinwänden des Palastes wider. Wachen mit gekreuzten Hellebarden traten zur Seite, nahmen Haltung an. Geckenhaft gekleidete Hofschranzen in Pluderhosen und bunten Gewändern raunten den einen oder anderen spöttischen Kommentar, während hier und da eine der herausgeputzten Damen in schrilles Gelächter ausbrach.

»Man munkelt, dass sein Stern sinkt!«, flüsterte jemand.

Der Rest seiner Worte wurde von dem Lachen einer Hofdame verschluckt.

Der Mann, der den Saal betreten hatte, war von imposanter Erscheinung.

Lord Donald Cooper hatte eine beispiellose Karriere vom Bürgerlichen bis hinauf in den hohen Adelsstand hinter sich. Er war groß und breitschultrig, bewegte sich mit einer unnachahmlichen Mischung aus Geschmeidigkeit und Kraft. Seine eisgrauen Augen schienen Dinge zu sehen, die allen anderen Augen auf ewig verborgen blieben. Sein mächtiger Degen hing an der Seite und wäre für die meisten Degenkämpfer wohl viel zu schwer und unhandlich gewesen. Lord Cooper aber führte ihn mit beachtlicher Leichtigkeit. Schon so mancher Gegner hatte ihn in dieser Hinsicht unterschätzt. Das wallende Haar, das sonst offen bis zu den Schulterblättern herunterfiel, war jetzt zu einem kunstvollen Zopf geflochten.

Er zog die Kopfbedeckung mit den feinen Stickereien vom Kopf, sank auf sein rechtes Knie nieder und stützte sich leicht auf das angewinkelte linke Bein ab, als er eine höfische Verbeugung andeutete.

»Majestät?«

Königin Elizabeth rümpfte leicht die Nase, der Situation gemäß – und sie galt als Meisterin der höfischen Verstellung.

Ihr Zynismus war gefürchtet.

»So kurz angebunden, Lord Cooper? Er ist doch sonst nicht auf den Mund gefallen und plappert gern die Ohren Ihrer Majestät taub.«

»Mit Verlaub …«

Eine Handbewegung der Königin brachte Lord Cooper zum Schweigen. Ihr Wort war Gesetz, ihre Laune ein Todesurteil. Es hatte keinen Sinn, dagegen opponieren zu wollen. Lord Cooper war ein todesmutiger Kämpfer, wenn es sein musste – aber deshalb noch lange kein Selbstmörder, der darauf aus war, sich mit unbedachten Worten selbst dem Scharfrichter im Tower auszuliefern.

Die Königin hob das Kinn. Die nach vornehmster italienischer Mode ausrasierte bleiche Stirn wirkte dadurch noch höher. Ihr Blick war kalt, hochmütig und von einer fundamentalen Furcht geprägt. *Die Furcht der Mächtigen!*, dachte Lord Cooper. Die Furcht derer, die hoch oben auf dem Gipfel der Macht stehen und sich vor dem Sturz in die Tiefe ängstigen …

Elizabeth I. war eine misstrauische Frau. Unberechenbar, wie auch Lord Cooper bereits hatte erfahren müssen. Aber in dieser Hinsicht unterschied sie sich nicht von anderen Herrschern.

»Majestät, ich befand mich auf Euren Auftrag hin bereits an Bord meines Kriegsschiffes, der SWORD FISH.«

»Na und? Ist es für ihn zu viel verlangt, dem Ruf seiner Königin in den Palast zu folgen? Meidet er die Unbequemlichkeit, wenn es doch um das Wohl Englands geht, dem einzigen Maßstab, den ich gelten lasse? So soll er sprechen! Bitte!«

»Wir wollten tatsächlich gerade auslaufen, als mich Euer dringlicher Ruf ereilte. Ich …«

Ein kaltes Lächeln glitt über das bleiche Gesicht der von aller Welt für jungfräulich gehaltenen Königin Elizabeth, über deren ausschweifende Affären sich die Hofschranzen auf der anderen Seite jedoch das Maul zerrissen.

Lord Cooper begegnete selbstbewusst ihrem Blick.

Die Augen der Königin wurden schmal.

Sie vollführte eine schnelle Geste mit der Hand, die an ein scharfes Richterschwert denken ließ.

»Papperlapapp, so schweige er zu Dingen, nach denen er nicht gefragt wurde! Ihre Majestät, die Königin, lässt ereilen, wie es ihr passt, hat er das verstanden?«

»Gewiss, meine Königin.«

»Er scheint zu vergessen, wer sein Souverän ist! Seine Aufmüpfigkeit gewöhne er sich ab, andernfalls wird es ihm schlecht bekommen! Im Übrigen scheint er zu vergessen, wem er seine Privilegien und seine Stellung verdankt und wem er deswegen tiefen Dank schuldet.«

Lord Donald Cooper wollte etwas sagen, aber sie verbot ihm mit einer erneuten, sehr herrischen Handbewegung das Wort. Er sah es, obwohl er jetzt den Kopf gesenkt hielt, wie es die Situation verlangte. Dabei fragte er sich nicht zum ersten Mal, in welcher Weise er gefehlt hatte, was Ihre Majestät, die Königin, dazu brachte, ihn zu sich zu zitieren. *Es hat wenig Sinn, darüber nachzudenken,* ging es Cooper durch den Kopf. *Sie ist die Königin, ausgestattet mit der Gnade Gottes. Sie entscheidet. Sich gegen sie stellen zu wollen, wäre so, als ob man sich gegen eine Naturgewalt wendete …*

Lord Cooper hatte genug Stürme an Bord verschiedener Schiffe erlebt, um eine lebhafte Vorstellung davon zu haben, wie unsinnig das war.

Sie lachte leise. Das flackernde Licht der Kronleuchter spiegelte sich auf ihrer glatt geschminkten Haut. *In Wahrheit ist sie schwach, sie muss Stärke demonstrieren,* dachte Cooper. *Ansonsten ist sie schnell das Opfer einer Hofintrige oder eines papistischen Meuchelmörders …*

Sie hob das Kinn.

»Er ist einer meiner Berater, nicht wahr?« Eine weitere herrische Bewegung deutete an, dass sie keine Antwort auf diese rein rhetorisch gemeinte Frage erwartete. »Mein wichtigster Berater ist zwar William Cecil, aber ich verlasse mich ungern auf das Wort eines Mannes allein, wie er verstehen wird. Ich ließ Lord Cooper allerdings nicht rufen, um seinen Rat einzuholen, sondern weil ich ein wenig … umdisponiert habe.«

Er wagte kaum zu atmen.

Umdisponiert?

Nicht umsonst hatte Elizabeth unter vielen der Höflinge und Hofdamen den Beinamen »die Launische«. Von einem Augenblick zum anderen konnte sie ihre Meinung ändern.

Manchmal bedeutete dies, dass sich das Schicksal vieler Menschen fundamental änderte. Hin und wieder folgte daraus das Rollen von Köpfen.

In diesem Augenblick hätte man eine Stecknadel in dem prächtig ausgestatteten Thronsaal fallen hören können.

So mancher nach neuester italienischer Mode gekleideter Höfling hielt jetzt ebenso den Atem an wie Lord Cooper. Und die Herzen Dutzender Hofdamen schlugen schneller. Es war stets ein besonderes Schauspiel für alle, wenn Karrieren und Schicksale durch das Wort der Königin im Handumdrehen befördert oder beendet werden konnten.

Die Königin demonstrierte damit ihre unumschränkte Macht und erinnerte jeden Anwesenden daran, wie dünn jene seidenen Fäden doch waren, an denen ihre eigenen Ämter und Privilegien hingen.

Elizabeth schien der Ansicht zu sein, dass ihre engste Hofumgebung eine derartige Erinnerung in mehr oder minder regelmäßigen Abständen dringend benötigte.

Anders war die Treue dieser korrupten Höflinge wohl nicht zu erhalten.

Angst. Das war das Zauberwort, mit dem Elizabeth regierte. Eine Methode, die sie bei ihrem Vater Heinrich VIII. gründlich hatte erlernen können. Mochten andere Herrscher mit Hilfe eines gut gefüllten Staatsschatzes regieren können, aus dem heraus man Wohltaten verteilen konnte. Für die Herrscherin eines zwar aufstrebenden, aber im Grunde nach wie vor armen Landes bot sich diese Möglichkeit nicht an.

So blieb die Macht der Angst, die fast ebenso wirksam war wie die Macht des Geldes.

Was folgt jetzt?, fragte sich Lord Donald Cooper.

Die SWORD FISH war klar zum Auslaufen. Ihr Bauch war voll mit genug Proviant für Wochen. Sie hatten so viel Munition an Bord, wie die Lager fassen konnten, als wollten sie in den Krieg ziehen. Dabei ging es lediglich darum, ein englisches Freibeuterschiff zu suchen, zu finden und … aufzubringen. Es war gewissermaßen in Ungnade gefallen, weil es bevorzugt englische Handelsschiffe überfiel anstatt spanische.

Weshalb die Königin in dieser Sache umdisponiert hatte, wie sie sich auszudrücken pflegte, war Lord Cooper vollkommen rätselhaft.

»Ich möchte ihn *allein* sprechen!«, verkündete sie.

Unter Hofschranzen und Wachen wurde jetzt geraunt und gemurmelt.

Elizabeth machte eine ausholende Bewegung. Der schwere Brokatstoff ihres Kleides, die Reifen, die den Rock hielten und ihm seine Form gaben, das Korsett, das den Oberkörper aufrecht hielt – das alles ließ sie steif und tot erscheinen, wie eine der Puppen, mit denen Gaukler über das Land zogen, um die Menschen für ein paar Münzen zu unterhalten.

Die Hofschranzen verneigten sich und folgten schließlich zögernd dem Befehl ihrer Königin.

»Worauf wartet Ihr?«, fuhr sie schließlich die Wachen an. »Ich möchte allein mit Lord Cooper sein!«

Es dauerte einige Augenblicke, bis nur noch die Königin und ihr Berater im Raum waren.

Was soll das Ganze?, fragte sich Lord Cooper. *Welches launische Spiel muss ich diesmal ertragen?*

Andererseits hatte er keinen Grund zur Klage. Schließlich war es Elizabeths Machtantritt gewesen, der Lord Cooper so weit emporgespült hatte.

Sie sah ihn mit ihren wässrig blauen, großen und etwas hervortretenden Augen an und sagte mit bedeutungsvollem Unterton: »Was ich Euch zu sagen habe, ist geheim.«

»Sehr wohl, Majestät!«

»So höre er und spitze dabei ordentlich die Ohren, weil Ihre Majestät, die Königin, nicht gewillt ist, sich zu wiederholen: Der Auftrag lautet nicht mehr, das Piratenschiff aufzubringen, sondern … finde er das Piratenschiff und stelle er es, aber was er anschließend mit der Besatzung macht, das sei ganz ihm überlassen. Hat er verstanden?«

»Aber …?«, hub Cooper zu einer ungebührlichen Frage an, die ihm förmlich auf der Zunge brannte, aber er unterbrach sich sofort wieder, weil er spürte, wie unerwünscht jetzt jegliche Äußerung seinerseits war. »Ja, ich habe verstanden!«, behauptete er deshalb rasch.

»Und *was* hat er verstanden?«

»Der Pirat überfällt englische Handelsschiffe. Das lenkt zwar den Verdacht von England ab, die Piraterie in Wahrheit zu unterstützen. Soweit wäre nichts gegen die Aktivitäten dieses Freibeuters zu sagen, wenn er sich mit ein paar kleineren

Prisen zufrieden gäbe. Allerdings – auf Dauer ist der Schaden für England zu groß, denn dieser Pirat ist außerordentlich erfolgreich und scheint keinerlei Maß zu kennen. Ich sollte es schaffen, das Richtige zu tun.«

»Und wenn nicht, kostet es ihn seinen Ruf und vielleicht mehr!« Das klang nicht böse, sondern eigentlich ganz neutral. Der Lord jedoch wusste, wie ernst das wirklich gemeint war. Gelang es ihm nicht, die Piraten auf ihre Seite zu ziehen – wie auch immer! –, um sie ebenfalls zu Saboteuren an der spanischen Handelsschifffahrt zu machen, war er im Abseits und die Königin würde anderen Ratgebern vertrauen.

»Mein Leben für die Königin! Mein Leben für England!«, rief er enthusiastisch.

Ein Fingerzeig der Königin genügte. Er war hiermit entlassen.

Ohne auch nur einmal aufzublicken, zog er sich rasch zurück.

Erst als er den Thronsaal verlassen hatte, entspannte er sich halbwegs. Nur ein Gedanke nagte in ihm: *Auf was, um alles in der Welt, habe ich mich da überhaupt eingelassen – wenn auch nicht aus freien Stücken?*

Die Antwort war eigentlich ganz einfach: *Auf ein völlig aussichtsloses Unternehmen, das mir nur eines bringen wird: meinen Ruin!*

Im Geiste fragte er sich, welcher seiner zahllosen Konkurrenten bei Hof es wohl so eingefädelt hatte, dass ausgerechnet er, Lord Donald Cooper, mit diesem ruhmlosen Kommando betraut wurde!

Die ursprüngliche Bezeichnung des schwarzen Schiffes war sorgfältig überpinselt worden. Der jetzige Name lautete WITCH BURNING, was soviel hieß wie »Brennende Hexe«. Es bezog sich auf den Kapitän des schwarzen Schiffes. Dieser sah eher aus wie ein Jüngling als der Kapitän eines gefürchteten Piratenschiffes. Kein Außenstehender vermochte sich vorzustellen, dass es sich in Wahrheit um eine Frau handelte. Hinter vorgehaltener Hand galt der weibliche Kapitän der WITCH BURNING als waschechte Hexe. Wie anders als mit

Hexenkräften war sie zu einem gefürchteten Piratenkapitän geworden? Für eine Frau wäre das ohne übernatürliche Hilfe aus den Schlünden der Hölle wohl kaum möglich gewesen, so dachten viele und dichteten ihr daher magische Kräfte an.

Jeannet selbst wusste, dass dies alles barer Unsinn war. Aber sie ging nicht dagegen an, solange dieser Aberglaube ihr Vorteile verschaffte. Was manchen wahre Hexerei zu sein schien, war nichts anderes als Fingerfertigkeit im Umgang mit Waffen und eine körperliche Geschicklichkeit, die sie jedem Mann ebenbürtig machte.

Nur wenn sie sich unter ihren eigenen Leuten befand und ihre Weiblichkeit nicht verstecken musste, trug sie ihr flammend rotes Haar offen und ließ es im Wind wehen wie züngelndes Feuer.

Aufmerksam beobachtete sie den Horizont.

Die Sonne beschien ihr fein geschnittenes, hübsches Gesicht und ließ sie blinzeln.

Sie trug eng anliegende Männerkleidung, in der sie sich ungehindert bewegen konnte. An der linken Hüfte hing ein leichter Degen in seiner Halterung, rechts ein kurzer Dolch. Vor dem Bauch trug sie eine Pistole, die stets geladen war. Ihre Leute hatten oft genug erlebt, wie präzise sie damit schießen konnte und wie schnell es ging, diese Pistole mit Schwarzpulver und einer neuen passenden Kugel nachzuladen.

Ihr Wams hatte sie wegen der brütenden Hitze an Bord oben geöffnet, so dass der Ansatz ihrer Brüste zu sehen war. Ein Dekolleté, um das sie die meisten höfischen Damen beneidet hätten.

Als Mädchen hatte sie davon geträumt, zu heiraten und eine Familie zu gründen.

Aber dieses Schicksal war offenbar nicht jedem gegeben.

Für sie schien es ebenso wenig bestimmt zu sein, wie für die Jesuiten-Padres, die mit den Schiffen der Spanier in die Neue Welt kamen, um die Heiden zu missionieren. Denn wie konnte sie sich als Kapitän einer wilden Piratenhorde auf einen Mann einlassen, ohne die schlimmsten Streitereien zu provozieren?

Man kann nicht alles haben, so hatte sich die Kapitänin der WITCH BURNING immer gesagt.

Sie, als Freibeuterin, als Geächtete und Verfolgte, durfte sich letztlich auf keinerlei Beziehung einlassen. Und selbst ein flüchtiges Liebesabenteuer von nur äußerst kurzer Dauer konnte für die junge Frau verhängnisvoll sein. War es schon schwierig genug für sie, die Autorität auf ihrem Schiff zu behalten, so hätte dies eine eventuelle Schwangerschaft vollkommen unmöglich gemacht.

Es tat jedes Mal mehr weh, wenn sie an die heimlich ersehnte Liebe dachte, die ihr hin und wieder in ihren Träumen begegnete.

Sie kniff plötzlich die Augen zu schmalen Schlitzen zusammen und beschattete sie zusätzlich mit der linken Hand. Am Horizont kräuselte sich eine kaum wahrnehmbare Rauchfahne empor. Sie war viel zu weit weg, als dass man sie genau hätte sehen können, aber der Freibeuterin genügte es vollkommen: Sie sah den Rauch sogar noch vor dem Mann oben im Ausguck.

»Alarm!« sagte sie ruhig. Sie brauchte nicht herumzuschreien. Dafür hatte sie andere, deren stimmliches Organ dafür weitaus besser ausgebildet war als das ihre.

Sogleich wurde von der Brücke hinuntergebrüllt:

»Alarm! Alle Mann auf ihre Plätze!«

Hektische Betriebsamkeit entstand, trotz der eigentlich lähmenden Hitze.

Die meisten Piratenschiffe waren nachts auf Kaperfahrt, um unbemerkt an die zu kapernden Schiffe heranzugelangen, denen sie zumeist schon Tage vorher gefolgt waren. Die Mannschaft der WITCH BURNING jedoch handelte anders. Kaum einer der Männer an Bord war zwar der Meinung, dass es besser sei, von dieser traditionellen Vorgehensweise abzuweichen, aber so lautete nun einmal der Befehl des Kapitäns.

Und diesem Kapitän – mochte es sich nun um eine Frau oder eine Hexe handeln – folgten sie bis in den Tod, vorausgesetzt, sie sorgte dafür, dass es immer genug Beute gab.

Das wusste Jeannet nur allzu gut.

Schon so mancher Piratenkapitän war von der eigenen Mannschaft ausgesetzt oder den Haien zum Fraß vorgeworfen worden, wenn der Erfolg ausblieb und sich Fehlentscheidungen häuften.

Es war ein Leben auf einer Schwertschneide.

Aber Jeannet kannte es nicht anders.

»Welche Order, Jeannet?« fragte ihr Erster Offizier.

Das war das einzige, was die Männer von ihrem Namen wussten – den Vornamen Jeannet, den sie ihrer französischen Mutter verdankte. Ihren Nachnamen Harris, geerbt von ihrem englischen Vater, hatte sie nie erwähnt. Es kam auch keiner auf die Idee, sie danach zu fragen. Unter Ihresgleichen war es unüblich, einen Nachnamen zu benutzen oder sich gar damit anreden zu lassen, wie es neuerdings unter den bürgerlichen Ständen Englands Mode geworden war. Ein Vorname genügte den meisten dieser wilden Gesellen, dazu hatte er möglichst gewöhnlich zu sein. Ein auffallender Name erleichterte nur die Strafverfolgung. Jeannet war das Kind einer traditionsreichen Gauklerfamilie. Ihr Vater hatte sie von Kindesbeinen an auf den Umgang mit Waffen trainiert, damit sie ihr Können bei allerlei Vorführungen unter Beweis stellen konnte. Die schlangengleiche Geschmeidigkeit ihres Körpers hatte sie von der Mutter geerbt. Sie war als Schlangenfrau aufgetreten und hatte die Zuschauer mit ihren Verrenkungen in pures Erstaunen versetzt. Einmal war sie deswegen mit knapper Not einer Anklage wegen Hexerei entgangen, denn derartige Körperbeherrschung war nach Ansicht vieler nur möglich, wenn man einen unheiligen Bund mit den Mächten der Finsternis geschlossen hatte.

Sie dachte nicht gerne an die Vergangenheit. Tiefe Trauer erfüllte sie dann.

Jeannet war noch ein halbes Kind gewesen, als marodierende Soldaten ihrer Majestät das Lager der Gaukler überfallen und ausgeraubt hatten. Abergläubische Eiferer hatten die Landsknechte aufgehetzt, als gerade zu dem Zeitpunkt, da die Gaukler in die Gegend gekommen waren, die Blattern ausgebrochen waren. Da musste es doch einen Zusammenhang geben! Schreckliche Szenen hatten sich damals abgespielt. Bilder, die Jeannet niemals in ihrem Leben vergessen würde.

In ihren Albträumen hörte sie noch heute die Schreie …

Jeannet Harris war die Einzige aus der Gauklertruppe, die diesen Ausbruch des Hexenwahns überlebt hatte. Zitternd hatte sie sich in einem nahen Gehölz verkrochen. Wie Messerstiche waren die Schreie der Geschundenen in ihre Seele gedrungen. Ihre körperliche Behändigkeit hatte ihr die rechtzeitige Flucht ermöglicht und ihr damit das Leben gerettet.

Sie hatte dennoch alles mit ansehen müssen.

Ein albtraumhaftes Erlebnis, das ihr künftiges Leben geprägt hatte: Seitdem hasste sie alles Adlige, hasste die Obrigkeit, verkörpert durch Beamte, Soldaten und Schutzmänner ...

In Hafenstädten hatte sie sich herumgetrieben, sich mühsam durchgeschlagen, bis sie schließlich als blinde Passagierin an Bord eines Seglers geraten war, der später von Piraten gekapert wurde. Sie schloss sich den Freibeutern an, errang sich nach und nach Respekt und erlernte die Kunst des Segelns. Ihr Instinkt für Beute hatte sie schnell in der Hierarchie aufsteigen lassen. Jetzt vertraute eine ganze Mannschaft ihrem Befehl und ihrem Urteil.

Zumindest solange sie Erfolg hatte.

Aber zurzeit schien das Schicksal das an ihr ausgleichen zu wollen, was es in ihren jüngeren Jahren an ihr versäumt hatte.

Jeannet Harris war zum Fluch der Meere geworden, und es hatte wahrscheinlich niemals zuvor eine Frau gegeben, die darin so erfolgreich gewesen war wie sie.

Mit geblähten Segeln und einer Geschwindigkeit, die man dem schwarzen Piratenschiff gar nicht zutraute, jagte die WITCH BURNING auf die Rauchfahne zu, die mit jedem Yard deutlicher zu sehen war. Jedem an Bord war klar, was diese Rauchfahne zu bedeuten hatte. Dort war ein spanisches Handelsschiff überfallen worden! Und die Rauchfahne bewies, dass es zumindest noch schwimmende Überreste des Schiffes gab. Vielleicht sogar ein führer- und steuerlos dahintreibendes Wrack.

Aber jeder wusste auch, dass dort nichts mehr zu holen war. Darum wunderten sie sich jedes Mal aufs Neue, was ihr Kapitän dort überhaupt wollte. Wieso ließ Jeannet immer erst das Wrack anlaufen, die Stelle des Verderbens, wie sie es stets nannte? Wieso nahmen sie nicht gleich die Verfolgung des Freibeuters auf, dem dies anzulasten war und der jetzt mit seinem vom Beutegut überladenen Schiff selbst eine relativ leichte Beute wurde? Zumal sie auch ohne die »Stelle des Verderbens« anzulaufen die ungefähre Route ihres potenziellen Opfers kannten. Jeder dieser englischen Freibeuter nahm schnurstracks den Weg zurück in englische Hoheitsgewässer, um nicht von einem spanischen Kriegsschiff aufgebracht zu werden.

»Die Spanier sind Narren!«, murmelte Jeannet tonlos vor sich hin – und meinte damit die spanischen Kriegsschiffe. Anstatt mit ihren Galeonen die gefährdeten Handelsschiffe zu begleiten und zu schützen, kreuzten sie viel lieber weitab der Handelsrouten, um die Freibeuter abzufangen. Wann würden sie jemals dahinter kommen, dass die Freibeuter ihnen bei dieser Strategie haushoch überlegen waren, weil sie jeden einzelnen Schritt der Spanier schon im Voraus ahnten?

Sie schüttelte den Kopf und heftete ihren Blick auf die Rauchfahne, bis sie mehr als diese zu sehen bekamen. In voller Fahrt lief die WITCH BURNING auf die Unglücksstelle zu. Die ersten Wracktrümmer schwammen ihnen entgegen, von einer unsichtbaren Strömung getrieben. Aber nicht nur Wracktrümmer, sondern auch dunkel verfärbtes Wasser – dunkel verfärbt vom Blut der Abgeschlachteten!

Etwas in Jeannet krampfte sich zusammen. Wieso eigentlich tat sie sich das jedes Mal an? Wieso musste sie dieses Bild des Grauens zuerst in sich aufnehmen, bevor sie die Mörder verfolgte?

Sie wusste die Antwort, hätte es jedoch niemals gegenüber einem anderen Menschen zugegeben: Sie brauchte dies als Rechtfertigung für ihr eigenes blutiges Handeln! Sie musste sehen, was die Mörder angerichtet hatten, ehe sie es fertig brachte, sie zur Strecke zu bringen.

»Ich bin euer Richter!« sagte sie die beinahe schon ritualisierten Worte. Ihre Leute hatten sie oft genug vernommen, und es zog ihnen jedes Mal die Nackenhaut zusammen, als wären sie selber als Opfer betroffen und nicht die Vollstrecker des Kommenden: »Das Urteil lautet: Tod! Und ich bin euer Henker, der euch gnadenlos zur Strecke bringt!«

Ihre Leute dachten, was sie niemals laut ausgesprochen hätten: *Um anschließend unser eigenes Schiff mit eurer reichen Beute zu füllen!* Drum gehorchten sie dem Ritual ihres weiblichen Kapitäns, obwohl sie es absolut nicht nachvollziehen konnten.

Sie wussten ja nichts von Jeannets Vergangenheit, denn sie hatte noch niemals zu einem Menschen darüber gesprochen.

Die ersten Toten schwammen im Meer. Und jetzt sahen sie auch, woher der Rauch stammte. Aus unerfindlichen Gründen hielt sich ein besonders großes Wrackteil noch über Wasser, wo es allmählich ausbrannte, ehe es für immer im nassen Grab der See versank.

Nein, da hatte niemand überlebt. Die blutigen Leichen ließen überdies vermuten, mit welcher Grausamkeit alle Menschen zu Tode gekommen waren, die sich zum Zeitpunkt des Überfalls auf dem Schiff befunden hatten.

Unter dem schwimmenden Gerümpel, das die Freibeuter nicht hatten mitgehen lassen, weil es ihnen zu wertlos erschienen war, befanden sich auch Kleiderbündel und darin eingeschnürter primitiver Hausrat. Das bewies, dass es sich nicht um ein reines Handelsschiff gehandelt hatte, sondern dass auch Siedler auf dem Weg in die so genannte Neue Welt jenseits vom Atlantik an Bord gewesen waren.

Die Piratin wusste: Das waren die Ärmsten der Armen! Sie versuchten, ihrer ausweglosen Armut durch Flucht über das große Wasser zu entrinnen – hinein in eine sehr ungewisse Zukunft. Viele überlebten die Überfahrt schon deshalb nicht, weil sie total unterernährt und gesundheitlich in desolatem Zustand an Bord gegangen waren. Man nahm beinahe jeden mit – sofern er für die Überfahrt bezahlen konnte. Eine schreckliche Spirale der Ausbeutung: die hoffnungsfrohen Siedler, die aus ungewissen Quellen Geld zusammenkratzten, um in der Neuen Welt zu überleben, ihre Ausbeuter, denen sie die Überfahrt bezahlten, ob sie nun lebend ankommen würden oder nicht – und die Freibeuter, die das Schiff schließlich überfielen, alles von Wert an sich rissen und im wahren Blutrausch alle abschlachteten. Beinahe hätte Jeannet geweint, aber sie tat es aus zweierlei Gründen nicht: Erstens konnte sie sich das als Kapitän eines Piratenschiffes nicht leisten, wollte sie nicht ihre mühsam errungene Autorität verlieren, und zweitens hatte sie schon lange keine Tränen mehr!

Das, was sie mit eigenen Augen sah, war im Grunde dasselbe, was der Gauklertruppe damals angetan worden war. Jene Piraten, die dies getan hatten, waren um keinen Deut besser als die wahnhaften Mörder von damals. Und jedes Mal, wenn sie dieses Blut sah, spürte sie den unbändigen Hass in ihrem Herzen: Sie musste die Mörder dafür bezahlen lassen, die anderen Menschen solches antaten! Sie würden stellvertretend für jene sterben müssen, die damals ihre eigene Familie umgebracht hatten!

Das waren ihre Motive. Deshalb jagte sie statt spanischer eben englische Schiffe. Mit Vorliebe Freibeuter, die so handelten, wie sie es mit eigenen Augen immer wieder sehen musste.

Dass sie dadurch im fernen England Königin Elizabeth ein Dorn im Auge geworden war, kümmerte sie nicht, denn England und Elizabeth standen für sie stellvertretend für die blutigen Ereignisse in ihrer Kindheit. Sie wollte niemals wieder damit zu tun haben.

Mit ihrem Heimatland verband sie nichts mehr.

»Holen wir die Brut ein, noch ehe sie englisches Hoheitsgewässer erreicht hat!«, murmelte sie zwischen zusammengepressten Lippen.

Ihr Erster Offizier, einst ein Marschall, der in Ungnade gefallen war, weil er ein Verhältnis mit der Gattin seines Fürsten gehabt hatte, verstand sie sehr wohl, denn er hatte nur noch darauf gewartet und gab den Befahl lautstark weiter.

Marschall Ben Rider war an ihrer Seite, als die Masten der Verfolgten weit vor ihrem eigenen Bug scheinbar aus den Tiefen des Meeres emporstiegen. Ihr Klüverbaum deutete darauf wie die Pfeilspitze eines Bogenschützen auf das Ziel.

Jeannet warf kurz einen Blick auf den schweigsamen und stets in sich gekehrten Mann, der zuweilen sehr blutrünstig sein konnte. Er war wie sie. Er tötete, was er hasste – und das war alles, was ihn an das adlige England erinnerte. Weil es ihn gehetzt, verfolgt und erniedrigt hatte, obwohl sein Verbrechen in nichts weiter bestanden hatte, als einem Gefühl zu folgen. Dem Gefühl der Liebe zu einer Frau, die durch die Räson von Adelshäusern in ihre Ehe gezwungen worden war.

Es grenzte an ein Wunder, dass er den Häschern seines eifersüchtigen Fürsten damals entkommen war. Wahrscheinlich war es ihm nur deshalb gelungen, weil er ihnen immerhin lange Zeit vorgestanden und sie kommandiert hatte.

Doch jetzt war er hier, und das Glitzern in seinem verbliebenen Auge verriet, dass er sich schon auf seine Rache freute – Rache an England, das ihn früher genährt hatte und jetzt ächtete.

Jeannet waren die Motive ihrer Leute gleichgültig, solange sie nicht genauso bedenkenlos handelten wie die Mörder ihrer Familie. Es war das Einzige, was bei ihr überhaupt noch zählte. Sie richtete ihren Blick wieder nach vorn, tat dies aber völlig ohne Freude.

»Es wird nicht leicht werden«, sagte sie.

Ben Rider lächelte und entblößte dabei seine makellosen Zähne wie ein Wolf, der sich auf das Reißen einer Beute vorbereitete.

»Aber am Ende werden wir triumphieren, Jeannet. Dein Instinkt für Beute hat uns mal wieder nicht im Stich gelassen. Es ist eine Gabe.«

»Und solange ich diese Gabe besitze, werden all diese groben Kerle mir folgen, wohin auch immer ich sie führen mag!« Sie lachte hell auf. »Sobald sie mich verlässt, wird einer von euch mir den Dolch in den Rücken stoßen und selbst das Kommando übernehmen. Vielleicht sogar du, Ben!«

»Niemals!«

»Sei ehrlich, Ben! Ich will mich darüber auch nicht beklagen. So sind nun einmal die Gesetze der See. Auch von einer Frau erwartet man Beute. Kein Pirat folgt einem glücklosen Kapitän.«

»Es besteht kein Anlass, davon auszugehen, dass dein unverschämtes Glück dich verlässt, Jeannet.«

»Unverschämt?«

»Manche sehen es so.«

»Unverschämt war das Schicksal früher gegen mich. Jetzt zahlt es mir wenigstens ein bisschen davon zurück. Darin sehe ich die Gerechtigkeit des Herrn.«

»Wessen Gerechtigkeit auch immer!«, raunte Ben Rider.

Sie sahen dem englischen Freibeuter entgegen.

Schon waren die Stimmen der Besatzung zu hören.

Laute Rufe. Entsetzte Schreie. Schroffe Befehle.

Die Angst war zu einem Passagier des englischen Seglers geworden, und auch der Kaperbrief Ihrer Majestät, der Königin Elizabeth, würde dieser verfluchten Mannschaft jetzt nichts mehr nutzen.

Aber freiwillig würde sie sich nicht ergeben. So viel war klar. Sobald die WITCH BURNING in Sichtweite gekommen war, wusste jeder an Bord des Freibeuterschiffes: Es ging ums nackte Überleben! Der mörderische Ruf der WITCH BURNING war inzwischen nicht nur auf hoher See bis in die letzte Kajüte vorgedrungen, sondern auch bis in die Adelshäuser ganz Europas. Sicher sogar bis in die Neue Welt jenseits des Atlantiks! Und wie es bei Gerüchten üblich war: Jeder, der von der WITCH BURNING erzählte, tat sein Eigenes hinzu, bis die Taten ihrer Besatzung so fantastisch anmuteten, als säße der Teufel persönlich mit an Bord.

Jeannet konnte das nur recht sein. Die Angst würde ihren Feind lähmen und zu einer leichteren Beute werden lassen.

»Hisst die Todesflagge!«

Das taten ihre Leute nur zu gern. Ein paar hatten scharfe Messer zwischen ihre Zähne geklemmt und sahen dadurch noch verwegener und Furcht erregender aus als ohnehin schon. Sie hissten die schwarze Totenkopfflagge.

Eigentlich passt der Name gar nicht … WITCH BURNING!, dachte Jeannet. *Obwohl er sich auf mich bezieht. Denn das Schiff ist nun mal nicht rot, sondern schwarz – genauso wie die Todesflagge: ein weißer Totenkopf auf schwarzem Grund!*

Trotzdem würden die Seeleute an Bord des Handelsschiffes sofort wissen, wer die Verfolgung aufgenommen hatte.

Die WITCH BURNING verminderte die Fahrt nicht. Sie pflügte förmlich durch das Wasser. Das war möglich, weil sie voll vor dem Wind stand, genauso wie das verfolgte Schiff. Aber dieses war aus zweierlei Gründen viel langsamer. Erstens, weil es total überladen erschien, denn es hatte wohl mehr als nur ein spanisches Handelsschiff überfallen, und zweitens war es weitaus größer und von der Bauweise her plumper als seine Verfolgerin. Dafür allerdings handelte es sich um einen Viermaster, während die WITCH BURNING nur eine so genannte Fregatte war, ein Dreimaster also.

»Feindliches Schiff geht dwars!«, meldete der Erste Offizier Marschall Ben Rider. Das bedeutete Gefechtsform, rechtwinklig zur Mittschiffslinie.

Jeannet schüttelte wie tadelnd den Kopf. »Sie machen immer denselben Fehler, zeigen uns frühzeitig ihre Breitseite und können sich gar nicht vorstellen, dass dies ihrem Untergang gleichkommt.«

Ben Rider meinte: »Kein Wunder, denn wer sonst ist jemals auf die Idee gekommen, die vorderen Kanonen hoch an Bord zu hieven, bugwärts auszurichten und damit zu riskieren, sich den eigenen Bugspriet wegzublasen.« Obwohl das bisher noch nie geschehen war, blieb es dennoch eine Gefahr, trotz der besten Männer an den Kanonen, die man sich denken konnte.

Halb skeptisch und halb zuversichtlich schaute er nach den Kanonen. Die vorderen standen erhöht, um leichter über die Aufklotzung am Vordersteven hinwegzielen zu können, die man als Bugspriet bezeichnete.

Der Mann vom Ausguck verließ gerade seinen Platz, um beim bevorstehenden Gefecht nicht in den Tod zu stürzen.

»Gefechtsbereitschaft!«, gab Marschall Rider die Meldungen an Jeannet weiter.

Sie knirschte sehr undamenhaft mit den Zähnen, riss die Pistole heraus und schrie: »Feuer frei!«

Die bereits ausgerichteten Kanonen spuckten Tod und Verderben.

Und das aus voller Fahrt heraus!, dachte Marschall Rider, wobei ihm beinahe das Herz stehen blieb. Der erste Schuss war schließlich gefechtsentscheidend. Der Viermaster, den sie im Visier hatten, zeigte jetzt fast seine volle Breitseite, doch seine Kanonen konnte er erst in einer Minute zum Einsatz gegen den Verfolger bringen. Wenn die Schüsse von Bord der WITCH BURNING ins Leere gingen, wurde das Feuer von einem eigentlich überlegenen, weil größeren Schiff erwidert! Schließlich handelte es sich nicht um einen halbwegs wehrlosen Handelssegler, sondern um ein Schiff, das ursprünglich für den Krieg gebaut worden war.

Außer Jeannet wäre wohl niemand auf die Idee gekommen, mit einer viel kleineren Fregatte einen so stattlichen Viermaster zu überfallen. Es sei denn, er hätte auf die gleiche Strategie gesetzt.

Eines Tages wird dieses Manöver einmal misslingen!, vermutete Ben Rider im Stillen – und hoffte dabei inbrünstig, dass dieser Tag noch nicht gekommen sein möge.

Und dann waren die bangen Sekunden vorbei, in denen die Kanonenkugeln unterwegs waren.

Deutlich sah man, wie und vor allem wo sie auftrafen: Sie knallten in das feindliche Schiff hinein, einige sogar mittschiffs.

Es hatte verheerende Folgen, denn die gegnerische Crew hielt Kanonenkugeln und Pulver bereit, um damit den Verfolger loszuwerden. Ein Teil des Pulvers ging hoch und riss achtern den Schiffsrumpf auf. Wäre es nicht noch zu weit gewesen und hätte die steife Brise nicht die Schreie der Sterbenden und Schwerverletzten mit sich gerissen, hätte man sie bis zur WITCH BURNING hören können.

»Wir werden diese mörderische Brut auslöschen!«, murmelte Jeannet an Riders Seite, und er pflichtete ihr bei: »Sie sollen bezahlen – für alles!« Dass er damit auch meinte, sie für seine eigene Situation bezahlen zu lassen, brauchte er nicht extra zu erwähnen, das wusste Jeannet auch so.

Mit unverminderter Geschwindigkeit fuhr die WITCH BURNING auf die feindliche englische Galeone zu. Durch die Treffer drohte das ein wenig dickbauchige Schiff abzudriften. Ruderer versuchten, das aus einer Galeere entwickelte Kriegsschiff wieder dwars zu lenken, um endlich die schweren Geschütze in Stellung gegen den Angreifer bringen zu können.

Doch da wich die WITCH BURNING leicht nach backbord (also nach links) aus. Die Bewegung des angeschlagenen Kriegsschiffs vor ihnen war sehr träge, und es würde ihm schwerlich gelingen, den Ausweichkurs der wendigeren und schnelleren Fregatte durch ihre eigene Drehung auszugleichen.

»Refft die Segel!« kam Jeannets entscheidender Befehl. Ihre Leute befolgten ihn – und schon verminderte sich die Fahrt ihres Schiffes.

»Position!« forderte der Erste Offizier Marschall Ben Rider.

»Feuer frei!« schrie Jeannet, abermals die rechte Hand mit der Pistole hochreißend.

Die Kanonen unterdecks waren gemeint, denn jetzt war die WITCH BURNING ihrerseits dwars gegangen.

Die Geschütze krachten los und brachten den Tod auf die Galeone.

Diese war ohnehin schon angeschlagen, aber das Hauptziel des neuerlichen Beschusses lag bugseits, denn Jeannet wusste aus Erfahrung, dass viele Kriegsschiffe dort leichte Geschütze platziert hatten. Sie eigneten sich nicht auf weite Entfernung, aber wenn man einer Galeone zu nahe kam … Fast waren sie in Reichweite jener Geschütze, sofern es sie überhaupt gab. Also mussten sie vorbeugen und die Gefahr eliminieren, ehe sie greifen konnte.

Die Kugeln verfehlten auch diesmal nicht ihr Ziel. Jeannet konnte mächtig stolz auf ihre Kanoniere sein. Sie hatte wirklich die besten bekommen, die man sich denken konnte. Ohne sie wäre die WITCH BURNING nicht nur weniger erfolgreich gewesen, sondern keiner von ihnen würde überhaupt noch leben!

Die Kugeln rasierten den Bugspriet der Galeone weg. Der vordere Mast brach wie ein Streichholz. Und Jeannet hatte Recht mit ihrer Vermutung, dass dort leichtere Geschütze platziert waren: Das ebenfalls vorhandene Pulver ging hoch und schaffte es beinahe, den Bug bis zum Kiel aufzuspalten.

Dort würde keiner überleben.

Je weniger Überlebende, desto weniger stellen sich uns entgegen!, dachte Jeannet grimmig.

Und dann kam ihr nächster Befehl: »Enterkurs!«

Jubel brach an Bord aus. Ihre Leute schrien ziemlich undiszipliniert durcheinander, als würden sie sich auf das bevorstehende Abschlachten der Galeonencrew schon mächtig freuen. In Wahrheit löste sich dadurch nur ihre innere Anspannung, denn dieser Befehl bedeutete auch, dass ihnen die Galeone in ihrem angeschlagenen Zustand nicht mehr gefährlich werden konnte. Das Schiff war weitgehend unmanövrierbar geworden. Sie würden es bugseits entern, um nicht in Reichweite der Kanonen zu gelangen. Und noch etwas kam hinzu: Weiterer Beschuss hätte die Galeone vielleicht zu sehr beschädigt. Dann wäre auch die wertvolle Ladung verloren gegangen. Vielleicht gelang es ja sogar, die Galeone ins Schlepptau zu nehmen, um so nicht auf einen Großteil der Ladung verzichten zu müssen, die sonst an Bord der WITCH BURNING nicht hätte untergebracht werden können?

Das alles ließ die Leute jubelnd schreien, während der Steuermann die Fregatte einen sanften Bogen beschreiben ließ. Anschließend wurden die Segel vollständig gerefft. Den Rest des Weges mussten sie sich auf die eigenen Ruderer verlassen. Aber die waren stark und bereit. Sie legten sich kräftig in die Riemen, die sichere Beute vor Augen. An ihnen jedenfalls würde es nicht scheitern. Und wenn sie die Galeone erreicht hatten, würden die Ruderer selber zu den Waffen greifen, um bei dem Gemetzel mitzumischen.

Keiner an Bord des gegnerischen Schiffes durfte überleben. So lautete der Befehl von ihrem Kapitän Jeannet »Witch«. Sie hatte sich zur Richterin über die Galeone ob deren blutiger Taten erhoben und das Todesurteil bereits ausgesprochen. Ihre Vollstrecker warteten auf die Gelegenheit zum Vollzug, egal, wie verzweifelt auch der Widerstand war, den man ihnen entgegenbrachte.

Erst auf hoher See gelang es Lord Cooper, seine wirren Gedanken zu ordnen. Er hatte zwar keine Lust, jetzt schon zu sterben, aber nach dem Befehl von seiner Königin würde es wohl keinen anderen Ausweg geben.

Wie sollte er es denn jemals schaffen, ein Piratenschiff, das allgemein als so überlegen angesehen wurde wie noch nie zuvor ein Schiff, mitsamt Besatzung zu kapern und anschließend dazu zu bringen, im Sinne der englischen Krone zu handeln?

Nein, es würde ein Kampf auf Leben und Tod werden – und er konnte dabei nur verlieren. Entweder, indem die Piraten von vornherein siegten, oder wenn er sie tötete … Ja, dann wartete in London bereits das Henkersbeil auf ihn!

Was für ein ruhmloses Ende für einen Lord, der eine solche Karriere gemacht hatte, dass er sogar bis in den Kreis der engsten Berater der Königin hatte aufsteigen dürfen! Da war es ihm wirklich lieber, im Kampf zu sterben.

Allerdings nicht ganz freiwillig, denn auch Selbstmord wäre für ihn einfach zu ehrlos gewesen.

Ein schlimmer Konflikt für einen als unbesiegbar geltenden Kämpfer für England und die Ehre. Er konnte sich eigentlich nur noch darauf verlassen, dass die Piraten wirklich so unbesiegbar waren, wie es allgemein hieß.

Aber dazu musste er sie erst einmal finden.

Er hatte sich schon bei den ersten Vorbereitungen eine Strategie zurechtgelegt. Zwar passte sie jetzt nicht mehr so völlig ins Konzept, da er seinen eigenen Tod halbwegs mit einplanen musste – gezwungenermaßen, wie er fest glaubte! –, aber leider gab es keine andere Möglichkeit, denn wo sollten sie dem schwarzen Piratenschiff auf offener See begegnen? Niemandem war es bislang gelungen, dem Freibeuter und seiner Besatzung zuvorzukommen.

Nein, das durfte man von vornherein gar nicht in Betracht ziehen. Es sei denn, man legte es auf einen glücklichen Zufall an. Der konnte aber auf sich warten lassen. Sollten sie denn jahrelang die See befahren, um auf diesen Zufall zu hoffen? Das hätte die Königin sicherlich schon vor der Zeit dazu bewogen, ihn einen Kopf kürzer machen zu lassen.

Seine Überlegungen gingen in eine völlig andere Richtung: Wie man sich unter Seeleuten erzählte, handelte es sich um eine wendige und äußerst schnelle Fregatte. Sicherlich keine Standardbauweise, bei dem, was dieses Schiff angeblich alles vermochte. Aber wo mochte ein solches Schiff für diese besonderen Zwecke umgebaut worden sein? Doch wohl kaum auf offener See! Und wohin sollte man die Schätze bringen, die man anderen gestohlen hatte? Auch die würden die Piraten nicht einfach auf dem Meer deponieren können. Mit anderen Worten: Sie brauchten einen Unterschlupf, wo sie Ruhe fanden, ihre Schätze lagerten, neuen Proviant an Bord nahmen, auch Frischwasser …

Das Festland kam dafür nicht in Frage. Die wilde Küste Englands ließ sich recht gut überwachen. Piraten hatten da wenig Chancen, auf Dauer einen guten Unterschlupf zu finden, zumal ihr Hauptoperationsgebiet die Atlantikroute der Spanier war. Aber auch die Kanarischen Inseln wären wenig geeignet gewesen, nicht nur deshalb, weil sie Hoheitsgebiet der Spanier waren. Genauso wenig wie die Azoren …

Lord Donald Cooper war fest davon überzeugt, dass die Piraten ihr geheimes Versteck innerhalb von Englands Hoheitsgewässern unterhielten. Dafür gab es nur eine einzige Möglichkeit, doch diese war geradezu hervorragend geeignet: die vorgelagerten englischen Kanalinseln! Dort wagte kaum ein englisches Kriegsschiff zu kreuzen, weil das Franzosen oder Spanier als Provokation hätten empfinden können. Aber andererseits hielten sich auch Franzosen und Spanier in Bezug auf die Kanalinseln zurück, lagen sie doch nominell in Gewässern, die von der englischen Krone beansprucht wurden.

Faktisch war auf diese Weise eine Art Niemandsland entstanden.

Eine schnelle und wendige Fregatte, schwarz wie die Nacht … Wer würde sie schon bemerken, wenn sie eine der Inseln anlief, die als unbewohnt galten? Und man würde den Piraten dort auch kaum eine Falle stellen können, wenn man dazu sein eigenes Kriegsschiff benutzen wollte: Die Piraten würden rechtzeitig bemerken, dass da schon jemand auf sie lauerte.

Es sei denn, man wusste haargenau, wo man zu suchen hatte. Dann würde man genügend Leute absetzen, die sich auf die Lauer legten, während ihr Schiff sich in sicherem Abstand abwartend verhielt.

Das war ein Gedanke, mehr nicht, denn erstens hatte Lord Cooper keine Ahnung, um welche der Inseln es sich nun handelte. Außerdem hätte er auch dann nicht gewusst, wie lange seine Leute hätten warten müssen. Vielleicht drei Wochen? Vielleicht länger? Und wenn er dann vor der Zeit die Insel wieder anlief, um seine Leute und die besiegten Piraten aufzunehmen – und jene noch gar nicht zurückgekehrt waren?

Lord Cooper hatte anderes im Sinn: Er würde das Piratenschiff bei der Heimkehr stellen, also wenn es die vorgelagerten Kanalinseln anlief. Dabei musste er sich darauf verlassen, dass es möglichst die einfachste und günstigste Route nahmen.

Der Lord war ein erfahrener Seefahrer und in dieser Eigenschaft nicht umsonst in maritimen Angelegenheiten Berater der Königin geworden, auch wenn es ihm in dieser Eigenschaft niemals vergönnt war, in die Admiralität emporzusteigen.

»Wir haben Position erreicht«, meldete sein Erster Offizier. »Sollen wir die errechnete Route kreuzen oder habt Ihr anders lautende Befehle, Mylord?«

»Nein, es bleibt dabei: kreuzen! Dabei nähern wir uns allmählich spanischen Hoheitsgewässern. Aber ich möchte dort nicht eindringen. Die Gefahr ist zu groß, während dem bevorstehenden Konflikt mit den Piraten die Aufmerksamkeit einer spanischen Galeone zu erregen. Die Spanier hätten das Recht, uns zu beschießen, weil wir ihr Seerecht verletzen …«

»Aye, Sir! Mylord: Wie Sie befehlen …«

Der Erste Offizier salutierte und machte auf dem Absatz kehrt. Er stiefelte davon.

Der Lord schaute ihm leicht kopfschüttelnd nach. Er mochte die militärische Etikette nicht sonderlich. Deshalb gönnte er sich den Luxus, als Kommandant eines Kriegsschiffes Ihrer Majestät, der Königin, in Zivil zu bleiben. Die hohe Admiralität hatte sich schon mehrmals die Mäuler darüber zerrissen, doch das kümmerte ihn wenig. Er trug das am Leib, was er als bequem empfand. Nein, die offizielle Uniform würde ihn in einem Nahkampf nur unnötig behindern. Wenn es nach ihm gegangen wäre, hätte man auch die Uniformen der Soldaten ziviler gestaltet, was sie im Ernstfall sicherlich noch besser hätte kämpfen lassen. Schade, dass die Herren Admiräle das anders sahen und sich auch Ihre Majestät in keiner Weise diesbezüglich von ihm beeinflussen ließ …

Lord Donald Cooper schaute sinnierend über das Meer, das sich endlos auszudehnen schien, und fragte sich, wo sich das gesuchte Piratenschiff wohl zurzeit befand und was es gerade tat. Vielleicht überfiel es in diesem Augenblick sogar ein Schiff, um die Besatzung blutig niederzumetzeln und anschließend alles zu rauben, was ihnen von Wert erschien?

Wie Recht er mit dieser Annahme hatte, konnte er zu diesem Zeitpunkt noch nicht einmal ahnen …

Sobald der Abstand gering genug war, warfen die Piraten ihre Enterhaken und zurrten die Seile fest. Die WITCH BURNING schrammte gegen die feindliche Galeone und bewegte sich noch ein paar Yards, bis die Seile sich spannten und das Schiff stoppen ließen.

Sogleich sprangen die Ruderer auf und eilten zu ihren Waffen, um damit rechtzeitig auf Deck zu erscheinen.

Von den Verteidigern war noch nichts zu sehen. Aber das durfte die Piraten nicht unvorsichtig werden lassen, denn gewiss besaßen die Freibeuter der Königin Feuerwaffen und Armbrüste, mit denen sie auf der Lauer lagen.

Jeannet war mitten unter ihnen, die schussbereite Pistole in der Rechten. Ihren Augen entging nichts. Und da sah sie, wieso die Verteidiger noch nicht erschienen waren: Nicht weil sie auf der Lauer lagen, sondern weil die Panik ihre Sinne vernebelte und teilweise zur heillosen Flucht zwang.

Ein großer Teil der Besatzung nahm Reißaus. Sie sprangen im hohen Bogen ins Meer. Dabei wusste die Piratenführerin aus Erfahrung, dass die meisten überhaupt nicht schwimmen konnten. Sie würden elendig ersaufen. Und auch um diejenigen, die schwimmend entkamen, brauchten sie sich nicht mehr zu kümmern. Lange würden sie nicht durchhalten, falls sie nicht vor der Zeit schon von Haien gefressen wurden, die das Blut anlockte, das in den nächsten Minuten fließen würde.

Aber ein paar Bedachte hatten sich trotzdem auf die Lauer gelegt. Ihnen galt es, nicht vor das Rohr zu kommen.

Jeannet brauchte keine Befehle zu erteilen. Ein jeder wusste selber, was zu tun war. Sie enterten nicht zum ersten Mal ein feindliches Schiff.

Hinter einem der Aufbauten war eine rasche Bewegung zu sehen.

Jeannet sprang blitzschnell aus der Schusslinie und ließ gleichzeitig ihre eigene Pistole loskrachen.

Schon ihr erster Schuss traf. Der Getroffene war zwar nicht sofort tot, aber er hatte nicht mehr die Kraft zu einem weiteren Versuch, sich der Angreifer zu erwehren.

Jeannet erreichte ihn als Erste. Sie steckte im Laufen die Pistole in die Schärpe zurück und zog den leichten Degen. Eine blitzschnelle Bewegung.

Unbewegt stellte Jeannet ihren Fuß auf den Sterbenden und zog ihren Degen wieder aus der tödlichen Wunde. Sie hatte keine Gnade mit dieser Brut, die imstande war, arme Amerika-Siedler abzuschlachten wie Vieh.

Mit einem gellenden Schrei auf den Lippen sprang sie weiter. Vor ihr tauchten zwei Männer auf, die ihre Pistolen bereits leer geschossen hatten, offensichtlich ohne auch nur einen einzigen der angreifenden Piraten zu treffen, weil sie einfach zu nervös gewesen waren. Jetzt hoben sie ihre Degen und stellten sich Jeannet in den Weg. Ihr Kampfschrei hatte sie als Frau entlarvt.

Jetzt glaubten sie, mit ihr leichtes Spiel zu haben.

Doch da sollten sie sich gründlich täuschen.

Sie lachte verächtlich und ließ den Degen wirbeln.

Beinahe hätte sie ein blitzschneller Streich des Linken am Bein getroffen, aber sie hatte die Bewegung aus den Augenwinkeln gesehen und sprang senkrecht in die Luft.

Eine solche Behändigkeit hätten ihr die beiden Angreifer nicht zugetraut.

Dem ersten Gegner hieb Jeannet quer durch das Gesicht.

Sein Schrei ging in dem Kampfgetümmel völlig unter. Aber Jeannet ließ ihn nicht lange leiden. Sie riss den Degen hoch und zerschnitt ihm die Kehle. Gleichzeitig wich sie dem Streich des anderen aus.

Sie parierte geschickt und streckte ihn dann mit einem schnellen Stich nieder.

Schwer fiel sein Körper auf die Planken.

Im nächsten Moment sah sich Jeannet von Angreifern regelrecht umzingelt. Keiner ihrer Leute konnte ihr zu Hilfe kommen.

Sie duckte sich und ließ die blitzenden Degen ins Leere gehen, die gleichzeitig gegen sie geführt wurden.

Dann ließ sie die Degenspitze vorschnellen und und zog sie blitzschnell wieder zurück.

Ein Schrei gellte durch das Kampfgetümmel.

Die Angreifer zogen ihre Degen zurück, und Jeannet wirbelte in der Hocke einmal um sich selber. Ihre Degenspitze zerschnitt dabei nicht nur Beinkleider, sondern auch Fleisch. Die Verletzten schrien, kümmerten sich jedoch nicht um ihre Verletzungen, sondern griffen umso wütender an.

Jeannet parierte mühelos.

Das Kampfgetümmel wurde unübersichtlich.

Es wogte hin und her. Aber letztlich hatten die Verteidiger keine Chance gegen die Übermacht der Piraten.

Vor Jeannets innerem Auge erschienen die Bilder der Vergangenheit.

Die Schreie jener, die in diesem Kampf ihr Leben ließen, mischten sich mit den Todesschreien aus ihren Erinnerungen, als ein Lord mit seinen Soldaten dem Mob als Speerspitze gedient hatte. Jenem Mob, der in den Fremden nichts weiter als Diener des Satans gesehen hatte.

Der Kampf wogte weiter.

Jeannet sprang katzengleich an der Takelage empor und krallte sich mit der freien linken Hand fest, während sie in der Rechten den blutigen Degen hielt.

Aus dieser Position heraus konnte sie sich einen besseren Überblick verschaffen und sah sogleich, wo die Verteidigungsfront am schwächsten war. Sie ließ sich einfach los und landete behände auf Deck.

Gerade rechtzeitig, denn mehrere Kugeln pfiffen über sie hinweg. Sie sprang seitlich weg und entging so der nächsten Kugel.

Die Verteidiger hatten begriffen, dass sie die Anführerin der Piraten war. Sie wollten die Angreifer demoralisieren und bemühten sich daher, ihre Anführerin zu töten.

»Verdammte Narren!«, schimpfte Jeannet halblaut vor sich hin. Sie wollten ihr ans Leder? Sie hatte sich ein einziges Mal in ihrem Leben verkrochen – nämlich damals, als alle sterben mussten, außer ihr. Später hatte sie sich oft genug gefragt, warum sie nicht besser alles getan hatte, um ebenfalls zu sterben. Dann hätte sie nicht mit diesen schrecklichen Erinnerungen weiterleben müssen.

Aber diese Zeiten waren vorbei.

Jeannet sprang hinter einem der Aufbauten in Sicherheit, aber nicht, um sich dort zu verkriechen, sondern um emporzuspringen, sich am Rand des Aufbaus hochzuziehen, hinaufzuklettern und weiterzuhetzen.

Im nächsten Augenblick war sie über den Männern, die sie hatten erschießen wollen und sie jetzt mit drohenden Degen erwarteten – allerdings aus der falschen Richtung. Ehe sie ihren Irrtum begriffen, war sie mitten unter ihnen. Noch im Sprung zuckte ihr Degen nieder, um zwei von ihnen zu töten.

Sie kam auf den rutschigen Planken auf und kauerte sich zusammen zu einem kleinen Bündel Mensch, damit sämtliche gegen sie ausgeführten Hiebe ins Leere gingen. Und dann explodierte sie förmlich, sprang umher wie der sprichwörtliche Derwisch, ließ ihren Degen mit einer tödlichen Virtuosität sprechen, der keiner der Männer gewachsen war. Sie wollten ihre Schläge parieren, starben jedoch, ehe es ihnen gelingen konnte.

Vor ihr war die Back, der Aufbau auf dem Vorderschiff.

Sie schrie ihren Kampfschrei und trat gegen die Tür, die in die Back führte. Sie war verschlossen und ließ sich nicht durch einen einzigen Tritt öffnen.

Doch das war auch gar nicht die Absicht von Jeannet gewesen. Sie wich blitzschnell zur Seite hin aus und schmiegte sich an die Wandung.

Keine Sekunde zu früh, denn oben tauchten gleichzeitig zwei Männer auf. In jeder Hand hielten sie eine Pistole. Sie schossen genau dorthin, wo Jeannet sich einen Augenaufschlag zuvor noch befunden hatte.

Jeannet ließ ihren Degen nach oben zucken, und einer der beiden hauchte sein Leben aus. Der andere griff blitzartig nach hinten und brachte eine weitere Pistole zum Vorschein. Ehe er jedoch den Abzug betätigen konnte, traf Jeannets Degen auch ihn.

Sie heftete ihren Blick auf die geschlossene Tür. Jeannet nahm Anlauf und sprang mit beiden Füßen gleichzeitig gegen die Tür.

Es krachte zwar fürchterlich, aber die stabile Tür blieb verschlossen.

Jeannet wandte sich ab und sah nach ihren Leuten.

Egal, die Kostbarkeit konnte warten. Wenn sie erst einmal im Besitz der Galeone waren und alle Getöteten oder Sterbenden im Meer schwammen, damit die Haie sich wieder gründlich satt fressen konnten, war immer noch Zeit genug, die Tür aufzubrechen.

Schon wollte sie sich endgültig abwenden, als sie trotz des Kampfgetümmels mit ihren empfindlichen Ohren deutlich ein lautes Wimmern vernahm.

Sie blieb wie angewurzelt stehen und wandte sich erneut der Tür zu.

Das war von dort drinnen gekommen, ganz eindeutig!

Wer befand sich dort?

»Hilfe! So helft mir doch!« hörte sie jetzt den verzweifelten Ruf in schlechtem Englisch, gefärbt mit starkem spanischem Akzent.

»Siehe da«, murmelte Jeannet unwillkürlich. *Dann ist diese behütete Kostbarkeit ganz schön lebendig und außerdem von spanischem Geblüt!*, schoss es ihr durch den Kopf. *Waren das doch nicht nur arme Aussiedler, die man auf dem Handelsschiff der Spanier abgeschlachtet hatte? Aber was tat denn eine Frau auf jenem Schiff, die kostbar genug erschien, um sie als Gefangene mitzunehmen?*

Dass es sich um eine Frau handelte, war an der Stimme zu hören, aber Jeannet zügelte vorerst ihre Neugierde, um ihren Leuten zu Hilfe zu eilen, sofern diese überhaupt noch ihrer Hilfe bedurften.

Sie lief von der Tür fort, um den restlichen Verteidigern der Galeone wie ein wütender Berserker in den Rücken zu fallen.

Bevor diese überhaupt begriffen, dass jetzt die tödliche Gefahr auch aus einer ganz anderen Richtung drohte, waren sie bereits durch ihre Hand gestorben.

Achtlos stiegen die Piraten über ihre Leichen, auf der Suche nach weiteren Überlebenden der Besatzung. Sie würden das gesamte Schiff durchsuchen, damit ihnen auch ja kein einziger entkam. Erst wenn dieses blutige Geschäft erledigt war, würden sie sich daran machen, die Ladung zu sichten und zu überlegen, wie man sie am besten in den eigenen Besitz brachte.

Jeannet winkte zwei ihrer kräftigsten Leute herbei und deutete auf die Tür.

»Dahinter verbirgt sich ein kleines, aber sehr lebendiges Geheimnis. Ein paar der Freibeuter haben es mit ihrem Leben verteidigt.«

Die beiden lachten rau. Dann sahen sie sich nach einem von der geborstenen Schiffswandung übrig gebliebenen Spriet um, den sie als Rammbock benutzen konnten.

Lange zu suchen brauchten sie nicht. Damit machten sie sich daran, die Tür aufzubrechen.

Endlich gab die stabile Tür nach. Der gepanzerte Eingang zu einem Gefängnis hätte nicht hartnäckiger sein können. Sie zersplitterte am Ende regelrecht in ihrem Rahmen.

Drinnen blieb es verdächtig ruhig. Es herrschte Halbdunkel.

Jeannet kniff ihre Augen zu schmalen Schlitzen zusammen. Für einen Augenblick befürchtete sie, die wertvolle lebende Fracht der gekaperten Galeone hätte gar Selbstmord begangen, um einem vielleicht sogar noch schlimmeren Schicksal zu entgehen. Doch dann beruhigte sie sich selber: Nein, die Gefangene hatte keinen Grund, an eine Verschlimmerung ihrer Lage zu glauben. Bisher hatte man ihr jedenfalls keinen Grund gegeben.

Sie trat langsam näher und gebot den beiden, die in ihrem Auftrag die Tür aufgebrochen hatten, zurückzutreten.

Mit angespannten Sinnen blieb sie kurz vor der Türhöhle stehen. Es war nichts zu sehen. Erst mussten sich die Augen an das Halbdunkel gewöhnen. Aber so lange wollte Jeannet nicht warten. Sie verließ sich dabei eben nicht allein auf ihre Augen, sondern auf alle anderen Sinne, die sie stets rechtzeitig vor Gefahren warnten.

Sie tat den entscheidenden Schritt – und duckte sich im gleichen Augenblick ab, weil sie mit ihrem übersensiblen Gehör ein verräterisches Zischen gehört hatte, als würde etwas mit tödlicher Präzision durch die Luft sausen.

Noch während sie sich duckte, glitt sie gedankenschnell zur Seite. Dann drehte sie sich um sich selbst. Ihre Füße schabten über die Planken. Ihr Körper bog sich schlangengleich, erreichte endlich die richtige Position – und das war neben der dunklen Gestalt, die aus der Deckung heraus in der Absicht angegriffen hatte, jeden Eindringling auf der Stelle zu töten. Aber die Angreiferin – denn es handelte sich mit Sicherheit um die Frau, die vorher so erbärmlich geklagt hatte – hatte noch gar nicht begriffen, dass ihr tödlicher Stich ins Leere gegangen war, da wechselte ihre Waffe bereits die Besitzerin. Jeannet versetzte der Frau einen harten Stoß, der sie durch die Tür nach draußen taumeln ließ. Die Piratin erschien hinter ihr, um triumphierend ihr Beutestück hochzuhalten: ein abgebrochenes Stuhlbein, das so spitz war, dass man damit auch einen ausgewachsenen Stier hätte abstechen können.

Jeannet schürzte die Lippen und sah zu, wie sich die Gefangene fing, um den drohenden Sturz zu verhindern.

Wie eine Wildkatze fauchend, wirbelte sie um sich selbst und wollte erneut gegen Jeannet vorgehen, doch diese lachte nur.

Das stachelte die Wut der Angreiferin nur noch mehr an. Sie griff nach Jeannet, doch wo diese sich soeben noch befunden hatte, war der Platz leer, als hätte sie sich in Nichts aufgelöst. Stattdessen war sie plötzlich hinter ihrer Angreiferin und nahm sie in einen Klammergriff, aus dem es kein Entrinnen gab. Als sie das spitze Holzstück, das ihr ursprünglich hatte den Tod bringen sollen, an die Kehle ihrer Gefangenen hielt, gab es ein Beifall heischendes Gebrüll ringsum: Die meisten ihrer Leute hatten ihr blutiges Handwerk bereits erledigt und waren neugierig gekommen, um zu sehen, was da vor der Back vor sich ging.

»Wie würde es Euch gefallen, meine Liebe, wenn jetzt die Waffe, die mir den Tod hat bringen sollen, stattdessen Euch den Tod brächte?«, zischte Jeannet am Ohr der Gefangenen, die sich verbissen zu befreien versuchte, wenn auch ohne die geringste Aussicht auf Erfolg. »Ihr habt Euch leider das falsche Opfer ausgesucht.«

Jeannet stieß die Gefangene von sich, die gegen die Wandung der Back prallte und sich sofort wieder herumwarf.

»Na, wen haben wir denn da eigentlich? Eine zweibeinige Wildkatze, direkt aus der tiefsten Gosse, wo man anders gar nicht überleben kann?«, fragte Jeannet und schürzte die Lippen. »Nein, einige Tatsachen sprechen dagegen: Ihre gute Kleidung zum Beispiel. Außerdem wäre sie dann nicht so wertvoll, dass man sie gleich mit mehreren Wachen beschützen würde, die sogar bereit waren, für ihren Schutz das eigene Leben zu opfern.«

Sie erhob ihre Stimme und rief ihren Leuten zu, ohne die Gefangene aus den Augen zu lassen: »Kann mir jemand sagen, wen wir da haben? Ich glaube kaum, dass sie uns das selbst mitteilen will.«

»Nach dem kostbaren, wenn auch etwas ramponierten Kleid zu urteilen, handelt es sich um eine feine Dame!«, meldete sich Ben Rider zu Wort.

»Du Abschaum!«, zischte die Gefangene.

Alle lachten, auch Jeannet. »Ihr bezeichnet uns als Abschaum?«, fragte sie. »Dann könnt Ihr nur eine Adlige sein, die selbst angesichts des sicheren Todes ihren dummen Hochmut nicht verliert. Mit Verlaub: Wer hier nett zu sein hat, das seid Ihr, Gnädigste, denn Ihr seid eindeutig im Nachteil. Aber sicher reicht Euer Verstand nicht aus, dies zu begreifen.«

Die Gefangene hob das Kinn.

»Oder mein Stolz ist groß genug, um alles zu ertragen, eben auch den Tod, ehe ich vor Abschaum zu Kreuze krieche.«

Jeannet schürzte mal wieder die Lippen, als müsste sie scharf nachdenken. Da trat Marschall Ben Rider neben sie und sagte wie beiläufig: »Sie ist die Tochter des Königs – eine seiner Töcher zumindest!«

»Des Königs?«, echote jemand verblüfft.

»Des Königs von Spanien gar?«, wunderte sich Jeannet. Sie tippte darauf wegen des in ihren Ohren fürchterlichen Akzents der Gefangenen. Und dann fügte sie hinzu: »Was suchte die Tochter von Philipp II. auf einem Schiff mit armen Aussiedlern?«

»Sie ist ziemlich widerspenstig«, stellte Ben Rider fest. »Das war sie schon immer. Trotzdem ist sie die Lieblingstochter des spanischen Königs. Ich habe sie damals gesehen, in London, bei einem Staatsempfang.«

Jeannet lächelte.

»Als du am Hof noch wohlgelitten warst, Ben!«

»Ja. Manchmal erscheint mir das wie eine Erinnerung aus einem anderen Leben. Aber so war es. Ich erinnere mich ganz genau an diese Frau! Sie ist wahrlich dem Rang einer Prinzessin in keiner Weise würdig, obwohl sich die Höflinge emsig um sie bemüht haben, wie ich weiß. Zwar ist sie seit damals um einige Jahre älter geworden, doch um keinen Deut klüger. Mit anderen Worten: Sie hat absolut nichts dazugelernt.«

»Bist du die Thronfolgerin?«, fragte Jeannet an die Gefangene gewandt.

Sie gab keine Antwort.

»Sie ist keine Thronfolgerin!«, erklärte Rider statt ihrer. »Aber ich denke, ihr Vater wird dennoch alles tun, seine Tochter wiederzufinden. Mehr noch: Er wird ein saftiges Sümmchen spendieren, damit ihm das auch gelingt. Diese bevorzugte Behandlung war also kein Wunder. Offensichtlich wusste der Kapitän der Galeone, wen ihm da der Zufall in die Hände gespielt hat.« Jeannet erhob wieder ihre Stimme. »Ist noch was von diesem Kapitän übrig, was man befragen könnte?«

»Nur noch der Kopf, leider«, rief einer rau. »Doch der bleibt konsequent stumm, wie ich mich soeben überzeugen konnte.«

»Na, dann wirf ihn doch einfach über Bord.«

»Aye, Kapitän!«

»Kapitän?«, wunderte sich jetzt ihre königliche Gefangene.

Jeannet deutete eine spöttische Verbeugung an.

»Gestatten: Jeannet Witch, Kapitän der WITCH BURNING und Anführerin dieser wilden und blutrünstigen Horde.« Sie zog ihre Kopfbedeckung und ließ ihren flammenden Rotschopf ins Freie. »Allerdings nicht zu Euren Diensten, Mylady, zu meinem äußersten Bedauern.«

»Eine – eine Frau!«

»Gefürchtet wie keine sonst auf dieser Welt!«, bestätigte Jeannet sarkastisch.

Der Blick der Gefangenen wanderte weiter zu Marschall Ben Rider. »Und einen Lakaien an der Seite, der schon mal …

bei Hofe gewesen war? Als was eigentlich? Als Lakai – damals schon?«

Ben Rider lachte nur. Auch er deutete eine höfische Verbeugung an, allerdings wesentlich gekonnter als Jeannet. Schließlich hatte er jahrelang Gelegenheit gehabt, die höfische Vorstellung einzuüben.

»Marschall Ben Rider, auch nicht zu Euren Diensten, Mylady.«

»Marschall?«

»Na, streng genommen hat mich die Königin dieses Ranges und des damit verbundenen Kommandos enthoben, aber bitte nicht weitersagen, denn das wäre mir ... ein wenig peinlich.«

Allgemeines Gelächter aus rauen Männerkehlen.

»Na, wie ist es jetzt mit der Nettigkeit?«, erkundigte sich Jeannet. »Schließlich müssen wir eine Weile miteinander auskommen. Ich verspreche, Euch kein Haar zu krümmen. Voraussetzung dafür ist aber Euer Wohlverhalten. Gebt mir Euer Wort als Prinzessin darauf!«

»... falls das noch etwas wert sein sollte!«, ergänzte Rider.

Jeannet nahm den Degen mit der Linken und streckte der Prinzessin die Hand entgegen.

Diese warf den Kopf in den Nacken.

»Glaubt Sie, dass ich Abschaum die Hand gebe und mich damit beschmutze?«

Jeannet zuckte die Achseln.

»Ganz wie Ihr wollt!«

Die Piraten brachen erneut in raues Gelächter aus.

»Ich habe begriffen«, sagte die Prinzessin. »Der gefürchtetste Pirat der Meere ist eine Frau. Sie weiß sich gut zu bewegen und gut zu kämpfen. Wäre Sie kein Abschaum, würde ich Ihr dafür Hochachtung zollen. An Ihrer Seite ein ehemaliger Marschall Ihrer Majestät? Einer mit seemännischer Erfahrung sogar, wie ich vermute? Ein seltsames Gespann, wenngleich wohl überaus erfolgreich. Allerdings werde ich es Euch beiden nicht leicht machen, denn ich würde lieber sterben als zurückzukehren an den Hof meines Vaters.«

Jeannet hob die Augenbrauen.

»So, was missfällt Euch denn bei dem Gedanken an den Luxus, den Ihr zweifellos gewohnt seid?«

»Mein Vater will mich aus politischen Gründen mit einem Fürsten aus Osteuropa verheiraten. Ich kann weder seinen Namen noch den seines Landes aussprechen und habe auch keine Lust, lange, eisige Winterabende in irgendeinem düsteren Kapartenschloss zu verbringen!«

»Nun, ich fürchte, Ihr werdet diese Angelegenheit mit Eurem Vater ausmachen müssen«, sagte Jeannet.

»Ihr seid grausam!«

»Betrachtet das Schicksal jener, die jetzt erschlagen auf den Planken liegen, meine liebe Prinzessin. Und dann redet noch einmal von Grausamkeit oder etwas Ähnlichem!«

Ben Rider hob die Hand und trat auf die Gefangene zu.

»Ihr seid nicht in einer diplomatischen Mission oder dergleichen unterwegs gewesen?«, fragte er.

»Nein.«

»Und Ihr habt ernsthaft geglaubt, in der Neuen Welt hätte der lange Arm Eures Vaters Euch nicht erreichen können?«

»Nirgendwo sonst ist es leichter, seinen Namen und sein letztes Leben abzulegen als dort, Mylord! Ich wäre als eine andere zurückgekehrt. Natürlich mit einem Vermögen, das ausgereicht hätte, um bis an mein Lebensende eine standesgemäße Existenz zu führen und mir alles leisten zu können, was ich will!«

Ben Rider hob die Augenbrauen.

Ein spöttisches Lächeln spielte um die Lippen des ehemaligen Marschalls Ihrer Majestät.

»Ein einfältiges Kind seid Ihr!«

»Mag sein. Ich hatte einen Traum«, verteidigte sie sich.

»Einen Traum, der nun zerplatzt ist, denn wir haben Euch und Euer Vermögen!«, lächelte Rider.

»Und bald auch das Lösegeld, das Euer Vater für Euch bezahlen wird!«

»Nur das nicht! Er würde mich jetzt erst recht wie seine Gefangene halten. Glaubt mir, das ist schlimmer als der Tod, denn es bedeutet, lebendig begraben zu sein. Wie wäre es möglich, dass ausgerechnet eine Freibeuterin wie Sie das nicht verstehen könnte – eine, die ihre Freiheit in schönsten Zügen genießt?«

»Euer Englisch ist wirklich flüssig, obwohl ich den Akzent grausig finde«, bemerkte Marschall Ben Rider mit leicht angewidertem Gesichtsausdruck, »aber zu Eurer sprichwörtlichen Widerspenstigkeit gehört anscheinend auch die Lernverweigerung.« Er wandte sich an Jeannet. »Man muss sich vorstellen, dass sie sonst gar nichts zu tun hatte bei Hofe, als Lesen und Schreiben zu lernen und die höfische Verstellung – neben einer Fremdsprache zusätzlich zum Französischen, um bei Staatsbesuchen eine gute Figur zu machen.«

»Na, die gute Figur hat sie ja«, meinte Jeannet schnippisch, »aber mit allem anderen hapert es gewaltig.« Jeannet machte eine herrische Handbewegung: »Sperrt sie weg, auf unserem Schiff!«

Darauf hatten die Umstehenden nur gewartet. Ein halbes Dutzend Hände griffen gierig nach der Gefangenen. Sie konnte schreien und sich wehren, wie sie wollte, aber gegen die rauen, kampfgewohnten Seemannshände hatte sie keine Chance.

Jeannet sah ihren Ersten Offizier an. »Ein nettes Früchtchen, nicht wahr?«

»Das ist sie in der Tat«, grinste er. »Und einträglich obendrein – für uns.«

»Da sollten wir sie doch eher pfleglich behandeln, wie ich finde. Es wäre doch jammerschade, wenn einem solch edlen Beutestück Schaden widerführe.«

Die Untersuchung der Schäden an der erbeuteten Galeone zeigten, dass sie das Schiff nicht mehr voll seetüchtig machen konnten. Es ging wenigstens nicht unter, und das blieb die Hauptsache. Also beschloss Jeannet, es ins Schlepptau zu nehmen. Dadurch würden sie zwar mehrfach so lange bis zu ihrem Versteck brauchen, aber es würde ihnen keinerlei Ladung verloren gehen. In ihrem Versteck würden sie außerdem alles demontieren, wofür sie irgendwann Verwendung finden könnten, einschließlich der leichten Geschütze auf dem Vorderdeck. Anschließend würden sie die Galeone vollständig abwracken. Es würden keinerlei Spuren mehr von ihr zurückbleiben.

Jeannet stand auf der Kommandobrücke ihrer Fregatte, flankiert von Marschall Ben Rider, der manchmal wie ihr zweiter Schatten anmutete, war sie doch die einzige Person auf Erden, der er noch Respekt zollte, obwohl er Jeannet niemals als eine Frau ansah, sondern eher als eine Art Neutrum. Ein Kommandant, keine Frau. Er konnte sich beim besten Willen noch nicht einmal vorstellen, dass Jeannet überhaupt zu so etwas wie weiblichen Gefühlen fähig gewesen wäre. Jeannet trug jedoch auch nichts dazu bei, diese Einschätzung zu ändern. Es war so für sie besser.

»Was habt Ihr vor mit der Gefangenen, Kapitän?« erkundigte sich Rider vorsichtig.

Jeannet erwachte aus ihren Gedanken – sehr düstere Gedanken, wie ihre umwölkte Stirn vermuten ließ. Sie wandte sich nicht an ihren Ersten, als sie entgegnete: »Wir nehmen sie mit in unser Versteck. Sie wird nicht mitbekommen, wo sich dieses befindet, zumal sie mit Sicherheit auf See keinerlei Orientierungsmöglichkeiten hat. Ich nehme an, sie sieht das Meer sowieso zum ersten Mal in ihrem Leben. Erst wenn wir alles getan haben, was für uns von Bedeutung ist, überlegen wir unser weiteres Vorgehen in dieser Angelegenheit. Ich denke, es eilt nicht. Ganz im Gegenteil: Je länger wir Philipp in Ungewissheit zappeln lassen, desto mehr wird er für sein missratenes Töchterchen springen lassen.«

»Gut gedacht!«, lobte Ben Rider.

Auch er schaute jetzt nach vorn – im doppelten Sinne der Bedeutung. Er war stolz auf seinen weiblichen Kapitän und dessen weise Entscheidungen, obwohl er sich andererseits Sorgen machte wegen der Galeone im Schlepptau. Zwar hatten sie es so arrangiert, dass man die Taue jederzeit kappen konnte, um sofort beweglicher zu werden, aber es war dennoch ein nicht zu unterschätzendes Risiko, mit einem derartigen Anhängsel feindliche Gewässer zu durchkreuzen – und im Grunde genommen waren sämtliche Gewässer der Welt für ihr Piratenschiff feindlich!

Er sagte jedoch nichts in dieser Beziehung, um nicht unnötig als Schwarzseher zu gelten. Sicherlich hatte Jeannet das Risiko abgewogen, und ihre Entscheidung musste er akzeptieren – wie auch sonst immer. Ohne stichhaltige Argumente konnte ihr niemals beikommen.

Er schaute hinauf zu dem Mann im Ausguck. Man konnte ihn von unten nicht sehen, aber Jeannet schickte keinen hinauf, auf den sie sich nicht hundertprozentig verlassen konnte. Es war nämlich lebenswichtig. Falls der da oben schlief, wenn Gefahr drohte, die er dadurch nicht rechtzeitig erkannte, konnte sie das alle das Leben kosten.

»Lieber würde ich einen Umweg fahren«, murmelte in diesem Augenblick Jeannet.

Rider schaute sie überrascht an. Schon wieder war ihre Stirn sorgenumwölkt. *Was ging dahinter vor? Würde er es jetzt erfahren?*

Jeannet fuhr fort, wie im Selbstgespräch: »Ich habe ein ungutes Gefühl. Trotzdem habe ich beschlossen, den direkten Weg zu unserem Versteck zu fahren, denn wenn wir einen Umweg beschreiben, brauchen wir wochenlang bis zu unserer Rückkehr. Ich musste sozusagen zwei Nachteile gegeneinander aufrechnen: entweder zu lange benötigen, wobei täglich die Unruhe in der Besatzung größer werden würde, oder auf dem direkten Weg ein gewisses Entdeckungsrisiko eingehen.«

»Nun, Ihr habt Euch für das Zweite entschieden, aber ich denke genauso. Es wäre doch schade gewesen, auf die Galeone zu verzichten und auf die Schätze, die sie trägt. Ich glaube kaum, dass es der Besatzung gut zu vermitteln gewesen wäre, und ich bin überzeugt davon, dass es ein klarer Vorteil ist, wenn die Besatzung bei Laune bleibt.«

Jeannet lachte plötzlich. »Danke, Marschall. Wie immer habt Ihr den rechten Ton gefunden, um Euren Kapitän zu beruhigen. Man merkt deutlich, dass Ihr nicht umsonst Marschall Eures Fürsten geworden seid.« Sie schaute ihn kurz an. »Obwohl er von Eifersucht geblendet diesen Vorteil leider nicht mehr sehen konnte. Aber was heißt leider? Sein Nachteil wurde mir zum Vorteil. Was würde ich bloß ohne Euch tun?«

Das frage ich mich allerdings auch, dachte Ben Rider ketzerisch, sagte jedoch nichts in dieser Richtung, um nicht den guten Eindruck zu gefährden, den er auf Jeannet machte.

Anfangs hatte es ihn enorm gestört, von einer Frau befehligt zu werden, doch Jeannet hatte ihm oft genug bewiesen, dass sie der beste Kapitän war, den man sich auf einem Piratenschiff denken konnte. Sein Unbehagen war allmählich der Bewunderung gewichen – und am Ende in echte Verehrung gemündet. Darum legte er meist auch Wert auf die förmliche Anrede zwischen ihnen beiden. Damit bewies er Jeannet den Respekt, der ihr gebührte, wie er es während seiner Zeit als Marschall gelernt hatte. Andererseits schien es Jeannet nicht schlecht zu gefallen, mit ein wenig höfischer Etikette das ansonsten von ihr gehasste Gebaren in Fürstenhäusern oder gar am Hofe gewissermaßen zu persiflieren. So hatten beide Gefallen daran, wenngleich aus recht unterschiedlichen, um nicht zu sagen gegensätzlichen Motiven heraus.

»Noch nicht einmal eine Woche, dann haben wir unser sicheres Versteck erreicht«, lenkte der Marschall vom Thema ab.

Sogleich schweiften die Gedanken von Jeannet ab zu eben jenem Versteck. Sie nannte es New Antikythera, nach einer kleinen, einsamen und darum recht unbedeutenden griechischen Mittelmeerinsel im Besitz des türkischen Sultans. Da sie noch nie persönlich im Mittelmeer gewesen war, kannte sie die Insel leider nur vom Hörensagen. Aber sie hatten eines Tages ein Handelsschiff gekapert mit einem bedeutenden Gelehrten seiner Zeit an Bord. Dieser war gerade aus dem Mittelmeer zurückgekehrt und wollte zur Königin in London, um ihr eine wichtige Entdeckung mitzuteilen: Ausgerechnet auf Antikythera hatte er rein zufällig die Überreste einer uralten Siedlung entdeckt. Der Ortskern war eingefasst gewesen von einer fast acht Fuß hohen Mauer, darin untergebracht waren Geschosse, Schleudern, Pfeile und Speere und zwar in einer solchen Menge, dass dies nur einen Schluss zugelassen hatte: Dies war eindeutig eine ehemalige Piratensiedlung!

Die Begegnung mit dem Gelehrten war für Jeannet sehr wichtig gewesen. Darum hatte sie ihn natürlich nicht nach London zurückkehren lassen wollen, sondern behielt ihn lieber als Gefangenen, von dem sie noch sehr viel mehr zu lernen gedachte. Eines Tages hatte er versucht, sie hinterrücks niederzustechen, um so der von ihm gehassten Gefangenschaft zu entrinnen. Jeannet hatte sich gewehrt – und dabei war der Gelehrte unglücklicherweise zu Tode gekommen.

Trotzdem hatte sie ihr Piratenversteck auf einer der unbedeutenden, weil vorgelagerten Kanalinseln in englischem Besitz mit dem Namen der griechischen Insel bedacht. Jetzt würde zwar vorerst niemand auf der Welt von dieser Siedlung dort erfahren, aber irgendwann würde man sie wiederentdecken, wenn vielleicht auch erst in Hunderten von Jahren. Da war Jeannet sich ziemlich sicher. Ansonsten interessierte es sie nicht als ihre eigene Angelegenheit.

Hätten wir nur schon unser eigenes Antikythera erreicht!, dachte sie – nach wie vor pessimistisch, obwohl sie es sich jetzt nicht mehr anmerken ließ.

Ein schriller Laut ertönte oben im Ausguck, er war praktisch bis in jeden Winkel des Schiffes hörbar und ließ Lord Donald Cooper zusammenfahren, denn er wusste sogleich: Es war soweit!

Er sprang vom Kartentisch weg, über den er sich gerade erst hatte beugen wollen, um mal wieder ihre Position zu überprüfen, und lief zur Tür. Diese öffnete sich bereits, ehe er sie erreicht hatte. Sein Erster Offizier gab sich gewohnt unterkühlt, obwohl Lord Cooper ihm an den Augen ansehen konnte, dass er in Wirklichkeit ziemlich aufgeregt war.

Sie hatten tagelang gewartet. Die Zeit war so zäh geflossen wie flüssiges Blei.

Und jetzt war es wirklich soweit? Jetzt war die Wartezeit beendet?

Hoffentlich handelt es sich nicht um das falsche Schiff!, dachte Lord Cooper in einem leichten Anflug von Skepsis. Dann stürmte er mit seinem Ersten hinaus.

»Greift in die Riemen!«, brüllte er. »Pullt um euer Leben. Wenn ich nur eine einzige Hand sehe, die danach nicht blutet, lasse ich sie abhacken!«

Die Ruderer nahmen das durchaus ernst. Sie gingen die Ruder an, als würde es tatsächlich gelten, ihr Leben zu retten.

»Der Wind steht günstig, und mit der Unterstützung der Ruder sind wir so schnell wie noch nie zuvor ein Schiff auf dieser Welt!«, sagte der Erste enthusiastisch.

In der Tat war die SWORD FISH eine Neuentwicklung.

Ein Schiff, wie es zuvor noch keins gegeben hatte!

Sie war schneller, als man es jemals für möglich gehalten hätte, und konnte noch segeln, wenn aus dem Wind längst ein laues Lüftchen geworden war – trotz ihrer beeindruckenden Größe. Dafür hatte sie ja auch fünf vollgetakelte Masten.

Ihre ungewöhnliche Schnelligkeit einerseits barg andererseits jedoch enorme Nachteile: Sie hatte kaum Laderaum übrig, brauchte zuviel Besatzung und konnte allein deshalb keine großen Distanzen überbrücken: Die Mannschaft wäre unterwegs verhungert und verdurstet. Auch für den Krieg war sie eher unzulänglich gerüstet. Sie konnte zwar jedes denkbare Kriegsschiff überfallen, locker besiegen und versenken, doch danach besaß sie nicht mehr genügend Munition, um dem nächsten Angriff widerstehen zu können. Geschweige denn, dass sie in der Lage gewesen wäre, eine nennenswerte Beute als Ladung mit an Bord zu nehmen …

Dieses Schiff mit all seinen Mängeln und auch seinen Vorteilen war eigentlich nur für eines geeignet: das gefürchtete Piratenschiff aufzubringen! Ansonsten war Lord Cooper sicher, dass man kein zweites Schiff in dieser Art mehr bauen würde. Man würde aus den Vorteilen zwar reichlich lernen können – genauso wie aus den Nachteilen –, doch jede weitere Entwicklung sollte schon eine Verbesserung auf ganzer Linie sein. Eine solche Spezialisierung rechnete sich nicht für die Flotte und taugte höchstens zu Studienzwecken. Es war jedenfalls kein Konzept auf Dauer.

Im Moment erfüllt es dennoch seinen Zweck!, dachte Lord Cooper grimmig und nahm seinen Platz auf der Kommandobrücke ein.

Das Schiff beschleunigte sozusagen aus dem Stand heraus. Es segelte voll vor dem Wind. Die Seeleute hatten das Kunststück fertig gebracht, innerhalb von einer Minute die wichtigsten Segel zu setzen, und nun folgte der Rest, begleitet von gegenseitigen Zurufen. Sie gingen so geschickt vor, als wären sie Artisten und keine normalen Seeleute.

Die Besten, die ich für diese Aufgabe kriegen konnte!, gratulierte sich Cooper im Stillen.

Auch die Kanonen wurden gefechtsklar gemacht. Obwohl sie nur die leichteren Geschütze auf dem Vorderdeck benötigen würden, wie Donald Cooper vermutete, denn er konnte sich nicht vorstellen, dass sich die Piraten dem Kampf zu stellen wagten. Nein, sie würden die Flucht versuchen, und es wäre für sie eine Kleinigkeit, das Piratenschiff einzuholen und mit den Geschützen auf dem Vorderdeck manövrierunfähig zu schießen, ehe die überhaupt begriffen, wie ihnen geschah.

Leider sollen wir das Schiff nicht mit Mann und Maus versenken, sondern die Besatzung gefangen nehmen und danach gewissermaßen umdrehen, dachte er zerknirscht. *Wenn das nicht gelingt, bin ich des Todes. Die Worte meiner Königin waren deutlich genug …*

Er schob angriffslustig das Kinn vor, wie um sich selber damit Mut zu machen. Sein Erster Offizier schaute ihn dabei merkwürdig von der Seite an. Er ahnte ja noch nicht einmal, dass sein Lord längst ein Todeskandidat war – egal, ob sie die Piraten nun besiegten oder nicht.

»He, die haben eine Galeone im Schlepptau! Seht doch!«, rief jemand, und Lord Donald Cooper sah. Aber er konnte auch erkennen, dass die Piraten sich verzweifelt bemühten, die Taue zu kappen, um anschließend die Flucht anzutreten.

»Sie haben keine Chance«, murmelte er wie zu sich selber. »Das wissen sie nur noch nicht.«

»Aber sie werden es bald erkennen«, meinte sein Erster. »Für sie steht der Wind weitaus ungünstiger. Außerdem gibt es eine Meeresströmung, die sie direkt auf uns zutreibt. Wenn sie die Galeone los sind, müssen sie im Bogen um die Galeone herumsegeln, um vor uns fliehen zu können.«

»Das würde zu viel Zeit beanspruchen. Deshalb werden sie in die Riemen greifen und um ihr Leben rudern«, widersprach Lord Cooper.

»Egal, auch dann werden sie viel zu langsam sein. Wir werden uns bereits in Schussweite befinden, ehe die überhaupt erst richtig in Fahrt kommen. Und dann rasieren wir ihnen das Heck ab.«

»Wir werden niemanden töten, sofern es sich vermeiden lässt!«, sagte Lord Donald Cooper klar und deutlich und ließ erst damit die sprichwörtliche Katze aus dem Sack, denn bislang waren alle an Bord davon ausgegangen, das Piratenschiff sollte nur aufgebracht und versenkt werden.

Und es handelte sich eindeutig um ein Piratenschiff: Es war komplett schwarz überpinselt und besaß keine Fahne. Jedenfalls war im Moment keine gehisst.

»Aber wieso …?«

»Dies ist ein Befehl, und dem hat jeder Folge zu leisten!«, erklärte Lord Cooper und versuchte vergeblich, seiner Stimme dabei die nötige Festigkeit zu verleihen. »Ein jeder, der es wagt, entgegen meinem Befehl das Piratenschiff zu versenken, wird mit dem Tode bestraft!«

Das war überdeutlich. Der Erste erbleichte. Er salutierte – nicht ganz so schmissig wie gewohnt – und gab den Befehl an die Besatzung weiter.

Leichtes Murren kam auf, jedoch nur hinter vorgehaltener Hand, um nicht den Zorn des Lords zu erregen.

Lord Cooper hoffte indessen, dass es sich auch wirklich um das richtige Piratenschiff handelte. Nun, sie würden es herausfinden, wenn sie das Schiff nicht einfach versenkten. Vielleicht würde der gegnerische Kapitän auch vorher schon beweisen, dass er wirklich so clever war, wie von ihm behauptet wurde. Ihm wurden ja Dinge nachgesagt, die an wahre Zauberei grenzten. Es schien sich eher um ein Geisterschiff als um eine gewöhnliche Fregatte mit lebenden Menschen an Bord zu handeln.

Mit zu schmalen Schlitzen verengten Augen sah Lord Donald Cooper den Piraten entgegen. Er war jedenfalls gespannt, wie sich die Dinge entwickeln würden. Dabei war es ihm beinahe egal, was für ihn dabei herauskam, denn an einen Erfolg seiner Mission mochte er nach wie vor nicht glauben. Ein solcher Erfolg wäre in seinen Augen auch unmöglich gewesen.

Als der Alarm an Bord gellte, war Jeannet ausnahmsweise unter Deck in ihrer Kajüte. Sie hatte sich auf die Koje gelegt, in voller Montur, und die Hände hinter dem Kopf verschränkt. So lag sie gern da, um ihren Gedanken nachzuhängen. Meistens waren es düstere Gedanken. Zurzeit jedoch dachte sie an die spanische Prinzessin. Ihr war nämlich eingefallen, dass deren Namen bisher kein einziges Mal genannt worden war. Aber der König von Spanien hatte mehr als nur eine einzige Tochter. Ihr Name spielte dabei eine recht untergeordnete Rolle. Viel wichtiger erschien die Tatsache, dass es sich um seine Lieblingstochter handelte.

Die Frage war nun, wie man Philipp II. die Botschaft zukommen lassen konnte, dass sich seine Lieblingstochter in der Gewalt von Piraten befand, die entsprechendes Lösegeld forderten? Und wie musste man strategisch vorgehen, um bei der Übergabe nicht in eine tödliche Falle zu geraten?

Im Grunde genommen hatten diese Überlegungen reichlich Zeit, denn erst einmal mussten sie zurückkehren zu ihrem New Antikythera, die Galeone abwracken und den König von Spanien noch ordentlich zappeln lassen, um am Ende ein höheres Lösegeld zu erzielen …

Der Alarm ließ Jeannet hochschrecken.

Feindberührung! Aber handelte es sich um eine feindliche Galeone, die man überfallen konnte, oder um was sonst?

Sie lief hinaus.

Ben Rider wartete schon auf sie. Er deutete mit ausgestrecktem Arm auf das Meer hinaus. »Da, seht!«

Und Jeannet sah etwas, was sie bisher niemals auch nur für möglich gehalten hätte: Ein englisches Kriegsschiff raste auf sie zu, mit einer schier unglaublichen Geschwindigkeit. Als würde das nicht mit rechten Dingen zugehen. Ihre eigene Fregatte war schon ungewöhnlich schnell und damit ihren Opfern in der Regel überlegen, aber das da …

»Taue gekappt!«, kam der Ruf, und dann legten sich die Männer unter Deck in die Riemen. Sie mussten die Fregatte herumbringen, damit sie vor dem Angreifer fliehen konnte, und dass es sich um einen Angreifer handelte, war wohl jedem an Bord sonnenklar.

»Nein!«, schrie Jeannet indessen gellend: »Keine Flucht!«

Zu ihrem Ersten hingewandt, fügte sie hinzu: »Wir hätten keinerlei Chance. Seht Ihr das nicht? Und wenn wir ihnen unser Heck zuwenden, sind wir völlig hilflos. Sie werden uns jagen wie die Jäger ein Wild – und sie werden uns auch genauso zur Strecke bringen. In weniger als einer Stunde wären wir alle tot.«

»Was – was schlagt Ihr stattdessen vor?«

»Wir stellen uns zum Kampf!«

»Aber dieser Fünfmaster ist nicht nur schneller, sondern auch voll bestückt. Er ist ein Kriegsschiff, das jeden Beschuss locker wegsteckt, selbst wenn wir aus vollen Rohren darauf schießen.«

»Wir stellen uns zum Kampf!«, beharrte Jeannet stur. »Wir werden uns verteidigen bis zum letzten Blutstropfen. Auf diesem Schiff wird niemand als Feigling sterben.«

»Vielleicht könnten wir die Tochter des spanischen Königs als Pfand einsetzen, um die Vernichtung zu verhindern?«, fragte Rider. »Den Engländern könnte sie genauso viel wert sein wie den Spaniern.«

»Wie das?«, fragte Jeannet.

»Weil sie durch die Rückführung dieser Prinzessin am Hof von Madrid diplomatisch Eindruck machen könnten. Ein Umstand, der den offenen Konflikt zwischen Spanien und England um Jahre hinauszögern könnte.«

»Ha, Rider! Man merkt, aus welchem Stall Ihr kommt! Ihr seid ein Höfling und mit den Intrigen des Adels vertraut!«

»Fürwahr.«

»Dennoch ist Euer Vorschlag Unsinn.«

»So? Warum lassen wir es nicht darauf ankommen?«

Jeannet winkte ab. »Um anschließend von denen gefangen genommen und massakriert zu werden? Einmal abgesehen davon: Wie wollen wir denen das klar machen, wenn sie uns einfach zu Klump schießen? Wir könnten ihnen Zeichen geben, wie wir wollen. Sie brauchen sie ja bloß zu ignorieren …«

»Sollen wir es nicht dennoch zumindest versuchen?«

»Also gut, Marschall, ich höre auf Euren Rat. Schließlich seid Ihr ein gewiefter Kriegsstratege, sonst wärt Ihr niemals Marschall geworden.« Sie erhob ihre Stimme und brüllte ihre Leute an: »An die Kanonen! Und wetzt die Messer. Geht in Gefechtsposition. Wartet meine weiteren Befehle ab. Und die drei Besten mit Signalflaggen will ich hier auf der Kommandobrücke sehen!«

Ihren Befehlen wurde blind gehorcht. Eine Minute später kamen die drei angeforderten Männer mit ihren Signalfahnen.

»Haltet euch bereit, bis der Angreifer in Reichweite ist!«, befahl sie ihnen. »Dann signalisiert denen, dass sie nicht schießen sollen, um die Tochter des spanischen Königs nicht zu gefährden, die unsere Gefangene ist.«

»Das Leben der Prinzessin gegen unser eigenes?«, erkundigte sich Ben Rider wenig überzeugt.

»Es war Euer Vorschlag, mein Lieber. Schon vergessen? Und inzwischen finde ich diesen Vorschlag nicht nur gut, sondern sogar sehr gut!«

Hoffentlich ist er das auch wirklich!, dachte Ben Rider stirnrunzelnd. Sicher war er sich jetzt keineswegs mehr, aber eine Alternative zu diesem Vorgehen konnte er auch nicht erkennen.

Es ging jahrelang gut, dachte er weiter. *Jeannet war die ungekrönte Königin der Meere – und wir ihr Hofstaat. Wie sie es der Prinzessin gegenüber schon gesagt hat. Doch jede Königin muss damit rechnen, eines Tages abdanken zu müssen. Ist für Jeannet dieser Tag nun gekommen? Sind wir jetzt alle … wirklich am Ende?*

Darauf gab es keine Antwort. Noch nicht!

»Die werden sich wundern, dass wir das Flaggenalphabet der Flotte so gut kennen – und ich hoffe inbrünstig, dass sie überhaupt verstehen und begreifen, um was es geht«, murmelte er vor sich hin.

Jeannet hörte und verstand es deutlich genug: »Das ist nicht wirklich ein Problem, mein Lieber: Im Zweifelsfall werde ich überwechseln und sie verbal überzeugen!«

»Nein!«, entfuhr es Rider.

»Doch!«, beharrte Jeannet.

Rider atmete schwer.

»Ihr seid der Kapitän.«

»Vergesst das nicht, Marschall!«

Die heranschießende Kriegsgaleone unter dem Kommando von Lord Cooper drehte rechtzeitig bei, um einen Rammkurs zu vermeiden.

»Dwars!«, befahl der Lord, und seine Leute hatten eigentlich schon darauf gewartet: Entgegen der Annahme aller dachte die Fregatte gar nicht daran, die Flucht zu ergreifen. Sie waren bereits in Gefechtsposition. Wenn sie jetzt nicht ihre eigenen Kanonen in Position brachten, kassierten sie unweigerlich die ersten Treffer, ehe sie sich überhaupt zur Wehr setzen konnten.

Das große Schiff bewies, dass es dennoch außerordentlich manövrierfähig war. Es glitt in Gefechtsposition und hatte die Fregatte gleichzeitig in Reichweite seiner Kanonen. Da es mit Sicherheit schwerer bestückt war, bildete die Fregatte bei diesem Abstand noch keine echte Gefahr für Schiff und Besatzung. Andererseits hätten sie jetzt schon die Fregatte mit wenigen gezielten Schüssen versenken können.

Keine Pattsituation also, sondern ganz klar die Position der Überlegenheit auf Seiten der englischen Kriegsgaleone.

»Die haben Signalleute an Bord!«, rief in diesem Augenblick jemand.

»Wie bitte?«, wunderte sich der Lord unkonventionell. Aber er fing sich rasch: »Was signalisieren sie denn?«

»Sie geben auf. Sie wollen keinen Kampf. Wertvolle Fracht oder so ähnlich ...«

»Was ist nun: Können die nicht richtig signalisieren oder hapert es auf diesem Schiff am Lesen?«

»Mit Verlaub, Eure Lordschaft, aber bei dieser Entfernung ...«

»Wir werden den Teufel tun und näher herangehen.«

»Sollen wir etwas erwidern, Mylord?«

»Nein!« Dieser Befehl war eindeutig.

Hinter der gerunzelten Stirn des Lords jagten sich die Gedanken. Er vermutete eine besondere Finte. Aber was steckte dahinter? Was hatten die Piraten wirklich vor? Besaßen die noch einen Trumpf, von dem sie nicht einmal etwas ahnten? Und wie könnte ein solcher Trumpf aussehen?

Im Moment waren die Piraten so gut wie verloren. Sie schienen das selber zu wissen, sonst hätten sie nicht nach dieser List gegriffen.

»König?«, wunderte sich der Erste.

Der Lord wurde aufmerksam.

Ihre eigenen Signalleute hatten eine bessere Position um zu sehen, welche Flaggensignale von drüben kamen. Sie gaben das weiter, was sie verstanden.

Der Lord kniff die Augen zusammen, als könnte er dadurch besser sehen.

Von drüben wurde irgendetwas signalisiert von einem wertvollen Gefangenen!

Dem Lord fiel es wie Schuppen von den Augen: So also sah die Finte aus! Die wollten verhindern, dass man sie versenkte, indem sie vorgaukelten, sie hätten einen königlichen Gefangenen an Bord.

Aber was war, wenn es diesen Gefangenen tatsächlich gab?

Eigentlich war es dem Lord ziemlich egal, denn er hatte ohnehin nicht vor, das Piratenschiff zu versenken. Das ahnten die Piraten allerdings nicht. Wie denn auch?

Wie sollte er jetzt weiter vorgehen? Auf die Finte eingehen? Aber was dann?

Er deutete den fragenden Blick seines Ersten richtig: »Wir antworten nicht!«

Wäre ja noch schöner, dachte er im Stillen. *Die würden uns wohl für blöd halten, wenn wir sofort auf ihre Finte eingingen. Es genügt, wenn vorläufig kein einziger Schuss fällt. Noch nicht einmal ein Warnschuss. Es besteht ja auch noch kein Grund dafür.*

»Mylord!«, rief der Mann im Ausguck, so dass es fast jeder auf dem Schiff verstehen konnte: »Die setzen gerade ein Boot zu Wasser. Darin befindet … sich nur eine Person.«

»Doch nicht etwa der besagte Gefangene?«, überlegte der Lord laut. »Beobachten!«, befahl er als Nächstes. »Und nichts unternehmen! Sobald das Boot uns erreicht, die Person an Bord nehmen, jedoch streng bewachen!«

»Laut Signalen: Sie schicken uns … ihren Kapitän!«, gab der Erste an seinen Lord weiter. Man konnte ihm deutlich anhören, dass er es selber nicht glauben konnte.

»Also nicht den Gefangenen? Der Kapitän persönlich, der sich anstelle seiner Besatzung ausliefert oder wie?«, überlegte der Lord laut genug, dass die Umstehenden es verstehen konnten. Es war ihm egal.

Er schürzte die Lippen. »Na, auf diesen Kapitän bin ich besonders gespannt.«

»Seid Ihr überzeugt davon, Mylord, dass es sich um dieses meistgesuchte Piratenschiff auch tatsächlich handelt?«, erkundigte sich der Erste.

»Nun, habt Ihr die Galeone im Schlepptau gesehen? Das ist ein anderes Freibeuterschiff, ein englisches, wie ich meine. Und es war doch eigentlich dieser Fregatte an Kampfkraft deutlich überlegen, nicht wahr? Suchen wir den Piraten nicht deshalb, weil er englische Schiffe überfällt – erfolgreich auch dann, wenn die ihm eigentlich überlegen sind?«

»Es spricht in der Tat alles dafür, Mylord. Verzeiht meine Zweifel.«

»Und noch etwas spricht dafür: diese Finte mit dem wertvollen Gefangenen. Oder handelt es sich gar um mehrere Gefangene?«

»Das ging nicht deutlich genug aus den Signalen hervor, Mylord.«

»Also bin ich sogar zweifach gespannt auf den Kapitän und Anführer der Piraten: Ich möchte den kennen lernen, der nun schon seit Jahren die englische Admiralität an der Nase herumführt und durch seine dreisten Überfälle den Nimbus der Unbesiegbarkeit erlangte. Zum Zweiten will ich mehr erfahren über diesen Trick mit den angeblich wertvollen Gefangenen, die man als Geiseln gegen die drohende Niederlage einzusetzen gedenkt ...«

Der Lord war sicherlich nicht der Einzige an Bord der Kriegsgaleone, der so neugierig auf diesen Menschen war, der es jetzt sogar wagte, völlig allein zu ihnen an Bord zu kommen.

Ihr Erstaunen jedoch wuchs, als sie schon von weitem erkannten, dass es sich zweifelsohne ... um eine Frau handelte! Sie trug zwar Männerkleidung, doch ihr flammend roter Haarschopf wehte im Wind wie züngelndes Feuer. Sie lag in den Riemen, als würde sie niemals etwas anderes tun, als unermüdlich zu rudern. Und so erreichte sie in relativ kurzer Zeit die Kriegsgaleone Ihrer Majestät, der Königin Elizabeth von England, befehligt von ihrem unmittelbaren Berater Lord Donald Cooper.

Das Boot schrammte gegen die Wandungen der Galeone, die sich vor ihr auftürmte wie eine schwimmende Festung. Und genau das war sie ja im Grunde genommen auch.

Eine Strickleiter wurde heruntergeworfen. Jeannet sah die, die sie geworfen hatten, oben an der Reling herabgrinsen. Sie konnten sich anscheinend nicht vorstellen, dass es einer Frau gelingen könnte, so ohne weiteres an einer Strickleiter emporzuklettern. Sie freuten sich offensichtlich schon darauf, ihr dabei einen Schabernack zu spielen.

Jeannet grinste zurück und griff nach der Strickleiter. Sie hakte nicht ihre Füße ein um hochzuklettern, sondern ließ ihren geschmeidigen Körper leicht hin- und herpendeln und griff dabei jedes Mal nach. Das sah so aus, als würde sie sich an der Strickleiter regelrecht emporschlängeln – und das mit beängstigender Geschwindigkeit.

Die oben zogen jetzt kräftig an der Strickleiter, als wollten sie die Besucherin hochziehen, aber im entscheidenden Moment ließen sie wieder los, als würde es unbeabsichtigt geschehen. Dabei erwarteten sie natürlich, dass sie den Halt verlor und zurückfiel auf das Boot.

Ehe sie jedoch ihren Triumph auskosten konnten, mussten sie erstaunt feststellen, dass überhaupt niemand mehr an der Strickleiter hing. Wie war das denn möglich?

Einer war so unvorsichtig und beugte sich weit über die Reling, um alles richtig überschauen zu können.

Ein schlimmer Fehler, denn eine Hand packte scheinbar aus dem Unsichtbaren nach ihm, zupfte kurz – und schon segelte der bärbeißige Maat im Dienste Ihrer Majestät, der Königin von England, im hohen Bogen nach unten. Er schrie wie am Spieß und strampelte verzweifelt, ehe er unmittelbar neben dem Boot auf das Wasser klatschte.

Das Lachen blieb seinen Kameraden im Hals stecken, denn im nächsten Augenblick schwang sich Jeannet mit einer Behändigkeit über die Reling zu ihnen herauf, als hätte sie überhaupt kein Gewicht. Sie duckte sich ab, formte die Hände zu Krallen und fauchte sie an.

Erschrocken fuhren die kriegsbewährten Soldaten vor ihr zurück.

Sie entspannte sich und lachte nun ihrerseits lauthals.

Keiner wusste so recht, ob er in das Lachen einfallen sollte oder nicht.

»Ich bin der Kapitän des Piratenschiffes WITCH BURNING: Jeannet Witch! Und wo ist der Kapitän dieses Schiffes hier? Oder muss ich mich zufrieden geben mit diesen Tölpeln von unfähigen Matrosen?«

Sie bewegte sich in Richtung Kommandobrücke. Weit kam sie nicht. Die Männer hatten sich von ihrem Schrecken erholt und warfen sich auf sie. Gleich fünf Mann auf einmal.

Doch sie griffen ins Leere. Jeannet tauchte gedankenschnell unter ihnen weg und war plötzlich hinter ihnen. Sie warfen sich zu ihr herum. Sie stürmte auf sie zu.

Unwillkürlich wichen sie aus. Eine Lücke bildete sich.

Jeannet sprang mit einer Hechtrolle zwischen ihnen hindurch, rollte über das Deck und landete wieder auf den Beinen. Dabei drehte sie sich zu den Männern um, die nach ihr hatten greifen wollen.

»Nicht doch«, tadelte sie amüsiert. »Ihr braucht mich nicht festzunehmen. Seht doch, ich bin nur eine schwache Frau und hier sind so viele starke Männer. Wovor fürchtet ihr euch eigentlich? Meint ihr, ich könnte allein das ganze Schiff erobern?«

»Genug!«, ertönte von oben eine donnernde Stimme. Es war die Stimme von Lord Donald Cooper. »Lasst die Finger von ihr. Begleitet sie zu mir herauf. Ich möchte mit eigenen Augen sehen, mit wem wir es zu tun haben.«

Sie wandte sich der Richtung zu, aus der die Stimme gekommen war. Lord Donald Cooper stand vor der Sonne und war für sie nur eine hohe Silhouette, sowieso noch zu weit entfernt, um Einzelheiten erkennen zu können.

Jeannet setzte sich in Marsch zur Kommandobrücke, in sicherem Abstand von den Männern begleitet, die jetzt ihre Waffen gezogen hatten.

»Ihr wird kein Haar gekrümmt!«, warnte Lord Cooper. »Sie ist freiwillig zu uns gekommen. Erst werden wir uns anhören, was sie zu sagen hat.«

»Sehr nobel von Euch, verehrter Kapitän, aber was mich betrifft: Sollte es Euch entgangen sein, wie ich mich vorgestellt habe?«, rief Jeannet respektlos.

»Die richtige Anrede ist Mylord!«, hörte sie die strafende Stimme des Mannes, der neben dem Kapitän stand.

»Ein wahrhaftiger Lord?«, wunderte sich Jeannet.

Unwillkürlich dachte sie an das Massaker von damals.

Ein Lord?

Seine Soldaten?

Sie hörte ihre grölenden Stimmen. Sie waren betrunken gewesen.

Hier an Bord war niemand betrunken. Das Schiff hatte volle Gefechtsbereitschaft, und sein Kapitän war wiederum … ein Lord?

Etwa … derselbe von damals?

Ihr Verstand wusste, dass dieser Gedanke absurd war.

Aber die Erinnerung machte sich bisweilen selbstständig, ergriff dann die Herrschaft über sie und machte sie zu ihrer willenlosen Marionette.

Nein!, entschied sie im nächsten Augenblick im Stillen. Sie hatte vorhin seine Stimme gehört, aber es war nicht dieselbe Stimme wie damals. Diese Stimme würde sie unter tausend Stimmen wiedererkennen, denn sie war unlöschbar in ihrem Gedächtnis haften geblieben.

Sie entspannte sich wieder und ging weiter. Niemand hatte ihr die kurze Anspannung anmerken können.

»Sehr wohl, Mylord!«, rief sie spöttisch. »Ehre, wem Ehre gebührt – und einem Lord gebührt immer die höchste Ehre, deren ich fähig bin.«

»Was erdreistet Ihr Euch, Weib!«, schimpfte der Mann neben dem Lord.

Jetzt war die Position zur Sonne für Jeannet günstiger: Sie sah, dass es sich um den Ersten Offizier der Kriegsgaleone handelte. Auch von dem Lord konnte sie jetzt mehr sehen – und das, was sie sah, war für sie überaus beeindruckend.

Sie schaute trotzdem nicht mehr länger hin, sondern konzentrierte sich auf die direkte Umgebung und vor allem auf die Strecke, die sie noch zurückzulegen hatte. Dafür hatte sie sich spontan zu einem besonderen Auftritt entschieden, der sich beinahe nahtlos dem anschloss, mit dem sie an Bord des Schiffes gelangt war.

Bevor die Männer in ihrer Begleitung es verhindern konnten, machte sie ein paar rasche Schritte in Richtung Kommandobrücke, sprang am Ende empor und fand mit den Händen Halt. Sie riss sich förmlich hinauf, griff blitzschnell nach, schwang herum – und flankte schließlich über die Abgrenzung, um direkt vor dem Lord auf beiden Beinen federnd zu landen.

Sie deutete eine höfische Verbeugung an, die ihr nicht so gut gelang, dass es ihr das Wohlwollen von Marschall Rider eingebracht hätte. Gottlob brauchte er es nicht zu sehen.

»Zu Diensten, Mylord!«

»Das bezweifle ich sehr!«, antwortete er ruhig und ließ Jeannet die Spitze seines Degens sehen.

Sie war sicher, dass er diesen noch nicht gezogen hatte, so lange sie unten gewesen war. Daraus schloss sie, dass er mit der Waffe sehr wohl umzugehen wusste.

Sie schaute in sein Gesicht. Er lächelte.

»Ich mag es kaum glauben, dass Ihr wirklich der Kapitän und Anführer der Piraten sein wollt.«

»Hätte ich dafür Zeugen mitbringen sollen, Mylord?«

»Nein, gewiss nicht, aber wie kann es sein, dass eine Frau ...? Ach, lassen wir das. Ich habe gesehen, wozu Ihr fähig seid, und kann mir gut vorstellen, dass Ihr Euch an Bord eines Piratenschiffes gegen den rauen Männerhaufen durchaus durchzusetzen vermögt.«

Sie deutete erneut eine Verbeugung an.

»Es ehrt mich sehr, solches aus Eurem Munde zu vernehmen.«

»Oh, was die Etikette betrifft, müssen wir allerdings noch reichlich üben, wenn Ihr mir die Bemerkung gestattet. Das kommt viel zu holprig daher und beweist, dass Ihr keineswegs von edlem Geblüt seid.«

Vielleicht hätte ich es damals von unseren Schauspielern in der Gauklertruppe rechtzeitig lernen sollen, so, wie ich alles andere gelernt habe. Dann würde es heute besser sitzen, dachte Jeannet, aber sie ließ sich durch die Worte des Lords keineswegs provozieren.

Lächelnd richtete sie sich auf und schaute ihn aus sehr aufmerksamen Augen an.

Jetzt erst wurde ihr bewusst, was für ungewöhnliche Augen der Lord besaß. Sie hatte das Gefühl, darin zu versinken. Prompt kam Schwindel in ihr auf.

Beinahe hätte sie den Kopf geschüttelt, um ihrer plötzlich aufwallenden Gefühle Herr zu werden, aber sie brachte nicht nur das Kunststück fertig, dieses zu unterdrücken, sondern sie erwiderte sogar scheinbar völlig gelassen den forschenden Blick.

»Ich bin nicht Kapitän eines Piratenschiffes geworden, weil ich eine verwöhnte Dame am Hofe bin, Mylord. Ich wurde es, weil es niemanden gibt, der dafür besser geeignet wäre.«

»Das glaube ich Euch unbesehen. Und jetzt würde ich gern erfahren, was Euch zu uns führt – und auch noch allein!«

»Die Prinzessin von Spanien. Um genauer zu sein: die Lieblingstochter von Philipp II: Wir fanden sie auf der gekaperten Galeone, als Geisel für Lösegeld, wie ich vermute. Niemand überlebte unseren Angriff, außer ihr. Und jetzt befindet sie sich in unserer Obhut. Wenn Ihr also befehlt, mein Schiff anzugreifen, verurteilt Ihr sie zum Tode. Andererseits … Ich könnte mir vorstellen, dass die Gefangene für Euch von höchster Bedeutung wäre.«

»Und wieso?«

»Man munkelt, dass die Spanier längst Verdacht schöpfen wegen der häufigen Angriffe auf ihre Handelsschiffe.«

»Man munkelt?«

»Man nennt diese Freibeuter inzwischen ›Freibeuter der Königin‹, Mylord, um es deutlicher auszudrücken, und meint damit offensichtlich, dass sie im Auftrag der Königin von England handeln.«

»Und Ihr glaubt, es wäre günstig, mit der Auslieferung der Königstochter diesem Gerücht entgegenzutreten?«

»Genau dieses. Hinzu kommt, dass sie Zeugin ist, wie die Galeone angegriffen und gekapert wurde – durch uns. Sie weiß, dass wir Engländer sind, aber wir haben eben kein spanisches Schiff angegriffen, sondern ein englisches. Mit anderen Worten: Die Freibeuter machen augenscheinlich keine Unterschiede zwischen Spaniern und Engländern, können mithin unmöglich im Sold der Königin von England stehen.«

»Und dann kommen wir und befreien die Prinzessin, um sie sicher nach Hause zu bringen – aus Freundschaft zu Spanien und seinem König?«

»Sehr feinsinnig bemerkt, Mylord. Und deshalb bin ich hier: Ich möchte mit Euch das weitere Vorgehen aushandeln.«

»Und was wünscht Ihr im Gegenzug zur Übergabe der Prinzessin von uns?«

»Freies Geleit!«

Ein paar der Männer, die das hörten, lachten wie über einen Scherz. Auch der sonst so gestrenge Erste Offizier konnte ein Schmunzeln nicht unterdrücken. Einzig der Lord blieb ernst.

»Wer garantiert denn, dass es diese angebliche Königstochter überhaupt gibt?«, fragte er.

»Ich persönlich – und bürge mit meinem eigenen Leben dafür! Deshalb bin ich gekommen. Und jetzt liegt die Entscheidung ganz bei Euch. Wollt Ihr es riskieren, die Prinzessin zu töten? Wollt Ihr immer noch mein Schiff versenken?«

»Wer sagt Euch denn, dass wir überhaupt jemals vorhatten, Euer Schiff zu versenken?«

Es dauerte Sekunden, bis sich Jeannet von ihrer Überraschung erholte.

»Was denn sonst?«

»Zunächst möchte ich wissen, wie Ihr es zu beweisen gedenkt, dass es diese Königstochter überhaupt bei Euch an Bord gibt.«

»Ich kenne Euch nicht, Mylord, weiß also auch nicht, ob Ihr sie erkennen würdet. Aber vielleicht gibt es jemanden an Bord dieses Schiffes, der damit keine Probleme haben würde?«

»Wenn es jemand gibt, dann bin ich selber das, meine Liebe. Ich bin Lord Donald Cooper, persönlicher Berater Ihrer Majestät, der Königin von England. Ich war persönlich zugegen, als Philipp II. mit seinen Töchtern auf Staatsbesuch war.«

»Dann kennt Ihr diese eine mit Sicherheit: Sie ist ziemlich aus der Art geschlagen, weiß sich absolut nicht wie eine Prinzessin zu benehmen und brachte es jetzt sogar fertig, ihrem Vater genügend Geld zu stehlen, um damit heimlich eine Überfahrt in die Neue Welt zu bezahlen, weil sie offenbar keine Lust hatte, einen osteuropäischen Fürsten zu heiraten. Sie konnte ja nicht ahnen, dass ausgerechnet dieses Schiff englischen Freibeutern zum Opfer fallen würde. Und die haben sie rechtzeitig erkannt, sonst wäre sie jetzt genauso tot wie alle anderen auf dem Aussiedlerschiff.«

Sir Donald hob die Augenbrauen.

»Ihr meint … Carla?«

»Es tut mir Leid, Mylord, aber ich weiß ihren Namen nicht. Sie hat ihn mir nicht gesagt – und der Mann, der sie erkannt hat, konnte sich nicht mehr daran erinnern. Der König von Spanien scheint ja mehrere Töchter zu haben, und ob überhaupt eine dabei ist, die sich nach seinem Herzen entwickelt hat, weiß ich auch nicht.«

Sir Donald Cooper hob die Schultern.

»Das klingt sehr ehrlich, was Ihr da sagt.«

»Warum sollte ich Euch etwas vormachen? Es könnte doch sein, dass Ihr mir absichtlich einen falschen Namen nennt. Wenn ich so getan hätte, als würde ich ihn kennen …«

»Ich sehe schon: Ihr seid nicht nur ein ausgezeichneter Kapitän – obwohl Ihr eine Frau seid –, sondern auch mit genügend Verstand gesegnet.«

»Vielen Dank für das Kompliment, Mylord.« Ironie schwang in diesen Worten mit. Es war das dritte Mal, dass Jeannet sich verbeugte. »Aber jetzt möchte ich meinerseits auch wissen, wieso Ihr uns gar nicht zu versenken trachtet.«

»Das werden wir in meiner Kajüte erörtern, nicht in aller Öffentlichkeit. Dabei werdet Ihr mir auch erklären, wie Ihr Euch das weitere Vorgehen vorstellt. Allerdings werde ich mich persönlich davon überzeugen, ob es diese Carla überhaupt an Bord Eures Schiffes gibt.«

»Ihr wollt persönlich auf das Piratenschiff übersetzen, Mylord?«, platzte der Erste Offizier heraus. »Bedenkt die Gefahr, Mylord! Das sind … Tiere!«

»Dafür sprechen sie erstaunlich verständliches Englisch! Ich denke, die Gefahr ist nicht größer als sonst auch, wenn man sich auf See befindet.« Sir Donald wandte sich Jeannet zu und fuhr fort: »Aber noch ist es nicht soweit. Zuerst kommt das klärende Gespräch. Meine Liebe, wenn Ihr mir folgen wollt?«

»Etwa … allein?« Jetzt vergaß der Erste Offizier sogar die höfliche Anrede.

»Ganz gewiss sogar! Denn dann könnte ich ja gleich hier draußen und in aller Öffentlichkeit verhandeln, nicht wahr?«

»Sehr wohl, Mylord, wie Ihr wünscht. Aber ich werde veranlassen, dass Eure Kajüte gesichert wird. Die Gefangene wird nicht entrinnen können.«

»Falls ich das überhaupt wollte«, bemerkte Jeannet spöttisch. »Aber wozu wäre ich dann überhaupt freiwillig und allein hergekommen? Um anschließend wieder alles zu tun, um zu fliehen? Was wäre daran logisch, Erster Offizier?«

Sie folgte Lord Cooper kopfschüttelnd und betrat hinter ihm dessen Kajüte.

Ein interessanter Mann, dieser Lord Cooper, dachte sie. Seine große, breitschultrige Gestalt gefiel ihr ebenso wie der Klang seiner Stimme. *Wenn wir uns unter anderen Umständen kennen gelernt hätten – wer weiß, was dann gewesen wäre?,* dachte sie.

Aber waren die Umstände für eine wie sie nicht immer falsch?

War jemand wie sie nicht eigentlich dazu verdammt, auf Liebe zu verzichten?

Und was den Gesandten und Berater der Königin anging, so standen sie einfach an unterschiedlichen Ufern eines Ozeans. Da mochte das Timbre einer tiefen, leicht rauen Stimme sich noch so sehr in ihr Herz schmeicheln. Diese Stimme durfte dort keinen Platz finden.

Tritt das Feuer aus, solange es noch klein ist, überlegte die Piratenkapitänin.

So hatte sie es immer gehalten.

Es war wohl auch in Zukunft das Beste so.

Lord Cooper hörte, wie die Tür ins Schloss fiel, und drehte sich zu seiner Gefangenen um. Den Degen hatte er immer noch kampfbereit in der Rechten.

Doch Jeannet war längst nicht mehr an der Tür.

Der Lord war ehrlich überrascht. Auch wenn es nur Sekundenbruchteile dauerte, bis er sich von dieser Überraschung erholt hatte, genügte es Jeannet völlig, ihm von hinten ihr scharfes Piratenmesser an die Kehle zu setzen.

Er lachte überlegen und machte eine Ausweichbewegung, die eigentlich unmöglich war aus der Sicht von Jeannet. Zumindest hätte er sich dabei den blanken Hals verletzen müssen.

Nichts dergleichen. Er bewegte sich mit der Geschmeidigkeit einer Raubkatze und geriet außer Reichweite ihres Messers. Sie selbst aber blieb in Reichweite seines Degens.

Jeannet wich geschmeidig zur Seite hin aus.

Lord Cooper folgte ihr mit der Degenspitze und machte einen blitzschnellen Ausfallschritt.

Jeannet tauchte ab, glitt zur Seite. Lord Cooper wirbelte herum, ließ den Degen durch die Luft zischen, drehte eine Pirouette wie auf dem Eis, bewegte sich dabei ein gutes Stück seitlich, nahm erneut Grundposition ein …

Jeannet stand am Kartentisch.

Ihre Augen wurden schmal. *Warum hast du ihn angegriffen? Um dich nicht deinen wahren Gefühlen stellen zu müssen? Um nicht zugeben zu müssen, dass dich in demselben Moment, als du diesen Mann zum ersten Mal sahst, aus heiterem Himmel ein Blitz getroffen hat!*

Sie versuchte, diese Gedanken davonzuscheuchen.

Es waren Gedanken, die sie schwach zu machen drohten. Und Schwäche war etwas, das eine Piratenkapitänin um jeden Preis vermeiden musste. Nie wieder wollte sie schwach sein. Das hatte sie sich in dem Moment geschworen, als die fanatisierten Soldaten ihre Eltern ermordeten und sie ohnmächtig die Schreie hatte mitanhören müssen.

Sie atmete tief durch.

Er hätte dich gerade töten können!, ging es ihr durch den Kopf. Aber er hatte es nicht getan. Und das musste seinen Grund haben. Lag es an der ganz besonderen Nuance, die sie in seinem Blick zu entdecken geglaubt hatte? *Du Närrin! Hast du etwa Angst, geblendet zu werden? Du hast genau erkannt, was in diesem Mann vor sich geht – und das, was mit dir selbst los ist! Es hat keinen Sinn, die Wahrheit einfach zu leugnen und den Kopf in den Sand zu stecken.*

»Ihr seid ein wahres Phänomen, Mylord«, hörte sie sich selbst sagen und dachte dabei: *Was redest du nur für dummes Zeug!*

Lord Cooper hob die Augenbrauen.

»Danke, gleichfalls!«, sagte er.

»Es gibt wahrlich nur äußerst wenige wie uns beide.«

»Haltet Ihr Euch denn für etwas Besonderes?«

»Das wollte ich damit nicht zum Ausdruck bringen, Mylord, nur bin ich gewissermaßen eine Kuriosität, genauso wie Ihr.«

»Nun, Ihr als weiblicher Piratenkapitän und erfolgreiche Führerin einer so wilden Horde von Mordgesellen … Da kann Euch niemand widersprechen.«

»Ich frage mich jedoch, Mylord, was einen Mann wie Euch dazu bringt, Lakai der Königin zu werden!«

»Ich bin ihr Berater, nicht ihr Lakai!«

»Worin liegt da der Unterschied?«

»Ich denke, es würde Euer Verständnis überfordern, Euch das erläutern zu wollen.« Er stemmte die Arme in die Hüften. »Eine andere Frage interessiert mich viel mehr.«

»So?«

»Was sollte dieses Spielchen vorhin? Wieso habt Ihr mich angegriffen?«

»Eine Gegenfrage: Warum habt Ihr mich nicht getötet?«

Er zuckte die Achseln.

»Ich weiß es, ehrlich gesagt, nicht so recht. Vielleicht hat mir einfach dieses Leuchten in Euren Augen gefallen! Ein Leuchten, das ich nicht verlöschen sehen wollte …«

Jeannet musste unwillkürlich schlucken.

Mein Gott, diese Stimme!, durchzuckte es sie. *Dieses unverwechselbare Timbre …*

Schauder überliefen ihren Rücken.

Einerseits war sie fasziniert von diesem Mann, aber andererseits machten ihr diese Gefühle auch Angst. *Ich darf es nicht zulassen, es ist ein Weg ins Nichts, den du hier beginnst! – Oh, doch! Gib dich diesem Gefühl einfach hin. Ein Dolch hilft dir jedenfalls ganz bestimmt nicht dagegen!*

In ihrem Inneren tobte ein heftiger Konflikt.

Eine Schlacht der Gedanken und Gefühle, kompromissloser geführt als jedes Gefecht auf See, das sie je erlebt hatte.

Lord Cooper musterte sie von oben bis unten.

Er tat dies auf eine Weise, die Jeannet gefiel und ein wohliges, warmes Gefühl in ihrer Körpermitte erzeugte. *Was ist es, was da in seinen Augen leuchtet? Nur das gewöhnliche, ausgehungerte Begehren, mit dem ein Mann, der über längere Zeit hinweg keine Frau zu Gesicht bekommen hat, das erste weibliche Wesen betrachtet, das ihm seit langem begegnet?*

Jeannets Puls ging schneller als gewöhnlich.

Ihr Blick hing an Lord Coopers ruhigen Augen fest.

Augen waren Fenster der Seele, so sagte man.

Jeannet hätte liebend gerne einen Blick durch diese Fenster geworfen. Einen Blick ins Innere der Seele von Sir Donald Cooper.

Sir Donald lächelte.

»Wie dem auch sei«, begann er, »ich wollte, ich hätte mehr Männer an Bord und in meiner Truppe mit Euren Fähigkeiten. Ein eventueller Krieg gegen Spanien wäre dann fast eine Kleinigkeit.«

»Oh, ich weiß dieses Kompliment sehr wohl zu schätzen – und gebe es gern zurück, denn auch Ihr seid gewissermaßen nicht ohne.«

Sie kam lächelnd auf ihn zu.

Lord Cooper entspannte sich und steckte sogar den Degen weg. Nicht, weil er jetzt Jeannet voll und ganz vertraute, sondern um ihr zu signalisieren, dass sie auch so keine Chance gegen ihn hatte.

Sie faltete die Hände wie zum Gebet. Und dann, während sie im Gänseschritt immer näher kam, entfaltete sie die Hände aufreizend langsam wieder, um ihm die leeren Handinnenflächen zu zeigen.

»Unbewaffnet, wie Ihr seht.«

»Dann habe ich mir das Messer vorhin nur eingebildet?«

»Welches Messer, Mylord?«

Sie schluckte.

»Ihr wollt mich doch nicht zum Narren halten? Wo habt Ihr es verborgen?«

»Hier!«

Sie zog es aus dem Ärmel ihres weiten Hemdes hervor und schleuderte es.

Einen Fingerbreit neben Lord Coopers rechtem Stiefel blieb es zitternd im Holz der Bodenplanken stecken.

Lord Cooper hatte sich nicht bewegt. Jeannets Gesicht wurde von fiebriger Röte überzogen. Ihrer beider Blicke verschmolzen miteinander.

Sie sagte: »Ich hätte Euch mit dem Messer getroffen, glaubt mir.«

»So?«

»Wenn ich gewollt hätte!«

»Das glaube ich Euch unbesehen, aber es hätte Euch nichts genutzt, denn man tötet mich nicht so leicht mit einem Messer, ohne dass ich noch in der Lage bin, meinen Mörder mit dem Tode zu bestrafen.«

»Das hatte ich mir gedacht!« Sie lachte hell.

Das klang in seinen Ohren so weiblich, dass er unwillkürlich zusammenzuckte.

»Ihr seid eine ungewöhnliche Frau!«, erklärte er. Seine Augen wurden schmal dabei.

Sie forderte: »Sagt mir, Mylord, wieso Ihr mich zu Euch in die Kajüte gebeten habt! Wirklich nur, um unter vier Augen mit mir zu *verhandeln*? Worüber denn?«

Er wirkte entspannt.

»Da habt Ihr nicht ganz Unrecht, meine Liebe. Es wäre logischer gewesen, Euch an Bord als Gegengeisel festhalten zu lassen und mit Eurem Boot hinüberzurudern, um nach der Prinzessin zu sehen. Erst dann hätte jegliche Verhandlung einen Sinn ergeben.«

»Aber?«

»Kein Aber. Ich weiß selbst nicht, wieso ich Euch in meine Kajüte gebeten habe.«

»Wie bitte?«

Er lächelte entwaffnend. »Ihr habt schon richtig gehört.«

Er bewegte sich jetzt seinerseits langsam auf sie zu.

»Was habt Ihr vor?«, rief sie alarmiert.

»Angst? Das verstehe, wer will! Keine Furcht vor tödlichen Waffen und Männern, die sie führen, aber wenn ich mich Euch als Mann nähere …«

»Ich fragte: Was habt Ihr vor?«

»Keine Bange, ich habe nicht die Absicht, Euch zu vergewaltigen. Nicht nur deshalb nicht, weil ich mir vorstellen kann, daran wenig Freude zu finden.«

»Zumal ich mich durchaus zu wehren vermag!«, warnte sie vorsorglich.

»Nein, nicht nur deshalb nicht: Ich würde niemals einer Frau derartige Gewalt antun. Kein normaler Mann möchte das. Diejenigen, die dies bevorzugen, verachte ich.«

»Aber Ihr seid ein … Lord Ihrer Majestät!«

»Was hat das denn damit zu tun?«

Er blieb unwillkürlich stehen, runzelte die Stirn und betrachtete sie forschend.

»Es war ein Lord – damals! Er kam mit seinen betrunkenen Soldaten und überfiel unser Lager. Ich war noch Kind, und meine Eltern reisten mit einer Gauklertruppe umher. Niemand überlebte, außer mir. Das sind Dinge, die ich niemals wieder vergessen kann.«

»Ein Lord überfiel das Lager mit seinen Soldaten? Aber wieso?«

»Weil sie glaubten, dass wir mit dem Satan im Bunde wären! Man hatte sie aufgehetzt. Dabei hatte das Handwerk, das diese Truppe ausübte, nichts mit Hexerei, sondern nur etwas mit Geschicklichkeit zu tun. Harmlose Gaukler und Spaßmacher. Meine Mutter, die Schlangenfrau. Mein Vater, der Jongleur, Kunstschütze und Messerwerfer. Die Schauspieler, dann die anderen Artisten aus allen Ländern Europas. Ich habe alles von ihnen gelernt, auch ihre Sprachen. Nur nicht die höfischen Sitten und Gebräuche. Die Schauspieler hätten mir auch dies beibringen können, aber es war das Einzige, was mich nie interessierte.«

Jeannet sprach weiter. Fast wie in Trance. Sie hatte das Gefühl, dass sich ihre Lippen von allein bewegten. Die junge Frau sprach davon, wie sie in den Hafenstädten überlebt hatte, wie sie als blinde Passagierin an Bord eines Seglers und schließlich in die Hände von Piraten gelangt war, denen sie sich angeschlossen hatte. Sie erschrak plötzlich. »Mein Gott!«, murmelte sie fassungslos. »Wieso …? Wieso habe ich Euch das überhaupt erzählt? Noch nie zuvor habe ich auch nur ein Sterbenswörtchen zu einem anderen Menschen darüber …«

»Schicksal, meine Liebe!«, unterbrach sie der Lord. »Seht, es war Schicksal, dass Ihr dieses Schreckliche habt erleben müssen. Es war Schicksal, dass die Natur dafür sorgte, dass Ihr als Einzige überlebt habt, weil sie Euch mit den entsprechenden Fähigkeiten ausgestattet hat. Auch war es Schicksal, dass Ihr daraufhin Piratin wurdet – und hier und heute vor mir steht.«

Er trat auf sie zu. Vorsichtig fasste er sie bei den Schultern. Sie ließ es geschehen.

»Ihr zittert ja!«

Sie schluckte.

»Was starrt Ihr mich so an?«

»Ich starre nicht, sondern ich betrachte diese wunderschöne Frau, die mein Herz rührt wie noch niemals zuvor eine andere. Ja, ich will Euch sagen, warum ich mit Euch allein sprechen wollte. Als ich Euch vorhin zum ersten Mal sah, da wusste ich, dass ich mich in Euch verliebt habe. Es war wie ein Blitz aus heiterem Himmel. Und da habt Ihr wirklich geglaubt, ich könnte Euch Gewalt antun?«

»Woher sollte ich das wissen?«, flüsterte sie.

»Macht mir nichts vor! Ihr wusstet es!«

»Ich? Nein!«

»Ich habe Euren Blick gesehen. Warum Eure Worte etwas anderes sagen als Euer Herz, weiß ich nicht. Aber es sollte mich schon sehr wundern, wenn mein Gefühl mich da trügen würde!«

Es ist sinnlos, sich weiter dagegen zu wehren!, ging es Jeannet durch den Kopf. *Deine Zeit als Nonne unter schwarzer Flagge ist vorbei. Selbst wenn du ihm nie wieder begegnen solltest, wirst du immer an ihn denken müssen!*

»War das Erlebnis damals wirklich so schlimm, dass Ihr nicht mehr fühlen könnt wie eine normale Frau?«

»Nein, damit habe ich keine Probleme, Mylord, aber mit Eurem Titel!«

»Weil er Euch an damals erinnert?«

»Ja – und auch daran, dass ich den Adel hasse – den englischen ganz besonders.«

»Darum überfallt Ihr bevorzugt englische Schiffe?«

»Das hat andere Gründe: Habt Ihr je gesehen, wie die englischen Freibeuter mit den Menschen an Bord der Schiffe verfahren, die ihnen in die Hände fallen? Es sind dieselben Bilder wie damals. Dieselben Schreie, dieselben Grausamkeiten.«

»Und deshalb müssen sie dafür büßen?«

»Ihr habt es erfasst, Mylord – und jetzt lasst mich wieder los, ehe ich handgreiflich werden muss.«

»Wollt Ihr das wirklich?«, fragte er ruhig und kam mit seinem Gesicht ganz nahe.

Nein!, schrie ihr Inneres. *Nein, ich will nicht wirklich, dass du die Hände von meinen Schultern nimmst. Ganz im Gegenteil …*

Sein Gesicht war jetzt so nah, dass sie seinen Atem riechen konnte. Das vernebelte gänzlich ihre Sinne. Und seine Augen, so unmittelbar vor ihr … Seine Lippen …

Sie genoss seine Nähe. Ein wohliges, kribbelndes Gefühl machte sich in ihrer Bauchgegend bemerkbar und erfüllte wenig später ihren gesamten Körper.

Ihre Hand glitt hinauf, berührte seinen Unterarm.

Sie sahen sich an und schwiegen dabei.

Er beugte sich etwas vor, berührte mit seinen Lippen ganz sanft die ihrigen, bis diese sich bereitwillig öffneten. Es war ein Kuss, der zunächst tastend und vorsichtig war, dann aber heftiger und fordernder wurde. Ihre Zungen trafen sich, rangen miteinander wie zwei Ringkämpfer, aber es war kein Kampf, sondern vielmehr eine heftige Liebkosung. Es ließ ihr Blut schier zum Kochen bringen.

Jeannet spürte etwas in ihrer Brust, was sie in dieser Intensität noch nie zuvor in ihrem Leben gefühlt hatte. Lord Cooper nahm sie in den Arm. Sie zog ihn zu sich heran und zitterte dabei wie Espenlaub. Denn er fühlte genauso wie sie. Wann jemals war er einer solchen Frau begegnet?

Mein Gott!, schrie es in Jeannets Gedanken. Die Mutter hatte ihr immer wieder erzählt, für jeden Menschen auf Erden würde es den passenden Partner geben. Wie zwei Hälften, die erst zusammen eben das Ganze bildeten. Die Schwierigkeit läge nur darin, jene andere Hälfte zu finden – und auch ja nicht den Augenblick zu verpassen, in dem man dieser verwandten

Seele begegnete. Dabei hatte sie immer mit einem sehr zärtlichen Blick ihren Mann angesehen.

Heute erst, in diesem Augenblick, begriff Jeannet endlich, was die Mutter damals immer damit gemeint hatte.

Sie klammerte sich an den Lord wie eine Ertrinkende. Aber auch er umklammerte sie, als wollte er sie niemals wieder loslassen.

»Herr im Himmel«, flüsterte er an ihrem Ohr. »Was hast du mit mir gemacht? Was ist das?«

Er versuchte, sich von Jeannet zu lösen, aber dazu fehlte ihm einfach die Kraft. Dieser starke, kampferprobte, bislang als unbesiegbar geltende Mann war so überwältigt von Jeannet, wie er es niemals für möglich gehalten hätte. Und er hatte keine Chance gehabt, sich dem rechtzeitig zu entziehen. Es sei denn, Jeannet hätte diese unbeschreiblichen Gefühle nicht in gleichem Maße erwidert.

Ihre Lippen fanden sich erneut zum Kuss. Es war, als wären sie beide dem Verdursten nahe.

Er spürte den federnden Druck ihrer festen Brüste, und das brachte ihn schier um den Verstand.

Sie spürte die Härte seiner Lenden und unterdrückte einen gellenden Schrei, den die emporschießende Lust ihr über die Lippen treiben wollte.

Sie verloren den Halt und polterten zu Boden wie zwei Kämpfende. Dort wälzten sie hin und her wie zwei sich balgende Kinder.

Er spürte ihre Bereitschaft und wünschte sich, es wäre kein Stoff zwischen ihnen. Aber dann hätte er sich von ihr lösen müssen, damit sie sich beide ihrer Kleidung entledigten. Es war ihnen unmöglich. Sie konnten nicht voneinander ablassen.

So ging minutenlang das wilde Spiel, bis es sanfter wurde, zärtlicher. Sie liebkosten sich gegenseitig, schauten sich verliebt und sehr, sehr tief in die Augen, fanden ganz allmählich wieder in die Wirklichkeit zurück.

Und plötzlich, für den Lord völlig unerwartet, warf sich Jeannet auf ihn. Gleichzeitig spürte er etwas Kaltes an seiner Kehle.

Es fühlte sich stumpf an. Also handelte es sich nicht um ein Messer.

Aus den Augenwinkeln sah er, dass dieses sowieso immer noch im Boden steckte.

»Es ist eine Pistole!« zischte sie. »Sie ist geladen.«

»Du willst mich … umbringen?«

»Ja!«

»Aber wieso?«

»Weil ich nicht mehr denken kann, seit ich dich kenne. Du machst mich schwach und angreifbar. Es tötet mich. Also muss ich vorher dich töten.«

»Und dann wird alles besser?«

»Ja!«

»Was glaubst du, was es ist, das deine linke Brustseite berührt? Fühlst du es? Fühlst du den harten Gegenstand? Erinnert er nicht verblüffend an die Pistole in deiner eigenen Hand?«

Sie blickte hinab.

»Du hast eine Pistole auf mein Herz gerichtet?«

»Das wundert dich?«

»Nein, eigentlich nicht. Wir beide sind aus demselben Holz geschnitzt.«

»Und wir lieben uns mit der vollen Inbrunst unserer Herzen.«

»Aber es ist aussichtslos, Mylord!«

»Warum meinst du das?«

»Weil du mich töten willst – und ich dich. Was ist das für ein Liebespaar, das sich gegenseitig dermaßen nach dem Leben trachtet?«

»Unglücklich?«

»Was könnte es Schöneres geben, als zu lieben und geliebt zu werden?«

»Wenn es der Falsche ist …«

»Dabei bin ich fest überzeugt davon, du bist der Richtige, Mylord.«

»Willst du denn dein Piratendasein aufgeben und mir zum Hofe Ihrer Majestät folgen?«

»Als Hofdame?«

»Ja!«

»Es würde mich zerstören. Du hast mich erlebt. Kannst du dir mich als Hofdame vorstellen, völlig aufgehend in der höfischen Verstellung? Ja, es würde alles zerstören, was meine Persönlichkeit ausmacht. Jeannet Witch würde aufhören zu existieren. Andererseits: Du bist ein Kämpfer, wie ich noch nie zuvor einen erlebt habe. Könntest du dir umgekehrt vorstellen, mich auf mein Schiff zu begleiten – für immer?«

»Nein! Ich bin Ihrer Majestät treu ergeben, bis in den Tod!«

»Siehst du, da haben wir das Dilemma: Wir stammen aus zwei völlig unterschiedlichen Welten. Wir sind uns körperlich so nah, dass es wehtut! Und dennoch sind wir weiter voneinander entfernt als jemals zuvor zwei Liebende.«

»Und deshalb wirst du mich töten?«

»Ja!«

»Falsch! Wolltest du das tatsächlich, hättest du dich nicht mit so langen Vorreden aufgehalten. Du hättest es längst getan!«

»Und du?«

»Ich tötete dich nur, wenn du abdrückst. Glaube mir, dieser Sekundenbruchteil bis zu meinem Ableben würde mir genügen, dir ebenfalls eine Kugel ins Herz zu jagen.«

»Du hast gar keine Angst vor dem Tod?«

»Wie sollte ich, habe ich ihn doch schon so oft vor Augen gehabt …«

Sie nahm die Pistole von seiner Kehle und richtete sich auf. Jeannet steckte die Waffe zurück an ihren Ort.

»Willkommen in der Wirklichkeit, Mylord!«, sagte sie.

»Ungern, äußerst ungern, meine Liebe!«

Auch der Lord steckte seine Pistole weg. Er schüttelte den Kopf und stand auf.

»Ich liebe Euch wie noch nie zuvor eine Frau. Wir sind füreinander geschaffen.«

»Nein, Mylord, das Schicksal spielt uns beiden einen besonders makaberen Streich: Es führte uns zusammen, damit wir erkennen, wie sehr wir uns lieben – und gleichzeitig hat es dafür gesorgt, dass unsere Liebe weder Hoffnung zulässt, noch jemals Erfüllung finden wird.«

Traurig senkte er den Blick.

»Ihr hättet mich besser getötet mit Eurer Waffe.«

»Dann wäre ich jetzt ebenfalls tot.«

»Das ist nicht gewiss.«

»Ihr habt es mir angedroht.«

»Mag sein.« Er wandte sich ab, damit sie nicht in seiner Miene lesen konnte. Schließlich fuhr er in verändertem Tonfall fort: »Ich habe einen klaren Auftrag.«

»Einen Auftrag?«

Er wandte sich ihr wieder zu.

»Ihr seid dieser Auftrag, meine Liebe. Ich soll das Piratenschiff stellen, das Ihrer Majestät so große Sorgen bereitet. Aber ich soll es nicht versenken, sondern die Besatzung dazu bringen, künftig nur noch im Sinne Ihrer Majestät zu handeln.«

»Nur noch Schiffe der Spanier angreifen? All diese Gräueltaten ungesühnt lassen oder sie sogar unterstützen, um nicht zu sagen, sie fördern?«, rief sie ungläubig.

»Habt Ihr je die Taten jenes schrecklichen Lords gesühnt, der Eure Leute umbringen ließ, weil er sie für Hexen und Satansdiener hielt?«

Jetzt schlug sie ihrerseits die Augen nieder.

»Nein. Ich weiß noch nicht einmal mehr, wo es geschah. Ich war danach jahrelang wie von Sinnen. Als ich wieder daraus erwachte, um mein Leben endlich in die eigenen Hände zu nehmen, wusste ich nicht mehr zu sagen, wo ich hätte suchen müssen. Es trieb mich auch weg von der Insel, hinaus auf hohe See.«

»So wurdet Ihr, was Ihr heute seid …«

»Ja, so ist es! Und dieser Schurke lebt immer noch, wie ich vermute.« Sie lächelte warm. »Aber Ihr habt damit nichts zu tun, Mylord.«

»Befreit Eure Gedanken von der Vergangenheit, das seid Ihr auch Euren Männern schuldig. Überlegt Euch meinen Vorschlag.«

»Ja«, flüsterte sie. Ein wahres Gedanken- und Gefühlschaos herrschte in ihr.

»Ich liebe Euch, Jeannet«, sagte Lord Cooper.

»Ich dich auch!«, flüsterte sie.

Sie schauten sich tief in die Augen, aber dann rissen sie sich voneinander los.

Jeannet sagte: »Ich habe die Prinzessin an Bord. Ich schlage vor, sie Euch zu übergeben, Mylord.«

»Wie hast du dir das vorgestellt?«

»Ich werde sie an Bord der erbeuteten Galeone bringen lassen, weithin sichtbar festgebunden. Meine Kanonen werde ich auf sie richten, während wir uns zurückziehen. Sobald ihr uns folgt, muss sie sterben.«

»Ja, das könnte gelingen. Es würde allen das Leben retten. Aber was dann?«

»Es wird sich ansonsten nichts ändern. Es tut mir Leid.«

»Kein Bündnis?«

»Nein!«

Sie verschränkte die Arme unter der Brust.

»Seid keine Närrin! Eure Leute folgen Euch aus einem einzigen Grund: Weil Ihr offenbar in der Lage seid, ihre Gier nach Gold zu befriedigen!«

»Sehr richtig, Lord Cooper!«

»Und genau das könnte Euch ein Bündnis mit England garantieren!«

»So?«

»Zunächst einmal würde ich Folgendes vorschlagen: Nachdem wir die Galeone an uns genommen haben, bekommt Ihr später zusätzlich zu den an Bord befindlichen Schätzen einen Teil des Erlöses aus der Abwrackung. Allein die Kanonen sind ein Vermögen wert, und Ihr hättet sicherlich mehr Schwierigkeiten, sie Gewinn bringend zu verkaufen, als die Krone Englands!«

»Das ist gewiss!«

»Außerdem versuchen wir seit längerem, an die geheimen Seekarten der Spanier heranzukommen. Möglicherweise gelingt es uns in nächster Zeit. Mehr will ich dazu nicht sagen, aber mit diesen Karten wüsstet Ihr die Seerouten der Spanier und hättet keine Schwierigkeit, mehr Gold in Euren Besitz zu bringen, als Euer armseliger Segler zu fassen vermag.«

»Es wäre ein weiteres Treffen nötig, nicht wahr?«, fragte Jeannet.

»Ganz gewiss.«

Sie traten aufeinander zu.

Ein Mann und eine Frau, die nur durch äußere Umstände daran gehindert wurden, das zu tun, was sowohl ihre Körper als auch ihre Seelen unmissverständlich von ihnen verlangten.

»Vielleicht wäre ein Bündnis wirklich sinnvoll«, hauchte sie.

»Oh, ja …«

»Ein Bündnis zwischen Piraten und der Krone …«

»… und ein Bündnis zwischen Euch und mir!«

Er strich ihr über das Haar. Seine Hand glitt tiefer. Sie schloss die Augen dabei und genoss diese Berührung. Schließlich löste er die lederne Waffenschärpe. Sie glitt zu Boden.

Ein prickelnder Schauder überlief Jeannet. Eine Woge überwältigender Gefühle überspülte sie wie eine Welle, die sich in der Brandung an einem vorragenden Felsen brach. Er strich über ihren Hals. Begehren keimte in ihr auf, nahm von ihr Besitz. Das Herz pochte wie wild, so als müsste ihre Brust schier zerspringen. Ihr Atem beschleunigte sich.

»Mylord, Eure Leute …«, murmelte sie.

»Keiner von ihnen wird es wagen, diesen Raum zu betreten, wenn ich es ihm nicht ausdrücklich gestattet habe!«, erwiderte Sir Donald Cooper.

Einen Moment noch zögerte sie, dachte an die möglichen Konsequenzen, die aus dem erwuchsen, was sich jetzt anbahnte. Aber sie war nicht mehr in der Lage, nüchtern abzuwägen. Diese Welle der Gefühle riss sie einfach mit sich, und Lord Coopers klarer Hinweis darauf, dass keiner seiner Männer es wagen würde, die Kajüte zu betreten, sorgte dafür, dass die letzte Barriere, das letzte Hindernis nun aus dem Weg geräumt war.

Es gab buchstäblich kein Halten mehr.

Sie schlang ihre Arme um ihn, presste ihn an sich.

Und wenn es nur dieser eine Augenblick ist, der uns bleibt, so will ich ihn doch bis zur Neige auskosten!, ging es ihr durch den Kopf. Sie ließ ihn los, atmete heftig und löste eine Schnalle. Im nächsten Moment glitt auch sein Waffengurt samt des Degens zu Boden. Ihre Hände begannen über seinen Körper zu gleiten, zwischen den Knöpfen seines weiten Hemdes hindurch bis auf seine Haut.

Sie sanken zu Boden und nahmen sich nicht einmal die Zeit, sich sämtlicher Kleidungsstücke zu entledigen. Nur das Nötigste wurde entfernt. Hungrig liebkosten sie sich. Jeannet hatte trotz allem nicht das Gefühl, dass irgendetwas zu schnell geschah. Ganz im Gegenteil. Ihrem Empfinden nach hatte sie ein ganzes Leben lang auf diesen Augenblick gewartet.

Sehr vorsichtig und zärtlich drang Lord Cooper in sie ein. Sie musste einen Schrei der puren Lust unterdrücken. Lord Cooper bedeckte sie mit Küssen, während sie gemeinsam dem überwältigenden Höhepunkt dieser ersten Vereinigung entgegenstrebten.

Als es soweit war, krallte sich Jeannet an seinen Schultern fest.

Sie wollte nicht, dass dieser Augenblick je aufhörte.

Halt dein Glück fest!, dachte sie. *Halt es fest, solange du kannst!*

Bevor der Lord in das Boot zu Jeannet stieg, konnte John Kane, der Erste Offizier der SWORD FISH seine Bedenken nicht länger zurückhalten. Es platzte regelrecht aus ihm hervor: »Mylord, seid Ihr wirklich sicher, keinen Fehler zu begehen?«

»Nun, wie sollte es ein Fehler sein, erfolgreiche Verhandlungen abzuschließen?«, fragte der Lord seinerseits, gespielt verwundert. »Der Kapitän der Piraten ist sich mit mir einig geworden. Und nun setze ich mit ihr über, um mich davon zu überzeugen, dass es sich bei der Gefangenen wirklich um Prinzessin Carla von Spanien handelt. Was könnte daran falsch sein?«

»Aber Ihr begebt Euch in Lebensgefahr. Sie werden Euch töten!«

»Und dann wird ihr Schiff untergehen müssen. Es wäre nichts für sie gewonnen. Warum also sollten sie das tun?«

»Mylord, lasst doch wenigstens ihren Kapitän als Pfand da für Euch!«

»Nein! Auch das wäre unsinnig. Wieso sollte ich unterwegs auf so reizende Gesellschaft verzichten? Ich meine, ich tue ihr ja nichts. Also wird sie auch nicht ihr Messer gegen mich wetzen müssen. Genauso wenig wie umgekehrt.«

Damit war das letzte Wort gesprochen.

Kaum saßen sie im Boot, als sie sich auch schon gemeinsam in die Riemen legten. Jeannet ließ es sich natürlich nicht nehmen, sich nach Kräften zu beteiligen. Sie war schließlich keine der Hofdamen.

Kopfschüttelnd sah ihnen der Erste Offizier nach.

Allmählich wurde ihm bewusst, dass er sich ziemlich daneben benommen hatte. Er, als oberster militärischer Führer eines solchen Ausnahmeschiffes direkt nach dem Lord, hatte die Fassung verloren.

In diesem Augenblick nahm er sich fest vor, dafür bei der Rückkehr des Lords um Bestrafung zu bitten. Falls es für den Lord überhaupt eine Rückkehr geben würde, denn Kane war nach wie vor sehr skeptisch. Obwohl ihm klar war, dass er bei weitem nicht alles wusste. Vor allem hatte er überhaupt keine Ahnung, welcher Art die Verhandlungen gewesen waren, die sein Lord hinter verschlossener Tür mit dem weiblichen Kapitän des Piratenschiffes geführt hatte. Er hatte nur erfahren, dass die spanische Prinzessin auf die Galeone gebracht werden würde, damit der Fregatte freier Abzug gewährt werden konnte …

Dass er nicht mehr wusste, war auch gut so, wie nicht nur Jeannet fand, sondern auch Lord Donald Cooper, was er unterwegs ihr gegenüber augenzwinkernd versicherte, als sie sich gemeinsam über die Bedenken des Ersten Offiziers amüsierten.

Doch auch die Piraten waren äußerst verwundert über die neue Sachlage. Sie konnten sich beim besten Willen nicht vorstellen, wieso sich die Dinge so entwickelt hatten, wie sie sich ihnen gegenwärtig präsentierten.

Jeder, der nicht unmittelbar etwas zu tun hatte, drängte sich an der Reling und konnte es kaum erwarten, bis Jeannet und Lord Cooper endlich mit dem Boot anlangten.

Bevor dies geschah, erhob Jeannet ihre Stimme und rief ihren Leuten zu: »Dies ist Lord Donald Cooper, persönlicher Berater Ihrer Majestät, der Königin von England. Somit repräsentiert er hier und heute England. Wir haben verhandelt – und nun kommen wir gemeinsam an Bord, um das Ergebnis unserer Verhandlungen mitzuteilen.«

Sie rief es übertrieben theatralisch, was nicht gerade dazu beitrug, ihre Leute zu beruhigen. Sie waren eher noch irritierter denn zuvor.

Am liebsten hätten sie die Kanonen auf das Boot gerichtet und damit den Lord ins Jenseits gepustet. Aber damit hätten sie ihren eigenen Kapitän gefährdet. Ganz zu schweigen von der Tatsache, dass im gleichen Moment ungezählte Kanonenrohre auch auf ihr eigenes Schiff gerichtet waren. Eine einzige Salve konnte ihrer aller Ende bedeuten.

Endlich war das Boot heran, und seine beiden Insassen wurden von helfenden Händen an Bord gehievt.

»Wo ist die spanische Prinzessin?«, fauchte Jeannet ihren Ersten Offizier an.

Der konnte nicht den Blick von Lord Cooper lösen und murmelte nur: »Ist bereits unterwegs, äh, Mylady. Ich konnte mir denken, dass der Lord mitkam, um sich von der Identität unserer Gefangenen zu überzeugen.«

»Was starrt er mich so an?«, beschwerte sich der Lord.

»Mit Verlaub, Mylord, aber ich erkenne Euch deutlich. Gewiss, Ihr seid es tatsächlich: Lord Donald Cooper, der persönliche Berater Ihrer Majestät.«

»*Einer* ihrer persönlichen Berater«, relativierte der Lord prompt. »Und auch Euch erkenne ich jetzt: Seid Ihr nicht Marschall Ben Rider?«

»Ihr könnt Euch tatsächlich an mich erinnern, Mylord?«

»Natürlich, denn Ihr habt mich damals sehr beeindruckt. Ich glaube, mich erinnern zu können, dass Euer Fürst Euch als seinen besten und tapfersten Soldaten lobte. Aber was macht Ihr denn hier an Bord eines Piratenschiffes, um alles in der Welt? Wieso seid Ihr nicht an der Seite Eures Fürsten?«

»Ich bin in Ungnade gefallen, müsst Ihr wissen, Mylord. Am Ende musste ich fliehen, um nicht den Kopf zu verlieren.«

»Es tut mir Leid, dass Euch das Schicksal so hart getroffen hat«, sagte Lord Cooper.

»Was wollt Ihr von mir?«, gellte eine helle Stimme auf, die sich vergeblich bemühte, die englischen Wörter einwandfrei über die Lippen zu bringen. Ihr spanischer Akzent hörte sich fast wie eine Verhöhnung der englischen Sprache an. Aber sie konnte nichts dafür.

»In der Tat, die Prinzessin von Spanien!«, stellte Lord Cooper fest.

»Wage er es nicht, mich mit Namen zu nennen. Diese elende Brut hier weiß ihn nicht und kann ihn daher auch nicht beim Aussprechen beschmutzen.«

»Da geht Ihr aber sehr hart mit der Mannschaft dieses Schiffes ins Gericht, Eure Hochwohlgeborenheit. Schließlich haben diese Leute Euch das Leben gerettet.«

»Höre ich Ironie in Euren Worten mitschwingen? Wollt Ihr mich etwa … auf den Arm nehmen, wie Bauerntölpel es auszudrücken belieben?«

Donald musste jetzt unwillkürlich lachen, obwohl er sich vorgenommen hatte, gegenüber der Prinzessin höfische Haltung zu üben.

»Verzeiht mir, Gnädigste, aber Eure Ruppigkeit ist wirklich zu köstlich.«

»Ihr nehmt mich überhaupt nicht ernst! Niemand nimmt mich ernst! Kein Mensch!« Sie weinte auf einmal fast.

»Das ist nicht wahr«, widersprach Jeannet ungewöhnlich sanft – ungewöhnlich für die Ohren ihrer Leute. »Ihr seid aus zwei Gründen enorm wichtig und könnt gar nicht anders als ernst genommen werden.« Sie sagte die folgenden Worte so laut, dass sie jeder hören konnte: »Wir haben Euch aus den Fängen der Freibeuter befreit – und jetzt übergeben wir Euch der Obhut der englischen Krone, repräsentiert vom persönlichen Berater Ihrer Majestät, der Königin von England, innige Freundin Eures Vaters Philipp II.«

»Und wie viel Lösegeld kriegt Ihr dafür?«, fauchte die Prinzessin, absolut nicht mehr den Tränen nahe. Sie spuckte jetzt sogar äußerst undamenhaft vor Jeannet aus.

»Keinen Penny, meine Liebe«, beeilte sich der Lord zu versichern. »Ihr werdet mir aus reiner Hochachtung gegenüber der spanischen Krone übergeben.«

»Wer's glaubt …«

»Oh, doch, meine Liebe, auch wenn es sich ein wenig kompliziert gestalten wird, worum ich Euch jetzt schon gnädigst um Verständnis bitte.«

»Kompliziert? Wieso? Soll ich etwa in dieses wackelige Boot dort unten? Soll ich mich etwa selber hinüberrudern?«

»Wenn es nur das wäre …« Lord Cooper wechselte einen Blick mit Jeannet. Diese nickte nur unmerklich. Er fuhr fort, dass es jeder hören konnte: »Ihr werdet von unseren gemeinsamen Freunden hier drüben auf der erbeuteten Galeone festgebunden. Nicht als Gefangene, sondern gewissermaßen … damit Euch kein Leid zustößt, indem Ihr womöglich aus Versehen von Bord fallt.«

»Ihr macht Euch lustig über mich!«, klagte sie ihn an. »Ihr macht Euch lustig über eine Prinzessin von Spanien. Das wird schlimme Folgen für Euch haben. Ich werde es meinem Vater berichten. Er wird Euch und der ganzen englischen Brut den Krieg erklären, verlasst Euch darauf.«

»Nun, erst einmal müsstet Ihr dazu zurück in Madrid sein«, meinte Donald ungerührt. Dann fuhr er mit seinen Beschreibungen fort: »Sobald Ihr auf der Galeone seid, zieht sich die Fregatte unter der Führung von Kapitän Jeannet zurück. Sie hat dann ja hier nichts mehr zu tun. Meine eigenen Leute werden so lange warten, bis die Fregatte von dannen gesegelt ist, ehe sie sich Euch widmen und zunächst nach London bringen wird, zu Ihrer Majestät, der Königin von England.«

»Jetzt verstehe ich endlich!« Sie wandte den Kopf. »Du Kanaille!« Das war an die Adresse von Jeannet gerichtet. »Du lieferst mich aus, um das Schiff und das Leben der Besatzung zu retten!«

»Ist das denn so falsch?«, wunderte sich Jeannet ehrlich. »Da seht Ihr, wie wichtig Ihr seid – und wie ernst Ihr genommen werdet: Fügt Euch in Euer Schicksal, und Ihr rettet das Leben von all diesen guten Männern.«

»Und vor allem dein eigenes, nicht wahr?«

»Das gewiss auch, obwohl Euch das nicht zu gefallen scheint.«

Die Umstehenden grinsten amüsiert – und erleichtert zugleich, weil sie soeben erfahren hatten, dass die schlimmste Gefahr, der sie sich jemals ausgeliefert gesehen hatten, so gut wie vorüber war.

»Ihr werdet nicht allein drüben auf der Galeone festgebunden, Prinzessin von Spanien«, mischte sich wieder Lord Cooper ein. »Ich werde selbstverständlich zugegen sein. Keine Sekunde werde ich von Eurer Seite weichen, wie es meine Pflicht ist als treuer Untertan meiner Königin, der Freundin von Spanien.«

Die Prinzessin blinzelte irritiert. Sie schaute ein paar Mal von einem zum anderen. Dann murmelte sie kleinlaut: »Auch das verstehe ich jetzt endlich: Ihr habt Euer eigenes Leben riskiert, nur um mich zu befreien? Deshalb seid Ihr hergekommen, sozusagen als mein Held?«

»Nun, das wäre zuviel der Ehre, Prinzessin«, mischte sich Jeannet ein. »Immerhin hat niemand hier vor, ihm auch nur ein Haar zu krümmen. Er ist unser lieber Gast – genauso wie Ihr. Würden meine Gäste sich jetzt selber nach achtern bemühen? Wir ziehen die Galeone herbei, um alles vorzubereiten.«

»Ist gut«, sagte die Prinzessin, plötzlich erstaunlich kooperativ. Doch sie setzte noch hinzu: »Unter einer Bedingung allerdings!«

»Bedingung?«, wunderte sich Jeannet.

»Habe ich mit Euch gesprochen, Kapitän? Ich sah dabei eindeutig den Lord an.«

»Welche Bedingung denn?«, wunderte auch dieser sich jetzt.

»Ja, ich komme mit nach London, aber nur, wenn Ihr die Auslieferung an Spanien möglichst lange hinauszögert!«

»Nun, es liegt keineswegs in meiner persönlichen Macht …«

»Ihr könntet doch zumindest ein gutes Wort bei der Königin für mich einlegen, nicht?«

»Ja, das kann ich fürwahr versuchen. Gut, ich verspreche es hiermit hoch und heilig.«

»Vielleicht gelingt es mir sogar, überhaupt in England zu bleiben? Das wäre gut für mein Englisch, und so könnte man das meinem Vater gegenüber auch begründen. Er kann ja persönlich kommen und nachsehen, wie gut es mir in London bei Hofe geht. Ja, das wäre eine gute Idee: Er weiß mich in London wohl behütet, ich mache ihm auch keinen Ärger mehr – und er kann mich so oft besuchen, wie er nur mag. Schließlich ist er ja mein Vater, nicht?«

Der Lord und Jeannet wechselten abermals einen Blick.

»Sie – sie meint es tatsächlich ernst!«, sagte Jeannet verblüfft.

Lord Cooper schwenkte geistesgegenwärtig auf die neue Richtung ein, ehe das königliche Gör erneut widerspenstig wurde und alles nur noch unnötig erschwerte.

Lord Donald Cooper setzte sogar noch eins drauf: »Ich bin persönlich überzeugt davon, dass Ihre Majestät, die Königin von England, hocherfreut sein wird über diesen Vorschlag. Wisset doch, Ihre Majestät ist Jungfrau und wird es nach eigenem Bekunden bis zu ihrem Lebensende bleiben. Sie wird ergo niemals eine Tochter haben – und Euch gewiss sofort ins Herz schließen, allein bei Eurem anmutigen Anblick.«

Die Prinzessin fiel tatsächlich darauf herein. War sie wirklich so naiv, oder hatte sie nur so viel Furcht vor dem Leben am Hofe ihres Vaters, dass sie sich in jede noch so absurde Träumerei flüchtete.

Schließlich hatte sie sogar versucht, heimlich über den Atlantik vor ihrem Vater zu fliehen!

Widerstandslos ließ sie sich jedenfalls gemeinsam mit Lord Cooper nach achtern führen.

Ehe die beiden zur Galeone überwechselten, wandte sie sich noch einmal Kapitän Jeannet Witch zu.

»Ich danke Euch, meine Liebe. Man nennt Euch die Königin der Meere – und ich kann nur sagen: Nie zuvor sah ich eine Würdigere für diese Aufgabe. Ihr könnt versichert sein, dass ich mich als Prinzessin von Spanien trefflich in diesem Berufszweig auskenne!«

Sie lächelte verschmitzt, deutete eine gekonnte Verbeugung an und fügte hinzu: »Eure Majestät!«

Auch Jeannet musste schmunzeln, aber ihr Gesicht erstarrte, als sie der hoch gewachsenen Gestalt Lord Coopers nachschaute, wie er hinüberstieg, um wieder aus ihrem Leben zu verschwinden.

Sie musste unwillkürlich schlucken.

Liebster, auf hoffentlich bald!, dachte sie wehmütig und wandte sich ab, ehe ihr die Tränen kamen. Nein, sie konnte sich keine Tränen leisten. Nicht vor den Augen ihrer Besatzung. Deshalb verschwand sie lieber in Richtung ihrer Kapitänskajüte und warf keinen einzigen Blick mehr hinüber zu Lord Donald Cooper.

Auf bald!, dachte auch dieser im selben Moment, als hätte er die Gedanken seiner großen Liebe gelesen.

Doch bevor Jeannet ihre Kajüte erreicht hatte, wehte ihr ein Ruf nach.

Sie verhielt im Schritt und wandte sich um.

Es war die Prinzessin von Spanien. Sie rief: »Ich heiße übrigens Carla! Merkt Euch diesen Namen für immer: Prinzessin Carla von Spanien! Falls Ihr jemals Hilfe braucht, die ich Euch gewähren könnte, zögert nicht, sie auch in Anspruch zu nehmen. Vergesst es nicht: Carla, die Prinzessin von Spanien!«

Nein, dachte Jeannet bewegt, *auch dich werde ich wohl niemals vergessen!*

Dann wandte sie sich endgültig ab und betrat ihre Kajüte, um für die nächsten Stunden die Tür fest hinter sich zu verriegeln.

Niemand sollte etwas bemerken von ihrer tiefen Trauer über den Abschied!

DRITTES BUCH:
Das Meer der Sehnsucht

Mit brennenden Augen schaute Lord Cooper zum sich schier endlos ausdehnenden Horizont. Diese Endlosigkeit war für ihn wie das Symbol der Trennung von Jeannet. Er schaute hinüber, ohne zu blinzeln. In diese Richtung war sie mitsamt ihrem Schiff verschwunden. Ein dicker Kloß saß ihm im Hals.

Dass von der anderen Seite bereits seine Leute an Bord des halbwegs zum Wrack geschossenen Schiffes kletterten, um es zu übernehmen und ihren Lord nebst der Prinzessin von den Fesseln zu befreien, interessierte ihn nur am Rande.

Gott, wie sehr ich dich liebe, Jeannet!, durchzuckte es ihn. *Wie ist das überhaupt möglich? Ein kurzer Moment, der alles veränderte …*

Von nun an wird es ein Davor und ein Danach für dich geben.

Selbst wenn du sie nie wiedersehen solltest, wird dein Leben von nun an nicht mehr dasselbe sein.

Nein, sie war unerreichbar, nicht nur für seine Gedanken. Zwischen ihnen lag nicht nur die Trennlinie des Horizonts, hinter dem das Piratenschiff verschwunden war, sondern Standesdünkel und Treue gegenüber der Krone. Er, als Lord und Berater der Königin von England, also einer der mächtigsten Männer Englands, in Liaison mit einer Piratenbraut? Das durfte nicht sein. Mochte es zurzeit auch ein Geheimbündnis mit den Freibeutern geben, so stellten sie in Augen der Krone letztlich trotzdem nichts anderes als Abschaum dar. Bisweilen nützlichen Abschaum, aber nicht mehr.

Neben sich hörte er die Stimme der Prinzessin von Spanien, aber er hatte keine Ahnung, was sie sagte. Er hörte gar nicht richtig zu. Ihre Worte drangen wie aus weiter Ferne zu ihm hin. Er war in Gedanken so sehr mit dem Schmerz beschäftigt, den die Trennung von Jeannet in ihm erzeugte, dass er kaum registrierte, dass die Fesseln fielen und er sich wieder frei bewegen konnte. Trotzdem blieb er einfach stehen und rührte sich nicht vom Fleck.

»Mit Verlaub, Mylord, wir haben das Schiff im Schlepptau. Ihre weiteren Befehle?«

Das war die Stimme von Geoffrey Naismith, dem Zweiten Offizier der SWORD FISH. Sie klang besorgt. Indigniert betrachtete er die Tränen im Gesicht seines Kommandanten.

Der Lord blinzelte wie verwirrt und schaute seinen Zweiten an, als würde er ihn erst jetzt entdecken.

»War es so schlimm, Mylord?«, erkundigte sich dieser.

»Noch schlimmer!« Es klang eine Spur zu sarkastisch. Der Zweite zuckte unwillkürlich zusammen. Aber Lord Cooper klopfte ihm beruhigend auf die Schulter. »Macht Euch nichts draus. Wir haben es alle überstanden. Vor allem die Prinzessin von Spanien.«

»Könntet Ihr mir jetzt endlich meine Frage beantworten?«, rief diese prompt. Es klang sehr beleidigt.

Er blinzelte erneut und schaute jetzt in ihre Richtung. Sie hatte die zierlichen Hände zu Fäusten geballt und giftete ihn regelrecht an.

»Wie war die Frage noch mal, mit Verlaub?«

»Ich will wissen, wie es jetzt weitergeht.«

»Aber ihr wart doch dabei, als es abgesprochen wurde und …«

»Ja, die Piratin hat mich befreit und mich hiermit in Eure Obhut gegeben. Aber bleiben wir jetzt auf diesem zerschossenen Schiff, oder wie sollte ich das verstanden haben? Wir ganz alleine?«

Über so viel Naivität schüttelte Lord Donald Cooper unwillkürlich den Kopf. Aber dann stutzte er und betrachtete die Prinzessin genauer. In ihren Augen blitzte es. Was sollte das denn? Nein, naiv war Prinzessin Carla von Spanien gewiss nicht. Vielleicht jung und von daher gesehen recht unerfahren und für eine Prinzessin dem Benehmen nach eigentlich eine Beleidigung für alles, was man die höfische Verstellung nannte, aber …?

Und was sollte dann die Frage?

»Natürlich bleiben wir auf diesem halb zerschossenen Wrack, Mylady. Nur wir beide, während uns die SWORD

FISH im Schlepptau behält bis in den Hafen von London. Ist das denn nicht romantisch?«

Sie lachte schallend: »Ach, hereingefallen! Ich habe doch nur Spaß gemacht.«

»Und ich ebenfalls!«, versicherte Lord Cooper ein wenig zu distanziert.

»Na, jetzt kommt mir doch nicht in dieser steifen Art, Mylord. Was glaubt Ihr, warum ich den Hof meines Vaters fluchtartig verlassen habe? Ich habe mich in Lebensgefahr begeben, nur um dem zu entfliehen.«

»In der Tat, das habt Ihr. Aber dabei habt Ihr nicht nur Euer eigenes Leben aufs Spiel gesetzt – mit Verlaub, verehrte Prinzessin!«

»Wie meint Ihr das?«, rief sie auf einmal alarmiert.

»Nun, wie ich es sagte: Ihr habt nicht nur Euer eigenes Leben aufs Spiel gesetzt. Euer Vater macht sich mit Sicherheit große Sorgen um Euch und tut alles, Euch wiederzufinden. Habt Ihr Euch mal überlegt, dass dies nicht nur immensen Aufwand bedeutet, sondern dass dabei vielleicht sogar Unschuldige als Urheber Eures Verschwindens verdächtigt werden, mit allen für jene höchst unerfreulichen Konsequenzen bis hin vielleicht zum Tode?«

»Wie bitte?« Jetzt machte sie große, runde Augen. Ihre wieder zu Fäusten geballten zierlichen Hände verkrampften sich vor ihrer bebenden Brust. »Das – das habe ich ja gar nicht bedacht!«, fügte sie hinzu. »Aber warum lange darüber nachdenken! Meine Güte, Ihr redet ja schon so wie einer dieser frommen Jesuiten, die am Hof meiner Eltern ein- und ausgehen. Oder wie dieser Ikonen anbetende, Fellmützen tragende Kerl, der angeblich ein mächtiger Fürst ist und dem mein Vater mich zur Frau geben wollte!«

Die Prinzessin schüttelte sich.

Allein der Gedanke daran schien ihr Ekel zu verursachen.

»Ihr interessiert Euch vornehmlich für Euch selbst, nicht wahr?«

»Madre de Dios!«, seufzte sie und bestätigte dann: »Sí, es verdad! Aber ich sehe darin keine Sünde.«

»So habt Ihr sicher auch nicht darüber nachgedacht, mit welchem Risiko Eure Befreiung erfolgte!«, fügte Lord Cooper ungerührt hinzu. Aber die Reaktion der Prinzessin auf seine

Worte zeigte ihm dennoch: *Also bist du in der Tat nicht so naiv, wie du manchmal tust, Prinzessin. Du bist nur überaus leichtsinnig, auch im Umgang mit dem Leben anderer. Schließlich bist du eine Prinzessin und keine Bauerstochter.*

»Mit Verlaub, Mylord!«, meldete sich Naismith vorsichtig zu Wort.

Lord Cooper drehte sich herum.

»Ja, Naismith, ich weiß, wir sollten schleunigst an Bord der SWORD FISH gehen.

»Aye, Sir!«

»Wir haben einen weiten Weg vor uns bis nach London. Zumal wir die schwere Galeone im Schlepptau haben.«

»Ganz so schwer scheint sie nicht mehr zu sein, nachdem die Piraten sich fleißig an der Ladung gütlich getan haben«, meinte der Zweite ein wenig zu anzüglich.

Das bekam ihm nicht, denn sogleich wurde er von der Prinzessin angegiftet: »Diese Piraten haben nicht nur mein Leben gerettet. Sie haben mich aus der Gefangenschaft der übelsten Freibeuter befreit, die es überhaupt gibt. Niemand an Bord des Schiffes, mit dem ich in die Neue Welt wollte, hat überlebt, außer mir. Und die Ladung hier an Bord, von der noch der größte Teil übrig ist, gehört Spanien, denn sie wurde von dem Schiff gestohlen, auf dem ich mich befand. Die ersten Piraten haben es auf Grund gesetzt, ehe sie flohen.«

»Oh, ich bitte untertänigst um Vergebung, gnädigste Prinzessin, aber Ihr habt natürlich völlig Recht. Es war mein Fehler: Selbstverständlich gehört die Ladung Spanien und damit Euch. Ich wollte nur meinem Bedauern Ausdruck verleihen, dass sie leider nicht vollständig gerettet werden konnte, weil die Piraten …«

»Ich gönne sie denen. Wie Ihr schon bemerkt habt: Die Ladung gehört rechtmäßig Spanien und somit mir. Also kann ich auch darüber entscheiden, wer einen Teil davon behalten darf oder nicht. Ist das nicht das Mindeste, was ich diesen Piraten für meine Rettung schulde?«

»Prinzessin Carla von Spanien hat nicht Unrecht, mein Lieber!«, belehrte jetzt auch der Lord seinen hohen Offizier.

Diesem schmeckte das ganz und gar nicht, aber er beherrschte sich und wandte sich nach einer erneuten Entschuldigung und einer ehrerbietigen Verbeugung gegenüber der Prinzessin ab.

Der Prinzessin gefiel diese Reaktion ganz und gar nicht. Sie war es nicht gewohnt, dass sich jemand abwandte, ohne vorher von ihr die ausdrückliche Erlaubnis erhalten zu haben.

»No lo credo!«, murmelte sie. »Ich glaube es einfach nicht.«

»Der Zweite hat noch viel zu tun«, beeilte sich der Lord zu versichern, ehe sich die Prinzessin darüber aufregen konnte. »Und seid Ihr selber nicht ein lebendes Vorbild dafür, dass es nicht immer ganz streng nach Etikette ablaufen muss?«

Sie ließ ein glockenhelles Lachen hören, das wohl das Herz eines jeden Mannes berührt hätte. Nur das Herz des Lords konnte es nicht erreichen, denn dieses war eingepackt in so viel Schmerz, dass er sich im Stillen fragte, wieso er dies alles überhaupt noch aushalten konnte. Er hatte ungezählte Kämpfe hinter sich bringen müssen. Kein Wunder, dass man ihn als den Unbesiegbaren bezeichnete. Nichts und niemand konnte ihn schrecken. All diese Verletzungen, die er im Kampf hatte erleiden müssen, die Schmerzen ... Sie waren nichts im Vergleich zu dem, was nun in seiner Brust tobte.

Ich habe mich schon oft gefragt, wie es wohl sein wird, wenn ich die Frau meiner Träume endlich finde. Ich habe viele Frauen gekannt, aber sie war niemals dabei, nicht ein einziges Mal. Also versteckte ich mich lieber hinter meinem Degen und meiner wichtigen Rolle im Auftrag der Krone, um letztlich wieder allein zu bleiben. Jetzt habe ich diese Frau endlich gefunden, zu einem Zeitpunkt und in einer Situation allerdings, wie sie ungünstiger gar nicht denkbar wäre. Und es ist ausgerechnet eine Frau, wie sie schlechter gar nicht zu mir passen könnte!

Er horchte seinen eigenen Gedanken nach und erkannte den ungeheuerlichen Widerspruch: Wenn sie doch nicht die Richtige war, weil sie einfach nicht zu dem passen wollte, was er an seinem Leben schätzte ... Wieso empfand er dann soviel für sie? Das war keine gewöhnliche Liebe. Sonst hätte er nicht das Gefühl, es zerreiße schier sein Inneres.

Wieder und wieder stiegen die Erinnerungen an ihre außerordentlich intensive Begegnung in der Kapitänskajüte in ihm hoch. Es war alles so gegenwärtig und erschien so unwirklich.

Aber das, was er mit Jeannet erlebt hatte, war wirklich geschehen.

Und doch erschien es ihm in der Rückschau geradezu unglaublich.

Er schaute wieder in die Richtung, in der das Piratenschiff verschwunden war und spürte das Brennen in seiner Seele. Unwillkürlich verkrallte sich seine Rechte im Stoff vor seiner Brust. Er presste sie fest dagegen, aber dadurch wurde es nicht besser, sondern verschlimmerte sich sogar noch: Jetzt hatte er das Gefühl, als würde sich ein eiserner Reifen um seiner Brust befinden, den jemand mit sadistischer Freude immer enger drehte, nur um ihn noch mehr zu peinigen.

Endlich wurde ihm bewusst, dass die Prinzessin hartnäckig an seinem Ärmel zupfte.

»Seid nicht ungehobelt und begleitet mich von Bord, wie es einem Gentleman gegenüber einer Prinzessin gebührt!« Es klang zu schelmisch, als dass der Lord hätte annehmen können, die Erziehung am Hofe des Königs von Spanien hätte bei der Prinzessin doch endlich Wirkung gezeitigt.

Sie lächelte spitzbübisch und somit in keiner Weise so, wie es einer Prinzessin gebührte. Aber das machte sie ihm nicht gerade unsympathischer. Ganz im Gegenteil. Jetzt musste er selber lächeln und vergaß dabei fast sogar den grausamen Schmerz, den jeder Gedanke an seine geliebte Jeannet in ihm erzeugte.

Nun, wenigstens wird die Prinzessin mich unterwegs auf andere Gedanken bringen!, redete er sich ein, krampfhaft daran festhaltend, dass er darüber vielleicht sogar Jeannet vergessen könnte, wenn auch nur vorübergehend.

Doch das hielt keine Minute an. Während er am Arm die Prinzessin über Deck führte, wie es sich gehörte, waren seine Gedanken schon wieder bei Jeannet. Er malte sich bereits aus, dass sie sich in London trafen. Nicht sehr bald zwar, wie er befürchtete, aber es war ein Ziel. Ja, sie würden sich wiedersehen. Sie wusste, wie sie ihn erreichen konnte, und es gab nichts, auf das er sich in seinem Leben mehr gefreut hatte. Selbst sein kometengleicher Aufstieg bis in die höchsten Kreise am Hofe der Königin von England hatte eine solche Freude nicht in ihm hervorrufen können.

Jetzt weiß ich auch, wieso ich diesen grausamen Schmerz überhaupt ertrage, geliebte Jeannet, dachte er. *Eben weil ich mich gleichzeitig auf unser Wiedersehen freue! Aber ist das überhaupt richtig?*

Er schüttelte den Kopf über seine eigenen Gedanken. Als würde das für ihn überhaupt auch nur die geringste Rolle spielen im Zusammenhang mit der Geliebten: richtig oder falsch!

Ein letzter Blick zurück zum Horizont, wie zum Abschied, bevor er mit der Prinzessin von Spanien endlich übersetzte. Mit Enterhaken hatten seine Leute beide Schiff so nah zusammengebracht, dass es letztlich nur noch ein kleiner Schritt war.

»Willkommen an Bord, Prinzessin Carla von Spanien!« Lord Donald Cooper deutete gekonnt eine höfische Verbeugung an. Sein Lehrer in höfischer Verstellung wäre sehr stolz auf ihn gewesen, hätte er sie sehen können.

»Alle Achtung, Mylord, das war vorbildlich. Vielleicht kann ich ja Ihre Majestät, die Königin von England, dazu überreden, dass Ihr mich unterrichtet?«

Er richtete sich ein wenig zu schnell auf.

»Wollt Ihr denn länger in London bleiben, Prinzessin?«

»Sagen wir es einmal so, Mylord: Ich habe fest vor, um Asyl zu bitten, wenn Ihr wisst, was ich meine.«

Oh doch, und ob ich weiß, was Ihr meint, dachte der Lord. *Aber ich bin auch der Meinung, dass daraus wohl nichts wird. Ihr wisst nichts von dem Deal zwischen dem Königshaus und den Piraten. Ihr habt es völlig anders erlebt: Ein englisches Piratenschiff hat zwar das spanische Handelsschiff mit Euch an Bord überfallen, aber ein anderes englisches Piratenschiff hat diese schlimme Tat wieder gesühnt. Genau das werdet Ihr Eurem Vater mitteilen müssen, ehe der Verdacht der Spanier noch größer wird, als er ohnedies bereits ist. Ihr seid eine wichtige Zeugin dafür, dass keine Freundschaft größer sein kann als die zwischen England und Spanien!*

Er lächelte, aber Prinzessin Carla von Spanien missverstand es als Zustimmung für das, was sie gesagt hatte: »Ihr werdet in der Tat mein Lehrer sein wollen?«

»Warum nicht, Prinzessin? Es sei denn, meine Königin hat andere Pläne mit mir.« Diese vage Einschränkung war bitter nötig, damit sich die Prinzessin nicht zu große Hoffnungen darauf machte, für länger in London bleiben zu dürfen. Die Königin von England würde wohl völlig anders entscheiden: Die Prinzessin musste so schnell wie möglich zurück nach Madrid. Nicht nur, damit ihr Vater sich keine solchen Sorgen mehr zu machen brauchte, sondern aus politischen Gründen. Dies galt als sicher, aber der Lord hütete sich wohlweislich davor, auch nur die geringste Andeutung in diese Richtung zu machen. Vor allem auch, weil er sich die Überfahrt nach London nicht unbedingt selber vermiesen wollte.

Carla hingegen war jetzt von fröhlicher Ausgelassenheit und konnte sich kaum noch bremsen.

»Ihr müsst mir viel erzählen, denn ich weiß zu wenig über London, über den Palazzo ...«

Der Lord wunderte sich flüchtig, wie schnell er sich an die fürchterliche Aussprache der Prinzessin gewöhnt hatte. Aber ihr holpriges Englisch klang keineswegs unsympathisch. Ganz im Gegenteil ...

»Oh, mit Verlaub, Prinzessin, aber es heißt nicht Palazzo, sondern Palace.«

»Ach ja, ich erinnere mich.« Sie hakte sich schon wieder bei ihm unter. »Und nun führt mich zu meiner Kabine. Ich nehme doch an, sie ist bereits gebührend vorbereitet?«

»Das nehme ich allerdings auch an«, meinte der Lord leichthin und schaute nach seinem Ersten, John Kane, der abwartend dastand und jetzt salutierte, obwohl er wusste, dass der Lord keinen gesteigerten Wert auf militärische Rituale legte.

Der Lord nickte ihm zu.

»Mit Verlaub, Mylord, aber wenn ich vorauseilen darf?«

»Während sich Naismith um das abzuschleppende Schiff kümmert?«

»In der Tat, Mylord, das ist seine Aufgabe.«

»Wie ich ihn kenne, wird er diese Aufgabe zu aller Zufriedenheit meistern, nicht wahr?«

»Aber selbstverständlich, Mylord, ich ...«

Lord Donald Cooper winkte einfach ab und ließ seinen Ersten damit verstummen.

Dieser verbeugte sich jetzt auch vor der Prinzessin und ging dann voraus – nicht, bevor er für das Vorausschreiten noch einmal eine ausdrückliche Entschuldigung vorgebracht hatte.

»Eure Offiziere sind gut erzogen«, bemerkte die Prinzessin ein wenig süffisant. »Nur der Zweite ist anscheinend nicht so ganz nach Eurem Geschmack, wenn ich nicht irre.«

»Ihr irrt Euch mit Sicherheit, Prinzessin – mit Verlaub!«, behauptete der Lord im Brustton der Überzeugung.

Ich bin ja selber Schuld!, schalt er sich im Stillen. *Ich dürfte nicht so über ihn reden. Naismith ist ein vorbildlicher Offizier und ein treuer Diener Ihrer Majestät, der Königin von England!*

Doch ein Freund von ihm war er damit noch lange nicht. Er hatte ihn sich auch nicht persönlich ausgesucht. Nicht so wie die meisten auf seinem Schiff. Unter den Offizieren war Naismith der einzige, der ihm sozusagen direkt vor die Nase gesetzt worden war – nicht von der Königin persönlich, klar, aber sie steckte mit Sicherheit dahinter. Darum hatte sich der Lord auch nicht dagegen gewehrt.

Nun, bisher hatte er keinerlei Grund dafür gesehen, darüber gar unglücklich zu sein. Naismith lag ihm zwar nicht sonderlich, aber er würde sich hüten, den Mann das jemals merken zu lassen, solange der korrekt seinen Dienst verrichtete.

Er schaute nach seinem Ersten, der geflissentlich vor ihnen herlief und sich immer wieder durch einen Blick über die Schulter davon überzeugte, dass der Lord und die Prinzessin ihm auch wirklich auf dem Fuße folgten. Er war ein völlig anderes Kaliber. Ihm konnte der Lord sein Schiff blind anvertrauen, ohne auch nur einen einzigen Gedanken daran zu verschwenden, dass vielleicht etwas schief gehen könnte.

Die Prinzessin an seiner Seite war ziemlich unruhig. Sie hatte sich zwar artig bei ihm untergehakt, aber am liebsten wäre sie wohl auf Deck herumgehüpft wie ein übermütiger Teenager.

Der Lord konnte das durchaus nachvollziehen, aber die Prinzessin war nun einmal kein üblicher Teenager. Selbst wenn sie »nur« die Tochter eines Grafen gewesen wäre, hätte sie sich das nicht leisten können.

Gottlob bemerkte es niemand, denn die Matrosen taten alle sehr beschäftigt. Anscheinend wussten sie nicht so recht, wie sie sich ansonsten gegenüber einer echten Prinzessin aus

Spanien verhalten sollten. Wenn sie vollauf beschäftigt taten, erübrigte sich das von selbst.

Und dann erreichten die drei ihr Ziel. Der Erste öffnete die Kabinentür.

»Wenn ich bitten darf?«

Prinzessin Carla riss sich los und eilte hinein.

»He, da ist ja ein Teil meiner Sachen. Wie habt Ihr das so schnell geschafft, sie hierher zu bringen?«

»Nun, mit Verlaub«, meinte der Erste ein wenig verlegen, »aber Ihr habt Euch gemeinsam mit Mylord ein wenig ... nun, wie soll ich sagen ...«

»Wir haben uns Zeit gelassen, ja, das stimmt!«, half ihm der Lord lächelnd.

Insgeheim dachte er: *Aber nicht wegen der Sachen der Prinzessin, damit man die vorher herschaffen konnte, sondern weil ich an Jeannet denken musste.*

»Die Prinzessin dankt Euch von Herzen – und ich schließe mich dem selbstverständlich und in aller Form an«, versicherte der Lord. Er wandte sich an Carla: »Darf ich Euch jetzt allein lassen?«

»Erlaubt Euch mal!«, drohte sie und hob auch noch tadelnd den Zeigefinger.

Der Lord musste unwillkürlich lachen.

»Es tut mir unendlich Leid, aber ich muss ein Schiff befehligen und kann mich leider nicht ausschließlich um Euch kümmern, so gern ich das auch tun möchte.«

»Und wenn ich Euch darum bitte? Ich kenne doch sonst niemanden an Bord.«

»Aber mich kennt Ihr doch auch erst seit ...«

»Keine Ausrede, Mylord – und auch die Sache mit dem Schiff leiten und so lasse ich nicht gelten. Ich kenne nun Euren Ersten Offizier und weiß, dass das Schiff bei ihm in den besten Händen ist.«

Der Zitierte erlaubte sich jetzt auch ein Lächeln und verbeugte sich schon wieder.

»Oh, vielen Dank, Eure Majestät.«

»Wieso sagen alle Majestät zu mir? Ich bin nicht die Königin von Spanien und werde dies auch niemals sein, weil ich nicht die Älteste bin. Ich bin nur eine der Prinzessinnen.«

»Nein, mit Verlaub, nicht irgendeine, sondern eine ganz besondere Prinzessin!«, entschärfte der Lord galant die Situation.

Sie blinzelte irritiert und schaute ihn viel zu intensiv an. Der Lord bemerkte es nicht, weil er mal wieder an seine Geliebte denken musste.

»War das Euer Ernst?«

»Was meint Ihr?«

»Das ›eine ganz besondere Prinzessin‹?«

»Ja, aber natürlich, Majestät.«

»Aus Eurem Munde …« Sie brach ab.

Der Lord nutzte die Gelegenheit, seinem Ersten zuzuwinken. »Also gut, ich bleibe noch bei Ihrer Majestät. Kümmert Ihr Euch um alles andere.«

Beinahe hätte der Erste wohl ausgerufen: »Nichts lieber als das!«, aber er verkniff es sich selbstverständlich, salutierte vorschriftsmäßig und trat ab.

Der Lord wandte sich wieder der Prinzessin zu.

Sie bedachte ihn mit einem sehr seltsamen Blick und wirkte überhaupt nicht mehr fröhlich.

»Wisst Ihr, Mylord, es ist eigentlich jammerschade, dass Ihr nicht in meinem Alter seid«, murmelte sie.

»Wie bitte?« Er vermutete, sie hätte nur einen Scherz machen wollen.

»Ach, vergesst es gleich wieder!«

»Nein, ich fasse es als besonderes Kompliment auf, Majestät.«

»Bitte nicht mehr Majestät sagen.«

»Wie Ihr beliebt, Prinzessin Carla von Spanien.«

»Ja, meinetwegen Prinzessin oder Mylady, aber dieses Majestät macht mich irgendwie unnötig älter.«

»Ach ja? Na, dann treffen wir uns doch sozusagen auf halber Strecke: Wenn Ihr älter wirkt und ich jünger …« Ja, er hatte einfach nur auf einen Scherz eingehen wollen und konnte nicht ahnen, dass die Prinzessin es absolut nicht scherzhaft gemeint hatte.

Du lieber Gott im Himmel, habe ich mich in den Lord verliebt oder was?, dachte sie verwirrt.

Die Männer in ihrem Alter waren ihr normalerweise zu jung, und ältere Männer hatten sie bislang nicht interessiert.

Kein Wunder, sie hasste alles Höfische, obwohl sie als Prinzessin geboren und aufgewachsen war. Doch der Lord war so völlig anders als alle Männer, die sie jemals gekannt hatte, ob vom Hofe oder nicht ... Davon war sie fest überzeugt.

Sie ahnte ihrerseits ja noch nicht einmal, was in diesen Minuten in dem Lord wirklich vor sich ging. Er dachte unentwegt an seine große Liebe und daran, dass er Jeannet möglichst bald in London treffen würde. Möglichst bald? Ach, erst musste er selber in London sein, und er wusste, dass das mit dem angeschlagenen Schiff im Schlepptau ein ziemlich zeitintensives Unterfangen werden würde. Und wann würde dann Jeannet endlich den Weg nach London finden? Sie konnte ja wohl kaum mit ihrem Piratenschiff einfach so in den Hafen einlaufen.

Nein, das war alles viel schwieriger als es ihm gefallen konnte. Deshalb beschäftigte es ihn ja auch die ganze Zeit.

Wie sollte er darüber bemerken, dass die noch jugendliche Prinzessin von Spanien ihn anzuhimmeln begann?

»Das war gut ausgedrückt, Mylord, und als Vorschlag sowieso überaus tauglich. Ich nehme ihn an: Nennt Ihr mich weiterhin Majestät, damit ich älter wirke – und während Ihr mit mir scherzt, wirkt Ihr jünger. Dann sind wir ja ungefähr gleich alt, nicht wahr? Ach, wären wir da nicht sogar ein schönes Paar? Ich meine, ganz im Sinne der Pflege der englisch-spanischen Freundschaft.«

Sie lauschte ihren Worten nach und hoffte inbrünstig, dass sie nicht zu dumm klangen.

Der Lord lachte darüber, weil er immer noch der Meinung war, die Prinzessin wolle nur mit ihm scherzen.

»Also gut, völlig einverstanden, Majestät.«

»Und was machen wir nun als Nächstes?«, rief sie erleichtert.

»Nun, ich nehme doch an, Ihr seid von all der Aufregung müde geworden und wollt Euch ein wenig Ruhe gönnen?«

»Damit Ihr Euch wieder zurückziehen könnt? Kommt ja gar nicht in Frage. Das kann ich unmöglich zulassen, Mylord.«

»Ich kann aber auch nicht Euer Nachtlager teilen. Es wäre selbst unter echten Gleichaltrigen sehr unziemlich, wie ich zu bedenken geben möchte.«

»Was wäre daran denn unziemlich? Schließlich seid Ihr ein Lehrer, was höfische Verstellung betrifft – ergo mein Privatlehrer mit höchsten Kompetenzen sozusagen.«

»Umso mehr muss ich Zurückhaltung üben, denn genau das passt zur höfischen Verstellung, Majestät, glaubt mir das bitte. Ihr seid eine Dame von hohem Rang und ich Euer Diener. Ich bin schon über Gebühr lange in Eurer Nähe.«

Der meint es ernst!, riefen ihre Gedanken alarmiert.

Und in der Tat: Der Lord deutete wieder einmal eine besonders gekonnte Verbeugung an und zog sich rückwärts durch die noch offen stehende Tür gehend zurück.

Die Prinzessin war so perplex, dass sie ganz vergaß, etwas dazu zu sagen. Und dann war der Lord schon verschwunden.

Sie rannte hinterher, aber er war wie von den Schiffsplanken verschlungen. Sie konnte ihn nirgendwo mehr sehen.

Da waren nur ein paar verschwitzte Matrosengesichter, die mühsam ein Grinsen unterdrückten. Eine Frau an Bord eines Kriegsschiffes – zumal auch noch eine echte Prinzessin – war schon etwas sehr Besonderes.

Ein anderer Matrose, der neben der Tür stand und jetzt erst von der Prinzessin entdeckt wurde, verbeugte sich knapp und sagte: »Mit Verlaub, Majestät, aber ich wurde zu Eurem Schutz abgestellt, wenn Ihr erlaubt.«

»Natürlich«, murmelte sie geistesabwesend, zog einen Schmollmund, was dieser Aussage eigentlich widersprach, und kehrte in die Kabine zurück. Hinter sich warf sie viel zu heftig die Tür ins Schloss.

Sie dachte an »ihren« Lord. Wieso hatte der sich so schnell zurückgezogen?

Sie grübelte darüber nach.

Da waren bisher unbekannte Gefühle in ihrer Brust, die sie schwerlich verarbeiten konnte. Sie wusste nur, dass diese Gefühle mit dem Lord zu tun hatten. Er war aber auch ein äußerst ungewöhnlicher Mann. Allein seine Augen … Und dann die Art, wie er sich bewegte …

Ihr schwindelte unwillkürlich, und sie warf sich bäuchlings auf die Koje.

»He, Lordchen, warum gehst du nicht mehr aus meinem Kopf? Wer hat dich denn da hineingebeten?«, versuchte sie, sich selber aufzuheitern.

Sie warf sich herum, um gegen die Decke zu starren.

Ja, warum hatte sich der Lord so plötzlich zurückgezogen? Erst scherzte er noch mit ihr herum und dann …?

»Kann es sein, dass Ihr mehr in mir seht als die Prinzessin von Spanien? Vielleicht eine … richtige Frau?«

Ihr Herz schlug unwillkürlich ein paar Takte schneller. Sie verkrampfte ihre Hände vor der Brust.

»Ja, das wäre eine Erklärung für dieses seltsame Verhalten. Ihr seid ja regelrecht vor mir … geflohen. Was geht in Euch vor? Ihr seid gewiss schon vielen Frauen begegnet. Ihr seid so männlich, aber auch schon ziemlich reif. Bei Euch kann sich eine Frau geborgen fühlen. Da würde sie vielleicht sogar Gefallen finden an der höfischen Verstellung …« Sie schlug sich prompt selber auf den Mund, um sich zum Schweigen zu bringen.

Welch ungehörige Worte für eine junge Prinzessin!

Aber sie lachte schon wieder und dachte: *Vielleicht mache ich mir ja etwas vor, aber ich bin mir sehr sicher, dass Ihr vor mir geflohen seid, damit ich nicht bemerken soll, was Ihr wirklich für mich empfindet, Ihr, mein Lebensretter!*

Es waren wahrlich ganz andere Gründe, aus denen Lord Donald Cooper sich so plötzlich und eigentlich auch ein wenig ungebührlich zurückgezogen hatte. Er hatte es einfach nicht mehr länger ausgehalten. Zwar hatte er schon früh lernen müssen, ein Meister der Verstellung zu werden, damit wirklich niemand auch nur ahnte, was in seinem Innersten vor sich ging, aber zurzeit war ihm das alles so unerträglich, dass er beinahe befürchten musste, darüber verrückt zu werden.

Er hätte es niemals auch nur für möglich gehalten, dass es einer Frau gelingen könnte, ihm so gehörig den Kopf zu verdrehen, dass er darüber tatsächlich beinahe den Verstand verlor und sich zu Fehlern hinreißen ließ, die er niemals wieder gutmachen konnte.

Oh, Jeannet, warum mussten wir uns überhaupt begegnen? Warum, großer Gott, hast du in deiner Allmacht dies überhaupt zuge-

lassen? Um mich zu quälen – um uns beide zu quälen? Denn ihm war dabei klar, dass es seiner geliebten Jeannet mindestens genauso erging. Und sie war Kapitän einer wilden Piratenhorde, was ihr gewiss viel Härte abverlangte – mehr als eine Frau normalerweise aufzubringen in der Lage war.

Aber Jeannet war ja auch keine normale Frau. Sonst hätte sich Lord Cooper nicht so unsterblich in sie verlieben müssen.

Nein, er war nicht einfach nur verliebt. Da war ein Gefühlschaos in seiner Brust, das völlig neu war für ihn. Er hatte nicht die geringste Ahnung, wie er überhaupt damit umgehen sollte, schlimmer als ein Jüngling beim ersten Mal, viel schlimmer sogar. Wie konnte er es schaffen, auch weiterhin ein würdiger Diener seiner Königin zu sein? Wie durfte er es mit dieser neuerlichen Unsicherheit wagen, ihr vor die Augen zu treten, Ihrer Majestät, der Königin von England?

Er hatte ihr Vollzug zu melden. Mehr noch: Die Prinzessin von Spanien war ein politisches Pfand von einem unschätzbaren Wert. Allein ihre Rettung würde die beiden Königshäuser über die Maßen verbinden. Obwohl Königin Elizabeth ihrer eigenen Wege gehen würde, nach wie vor. Dessen war sich der Lord gewiss. Sie würde dieses Pfand mit Namen Prinzessin Carla von Spanien lediglich dazu benutzen, Spanien weiterhin in Sicherheit zu wiegen. Die Spanier sollten sich bemühen, mit ihrer gefürchteten Armada den Seeweg in die Neue Welt zu sichern, und damit das Monopol auf alle überseeischen Entdeckungen und vor allem alle Schätze. Spanien war dadurch das reichste und mächtigste Land der Erde geworden. Doch es war England geographisch sehr nahe. Viel zu nahe. England musste sich vorsehen. Auch durfte es sich nicht allzu sehr und auf Dauer darauf verlassen, nicht von Spanien angegriffen zu werden, weil es den Spaniern einfach zu unbedeutend war. Eines Tages würde die spanische Armada vielleicht doch vor der Küste von England kreuzen? Es galt, dies so lange wie möglich hinauszuzögern, indem die Armada Dank der Piraten ausreichend beschäftigt war – eben mit der Sicherung der Seewege in die Neue Welt …

Seine Gedanken verloren sich. Eigentlich hatte er sich damit nur ablenken wollen von seinem Trennungsschmerz. Es gelang nur unzulänglich. Wie unbedeutend doch die große Weltpolitik werden konnte angesichts persönlicher Probleme ... Eine Erfahrung, die er in solchem Maße noch niemals zuvor hatte machen müssen.

Er seufzte. Das konnte er sich leisten, weil er sich inzwischen allein in seiner Kapitänskajüte befand. Er hatte sich unter einem Vorwand zurückgezogen. Nicht nur, um der mit der Zeit ziemlich anstrengenden Prinzessin zu entkommen, sondern vor allem, um endlich seine Gedanken zu ordnen. Wenigstens bemühen musste er sich in dieser Beziehung. Wie sollte er sein Schiff führen, wenn in seinem Kopf das reinste Chaos herrschte, wenn er statt seine Leute immer nur das Gesicht seiner Geliebten sah, wohin sein Blick sich auch wenden mochte? Er würde Fehler machen, die seinen Leuten auffielen. Seine Autorität würde sinken. Vielleicht würden sie sogar ahnen, was wirklich in ihm vorging? Schließlich waren sie nicht dumm. Er war ziemlich lange mit dem weiblichen Piratenkapitän allein gewesen. Das war nicht verborgen geblieben. Die würden sich ihre süffisanten Gedanken machen über die Dinge, die sich dabei abgespielt hatten. Das waren hartgesottene Männer. Romantik war ihnen weitgehend fremd. Dass sie ihren Kapitän nicht spüren ließen, wie sie über alles dachten, das geschah nur aus gehörigem Respekt vor seiner Person. Aber sie hatten auch begriffen, was für eine Frau Jeannet war. Eine ungewöhnlich starke Frau nämlich, die es schaffte, den wilden Piratenhaufen zu zähmen, was selbst dem härtesten Mann schwer gefallen wäre – vielleicht sogar *zu schwer!*

Auch diese Gedanken vertrieb Lord Cooper. Erfolgreich, denn schon wieder tauchte vor seinem geistigen Auge Jeannet auf. Er spürte ihre weichen Arme, ihre Weiblichkeit.

Immer wieder durchlebte er bebend die letzten Stunden mit ihr, von der ersten Begegnung an. Sie waren Todfeinde gewesen – und jetzt verband sie so viel Liebe ...

Er stand auf und schritt unruhig auf und ab.

Was soll ich bloß tun?, hämmerte es hinter seinen Schläfen.

Abrupt blieb er stehen.

Es hatte alles keinen Wert. Er musste sich auf die Gegenwart konzentrieren, auf seine Aufgabe. Die hieß zunächst, Prinzessin Carla von Spanien sicher nach London zu bringen. Unterwegs musste er sich bemühen, sie bei Laune zu halten, sonst wurde die Überfahrt durch sie gar noch zum Albtraum.

Es wäre fair gewesen, sie darauf vorzubereiten, dass ihr Aufenthalt in London nur vorübergehender Natur sein konnte. Es galt im Gegenteil, sie so schnell wie möglich weiter nach Madrid zu bringen.

»Das wird allerdings nicht leicht werden!«, murmelte er vor sich hin. »Ich hoffe doch, Ihre Majestät, die Königin von England, hat andere Aufgaben für mich parat als ausgerechnet diese …«

Ja, das hoffte er inbrünstig, nicht ahnend, dass die junge Prinzessin im höchsten Maße für ihn schwärmte.

Kurz entschlossen öffnete er die Tür und trat hinaus. Suchend schaute er umher, bis er den Ersten Offizier John Kane entdeckte.

»Position?«, fragte er diesen.

Der Erste Offizier war erfreut, dass sich sein Kommandant dafür interessierte. Er gab ihm die Koordinaten.

Lord Donald Cooper nickte dazu und hielt die Nase prüfend in den Wind.

»Wir werden mit dem Schiff im Schlepptau zwei Tage unterwegs sein, bis wir den Hafen von London erreichen.«

»Ja, Sire, das befürchte ich ebenfalls«, versicherte ihm John Kane. »Ich hoffe nur, dass uns das Wetter hold bleibt.«

»Allerdings! Ich möchte den Ruderern nicht zu viel zumuten. Wir setzen sie nur im Notfall ein.«

»Aye, Sire!«, bestätigte der Erste.

Lord Cooper nickte ihm abermals zu und beobachtete aufmerksam das Treiben an Bord. Er war ein erfahrener Seemann und erkannte gleich, dass alles vorbildlich ablief. Die SWORD FISH hatte zwar ihre Mühe mit dem großen Wrack im Schlepptau, aber es würde in der Tat in zwei Tagen zu schaffen sein.

Er wandte den Blick in die Richtung, in der er die Kabine der Prinzessin wusste. Dabei war er dankbar, dass diese dort geblieben war, aus welchen Gründen auch immer. Eigentlich war es untypisch für die Prinzessin. Wie er sie kennen gelernt hatte, müsste sie eigentlich längst überall an Bord herumlaufen und die Seeleute bei ihrer Arbeit stören. Die ließen sich von ihrem anmutigen Äußeren sicherlich sehr leicht ablenken.

Nichts dergleichen geschah. Sie blieb brav in ihrer Kabine und ließ keinen Mucks mehr von sich hören.

Kurz runzelte der Lord die Stirn. Was war nur in sie gefahren? Wieso benahm sie sich so völlig untypisch?

Er schüttelte den Kopf.

Na, vielleicht hing es damit zusammen, dass die letzten Tage für sie besonders aufregend gewesen waren? Sie brauchte jetzt ihre Ruhe. Das würde wohl wie die Ruhe vor einem Sturm sein, denn lange würde die Prinzessin sicher nicht so brav bleiben.

An die Möglichkeit, dass es mit ihm zusammenhing, dachte er nicht im Geringsten. Wie denn auch? Was wusste er denn schon von jugendlichen Schwärmereien einer jungen Prinzessin, die gern über die Stränge schlug und es dabei reichlich übertrieben hatte? Um sich letztlich ausgerechnet in ihn zu verlieben ...

Mehr noch, inzwischen neigte Prinzessin Carla von Spanien sogar zu der Ansicht, dass eine besondere Fügung des Schicksals sie mit dem Lord zusammengebracht hatte. Wenn sie alles bedachte, was ihr widerfahren war ... Ihre Flucht aus dem Palast ihres Vaters ... Die abenteuerliche Reise, um endlich im Hafen ein Schiff für die Überfahrt in die so genannte Neue Welt zu bekommen. Sie hatte reichlich Bestechungsgelder fließen lassen müssen, dass sie überhaupt mitgenommen worden war. Und dann der gnadenlose Überfall der Piraten. Das war das Schrecklichste, was sie in ihrem noch jungen Leben jemals erlebt hatte.

Aber diese Leute waren nicht ihretwegen gestorben. Das wusste sie sicher. Das Schiff wäre auch überfallen worden, wenn sie nicht an Bord gewesen wäre. Daran gab es keinen Zweifel, denn die Piraten hatten erst im letzten Moment erkannt, dass sie kein gewöhnlicher Passagier war. Ihr vorlautes Mundwerk hatte ein Übriges dazu beigetragen. Sie hatte zumindest mündlich den Piraten die Hölle heiß gemacht – und somit hatte sie als Einzige überleben dürfen.

Und dann die Befreiung durch Jeannet, die Übergabe an den Lord ...

Wenn das kein besonderes Schicksal war ...

Ja, sie steigerte sich immer mehr hinein: Gott hatte dies alles so verfügt, damit sie beide sich begegneten!

Die Prinzessin hätte sich in ihrem jugendlichen Gefühlschaos auch dann hineingesteigert, wenn sie gewusst hätte, wie es um Jeannet und den Lord stand. Denn sie war inzwischen bereits völlig überzeugt davon, dass sie sich diesem Schicksal fügen musste. Sie war für den Lord geschaffen und dieser für sie. Er würde ihr beibringen, wie sich eine Prinzessin zu benehmen hatte – und nur ihm allein würde sie willig folgen. Er war der Einzige, der es schaffen konnte, ihre Wildheit zu bezähmen. Sie würde eine vorbildliche Prinzessin werden, der Stolz ihres Vaters, der wohl im Traum nicht mehr daran hatte denken mögen, so etwas würde jemals eintreten. Sie würde dies alles natürlich nicht tun, um ihrem Vater zu gefallen, sondern nur aus Liebe zu Lord Donald Cooper.

»Was für ein Mann!«, seufzte sie herzzerreißend.

Es war gut, dass es niemand hören konnte. Sogar die Wache vor ihrer Tür nicht.

Sie verkroch sich in der Koje, um nur noch von »ihrem« Lord zu träumen.

Dem Lord war das nur recht, solange er keine Ahnung hatte, warum sie sich nicht blicken ließ: So hatte er weniger Arbeit mit ihr – vorerst.

Doch er sah das schon richtig: Dies war nur die Ruhe vor einem Sturm! Irgendwann würde Carla das Träumen aufgeben und sehnte sich nach … Taten. Dann würden für den Lord die Probleme erst beginnen.

Prinzessin Carla von Spanien ließ sich erst an Deck blicken, als die Sonne glutrot am Horizont emporstieg. Die SWORD FISH stand vor dem Wind, doch nicht alle Segel der fünf Masten waren voll gehisst, denn aufgrund der schweren Last im Schlepptau wollte der Kapitän, Lord Donald Cooper, kein unnötiges Risiko eingehen. Zwar wären sie dann schneller gewesen, aber eine stärkere Bö, wie sie bei diesen ansonsten idealen Wetterverhältnissen dennoch auftreten konnte, hätte Schaden verursachen können.

Als die Prinzessin sich umschaute, erschien sie mehr als verwirrt und obwohl sie die ganze Zeit ihre Kabine nicht mehr verlassen hatte, wirkte sie keineswegs ausgeruht und ausgeschlafen.

Sie wurde natürlich sofort entdeckt, doch jeder tat so, als würde er sie nicht sehen. Die Matrosen waren unsicher ob ihrer Verhaltensweise. Carla konnte das nur begrüßen. Sie brauchte jetzt niemanden, sie hielt allein Ausschau nach »ihrem« Lord. Dieser war nirgendwo zu sehen.

Jetzt wurde der Zweite Offizier der SWORD FISH, Geoffrey Naismith, auf sie aufmerksam. Er näherte sich vorsichtig und deutete eine höfische Verbeugung an, die jedoch ziemlich linkisch wirkte.

Carla schaute ihm erwartungsvoll entgegen. Er näherte sich noch zwei Schritte und verbeugte sich schon wieder.

»Ich hoffe, wohl geruht zu haben!«, sagte er. Der Matrose, der die ganze Zeit über Wache neben der Eingangstür zur Kabine gestanden hatte, salutierte pompt. Anscheinend glaubte er, der richtige Zeitpunkt dafür sei jetzt erst gekommen.

Diese Prinzessin bringt nur Unruhe auf das Schiff!, dachte Naismith respektlos. *Alle zeigen sich unsicher und wissen sich nicht so recht zu verhalten. Es wird Zeit, dass wir diese Bürde wieder loswerden.*

Laut sagte er jedoch: »Ihr seid eine wahre Konkurrenz zur aufgehenden Sonne. Trotz ihrem wahrlich herrlichen Anblick vermag sie beinahe Euch gegenüber zu verblassen.«

»So, meint Ihr?« Carla wirkte zwar unausgeschlafen, aber ihr Verstand war wacher als es dem Zweiten lieb sein konnte. Sie durchschaute seine Schmeichelei prompt. »Beinahe wäre ich auf Eure Worte hereingefallen. Hättet Ihr nur nicht allzu dick aufgetragen. Ach, ich sehe Euch an, dass Euch meine Aussprache stört. Glaubt mir, meine Aussprache des Englischen ist immer noch besser als Euer Benehmen. Ihr solltet Euch ruhig einmal einen Exkurs in Benimm gönnen. Ich wüsste da einen ausgezeichneten Lehrer, zum Beispiel Euren Kommandanten Lord Donald Cooper!«

In seinen Augen blitzte es verräterisch, doch er beherrschte sich meisterlich und deutete diesmal eine viel gekonntere Verbeugung an.

»Wie Ihr beliebt, Prinzessin. Ich werde mich gleich an ihn wenden.«

»So er nichts Besseres zu tun hat, als sich um hoffnungslose Talente zu kümmern. – Wo ist er eigentlich?« Blitzschnell wechselte sie das Thema.

Der Zweite schluckte erst einmal schwer, um die erneute Abfuhr zu verdauen, ehe er bemüht höflich antwortete: »Auf dem Schiff, Eure Durchlaucht!«

»Einmal abgesehen, dass die Anrede falsch ist – ja, sogar ich weiß das, obwohl höfische Verstellung nicht gerade zu meinen Stärken zählt: Wo könnte er denn sonst sein? Ein Bad nehmen im Meer oder wie?«

»Ich bitte untertänigst um Vergebung für die unglückliche Wahl meiner Worte. Ich bin untröstlich.«

»Wo ist er nun?«, herrschte sie ihn an. Sie hatte diesen Naismith von Anfang an nicht ausstehen können und fragte sich bereits, wieso der Lord ihn überhaupt zum Zweiten Offizier bestellt hatte. Da war der Erste Offizier ein völlig anderes Kaliber.

»Die Wahl Ihrer Worte allerdings ist stets vortrefflich. Wenn Ihr erlaubt, aber Ihr seid wahrlich eine äußerst außergewöhnliche Prinzessin, von scharfem Verstand und …«

Carla hatte genug. Sie schob sich wortlos an ihm vorbei und machte sich selber auf die Suche.

Es war nicht das, was Naismith erwartet hatte. Er stand stocksteif vor Entsetzen an seinem Platz und musste sich eingestehen, einen kapitalen Fehler begangen zu haben: Er hatte durch seine Schmeicheleien nicht nur das Misstrauen der mit hellwachem Verstand gesegneten Prinzessin geerntet, sondern er war gewissermaßen bei ihr für alle Zeiten in Ungnade gefallen. Schlimmer noch: Wenn sie jetzt einfach so auf dem Schiff umherlief, brachte sie die Besatzung nur noch mehr aus dem Konzept. Wohin sollte das denn führen? Eine Frau an Bord eines so stolzen Kriegsschiffes, das unmittelbar dem Befehl Ihrer Majestät unterstellt war – und dann auch noch eine fremdländische Prinzessin hoher Gnaden?

»Wo ist sein Kapitän, so spreche er, Matrose!«, fragte Carla einen der Männer, der halb über ihr in den Takelagen hing. Was er dort zu tun hatte, entzog sich völlig ihrem Verständnis. Von Seefahrt verstand sie ohnedies überhaupt nichts.

Er zeigte ein schiefes Grinsen. In seiner Lage konnte er sich nicht verbeugen, obwohl er sich redlich bemühte.

»Mit Verlaub, Gnädigste, aber der Kapitän ist für gewöhnlich in der Kapitänskajüte. Ihr findet sie bei der Kommandobrücke.« Er löste eine Hand und deutete vage in die entsprechende Richtung. Das hätte er besser nicht getan, denn beinahe verlor er vollends den Halt.

Gelächter aus rauen Männerkehlen klang auf, allerdings eher verhalten, als fürchte man den Zorn der Prinzessin.

Zu viele hatten das knappe Geplänkel zwischen ihr und dem Zweiten Offizier gehört. Sie wussten seitdem, dass sie die hübsche junge Dame keineswegs unterschätzen durften. Sie war zwar eine Prinzessin, aber Schlagfertigkeit lag ihr offensichtlich mehr als höfische Verrenkungen. Dem zollten die Männer Respekt, obwohl sie sich noch nicht ganz einig waren darüber, wie sie sich ihr gegenüber verhalten sollten. Sie waren Männer, Angehörige der Kriegsmarine zumal. Sie waren Schlimmes gewöhnt, und unter dem Lord gehörten sie gewissermaßen einer Spezialeinheit an, die unmittelbar unter dem Kommando der Königin stand, in deren direktem Auftrag der Lord sie befehligte.

Keiner von ihnen konnte den Zweiten Offizier so recht leiden. Für sie war er ein undurchsichtiger Mann, dem man nicht trauen durfte. Manche vermuteten, er sei ein Spitzel der Königin, der darauf achten sollte, dass der Lord auch wirklich immer nur in ihrem Sinne handelte. Dabei war keiner unter ihnen, der für den Lord nicht ohne mit der Wimper zu zucken in den Tod gegangen wäre. Allein von daher gesehen konnte Naismith keinem von ihnen sympathisch vorkommen.

Carla lächelte den Matrosen an und nickte ihm zu.

»Danke!«, sagte sie, mit einem Akzent, der den rauen Männern unwillkürlich einen Schauer über den Rücken jagte. Nicht vor Entsetzen, sondern eher vor Entzücken.

Sie wandte sich ab und schritt anmutig in die angedeutete Richtung.

Naismith war wieder an ihrer Seite.

»Wenn ich Gnädigste führen dürfte?«, bot er sich an.

»Das kann er sich sparen!«

Er zuckte unter dieser Anrede zusammen. Sprach man denn so mit einem hohen Offizier der Krone? War es denn möglich, dass er sich von der Prinzessin behandeln lassen musste wie ein elender Lakai?

Er hatte Mühe, sich zu beherrschen. Carla entging dies keineswegs, und sie lächelte schon wieder. Diesmal allerdings schadenfroh und keineswegs freundlich.

Sie hatte die Kommandobrücke nicht ganz erreicht, da tauchte oben Lord Cooper auf. Er schaute auf sie herunter. Naismith trottete hinter der Prinzessin drein und wirkte dabei ziemlich verloren.

»Na, Zweiter Offizier, habt Ihr nichts anderes zu tun?«, erkundigte sich Carla halblaut und ohne Naismith überhaupt eines Blickes zu würdigen. Nein, sie hatte natürlich nur Augen für »ihren« Lord.

Naismith murmelte etwas Unverständliches, verbeugte sich mehrmals, was Carla gar nicht sehen konnte, weil sie ihm unentwegt den Rücken zukehrte und zog sich dann tatsächlich zurück.

Lord Cooper beobachtete das aus schmalen Augen und musste jetzt seinerseits lächeln.

Carla glaubte, es gelte ihr. Sie kam gar nicht auf die Idee, dass es einen anderen Grund geben könnte.

Er wandte sich halb ab.

»He, hier geblieben!«, rief sie erschrocken.

»Ich wollte Euch nur entgegenkommen, Prinzessin, mit Verlaub.«

»Das braucht Ihr nicht, denn ich komme hinauf!«

»Wir Ihr wünscht. Ihr seid mein liebster Gast, und Euer Wunsch sei mir Befehl.«

Es war nur eine höfliche Floskel, doch in den Ohren der ansonsten blitzgescheiten Prinzessin klang das völlig anders. Sie sah es als weitere Bestätigung dafür, wie groß die Sympathien des Lords waren, die er ihr gegenüber hegte. Da war etwas in ihr, was längst aufgekeimt war und nun noch mehr Nahrung erhielt, als er ihr entgegenstrahlte, sobald sie oben war.

Am liebsten hätte sie sich in seine starken Arme geflüchtet, hätte sich von ihm festhalten und herzen lassen, aber sie beherrschte sich selbstverständlich und tat eher unsicher, indem sie zwei Schritte vor ihm stehen blieb.

Er fasste das so auf, dass sie eine Geste der Ehrerbietung wünschte, was er auch prompt erfüllte, indem er sich vor ihr verbeugte.

»Ich habe Euch gestern schon willkommen an Bord geheißen und möchte dies heute, zumal an einem so herrlichen Morgen, noch einmal unterstreichen.«

»Ihr habt stets so wunderschöne Worte für mich übrig, Mylord!«, sagte sie entzückt. »Aber Ihr seid ja auch ein Mann von Welt, leider im Gegensatz zu Eurem Zweiten Offizier.«

»Ihr seht Grund zur Beschwerde gegen ihn?«, erkundigte sich der Lord alarmiert.

»Nein, so weit möchte ich nun doch nicht gehen. Er kann ja nichts dafür, dass es ihm an Einfühlungsvermögen mangelt.«

»Er ist ein guter Offizier, der beste Zweite, den ich mir wünschen kann.«

»Das vermag ich kaum in Zweifel zu ziehen, Mylord. Am besten, Ihr gebt gar nichts auf meine Worte ihn betreffend. Vielleicht wollte ich auch nur zum Ausdruck bringen, dass es mir lieber gewesen wäre, Euch als Erstes zu erblicken?«

»Oh, damit erfreut Ihr wahrlich mein Herz.« Er verbeugte sich schon wieder. Eigentlich nur, weil es der Situation gemäß war, aber er hätte es besser unterlassen, denn der Keim der Hoffnung wuchs nur noch stärker in Carla heran. Jetzt wollte sie erst recht Schutz in seinen starken Armen finden und ihn bitten, sich niemals mehr vor ihr zu verbeugen, weil sie ihrerseits viel mehr Grund hätte, ihm Ehrerbietung zu erbringen.

Leider war es nicht möglich. Nicht nur, weil sie sich sozusagen in aller Öffentlichkeit befanden, sondern vor allem aus Standesgründen. Eine Prinzessin durfte sich nicht zu sehr gehen lassen. So schwer es ihr fiel, sie musste Haltung bewahren. Wenn sie ansonsten auch kaum Wert auf Etikette legte, wusste sie dennoch, was einer Frau geziemte. Das war nicht nur eine Frage ihrer Stellung, sondern vor allem auch eine Frage ihres Geschlechts. Niemand hätte Verständnis dafür gehabt, hätte sie ihre Sympathien dem Lord gegenüber allzu offen gezeigt. Nein, den entscheidenden Schritt musste natürlich er tun. Ihr blieb lediglich, ständig Signale zu setzen, um ihn zu ermuntern – und dabei zu hoffen, dass er ihre Signale auch wirklich verstand.

Bisher hatte sie darin kein Problem gesehen. Ihre Hoffnung war längst Vater aller Gedanken geworden, weshalb sie eben Dinge sah und hineininterpretierte, die nicht wirklich da sein mussten.

Sie lächelte galant und streckte ihre Rechte aus.

Der Lord bedachte ihren Handrücken prompt mit dem Hauch eines Kusses.

Die Berührung elektrisierte die junge Prinzessin so sehr, dass sie für Augenblicke Angst hatte, den Boden unter ihren Füßen zu verlieren. Es kostete sie viel Mühe, um sich so weit zusammenzureißen, dass es ihr niemand anmerkte.

»Ein stolzes Schiff nennt Ihr Euer Eigen!«, lobte die Prinzessin, nur um abzulenken.

»Es gehört mir natürlich nicht, sondern es ist Eigentum Ihrer Majestät, der Königin von England, persönlich. Ich darf mich nur glücklich schätzen, es befehligen zu dürfen.«

Carla verstand es nicht als Richtigstellung, denn sie zeigte sich nur noch erfreuter.

»Ich muss leider gestehen, von der christlichen Seefahrt so gut wie gar nichts zu verstehen. Allerdings: Wie lange haben wir noch bis London?«

»Wenn das Wetter uns keinen Strich durch die Rechnung macht und alles gut verläuft, könnten wir morgen bei Einbruch der Nacht angelangt sein.«

»Beinahe wünschte ich mir, die Fahrt würde länger dauern – vielleicht ewig?«

»So? Warum? Wenn Ihr die Frage erlaubt.«

»Es gibt für mich noch so vieles zu lernen über die christliche Seefahrt, und ich kenne keinen, der kompetenter wäre als Ihr, mir alles haarklein zu erklären. Das dürfte am besten an Bord des Schiffes gehen. Wenn wir aber erst einmal in London angelangt sind …«

»Nun, gestern war ich noch Euer liebster Lehrer in Sachen Benimm und höfische Verstellung«, lächelte er.

»Das seid Ihr nach wie vor, aber alles zu seiner Zeit, nicht wahr? Hier an Bord gibt es andere Prioritäten. Daher rührt mein Bedauern wegen der Kürze der zur Verfügung stehenden Zeit. Ich fürchte, sie reicht bei weitem nicht, mich auch nur in die Grundzüge der christlichen Seefahrt einzuweihen.«

»Das allerdings fürchte ich auch, mit Verlaub, Prinzessin. Wozu auch wollt Ihr das alles wissen?«

»Na, wenn sich schon einmal eine solche Gelegenheit ergibt … Ich wüsste wirklich niemanden, der geeigneter wäre, mich zu lehren, als Ihr, wie schon erwähnt.«

Vor allem werdet Ihr mir dann die ganze Zeit über Gesellschaft leisten müssen – zwangsläufig!, fügte sie in Gedanken hinzu.

»Es gäbe nichts, was ich lieber täte, verehrte Prinzessin, aber Ihr versteht, dass ich mich nicht ausschließlich Eurem wahrhaft vorbildlichen Wissensdurst zu widmen vermag? Ihr versteht, dass es Pflichten für mich als Kommandant eines so großen Schiffes gibt … zumal mit einem solch wertvollen Passagier an Bord, wie Ihr es seid!«

Sie zog prompt einen Schmollmund.

»Das habt Ihr wunderschön formuliert, auch wenn mir der Kern der Aussage ganz und gar nicht gefallen mag. Ich hätte doch auf mehr Aufmerksamkeit Ihrerseits gehofft, meine Person betreffend.«

»Darf ich Euch bei dieser Gelegenheit ein Kompliment aussprechen? Ich finde, in der kurzen Zeit, die seit unserer ersten Begegnung an Bord das Piratenschiffes vergangen ist, hat sich Euer Englisch in einem schier Schwindel erregenden Maße verbessert.«

»So, findet Ihr?« Sie bemerkte gar nicht, dass er damit nur das Thema wechseln wollte, weil er ein allzu ausgedehntes Beisammensein vermeiden wollte und das nicht gerade ihr gegenüber ausführlich zu begründen gedachte. Bei jedem anderen wäre es der Prinzessin aufgefallen, aber wenn der Lord so zu ihr sprach …

»Ja, das ist allzu offensichtlich, verehrte Prinzessin. Nur Euer Akzent, den habt Ihr Euch bewahrt. Gottlob, wie ich bemerken darf.«

»Gottlob?«

»Ich muss gestehen, dass gerade Euer Akzent etwas ganz Besonderes ist. Er schmeichelt unserer Landessprache gar im beachtlichen Maße.«

Hätte sie von Naismith eine solche Schmeichelei erfahren, wäre sie wahrscheinlich außer sich gewesen und hätte vorübergehend völlig ihre Hochwohlgeborenheit vergessen, aber aus dem Munde des Lords … Da dachte sie vielmehr: *Er mag mich! Und wie! Ich gefalle ihm – und was ich sage und wie ich es sage, rührt ihn zutiefst. Ach, kann es wirklich wahr sein? Liebt auch er mich? Oder ist er sich doch noch nicht so ganz darüber im Klaren? Wann wird er es sich endlich selber eingestehen und vergessen, dass es einen Altersunterschied gibt? Ach was, Altersunterschied: Was wäre daran denn überhaupt ungewöhnlich? Ich kenne da Verbindungen …*

Die Stimme des Ersten Offiziers unterbrach diesen Gedankengang: »Ich bitte untertänigst um Vergebung, Prinzessin, aber ich hätte Mylord eine wichtige Mitteilung zu machen. Darf ich stören? Ich bin untröstlich, wie ich Euch versichern darf.«

»Was gibt es?«, fragte Carla und deutete auf den Lord.

Diese Geste ermunterte den Ersten, direkt zu seinem Kommandanten zu sprechen: »Das Zeichen aus dem Ausguck ist eindeutig, Sire: Ein Schiff der englischen Kriegsmarine kreuzt unseren Weg!«

Lord Donald Cooper zog kurz die Stirn kraus. Aber er brauchte nur Sekunden, um sich zu entscheiden:

»Lasst Signal geben: Das Schiff soll beidrehen. Ich möchte erfahren, wie deren Auftrag lautet.«

»Was habt Ihr vor, Sire?«

»Nun, wenn nichts dagegen spricht, könnte dieses Schiff das Schlepptau übernehmen. Dann wären wir selber schneller in London.«

»Das finde ich allerdings gar nicht nett!«, beschwerte sich die Prinzessin ganz unkonventionell.

Der Lord strahlte sie an: »Bedenket doch: Je schneller wir in London sein werden, desto eher habe ich Zeit für Euch, Prinzessin. Ja, bedenket: Hier an Bord muss ich sehr viele Pflichten erfüllen, die es mir leider nicht erlauben, voll und ganz für Euch, den liebsten Gast, den ich je zu befördern hatte, da zu sein.«

Das hatte ich ja gar nicht bedacht! Das ist ja ein völlig neuer Aspekt!, riefen die Gedanken der Prinzessin. »Oh, ich verstehe, Mylord – und pflichte Euch bei: In der Tat, es wäre ein Vorteil, würde Ihr Vorhaben gelingen.«

Solchermaßen Einverständnis erwirkt zu haben, wandte sich der Lord beruhigt an seinen Ersten Offizier und nickte ihm zu.

John Kane setzte den Befehl sofort in die Tat um. Es bedurfte keiner weiteren Worte mehr von Seiten des Lords.

Prinzessin Carla von Spanien begriff, dass sie jetzt auf der Kommandobrücke nichts mehr zu suchen hatte. Sie spähte nur noch kurz zum Horizont, ohne jedoch das angekündigte Schiff irgendwo zu entdecken, und deutete mit einer Geste an, dass sie sich zurückziehen würde.

Nach den erforderlichen höflichen Verbeugungen gingen die Männer gewissermaßen zur Tagesordnung über, während Carla allein die Brücke verließ.

Sie hörte die Stimme des Lords, die ihr nacheilte: »Wünscht Ihr eine Begleitung zu Eurer Kabine, Prinzessin?«

Der Lord fragte nur, um sicher zu gehen, dass sie sich auch wirklich in diese Richtung begeben würde. Die Prinzessin jedoch antwortete:

»Ihr seid zu sehr beschäftigt, Mylord. Ich will Euch nicht abhalten. Zumal es mir nun auch einleuchtet, dass wir wirklich so schnell wie möglich unser Ziel erreichen müssen.«

Der Lord war höchst zufrieden mit dieser Reaktion. Die Prinzessin jedoch versank in trübsinnige Gedanken, als sie allein weiterschritt, überhaupt nicht mehr auf ihre Umgebung achtend.

Was bist du doch für eine dumme Pute!, beschimpfte sie sich selber. *Hättest einfach ja zu sagen brauchen, und dann wäre der Lord an deiner Seite. Wenigstens bis zur Kabine wärt ihr zusammen gewesen. Aber so …*

Sie spürte, dass wirklich jede Minute zählte, die sie von »ihrem« Lord getrennt blieb. Auch wenn er es noch nicht wagte, ihr seine Gefühle offen zu gestehen, so war sie mehr denn je davon überzeugt, dass diese Gefühle bei ihm tatsächlich vorhanden waren. Und sie hoffte, dass sie nur möglichst viel Zeit mit ihm gemeinsam zu verbringen brauchte, um seine Gefühle für sie so sehr zu steigern, dass er gar nicht mehr anders konnte, als sich ihr gegenüber gänzlich zu öffnen. Sie malte sich bereits aus, wie das sein würde. Jedenfalls wäre es der glücklichste Moment ihres Lebens …

Das besserte ihre Laune sichtlich, und sie beschleunigte beinahe fröhlich ihre Schritte.

Dem Matrosen, der bei ihrer Kabine Wache schob – eigentlich unnötig, wie sie glaubte –, winkte sie freundlich zu. Der starrte sie irritiert an und tat gar nichts, weil er nicht wusste, was das Richtige gewesen wäre.

Carla lachte ein glockenhelles Lachen darüber und verschwand in der Kabine.

Sie warf sich bäuchlings auf die Koje und murmelte vor sich hin: »Wartet nur, Lord Cooper, wenn wir in London sind. Natürlich interessiert mich die Seefahrt nicht die Bohne. Ich wollte nur möglichst viel mit Euch zusammen sein. In London dann könnt Ihr Euch nicht mehr länger herausreden. Ihr braucht dann auch gegenüber Euren Leuten nicht mehr den starken, unabhängigen Mann zu spielen. Stark seid Ihr ja, aber die längste Zeit unabhängig gewesen.«

Sie kicherte über ihre eigenen Worte. Das klang keineswegs nach einer würdigen Prinzessin, sondern ganz nach einem verliebten Mädchen. Und das war sie in der Tat, obwohl außer ihr das kein Mensch auch nur ahnte.

Für Lord Donald Cooper erschien es wie eine besondere Fügung des Schicksals, dass ihnen ausgerechnet zu diesem Zeitpunkt das Flottenschiff begegnete. Als hätte das Schicksal selbst es zu ihnen geführt, damit sie von der schweren Bürde befreit wurden. Denn es galt im Grunde genommen, so rasch wie möglich nach London zu kommen, um der Königin Bericht zu erstatten.

Dabei gab es zusätzlich einen persönlichen Grund für Lord Cooper, weil er möglichst schnell die weitere Bürde mit Namen Prinzessin Carla von Spanien loswerden wollte.

Davon hatte sie gottlob nicht die geringste Ahnung. Er würde sich wohlweislich hüten, dies zu ändern. Ganz im Gegenteil …

Der Lord war nicht nur einer der mächtigsten Männer von England, sondern vor allem einer der bekanntesten. Von daher gesehen rechnete es sich der Kommandant des Flottenschiffes als eine besondere Ehre an, ihm behilflich sein zu können. Zumal der Lord nach eigener Aussage im persönlichen Auftrag der Königin unterwegs war und so schnell wie möglich zu ihr zurückkehren musste. Das Flottenschiff hatte nach Angabe seines Kommandanten lediglich den Auftrag, zur Sicherung in diesen Gewässern zu kreuzen.

Lord Cooper ahnte schon, dass es wohl auch mit den Piraten zusammenhing, aber darüber würde der Kommandant mit keinem Menschen sprechen, noch nicht einmal mit dem unmittelbaren Vertrauten der Königin. Darum kam Lord Cooper nicht auf dieses Thema zu sprechen.

Verdächtig kam ihm allerdings vor, dass der Kommandant sich in keiner Weise dafür interessierte, wie sie überhaupt an das Schiffswrack gekommen waren, das augenscheinlich immer noch mit erbeuteten Gütern beladen war.

Lord Cooper erzählte ihm ohne besondere Aufforderung, dass es sich um das Eigentum der Prinzessin von Spanien handele, die sich darüber hinaus persönlich als wichtiger Passagier an Bord seines Schiffes befand, um unmittelbar zur Königin gebracht zu werden. Das sagte er nur, damit der Kommanant mit dem Wrack und seiner Ladung besonders sorgsam umging.

Auch jetzt wunderte sich der Kommandant über nichts, wie es den Anschein hatte. Er fragte nicht, wie das denn zusammenpassen konnte: ein englisches Piratenschiff, das zum Wrack geschossen war und sich mit seiner restlichen Ladung kaum noch über Wasser halten konnte – und die Besitzansprüche ausgerechnet der spanischen Prinzessin? Er versprach vielmehr, alles Erdenkliche zu tun, um den Auftrag zur Zufriedenheit des Lords und somit zur Zufriedenheit der Königin von England auszuführen. Man könne sich voll und ganz darauf verlassen, spätestens übermorgen das Wrack im Hafen von London wieder übernehmen zu können – in genau demselben Zustand, in dem es sich zurzeit befand.

Lord Cooper hatte keinerlei Grund, an diesen Beteuerungen zu zweifeln. Sein Verdacht bezog sich ja auch nur darauf, dass dieses Flottenschiff wohl ebenfalls in einer Art Geheimauftrag unterwegs war. Er war jedenfalls froh darüber, dass alles überhaupt so ablief, als hätte das gnädige Schicksal »persönlich« dazu beigetragen, dieses Flottenschiff zu ihm zu führen, damit er das Wrack erst einmal loswurde, um endlich und auf dem schnellsten Wege seinen Auftrag zu erfüllen beziehungsweise dessen Vollzug zu melden.

Durch die Übergabe des Schlepptaus verloren sie zwar Zeit, doch die würden sie rasch wieder eingeholt haben. Sobald alles erledigt war, konnten sie sich verabschieden. Lord Cooper bedankte sich noch einmal ausdrücklich für die Hilfsbereitschaft und deutete dabei sogar an, auf jeden Fall der Königin darüber zu berichten. Diese Tat würde sicher nicht ohne positive Folgen bleiben.

Der Kommandant war nunmehr erst recht hoch erfreut, helfen zu dürfen, und schließlich konnte Lord Cooper veranlassen, dass sämtliche Segel vor dem Wind voll gehisst wurden und sie höchste Fahrt aufnehmen konnten.

Dem Kommandanten des Flottenschiffes würde nicht viel Zeit bleiben, sich über die ungewöhnlich hohe Geschwindigkeit zu wundern, mit der sich die SWORD FISH vom Ort der Übergabe entfernte. Er hatte ja vorher keine Ahnung gehabt, dass die SWORD FISH gewissermaßen eine Spezialanfertigung war. Jetzt sah er es allerdings mit eigenen Augen. Doch er würde es erfahrungsgemäß nicht weitertragen. Nicht umsonst kreuzte er in diesen Gewässern, nicht nur zur Sicherheit für England, sondern vor allem, weil die Krone auf seine absolute Verschwiegenheit vertrauen konnte.

Unterdessen ließ es sich Lord Cooper nicht nehmen, der Prinzessin die Neuigkeit persönlich mitzuteilen: Sie würden lange vor der Zeit ihr Ziel erreichen!

Der wachhabende Matrose salutierte vorbildlich und meldete: »Keine besonderen Vorkommnisse!«

Lord Cooper ließ »rühren« und deutete auf die Tür. »Sorge er dafür, dass wir nicht gestört werden. Es sei denn im äußersten Notfall.«

Der Matrose hatte sowieso Order, niemanden in die Kabine zu lassen außer der Prinzessin und seinem Kommandanten. Schon von daher wunderte er sich über nichts.

Nachdem die Prinzessin ihm Einlass gewährt hatte, betrat der Lord die Kabine. Die Prinzessin stand neben ihrer Koje und schaute ihn erwartungsvoll an. Sie wusste ja von dem Flottenschiff und konnte sich schon denken, was inzwischen abgelaufen war.

»Wann werden wir London erreichen?«, fragte sie prompt.

»Schon morgen früh befinden wir uns in seinem sicheren Hafen!«, versprach Lord Cooper lächelnd. »Ich denke, Ihre Majestät, die Königin von England, wird hoch erfreut sein, Eure Bekanntschaft machen zu dürfen.«

»Oh, dieses Vergnügen hatte sie schon längst«, widersprach die Prinzessin mit einem schiefen Grinsen. »Erinnert Ihr Euch denn nicht?«

Ihr schiefes Grinsen hatte durchaus seine Gründe, wie sich Lord Cooper nun tatsächlich wieder erinnerte: Die Prinzessin war nicht gerade positiv aufgefallen während ihres Aufenthaltes am Hofe von England. Ihm war bekannt, dass Königin Elizabeth heilfroh gewesen war über ihre Abreise – viel eher als über ihre Ankunft.

»Aber ja, doch, Prinzessin … Nun, wo Ihr es erwähnt …«

»Na, begeistert klingt das nicht gerade.«

»Oh, das war nur die Überraschung darüber, dass es mir anscheinend entfallen war.«

»Dann war mein Aufenthalt in London doch nicht ganz so schlimm für die Königin, wenn Ihr Euch nicht sofort daran erinnern konntet?«

»Nein, ich weiß im Gegenteil wieder ziemlich genau, dass Ihre Majestät, die Königin von England, hoch erfreut war über Euren Besuch!«

»Ihr Schmeichler!«, tadelte die Prinzessin mit erhobenem Zeigefinger. »Glaubt Ihr, ich würde selber unter Gedächtnisverlust leiden? Ich nehme eher an, Ihre Majestät war beim Abschied froher als bei der Begrüßung!«

Damit traf sie zwar den berüchtigten Nagel auf den Kopf, doch Lord Cooper blieb gelassen und verneinte tapfer: »Nein, wirklich, mit Verlaub, Prinzessin: Ich bin überzeugt davon, dass Ihre Majestät über die neuerliche Begegnung besonders erfreut sein wird!«

»Das will ich hoffen«, erklärte Carla düster. »Schließlich komme ich zu ihr mit einem besonderen Anliegen.«

»Anliegen?«, echote er und tat dabei unschuldig.

»Ihr wisst genau, was ich meine: Ich werde gewissermaßen um Asyl bitten. Ich kann unter keinen Umständen an den Hof meines Vaters zurückkehren. Niemand darf mir das zumuten. Und ich hoffe inbrünstig, Ihre Majestät verzeiht mir meinen … nun etwas unglücklichen Auftritt beim ersten

Mal. Ihr seid offensichtlich nicht über die Einzelheiten informiert, Mylord, aber es war wirklich nicht besonders erfreulich, ohne nun ins Detail gehen zu wollen. Es tut mir auch unendlich Leid, und ich werde alles tun, um diesen schlechten Eindruck in einen guten Eindruck zu verwandeln, so Ihre Majestät mir die Gelegenheit dazu geben wird.«

»Das wird sie, ganz bestimmt«, log er diplomatisch. »Sie wird mit Freuden Eurer Bitte entsprechen.«

»Das meint Ihr doch nicht im Ernst!«

»Doch, Prinzessin, und bedenkt, ich kenne sie wesentlich besser als Ihr.«

»Dann glaubt Ihr tatsächlich, ich kann auf Dauer am Hofe von England bleiben und der Tyrannei meines Vaters entrinnen?«

»Ja, das glaube ich. Ihre Majestät wird alles dafür tun, damit es Euch wohl ergeht.«

»Und Ihr seid dabei mein Fürsprecher?«

Er verbeugte sich tief vor ihr und schwor: »Dies wird mir eine besondere Ehre sein!«

Carla glaubte ihm aufs Wort. Nicht, weil es wirklich überzeugend genug klang, sondern weil sie es gern glauben mochte. Ihr Herz pochte dabei so heftig, als wolle es sein enges Gefängnis in ihrer bebenden Brust sprengen.

Ach, Lord Cooper … Würde er sie nur jetzt in die Arme nehmen, ausgerechnet nach diesen Worten… Sie würde so gern glauben, dass er dies sagte, um sie möglichst lang möglichst nahe bei sich zu haben. Es würde wunderschön werden mit ihnen beiden. Und wenn es dann zur Hochzeit kam – sie mit dem engen Vertrauten der Königin von England … Ihr Vater würde wohl gar nichts dagegen haben. Er würde sich eher darüber freuen, dass es endlich ein anderer Mann übernahm, sie zu bändigen.

Ach, wie gern würde sie sich ausgerechnet von Lord Donald Cooper in diesem Sinne bändigen lassen …

Lord Cooper, der nichts von diesen Gedanken ahnte, richtete sich wieder auf und dachte seinerseits: *Jetzt wäre eigentlich die richtige Gelegenheit dafür, die Prinzessin auf eine eventuell andere Entscheidung der Königin gebührend vorzubereiten!* Denn ganz so unvorbereitet und voll mit falschen Hoffnungen durfte er die Prinzessin Ihrer Majestät nicht vorführen. Dafür hätte dann Königin Elizabeth wenig Verständnis gehabt. Vielleicht würde die Prinzessin sogar ihr gegenüber behaupten, der Lord habe ihr etwas versprochen, was er unmöglich halten konnte. Die Königin würde das übel stimmen. Nein, das durfte er auf keinen Fall riskieren, obwohl er es doch so gern täte.

»Nun …«, begann er vorsichtig.

»Habt Ihr denn doch noch Zweifel daran, dass es genauso kommen wird?«, rief die Prinzessin alarmiert. Sie war zwar im sprichwörtlichen Sinne bis über beide Ohren verliebt und schwärmte insgeheim in den höchsten Tönen von Lord Donald Cooper, aber das beeinträchtigte ihren Verstand nicht insoweit, als sie nicht ahnte, dass er ihr bisher nicht alles gesagt hatte.

»Ich möchte Euch keineswegs beunruhigen, Prinzessin, aber es ist meine Pflicht, Euch darauf hinzuweisen, dass dies alles nicht völlig ohne Wissen Eures Vaters geschehen darf.«

»Soll das heißen, die Königin wird … Ich meine, Ihre Majestät …?« Die Stimme versagte ihr den Dienst.

»Bitte, Prinzessin, Ihr mögt Euch nicht unnötig beunruhigen. Es ist nur: Euer Vater ist immerhin der König von Spanien, nicht irgendein unbedeutender Fürst. Er ist der mächtigste Mann der Welt, wie Ihr selber wisst. Sein Reich ist so groß, dass es sich von Europa über den Atlantik bis in die Neue Welt erstreckt, ein Land quasi, in dem niemals die Sonne untergeht. Er befehligt außerdem die mächtigste Flotte, die es jemals auf dieser Erde gegeben hat: die spanische Armada! Eine Weltmacht ohnegleichen …«

»Was wollt Ihr mir mit all diesen unnötigen Worten eigentlich mitteilen, Mylord?«

Er wich ihrem unerbittlich forschenden Blick aus, denn jetzt kamen ihm echte Zweifel daran, ob dies wirklich der rechte Zeitpunkt war, darauf zu sprechen zu kommen. Doch jetzt war es zu spät, es half nur noch die Flucht nach vorn.

»Ich will damit sagen, dass Ihre Majestät, die Königin von England, nicht völlig frei ist in ihren weisen Entscheidungen.«

»Ihr meint, sie fürchtet sich vor meinem Vater?«

»Nun, vielleicht ist das nicht der richtige Ausdruck dafür, aber bedenket doch nur einmal, was geschehen würde, wenn

Ihr auf Dauer am Hofe von England bliebet. Eines Tages würde Euer Vater das erfahren, nachdem er sich vielleicht jahrelang die schlimmsten Sorgen über Euren Verbleib gemacht hat. Was würde er denn zwangsläufig annehmen?«

»Ich verstehe!« Sie schlug unwillkürlich die Hand vor den Mund. »Lieber Gott, er würde sofort annehmen, ich sei eine Gefangene des englischen Hofes!«

»Seht Ihr, genau das wollte ich zum Ausdruck bringen. Wenn Ihre Majestät also Euren Aufenthalt am Hofe verheimlicht, würde Euer Vater zu Recht dies als einen besonderen Affront gegen die spanische Krone auffassen. Nicht auszudenken, welche Folgen dies haben könnte.«

»Und was bliebe dagegen zu tun?«, erkundigte sie sich skeptisch.

»Zumindest ist Ihre Majestät genötigt, Eurem Vater eine Mitteilung zu machen. Einen Kurier muss sie nach Madrid entsenden, um Eurem Vater klar zu machen, dass er sich weiter keinerlei Sorgen mehr zu machen braucht und dass es Euch sehr wohl ergeht.«

»Gott, oh, Gott!«, klagte sie laut, schüttelte den Kopf und ließ sich auf die Koje niedersinken. Die Prinzessin konnte gar nicht aufhören, den Kopf zu schütteln. »Nicht auszudenken, was passieren würde: Der Kurier würde auf dem schnellsten Weg zurückkehren, nur um mitzuteilen, dass ich mich genauso eilig am Hofe meines Vaters einzufinden hätte. Er ist König Philipp II., und niemand würde es wagen, seiner Bitte nicht zu entsprechen, noch nicht einmal Ihre Majestät, die Königin von England.«

»Aber Ihr doch, nicht wahr?«, wollte Lord Cooper retten, was vielleicht noch zu retten war. Mit Grausen dachte er nämlich an die restlichen Stunden, die ihnen noch bis zur Ankunft blieben: Wie würde sich die Prinzessin unterwegs verhalten? Jetzt, wo ihr klar war, dass ihr Aufenthalt unmöglich von Dauer sein durfte …

Er musste zumindest eine Art Rettungsanker anbieten, um sie über diese Stunden hinweg zu beruhigen.

»Was meint Ihr damit?«, ging sie auch prompt darauf ein.

»Nun, wenn es so käme, würde der nächste Kurier eben Eurem Vater mitteilen müssen, dass Ihr Euch weigert. Dann kann Euer Vater zumindest nicht mehr dem englischen Hof einen Vorwurf machen. Er kennt Euch ja zur Genüge und weiß, dass Ihr nicht nur über einen eigenen Kopf verfügt, sondern auch durchaus gern davon Gebrauch macht.«

»Das habt Ihr aber sehr gekonnt diplomatisch umschrieben, Mylord, alle Achtung!« Schon zeigte sich ihre Laune wieder besser, wenn auch nur um eine Nuance. »Ihr wolltet damit nur zum Ausdruck bringen, dass ich eine besonders ungezogene Prinzessin bin. Aber das ist schon in Ordnung, weil es leider stimmt. Darum ist für mich der Aufenthalt am Hofe meines Vaters ja so besonders unerträglich. Wenn ich jemals dahin zurückkehre, wird mich Vater für alle Zeiten einsperren wie ein wildes Tier, damit ich ihm niemals wieder Sorgen zu machen vermag, wie er es ausdrücken würde. Mein Leben wäre quasi beendet. Darf er mir das wirklich antun? Wird die Königin von England solches wirklich zulassen?«

Noch viel mehr, sofern es sich politisch als opportun erweisen würde, dachte er im Stillen, aber er hütete sich, das auch nur anzudeuten. Ganz im Gegenteil:

»Wie erwähnt, es würde so kommen, dass Ihr Euch standhaft weigert. Wohlgemerkt: Ihr selber würdet Euch weigern – und Euer Vater würde wohl kaum Ihre Majestät dazu zwingen wollen, Euch wiederum Gewalt anzutun, seiner eigenen Tochter!«

»Das klingt zwar überaus beruhigend, Mylord, aber findet Ihr nicht auch, dass es besser wäre, alles dies von vornherein zu vermeiden? Ich denke, ich muss ja nicht offiziell am Hofe von England verweilen. Niemand braucht es an die große Glocke zu hängen. Ich verspreche auch, auf keinen Fall in Erscheinung zu treten. Es wird ein stilles Asyl werden, obwohl es nicht unbedingt typisch für mich erscheinen mag.«

Diesmal ließ Lord Cooper alle Diplomatie außer Acht und schüttelte den Kopf.

»Bei allem Verständnis, Prinzessin, aber damit würdet Ihr zu viel verlangen von der Königin. Denkt daran, dass es trotz aller Vorsichtsmaßnahmen irgendwann Eurem Vater zu Ohren kommen könnte. Was glaubt Ihr, wie würde er letztlich reagieren? Ihr kennt ihn besser als ich. Würde er sich das so ohne weiteres bieten lassen?«

Sie schlug die Hände vor das Gesicht und behielt sie eine ganze Weile dort, bis sie die Hände endlich wieder sinken ließ und ihn anschaute.

Sie hatte zwar nicht geweint, aber er sah die große Trauer in ihren Augen. Dabei ahnte er nicht, dass es nicht nur Trauer darüber war, vielleicht doch gegen ihren Willen an den Hof ihres Vaters zurückkehren zu müssen, sondern vor allem darüber, von da an für immer von ihm getrennt zu bleiben.

»Nein, das würde er selbstverständlich nicht!«, bekannte sie äußerst betrübt. »Er würde sehr erbost reagieren. Nicht auf mich, sondern auf alle, die meinen Aufenthaltsort geheim gehalten haben.«

»Und dann würde es zur Eskalation kommen«, gab er unerbittlich zu Bedenken. »Das kleine England gegen das übermächtige Spanien. Ist es das, was Ihr riskieren wolltet?«

»Natürlich nicht! Ein Krieg – meinetwegen? Wie könnte ich das wollen? All die tapferen Männer, die dabei ihr wertvolles Leben lassen müssten, nur weil ich nicht mehr nach Hause wollte … Schaut mich an: Bin ich denn ein Ungeheuer? Andererseits: Mein Opfer wird schier unendlich sein, um das nicht zuzulassen!«

»Nicht ganz!«, versuchte Lord Cooper schon wieder, das Schlimmste zu vermeiden. Jetzt eine durchdrehende Prinzessin Carla von Spanien … Nein, das konnte und wollte er nun wirklich nicht riskieren.

»Wieso?«

»Vergesst nicht die Chancen der Diplomatie! Es kommt ganz darauf an, wie der Kurier es Eurem Vater beibringen wird. Dass Euer Vater es erfahren muss, bleibt unvermeidbar, aber es kommt ganz darauf an, in welcher Art diese Information zu Eurem Vater dringt.«

»Glaubt Ihr wirklich, Mylord?«

»Das glaube ich nicht nur, sondern das weiß ich: Es muss Eurem Vater einfach klar gemacht werden, dass Ihr bestens am Hofe von England aufgehoben seid. Er muss begreifen, dass es keinen Ort auf dieser Welt gibt, der besser geeignet wäre, Euch all das beizubringen, was sein Herz erfreuen würde.«

Sie sprang erregt auf und rief: »Ihr seid ein wahres Genie, Mylord! Ach, ich bin Euch ja so unendlich dankbar!«

Beinahe hätte sie sich doch noch vergessen und wäre in seine Arme geflüchtet. Im letzten Augenblick konnte sie sich zügeln.

Zumal er mit beiden Händen abwinkte: »Wie gesagt, es bleibt dem Geschick des Kuriers überlassen. Ich werde jedenfalls Ihre Majestät entsprechend bitten, wirklich nur einen erfahrenen Diplomaten zu entsenden, ganz in Eurem Sinne.«

»Und sie würde tatsächlich auf Euch hören?«

»Wenn nicht auf mich, auf wen denn sonst? Bin ich nicht einer ihrer engsten Berater?«

Jetzt bildeten sich in ihren Augen tatsächlich Tränen. Das konnte sie nicht mehr verhindern. Deshalb ließ sie ihnen einfach freien Lauf.

Beinahe tat sie ihm in diesem Moment Leid, aber er konnte es sich nicht wirklich leisten, Mitleid mit der Prinzessin zu haben. Sie wusste ja nicht, dass es keineswegs nur darum ging, dass sie mit ihrem Vater nicht zurecht kam. Nein, das war sicher die geringste aller Sorgen. Es ging um mehr, um sehr viel mehr: Es ging um Wohl und Wehe Englands! Die Prinzessin war von so immenser Bedeutung, was das Vertrauen zwischen Spanien und England betraf, dass England diese Chance unmöglich ungenutzt lassen durfte.

Mit anderen Worten: Es war hundertprozentig im Interesse von England, dass die Prinzessin so schnell wie möglich an den Hof ihres Vaters zurückkehrte. Daran hatte sich nicht das Geringste geändert. Selbst wenn er noch so sehr um den heißen Brei herumredete.

Er bereute es einerseits, so gehandelt zu haben, obwohl er andererseits sehr genau wusste, dass ihm keine Wahl geblieben war: Wenn er im Sinne Englands handelte, dann im Sinne von Millionen von Menschen, für die ein möglicher Angriff von Seite Spaniens schlimmstes Elend und Tod bedeuten würde. Angesichts dessen erschien es ihm wahrlich als das kleinere Übel, die Prinzessin dermaßen diplomatisch ausgetrickst zu haben …

Sie jedoch legte es dank ihrer heimlichen Schwärmerei für Lord Cooper mal wieder völlig anders aus: »Ihr« Lord war ganz auf ihrer Seite – auf welcher denn sonst? Er, dessen Herz für sie entflammt war, obwohl er sich redlich bemühte, es sich nicht anmerken zu lassen. Vielleicht unterdrückte er es auch nur deshalb so vehement, weil er sich vor den Konsequenzen fürchtete? Weil er nicht erkennen wollte, dass es keinerlei Probleme gab, wenn sich ein Lord aus dem englischen Hochadel mit der Prinzessin von Spanien vermählte?

Wenn sie jetzt rechtmäßige Thronfolgerin gewesen wäre, ja, das wäre ein echter Hinderungsgrund gewesen, aber so ...?

Sie war zuversichtlich, äußerst zuversichtlich sogar. Nicht nur, was ihren zumindest vorläufigen Verbleib in London betraf, sondern auch, dass er sich mit der Zeit immer mehr für sie öffnen würde. Möglicherweise würde alles noch sehr lange dauern, bis sie endlich ein Liebespaar wurden, aber sie nahm sich fest vor, niemals ungeduldig zu werden. Hatte ein Liebespaar denn nicht alle Zeit der Welt? Und war es nicht von besonderem Reiz, jene Zeit auszukosten, in der allmählich immer mehr zusammenwuchs, was letztlich zusammengehörte?

Ihre Schwärmerei war so ausschweifend, dass sie absolut nichts gegen die Bitte hatte, die er äußerte, ehe er sie wieder verließ:

»Würdet Ihr bis morgen früh in Eurer Kabine bleiben? Falls Ihr Wünsche habt, wendet Euch einfach an die Wache draußen. Sie ist uneingeschränkt für Euch da. Dies alles, damit Ihr morgen früh ausgeruht Ihrer Majestät der Königin von England gegenübertreten könnt – als der ganze Stolz Eurer Heimat Spanien. Und freut Euch auf dieses Wiedersehen, nicht nur wegen seiner besonderen Bedeutung!«

»Ja, das werde ich!«, rief sie enthusiastisch.

Ein wenig verdattert war Lord Cooper schon, als er hinter sich die Kabinentür schloss. Die wilde Prinzessin – so völlig bereit, ganz brav zu bleiben bis zu ihrer Ankunft? Er mochte es kaum glauben, und doch war es so.

Wie war das nur möglich?

Er kam einfach nicht darauf, so sehr er auch grübelte. Stattdessen dachte er wieder an Jeannet. Wie es ihr wohl inzwischen erging?

VIERTES BUCH:

Das Piratennest

João, der entlaufene portugiesische Sträfling stand zurzeit am Steuer der WITCH BURNING. Er war in seiner Zeit in Jeannets Mannschaft zu einem guten Steuermann geworden, der jedem Seemann auf einem englischen oder spanischen Schiff das Wasser hätte reichen können. Die Gewässer des Kanals hatten ihre Tücken. Schon so mancher hatte sie unterschätzt, dessen Schiff jetzt auf dem Meeresgrund lag. Aber mit der WITCH BURNING schien es das Schicksal im Augenblick gut zu meinen. Eine beständige Westbrise gestattete ihr, geradewegs Kurs auf die Inseln im Niemandsland zwischen England und Frankreich zu halten. Das Gesindel beider Küsten sammelte sich auf diesen kleinen Eilanden, die das Klima begünstigt, die Politik aber ins Abseits gestellt hatte. Subtropische Bedingungen herrschten auf Guernsey und Jersey, den größeren dieser Inseln. Darüber hinaus gab noch ein paar kleinere Inseln. Manche von den Seefahrern spöttisch als Felsen, die aus dem Wasser schauten, verspottet.

Eine dieser Inseln war New Antikythera.

Eine Bucht auf dieser Insel diente der WITCH BURNING seit langem als Hafen. Außerdem befand sich das Schatzversteck von Jeannets Mannschaft dort, bewacht durch einige Getreue.

Die Inselbevölkerung bestand aus dahergelaufenem Gesindel aus aller Herren Länder, Verstoßene, Gesetzlose. Manche waren dabei, die ein schweres Schicksal oder die Ungerechtigkeit eines Fürsten zu Geächteten gemacht hatte. Andere, die einfach nur ihrer Habgier gefolgt waren und sich nun als Verbannte auf einem Felsen mitten im Meer wiederfanden, weil überall sonst nur das Schlimmste auf sie wartete. Hin und wieder gab es auch Bewohner, die es gewagt hatten, ihre Gedanken allzu frei zu äußern und diese vielleicht sogar noch schriftlich niederzulegen. Verurteilte Sträflinge waren ebenso unter den Insulanern wie entlaufene Sklaven.

Aber sie alle wussten, wie wichtig es für sie war, dass die WITCH BURNING regelmäßig ihre Felsen als Heimathafen anlief. Denn durch die Piraten kam ein gewisser Reichtum unter diesen dahergelaufenen Haufen von Ausgestoßenen.

Jeannet Harris stand etwa drei Meter neben João. Sie lehnte an der Reling, blinzelte der Sonne entgegen und gab sich ihren heimlichen Träumen hin, während sie dem Spiel von Sonnenlicht und Wolken zusah, ein einzigartiges Schauspiel aus Farben und Schatten.

Jeannets Gedanken drehten sich nicht um die fette Beute, die die WITCH BURNING gemacht hatte. Die Schätze an Bord waren ihr ebenso gleichgültig geworden wie das Schicksal der Prinzessin, die Jeannet an die Seeleute Ihrer königlichen Majestät Elizabeth übergeben hatte.

Ihre Gedanken kreisten immer wieder um den Kommandanten der Engländer, um Lord Donald Cooper, diesen einzigartigen Mann. Vergeblich hatte sie schon versucht, sein Gesicht, sein Bild, seinen Geruch und den Klang seiner Stimme endlich aus ihrem Bewusstsein zu verbannen. Zumindest zeitweise. Schließlich war sie die Kommandantin eines Piratenschiffs, was ständige Geistesgegenwart erforderte. Außerdem war ihrem wachen Verstand durchaus klar, wie töricht jeder Gedanke an eine noch so flüchtige Verbindung zwischen ihr und diesem Lord war.

Er ein Berater der Königin, sie eine dahergelaufene Kriminelle, der die Königin das Privileg gestattete, ihre Feinde zu bekämpfen. Der Gegensatz war unvorstellbar.

Und doch sprachen ihre Gefühle eine ganz eindeutige Sprache.

Vom ersten Moment, da sie Lord Cooper gesehen hatte, war das so gewesen. Mit Schaudern erinnerte sie sich der übermächtigen Welle wilder, unbezähmbarer Gefühle, die sie unaufhaltsam in ihren Strudel gerissen hatten.

Alles andere wäre eine Illusion gewesen.

Es gibt kein Zurück, dachte sie. *Du hast dich verliebt. Du bist dadurch so schwach wie nie zuvor. Verwundbar wie schon seit vielen Jahren nicht mehr. So verwundbar, wie du eigentlich nie wieder sein wolltest. Seit damals …*

Jeannet atmete tief durch.

Diese Gedanken zerrissen sie förmlich.

Sie wusste einerseits, dass der Weg, auf den sich ihre Gefühle begeben hatten, kein gutes Ende nehmen konnte.

Auf der anderen Seite sah sie allerdings auch keine Möglichkeit, sich dagegen zu wehren.

Es war einfach sinnlos.

Das Geräusch eines Stiefelschritts auf den rutschigen Planken der WITCH BURNING ließ Jeannet unwillkürlich zusammenfahren.

Es war niemand anderes als Ben Rider, der jetzt neben sie an die Reling trat. Schon eine ganze Weile war ihr aufgefallen, dass der Erste Offizier und Stellvertreter der Piratenanführerin ziemlich schlecht gelaunt war.

Zunächst hatte Jeannet dies mehr oder minder ignoriert.

Aber insgeheim war ihr durchaus klar, dass das auf die Dauer kein Weg war.

»Es ist ein fauler Handel, den wir mit Lord Cooper und seiner Elizabeth-treuen Brut eingegangen sind!«, meinte Rider.

»Ihr seid nicht einverstanden, Marschall?«

»Ich sage nur, was ich denke. Und ich bin nicht der Einzige an Bord, dem das nicht gefällt.«

»Einer muss die Entscheidungen treffen. Das ist auf jedem Schiff so, Ben.«

»Ich weiß, Jeannet.«

»Und auf diesem Schiff bin ich das!«

»Auch das ist richtig.«

»Ihr wärt im Übrigen auch der Erste, der es wagt, dies anzuzweifeln!«

»Das würde ich nie tun. Aber ich mache mir meine Gedanken.«

»Meine Gedanken gelten der Zukunft der WITCH BURNING und ihrer Besatzung. Sie gelten der Frage, wie man möglichst leicht möglichst viel Beute machen kann, um uns allen ein sorgenfreies Leben in Freiheit zu ermöglichen.«

»Ist das wirklich das Einzige, was in Eurem Kopf herumspukt, Jeannet?«, fragte Rider schneidend.

Eine sanfte Röte überzog Jeannets Gesicht.

Im ersten Augenblick wollte sie wild aufbrausen und ihrem Ersten Offizier gehörig den Kopf waschen. Was bildete er sich ein? Was in ihrem Kopf oder ihrem Herzen vor sich ging, das ging ganz allein sie selbst etwas an, und sie war keinesfalls bereit dazu, diese Dinge mit ihrer Besatzung zu diskutieren. Dann besann sie sich.

Ich muss aufpassen, ging es ihr durch den Kopf. *Höllisch aufpassen. Es darf auf keinen Fall der Eindruck entstehen, als hätte ich vielleicht die Interessen der Mannschaft leichtfertig an die Engländer verkauft, nur weil mir der Blick ihres Kommandanten wohlige Schauer über den Rücken jagte …*

Bisher waren ihre Männer ihr treu ergeben gewesen.

Sie waren bereit, für ihren Kapitän durch die Hölle zu gehen.

Aber Jeannet wusste nur zu gut, dass sich so etwas im Handumdrehen ändern konnte, wenn die Mannschaft ihre Aussichten auf Beute in Gefahr gebracht sahen. Das war ein Punkt, in dem kein Pirat mit sich spaßen ließ. Dabei spielte es auch keine Rolle, welchen Rang er in der Mannschaft einnahm.

»Seid versichert: Das Beuteglück wird uns noch freundlicher sein, wenn wir die Duldung Englands genießen. Auf die wenigen englischen Schiffe, die wir bisher aufbrachten, können wir Zukunft gut und gerne verzichten. Zumal die spanischen ohnehin zumeist die lohnendere Prise darstellen!«

»Dieser Handel um die Prinzessin gefällt mir auch nicht, Jeannet!«

»Hatten wir denn eine andere Wahl?«

»Man hat immer eine Wahl, Kapitän.«

»Und Ihr meint, ich habe die falsche getroffen?«

Ben Rider zögerte.

Er schüttelte schließlich den Kopf.

»Nein, das wollte ich damit nicht sagen.«

»So, was wolltet Ihr denn sagen?«

»Dass mir dieser Lord Cooper nicht gefällt. Ich kann Euch nicht sagen warum, aber er war mir vom ersten Augenblick an unsympathisch.«

Jeannet hob die Augenbrauen. Allein die Erwähnung seines Namens brachte einen Schwall von Gefühlen und Erinnerungen aus ihrem tiefsten Inneren an die Oberfläche. So unsagbar kurz war ihre Begegnung nur gewesen, aber Jeannet hatte das Gefühl, dass sich von dem Moment an, da sie

Lord Donald Cooper zum ersten Mal begegnet war, ihr Leben verändert hatte. Von nun an, das spürte sie, würde sie es in ein Davor und Danach einteilen. Das war unumstößliche Tatsache. Es war einfach nicht zu ändern, so wie man die Macht der Naturgewalten nicht ändern konnte. Zuerst hatte sie ja versucht, sich dagegen zu wehren, aber es lag auf der Hand, dass das vollkommen sinnlos war.

»Ich kann bei nüchterner Betrachtung nichts finden, was uns gegen den Lord einnehmen könnte!«, sagte Jeannet.

Bei nüchterner Betrachtung!, echoten ihre eigenen Worte in ihr. Es klang wie ein Hohn.

»Wir sollten ihm nicht zu sehr vertrauen, Jeannet.«

»Das hatte ich auch nicht vor!«, widersprach sie.

Ein dünnes Lächeln spielte um Ben Riders aufgesprungene Lippen.

»Na, dann ist es ja gut!«

Jeannet Witch wandte sich an João.

»Wann werden wir New Antikythera erreichen?«, fragte sie.

»Vorausgesetzt, die Brise, mit der wir segeln, hält an, schätze ich, dass wir morgen früh dort sind!«

Jeannet atmete tief durch.

»Gut«, sagte sie.

Ben Rider verengte die Augen.

Er wirkte nachdenklich.

»Es war ein Fehler, nur die Schätze von Bord der Galeone zu holen«, meinte er. »Einige spanische Kanonen hätten wir vielleicht noch an Bord der WITCH BURNING unterbringen oder ein paar unserer alten Geschütze gegen sie austauschen können. Bei einigen unserer Kanonen habe ich nämlich schon seit längerem Sorge, dass sie uns bei nächster Gelegenheit buchstäblich um die Ohren fliegen.«

»Ich hoffe, du irrst dich«, antwortete Jeannet, die in erster Linie froh darüber war, dass Ben Rider das Thema gewechselt hatte.

In der Nacht lag Jeannet lange schlaflos in ihrer Kabine. Vor ihrem inneren Auge sah sie Lord Donald Cooper vor sich. Er wollte ihr einfach nicht aus dem Sinn gehen, sosehr sie sich auch bemühte, sich auf andere Dinge zu konzentrieren. Es war ihr klar, dass sie darauf Acht geben musste, dass all das, was sie erreicht hatte, ihr nicht unter den Händen zerrann. Und das eines Traumes wegen.

Und dabei lag ein wichtiger Tag vor ihr! Die Rückkehr nach New Antikythera.

Die Bewohner der Insel erwarteten sehnsüchtig die Ankunft ihres Schiffes. Schließlich brachten ihre Leute ihr erbeutetes Gold auf die Insel, trugen es zu den Dirnen und zweifelhaften Händlern.

Aber auch wenn die Insel in der Vergangenheit ein sicherer Hafen für die WITCH BURNING gewesen war und für die nächsten Jahre wohl keine Gefahr bestand, dass sich Frankreich oder England näher für diese Inseln interessierten, so wusste Jeannet doch nur zu gut, dass sich in derartigen Piratennestern die Stimmung über Nacht ändern konnte.

Alles hängt vom Erfolg bei der Jagd nach Beute ab, ging es ihr durch den Kopf. *Die Treue deiner Männer ebenso wie der Schutz, den dir dein Hafen bietet.*

Jeannet schloss die Augen.

Sie hörte ein paar Stimmen an Deck, konnte aber nicht verstehen, was gesprochen wurde.

Soll das alles sein?, ging es ihr durch den Kopf. *Jagd nach Beute? Wie ein Tier? Oder wird da irgendwann auch noch einmal etwas anderes kommen. Ein Leben mit mehr Menschlichkeit und Liebe?*

Sie schalt sich selbst eine Närrin.

Konnte sie nicht zufrieden mit dem Erreichten sein? Unter den gegebenen, für sie sehr schwierigen Umständen, hatte sie es weit gebracht. Jeder Gedanke an eine weit entfernt liegende Zukunft war unsinnig. Der Augenblick zählte. Man musste die Chancen des Moments nutzen, wenn man dazu in der Lage war.

Jeannet schlief schließlich doch ein. Sie fiel in einen unruhigen, von Träumen erfüllten Schlaf, der nicht einmal ihren Körper wirklich zur Ruhe kommen ließ. Schweißperlen standen ihr auf der Stirn, und immer wieder schien die Schlafende heftig nach Atem zu ringen.

Sie wusste, dass sie hin und wieder im Schlaf sprach.

Es hing wohl mit den albtraumhaften Erinnerungen an den Tod ihrer Eltern zusammen. Aber auf der WITCH BURNING schlief sie in einer verriegelbaren Kapitänskabine, so dass keiner ihrer Männer davon je etwas mitbekommen würde. Und das war auch gut so. Neben Erfolglosigkeit gab es nämlich noch etwas anderes, was man sich in ihrer Position nicht erlauben durfte.

Schwäche.

Für sie als Frau galt das in ganz besonderem Maß.

Aber in dieser Nacht waren es keine Albträume, die sie im Schlaf verfolgten.

Diesmal war es ein Traum, dem sie sich nur allzu gern hingab. Ein Traum, von dem sie sich wünschte, er würde nie enden und mehr sein als nur die Widerspiegelung ihrer Sehnsüchte.

Lord Cooper stand vor ihr.

In seinen Augen glitzerte es.

Das herausfordernde Lächeln um seine Lippen ließ sie schlucken.

Jeannet trug nicht ihre einfache, an praktischen Gesichtspunkten ausgerichtete Piratenkluft, sondern eines jener Kleider, die sich an Bord der spanischen Galeone befunden hatten und eigentlich der Tochter König Philipp II. von Spanien gehörten.

»Ich hätte nicht gedacht, dass hinter Eurer bis dahin groben Schale doch ein ansehnlicher Kern steckt!«, äußerte Lord Cooper.

»So habt Ihr mich offensichtlich unterschätzt, Mylord!«

Sie drehte sich herum. Das Kleid machte diese Bewegung mit geringer Verzögerung mit. Es saß perfekt. Nie zuvor hatte Jeannet so etwas getragen. Aber sie fühlte sich wohl darin und fand, dass es zu ihr passte.

Lord Cooper nahm sie bei der Hand und zog sie sanft, aber sehr bestimmt zu sich heran. Nahe genug, dass sie seinen Herzschlag spüren konnte. Seine Hand strich zärtlich über ihr wildes, ungebändigtes Haar. »Wenn Ihr eine richtige Lady werden wollt, dann müsstet Ihr aber noch lernen, was man *damit* anfangen kann«, sagte Lord Cooper.

»Bedaure, aber das ist wahrscheinlich ein hoffnungsloser Fall!«

»Wie kommt Ihr zu dieser irrigen Annahme, Jeannet?«

»Diesen Rotschopf hat noch niemand gezähmt! Und wahrscheinlich bin ich schon aufgrund dieses naturgegebenen Handicaps vollkommen ungeeignet dazu, eine Lady zu spielen …« Sie blickte an sich herab. »Da hilft es auch nichts, wenn ich die Kleider einer spanischen Prinzessin trage!«

»Kleider, die Euch vortrefflich stehen!«

»Und wenn schon! An seiner Natur kann niemand etwas ändern!«

»Wenn Euch die Natur dabei im Wege ist, eine Lady zu sein, so müsste dies auch auf unsere Königin Elizabeth zutreffen, denn ihr Haar ist genauso rot wie Eures! Also redet nicht solchen Unsinn!«

»Wenn Ihr mich wirklich für eine Lady halten würdet, so käme es Euch nie in den Sinn, so mit mir zu reden, Mylord! So redet jemand wie Ihr doch nur mit Angehörigen niederer Stände. Mit Mägden, Bettlerinnen oder Huren, aber nicht mit Frauen, die Ihr als Euresgleichen anerkennt!« Sie seufzte. »Ich habe es doch gleich gewusst!«

»Was wollt Ihr gewusst haben«

»Dass jemand wie Ihr nicht über seinen Schatten zu springen vermag!«

»Und wie ich das kann!«

Lord Cooper zog sie an sich und bevor sie etwas zu erwidern vermochte, hatten seine Lippen die ihren verschlossen. Ein Kuss, der sie zunächst besänftigte. Ein angenehmes Prickeln durchlief ihren gesamten Körper. Ein wohliger Schauder überlief sie, und sie fragte sich, ob es am Ende gar nur ihre eigene Unsicherheit war, die sie so viel Unsinn hatte reden lassen. Aber Lord Cooper schien sich nicht weiter darum zu kümmern oder es ihr gar nachzutragen.

Ihrer beider Lippen fanden sich zunächst zu einer vorsichtigen, tastenden Berührung, dann wurde der Kuss fordernder, leidenschaftlicher. Jeannet spürte, wie eine Hitzewallung sie überkam. Sie schlang ihre Arme um seinen muskulösen Hals, schmiegte sich gegen ihn und fühlte, dass auch sein Herzschlag sich offensichtlich stark beschleunigt hatte.

Atemlos lösten sie sich voneinander.

Jeannet schluckte.

Lord Cooper war es, der als Erster von ihnen die Sprache wiederfand.

»Für mich seid Ihr mehr Lady als so manche, der diese Anrede von Rechts wegen zusteht!«, sagte er mit einem fast feierlichen Tonfall.

»Ihr seht nicht auf mich herab – auf mich, eine dahergelaufene Kriminelle aus der Gosse?«

»Wie könnte ich!«

»Ich entstamme einer Familie von Gauklern, einfachen Leuten, nicht einer langen Reihe ruhmreicher Ahnen!«

»Die habe ich auch nicht vorzuweisen, Jeannet! Schließlich war es die Königin, die mich erst vor relativ kurzer Zeit in den Adelsstand erhob. Und das allein aufgrund meiner Leistungen und Fähigkeiten – nicht aufgrund hoher Geburt oder guter Beziehungen!«

Erneut zog Lord Cooper sie an sich.

Und Jeannet ließ es gerne geschehen.

Sie genoss die Berührungen seiner großen, starken und doch sehr zärtlichen Hände. Als Kapitänin der WITCH BURNING war sie ständig dazu gezwungen, sich stark zu geben, auch dann, wenn es in ihrem Inneren ganz anders aussah. Sie musste ihre Gefühle verstecken und ihren Männern eine Mischung aus Zuversicht und Furcht einflößen, um diese wilde Horde von Seeräubern führen zu können. Stets war sie dabei auf der Hut gewesen, um nicht das Schicksal so vieler anderer Piratenanführer teilen zu müssen, die sich irgendwann als Futter für die Haie im Wasser wiedergefunden hatten, wenn ihnen nicht gar Schlimmeres widerfahren war.

Aber in den Armen dieses Mannes hatte sie keinen anderen Wunsch, als sich einfach hinzugeben. Sie brauchte nicht stark zu sein und hatte doch die Gewissheit, dass ihre Schwäche niemals ausgenutzt werden würde. Sie konnte einfach sie selbst sein, ohne sich verstellen zu müssen und ohne, dass irgendeine Gegenleistung von ihr erwartet wurde. Erneut trafen sich ihre Lippen zu einem feurigen Kuss. Eine Welle von Gefühlen überlief sie und versetzte ihr Inneres in ein einziges Chaos. Begehren war ebenso darin enthalten wie Liebe und … Furcht!

Was ist es, das dich in Angst versetzt? Was ist es, das dich daran hindert, dich hinzugeben, und das dich bei eurem ersten

Zusammentreffen beinahe dazu veranlasst hätte, diesen Mann zu töten?

Sie verstand sich selbst nicht.

Zu viele Widersprüche stritten in ihrem Inneren. Verschiedene, teils vollkommen gegensätzliche Gefühle kämpften um die Vorherrschaft.

Glaubst du in deinem tiefsten Inneren, dass er dich verletzen könnte? Dass er genau erkennt, was mit dir los ist und es ausnutzt?

Vielleicht musste man dieses Risiko einfach eingehen.

Dieses Risiko und auch andere Gefahren, die mit einer unmöglichen Liebe, die allen Konventionen widersprach, nun einmal einhergingen.

Sir Donald fasste Jeannet bei den Schultern, drehte sie wortlos herum und begann damit, ihr Kleid zu öffnen. Äußerst geschickt tat er dies.

Wenig später glitt es zu Boden. Lord Coopers Hände strichen sanft über ihren Körper.

Jeannet konnte ihrerseits auch nicht an sich halten. Sie drehte sich herum und begann, am Waffengurt des Lords zu nesteln. Der Gurt sank zu Boden. Bald darauf war auch sein mächtiger, muskulöser Oberkörper frei.

Sir Donald deutete auf das Bett in der Kapitänskajüte.

»Euer Lager ist nicht gerade groß … Währt Ihr dennoch bereit, es mit mir zu teilen?«

»Von Herzen gern!«Wenig später sanken sie gemeinsam in den Kissen nieder.

Es war der Ruf des Ausgucks, der Jeannet aus ihrem Traum erwachen ließ, aus einem Traum, der ihretwegen eine Ewigkeit hätte dauern können.

Erneut schnitt der Ruf des Ausgucks in ihr Bewusstsein, schrill und rücksichtslos.

Männerstimmen waren jetzt an Deck zu vernehmen.

Die Botschaft, die in all dem lag, war eindeutig.

Es war der Morgen eines neuen Tages angebrochen, und die WITCH BURNING hatte New Antikythera erreicht. Der Ausguck rief es jetzt zum dritten Mal vom Mastkorb herab und musste damit den letzten Mann an Bord geweckt haben.

Jeannet versuchte die Erinnerung an den Traum, den sie gehabt hatte, so gut es ging festzuhalten. Aber das meiste davon zerrann bereits in den ersten Augenblicken des Erwachens, wurde zu etwas nicht mehr Greifbarem. Etwas, von dem ihre Ahnung sagte, dass es da gewesen war, dass es sich aber wie Parfum einfach verflüchtigte.

Jeannet schlug die Decke zur Seite und zog sich schnell an.

Mochte ihre Begegnung auch nur ein Traum gewesen sein, so blieb doch die entscheidende Frage.

Wie weit würde sie gehen?

Wie viel wäre sie bereit für diese Liebe aufzugeben?

Alles, durchschoss es sie, während sie sich den Waffengurt umschnallte und den Sitz der Degenschärpe überprüfte.

Die Unbedingtheit dieses Gedankens erschreckte sie.

Es war unbegreiflich.

Sie hatte eine nur sehr kurze Begegnung mit einem Mann gehabt, der schon Kraft seines Amtes nicht ihr Geliebter sein durfte, und war bereit dazu, mit ihm zu ziehen, wohin immer er ging, und alle Konsequenzen zu tragen, die damit zusammenhingen.

Eine Frage ist noch unbeantwortet, dachte sie. *Wie steht es mit ihm? Wäre Sir Donald zu denselben Opfern bereit wie du? Oder hat er dich längst schon vergessen und wendet sich gerade einer um so vieles edleren und kultivierteren Mätresse in London zu? Einer Frau, die weiß, wie man sich kleidet, wie man Kleider schnürt und wie man Schmuck anlegt oder sich frisiert! Von gepflegter Unterhaltung einmal ganz zu schweigen!*

Diese Gedanken machten sie fast rasend.

Verzweifelt versuchte Jeannet, sie fortzuwischen, sie einfach aus ihrem Bewusstsein zu verbannen, doch das wollte ihr nicht gelingen. Zu bohrend war die Frage, die dahinter steckte und nach einer Antwort verlangte.

Liebt er mich? Liebt er mich genauso wie ich ihn?

Bei ihrer viel zu flüchtigen Begegnung hatte sie nicht den Hauch eines Zweifels daran gehabt.

Nein, das ist nicht die ganze Wahrheit!, korrigierte sie sich. *In Wirklichkeit würdest du ihn doch auch lieben, wenn er sich von dir abwenden würde und nichts mit dir zu tun haben wollte.*

An ihrer Kabinentür klopfte es.

»Wer ist da?«, rief Jeannet betont streng, betont herrisch und nach Autorität heischend, so als ob sie erst mühsam aus jener Rolle zurückfinden musste, die sie in ihrem wunderbaren Traum gespielt hatte. Einer Rolle, die mit ihrem wirklichen Leben nichts gemein hatte.

»Hier ist Ben Rider«, sagte eine sonore Stimme.

»Was gibt es?«

»Wir erreichen unseren Hafen!«

»Irgendwelche Anzeichen für die Anwesenheit fremder Schiffe?«

»Nein, Kapitän. Weder andere Freibeuter noch Engländer, Franzosen oder gar Spanier.«

Jeannet öffnete die Tür.

Ben Rider musterte sie.

Nach kurzer Pause des Schweigens sagte der Erste Offizier der WITCH BURNING: »Die Leute auf der Insel warten schon auf uns und unser Gold.«

»Die Leute freuen sich immer, wenn wir kommen«, erwiderte Jeannet. »Schließlich halten wir die Insel gewissermaßen am Leben. Und ich denke, dass die Insulaner klug genug sind, um zu begreifen, dass sie mit jedem anderen Freibeuter-Kapitän weniger gut fahren würden!«

Jeannet trat an Ben Rider vorbei, dann den schmalen Flur entlang bis zu jener kurzen Treppe, die hinauf an Deck führte.

Der Klang von Riders sonorer Stimme hielt sie zurück.

»Jeannet!«

Sie drehte sich herum.

»Was ist noch?«

»Schlagt ihn Euch aus dem Kopf, Kapitän!«

»Ich weiß nicht, wovon Ihr sprecht, Marschall!«

»Oh, doch. Ihr wisst es so gut wie ich! Ich spreche von Lord Cooper, diesem Halsabschneider Ihrer Majestät.«

»Ben! Habt Ihr es wirklich nötig, Lord Cooper zu beleidigen?«

»Ich mache mir Sorgen um Euch und das Schiff. Und letztlich damit auch um mich und meine Anteile!«

»Ah, daher weht der Wind!«

»Jeannet! Es war nicht zu übersehen, wie Ihr diesen Mann angesehen habt!«

»Sind Blicke schon eine Sünde? Ist es nicht mehr erlaubt, sich an dem zu freuen, was die Natur hat wachsen lassen?

Ben, Ihr wollt mir doch nicht im Ernst erzählen, dass alle Seeleute an Bord der WITCH BURNING ihre Augen verschließen, sobald wir in den Hafen einlaufen, wo die grellen Freudenmädchen auf sie warten!«

»Natürlich nicht!«

»Aber für mich sollen andere Regeln gelten als für euch alle? Nur, weil ich eine Frau bin?«

»Damit hat das nichts zu tun!«

»Dann erklärt es mir!«

Ben Rider atmete tief durch. »Ihr wisst, dass ich eine Frau sehr liebte, die ich nicht haben konnte.«

»Das erwähntet Ihr nicht nur einmal, Ben!«

»Sie war die Frau eines Adligen und für mich so unerreichbar wie für Euch dieser Lord! Und darum sage ich Euch aus einer leidvollen Erfahrung: Quält Euch nicht länger als unbedingt nötig. Akzeptiert besser, dass es nichts als Wahnsinn ist, was da in Euch brennt. Ein Wahn, der Euch zugrunde richten kann, wenn Ihr Euch nicht rasch genug von ihm distanziert.«

Stimmengewirr erscholl jetzt von Deck.

Jeannet wandte sich zu gehen und sagte: »Ich glaube, dass ich längst bewiesen habe, dass ich mich sehr gut unter Kontrolle habe. Genau wie Ihr, Ben.«

»Jeannet …«

»Und damit ist das Thema erledigt.«

»Aber …«

»Ein für allemal. Haben wir uns verstanden?«

Ben Rider ballte unwillkürlich die Fäuste. Sein Gesicht war zu einer Maske erstarrt. Selbstverständlich akzeptierte er die Autorität seines Kapitäns. Dass dieser eine Frau war, spielte dabei keine Rolle. Aber in diesem Fall war er deutlich anderer Ansicht als seine Kommandantin. Niemand, der ihn auch nur ein bisschen kannte, konnte daran einen Zweifel hegen.

»Aye, Kapitän«, sagte er schließlich gepresst und auf eine Weise, die Jeannet nicht gefiel.

Reicht es nicht, dass Lord Cooper mein Seelenleben vollkommen durcheinander gewirbelt hat?, ging es Jeannet durch den Kopf. Sie stieg die wenigen Stufen empor, klappte die Luke hoch und trat an Deck.

Ein Morgen wie aus dem Bilderbuch.

Die Sonne kroch über den Horizont. New Antikythera tauchte aus einer grauen Nebelbank hervor wie ein Eiland, das aus einer anderen, magischen Welt hervortrat.

Jeannet lächelte unwillkürlich.

Sie kehrte immer wieder gerne an diesen Ort zurück.

Wenn es so etwas wie Ruhe und Frieden für sie gab, dann konnte sie es allenfalls dort finden.

Auf dieser kleinen Insel im Niemandsland.

Harry Davis, ein grobschlächtiger Ire mit einer schwarzen Filzklappe über dem rechten Auge stand zurzeit am Ruder der WITCH BURNING. Er war in Limerick zum Tode verurteilt worden, weil er während einer Wirtshausschlägerei drei Männer getötet und anschließend ihre Geldbörsen an sich genommen hatte. Allerdings hatte man ihn in Abwesenheit verurteilen müssen, denn Harry Davis war rechtzeitig geflohen.

»Wo ist João?«, rief Jeannet, während sie sich suchend nach dem Portugiesen umsah.

»Er ist noch nicht an Deck!«, rief ihr einer der anderen Männer zu.

»Dann seht zu, dass er geweckt wird und hier erscheint.« Sie wandte sich Harry Davis zu. »Nichts gegen dich, Harry. Aber wenn wir in die Bucht von New Antikythera einfahren, möchte ich, dass der Portugiese am Ruder steht!«

»Aye!«, nickte der Ire.

Es war ihm zwar deutlich anzusehen, dass er alles andere als begeistert von dem Gedanken war, für den Portugiesen das Ruder räumen zu müssen, aber João war nun einmal der deutlich erfahrenere Steuermann und die Bucht hatte ihre Tücken. Einige Felsenriffe warteten nur darauf, einfahrende Schiffe längsseits mit ihren scharfen Felskanten aufzuschlitzen. Keine Macht der Welt konnte ein Schiff dann noch retten.

Jeannet bemerkte, das Harry Davis mit einigen der anderen Männer leise redete. Davis verstummte sofort, als er den Blick seiner Kapitänin bemerkte. Jeannets untrüglicher Instinkt sagte ihr, dass hier irgendetwas nicht so war, wie es hätte sein sollen.

Harry Davis verzog das Gesicht zu einer Grimasse.

Ein verkrampftes Lächeln, das an das Zähneblecken eines Raubtiers erinnerte.

Rider war inzwischen auch an Deck getreten.

Er blickte schweigend zur Insel.

Ein ganz besonderer Ausdruck zeigte sich nun in seinen Zügen. Ein Ausdruck, den Jeannet nur selten bei ihm bemerkt hatte. Traurigkeit lag darin. Und Wehmut. *Er hadert immer noch mit der Vergangenheit*, wurde es Jeannet klar. Seine große Liebe hatte der Erste Offizier der WITCH BURNING nie vergessen können. Auch wenn er sich noch so sehr darum bemühte, die Vergangenheit endlich für immer hinter sich zu lassen.

Sie würde ihm wie ein Schatten überall dorthin folgen, wo es ihn hinzog.

Jeannet fragte sich, ob Lord Cooper für sie vielleicht irgendwann einmal eine ähnliche Rolle spielen würde.

Alles in ihr sträubte sich gegen diesen Gedanken.

Aber er ließ sich nicht so einfach hinwegwischen, wie sie sich das gewünscht hätte.

João kam jetzt an Deck.

Er wirkte etwas verschlafen.

Harry Davis machte aber bereitwillig für ihn Platz.

»Komm her, Portugiese. Ich will mir ansehen, wie du in die Bucht hineinkommst, damit ich es endlich auch so gut kann wie du!«, sagte er voll ehrlicher Bewunderung für die seemännischen Fähigkeiten des anderen.

Über das Gesicht des Portugiesen glitt nur ein mattes Lächeln.

Er wusste genau, wie wichtig seine Rolle an Bord war.

Manchmal ließ er das die anderen spüren.

Jeannet sorgte allerdings dafür, dass er dies nicht übertrieb und damit die anderen unnötigerweise provozierte.

Die WITCH BURNING erreichte nach kurzer Zeit die Bucht von New Antikythera. Es handelte sich um einen natürlichen Hafen. Allerdings musste man die Tücken kennen, die in der Einfahrt lauerten, Riffe und Sandbänke, die für den unbedachten Seefahrer zur Todesfalle werden konnten. Aber der Portugiese kannte den sicheren Weg und wusste genau, wie weit er von den Uferregionen Abstand halten musste. Sicher lenkte er die WITCH BURNING zwischen den schroff aufragenden Felsmassiven hindurch, die den Eingang des Naturhafens bildeten. Erst danach war der Blick auf die namenlose Ortschaft frei, die von den meisten einfach nur *der Hafen* genannt wurde. Am Strand und an einigen weit in die Bucht hinausragenden Landungsstegen lagen Dutzende von Fischerbooten. Manche von ihnen waren notfalls seetüchtig genug, um damit die Küsten Frankreichs oder Südenglands zu erreichen. Allerdings galt das nur bei gutem Wetter. Und die Verhältnisse im Kanal waren für ihre Launenhaftigkeit berüchtigt.

Die Häuser waren größtenteils aus Holz. Ein nicht unbeträchtlicher Teil der Pinienwälder der Insel war dem Bau dieser wilden Siedlung bereits zum Opfer gefallen. Schnell hochgezogene Bretterbuden kennzeichneten diesen Ort der Ausgestoßenen und außerhalb der Gesetze zweier Länder stehenden Menschen, die hier versuchten, ihr Dasein zu fristen.

Es waren Bauten, denen man ansah, dass sie ausschließlich unter praktischen Gesichtspunkten gestaltet worden waren. Für die Feinheiten bürgerlicher oder adliger Architektur war auf New Antikythera kein Platz.

Aber das galt auch für Dutzende von kleinen Hafenstädten an den Küsten der Normandie oder der englischen Südküste. In vieler Hinsicht glich *der Hafen* diesen Ortschaften, wobei die Einwohner manch abgelegenen Küstennestes sich unter Umständen sogar ein Zubrot durch Strandpiraterie verdienten.

All das verband New Antikythera mit viele anderen Orten an den Kanalküsten.

Allerdings gab es keine Kirche in diesem *Hafen*.

Und das war tatsächlich ein besonderer Umstand.

Jeannet gab die Anweisung, die WITCH BURNING in der Mitte des Hafenbeckens ankern zu lasen. Man durfte auf keinen Fall zu nah an die Uferregion zu gelangen und dadurch das Risiko eingehen, auf Grund zu laufen.

Am Ufer sammelten sich bereits Schaulustige und winkten den Piraten zu.

Hier und da wurden auch Salutschüsse aus Musketen abgefeuert. Munition war etwas, woran auf New Antikythera keinerlei Mangel bestand. Schließlich gab es ständig Nachschub von den gekaperten Schiffen, die mehr als genug davon mit sich führten. Manchmal so viel, dass Jeannet aus Sicherheitsgründen darauf bestand, einen Teil der Beute zu versenken. Schließlich bestand immer die Gefahr, dass Schießpulver ungewollt explodierte und ein Schiff dann buchstäblich in Stücke riss.

Nachdem die WITCH BURNING geankert hatte, wurden die ersten Boote zu Wasser gelassen, um die Besatzung an Land zu bringen. Einige besonders Ungeduldige, die es nicht abwarten konnten, eines der hiesigen Freudenmädchen zu besuchen, sprangen einfach über Bord und legten die letzten Meter bis zum Ufer schwimmend zurück, anstatt darauf zu warten, einen Platz auf einem der Boote zu bekommen.

Ein paar wenige Unglückliche allerdings hatten die undankbare Aufgabe, das Schiff zu bewachen.

Man würde sie später selbstverständlich ablösen, aber bis dahin würde sich die Ungeduld bei manchem von ihnen ins schier Unerträgliche steigern. Schließlich hatten sie viele Wochen lang keinen Fuß mehr auf festes Land gesetzt, geschweige denn die Annehmlichkeiten eines Hafens genossen.

Jeannet teilte sich selbst diesen Unglücklichen zu.

Ihr stand im Moment ohnehin nicht der Sinn nach dem Trubel, der den *Hafen* in Kürze bis in den hintersten Winkel erfassen würde. Es war immer dasselbe. Sobald die WITCH BURNING in der Bucht von New Antikythera eintraf, begann eine Verwandlung. Innerhalb kürzester Zeit veränderte sich dieser Ort und wurde zu einem Hafen voller Leben, voller Musik, Spelunken und betrunkener Seeleute.

Jeannet sah den ersten Booten nach, die dem Ufer entgegenstrebten.

»Ihr seid Euch sicher, dass Ihr hier bleiben wollt?«, fragte Ben Rider.

»Vollkommen sicher«, erwiderte Jeannet abwesend.

»Ich hoffe nicht, dass Ihr Euch weiterhin unnötige Gedanken macht.«

»Meine Gedanken lasst am besten meine Sorge sein«, verteidigte sie sich. Sie konnte die Einmischungen des ehemaligen Marschalls einfach nicht länger dulden. Es wurde längst schon Zeit, dass sie diesen Dreistigkeiten einen entschiedenen Riegel vorschob. *Aber im Moment ist nicht der richtige Augenblick,* erkannte sie. Sie hatte in diesen Dingen einen sechsten Sinn. Dieser Instinkt für Macht hatte ihr bislang das Leben und ihre Position gerettet. Kein Piratenkapitän kam ohne diesen Instinkt aus, zumindest nicht, wenn er irgendwann lebendig seine Schätze genießen wollte.

»Ihr braucht meinetwegen keinerlei schlechtes Gewissen zu haben«, sagte Jeannet an Ben Rider gewandt. »Und was meine Gedanken angeht – so sind sie frei wie der Wind, Ben!«

»Es mag Euch ein Trost sein, daran zu glauben, Jeannet. Tatsächlich ist Freiheit eine Illusion, eine Chimäre, der der eine oder andere nachjagen mag, ohne sie je zu erreichen.«

»Ich nehme an, Ihr wisst, wovon Ihr sprecht?«

Ben Rider schluckte.

»Oh, ja«, murmelte er. »Das weiß ich sehr gut. Besser, als Ihr glaubt, Jeannet.«

Jeannet sah dem Marschall noch nach, als er mit einem der letzten Boote in Richtung Ufer aufbrach.

Er selbst hat seine unmögliche Liebe zu dieser Adligen nicht ausleben können, und jetzt gönnt er niemand anderem dieses Glück, ging es Jeannet durch den Kopf. In gewisser Weise hatte sie sogar Mitleid mit ihrem Ersten Offizier. War er nicht viel schlechter dran als sie?

Jeannet hatte schließlich die bislang unwiderlegbare Illusion, dass sie und Lord Cooper sich wiedersehen würden. Die Illusion von irgendeinem, jetzt noch im Nebel liegenden Weg des Schicksals, der sich vor ihnen eröffnen würde.

Ben Rider hingegen hatte sämtliche Hoffnungen auf ein Schicksal, das es ihm erlauben würde, mit der Frau seines Herzens zusammen sein zu dürfen, längst begraben müssen. Das war die bittere Realität.

Es war um Mitternacht. Der Mond stand hoch und hell als gelbliches Oval am Nachthimmel. Jeannet stand an der Reling der WITCH BURNING und blickte zum Ufer hinüber. Der Lärm von wilden Feiern und lautstarkem Vergnügen drang zu ihr herüber. Am Strand brannten Lagerfeuer, in den

Häusern die Öllampen. Außer Jeannet Harris befanden sich nur noch drei Männer an Bord der WITCH BURNING. Keiner dieser Männer war glücklich darüber, und das Versprechen der Kapitänin, sie hätten dafür garantiert in der nächsten Nacht Gelegenheit für einen Landgang, konnte sie nicht wirklich entschädigen.

Die erste Nacht im Heimathafen war einfach etwas, was man mit nichts vergleichen konnte.

Jeannet war nie ein Kind von Traurigkeit gewesen und hatte gerne mit den Männern am Feuer gesessen.

Aber im Moment stand ihr einfach nicht der Sinn danach.

Darüber hinaus musste in dieser Nacht noch etwas sehr Wichtiges erledigt werden. Etwas, was den Schutz der Dunkelheit erforderte. Jeannet hatte vor, den Großteil der Schätze von Bord bringen zu lassen. Jeannet dachte an die Zukunft. Die Beute von der Galeone Ihrer königlichen Majestät Prinzessin Carla von Spanien sollte zumindest zum Teil in die Schatzkammer gebracht werden, die Jeannet angelegt hatte. Eine Schatzkammer, die eine Versicherung für schlechtere Zeiten darstellte. Schließlich würde sie ihre Männer auch dann bei Laune halten müssen, wenn die Aussicht auf Beute einmal geringer war. Und irgendwann – auch wenn es ihr im Moment noch sehr schwer fiel, sich das vorzustellen – gab es ja vielleicht auch einmal ein Leben, das nicht auf den rutschigen Planken der WITCH BURNING und unter schwarzer Totenkopfflagge geführt wurde.

Es war eigenartig.

Seit sie Lord Cooper begegnet war, hatte sie zum ersten Mal seit langer Zeit überhaupt an diese Möglichkeit gedacht. Das konnte kein Zufall sein. *Du machst dir nur dumme Illusionen!*, schalt sie sich. *Wir hatten eine kurze, heftige Begegnung, aber was wird sein, wenn er wieder in England ist und all diese kultivierten Frauen ihn umgeben? Frauen, die wissen, wie man sich schön macht, wie man sich nach der Mode kleidet oder wie man eine interessante Konversation führt …*

Jeannet seufzte.

Aber hatte er ihr gegenüber nicht gestanden, ebenso wie sie zu empfinden? Konnte ein derartiger Gefühlsblitz wirklich vollkommen einseitig gewesen sein? Jeannet hielt das für unwahrscheinlich. *Das hätte ich gemerkt!*, dachte sie.

Außerdem gehörte zur Liebe auch Vertrauen.

Wir werden es sehen, dachte sie.

Wenn wir uns das nächste Mal treffen …

Jeannet lehnte gegen die Reling, und ein sanfter Wind strich über die Bucht. Das Meeresrauschen betäubte die Sinne und entführte ihre Gedanken in das Reich ihrer Träume. Sie konnte Lord Coopers Stimme hören, wie er ihren Namen flüsterte. Eine Ahnung jenes prickelnden Gefühls, das sie bei ihrer ersten Berührung empfunden hatte, durchflutete ihren Körper.

»Es ist Wahnsinn, Donald!«, flüsterte sie.

»Ein Wahn, dem ich mich gerne hingebe, Jeannet«, war seine Antwort. Sie sah seine Augen vor sich, die sie mit einem warmen Blick betrachteten. In diesem Blick lag allerdings noch mehr, ein Blitzen, ein Glühen, eine Ahnung von loderndem Feuer, das unter der gelackten Oberfläche dieses Mannes verborgen lag. Urgewalten, wie sie bisweilen aus Vulkaninseln hervorbrachen und sich dann unaufhaltsam ihren Weg bahnten. Wer sollte sich diesem Lavastrom zu widersetzen vermögen? Nicht einmal das Schicksal selbst, geschweige denn irgendwelche Konventionen von Standesdünkel und Politik.

Nebel waren im Verlauf der Nacht aufgezogen. Wie eine Wand umgaben sie die Insel und hatten sich wie ein immer enger werdender Ring um New Antikythera herumgelegt. Inzwischen war auch die Bucht davon betroffen.

Der Wind ließ nach, er trieb die ersten dicken Schwaden auf den Strand vor dem Hafen zu, ehe er fast vollkommen aufhörte.

Der Mond wurde zu einem verwaschenen Fleck.

Jeannet hatte kaum bemerkt, wie die Zeit vergangen war.

Zu sehr war sie in ihrer Traumwelt gefangen gewesen.

In ihren Gedanken war sie weit entfernt, bei Lord Cooper, dem Mann, von dem sie wusste, dass sie ihn bis an ihr Lebensende niemals würde vergessen können, was auch geschah und welche Barrieren sie auch immer trennen mochten.

Die Männer, die an Bord geblieben waren, bemerkten recht rasch ihre innere Verfassung und dass es besser war, sie jetzt nicht anzusprechen.

Am Heck des Schiffes hatten sie sich neben das Ruder gesetzt und spielten Karten. Jeannet nahm ihre Stimmen kaum noch wahr, aber ein einziges Geräusch aus dem Nebel heraus genügte, um sie aus ihren Gedanken herauszureißen. Von einer Sekunde zur nächsten war sie wieder vollkommen gegenwärtig.

Ihre Hand ergriff instinktiv den Griff des Degens.

Schauerlich, was mir in den Jahren auf See so alles zur Gewohnheit wurde!, ging es ihr durch den Kopf.

Das Geräusch, das sie gehört hatte, wiederholte sich.

Ruderblätter wurden ins Wasser geschlagen. Die Dolden ächzten dabei.

Wenig später tauchte eines der Beiboote aus dem Nebel auf.

Ben Rider befand sich darauf, zusammen mit zwei anderen Männern. Albrecht Schneider aus Nürnberg war der größere. Er war tatsächlich Schneider gewesen, bevor er sein Glück als Landsknecht in den Diensten verschiedener Armeen versucht hatte. Später war er bei den oberitalienischen Kriegen der Habsburger in spanische Gefangenschaft geraten und zum Ruderdienst auf einer Galeere verurteilt worden. CONCEPCIÓN hatte dieses Schiff geheißen, bevor eine als Jeannet Witch bekannte Piratin sie gekapert hatte. Albrecht Schneider hatte sich Jeannets Mannschaft angeschlossen. Er war einer jener Männer, denen sie absolut vertraute.

Bei dem anderen Mann handelte es sich um einen grauhaarigen Mann aus Yorkshire. Er hieß Randolph Pitt. Man hatte ihn zu Unrecht wegen Diebstahls verurteilt, woraufhin ihn eine lange Flucht bis in einen verwunschenen irischen Hafen namens Port Kavanaugh geführt hatte, der als Piratennest verschrien war. Dort war er an Bord der WITCH BURNING gegangen und seitdem Mitglied der Mannschaft. Auch ihm brachten sowohl Jeannet als auch Ben Rider großes Vertrauen entgegen.

Albrecht und Randolph waren außer Rider und Jeannet die einzigen an Bord, die die Lage des Schatzverstecks genau kannten.

»Ich denke, dass ich früh genug zurückgekehrt bin«, rief Ben Rider zu der an der Reling stehenden Jeannet Witch hinauf.

»Ich hoffe, Ihr hattet Euren Spaß!«, erwiderte Jeannet.

Albrecht und Randolph grinsten.

Womit genau sich die beiden auf der Insel die Zeit vertrieben hatten, wollte Jeannet gar nicht so genau wissen. Die Hauptsache war, dass sie ihr hier und jetzt zur Verfügung standen.

»Beginnen wir!«, forderte sie.

Das Aufladen der Schätze, die man von Bord der spanischen Galeone geholt hatte, dauerte allein schon eine gute Stunde.

Immer wieder trugen die Männer schwere Kisten mit Gold und Geschmeide herbei und ließen sie mit einem Flaschenzug hinabgleiten. Zwei Rettungsboote wurden benötigt, sonst wäre das Gewicht zu groß geworden.

Albrecht und Randolph ruderten. Das zweite Boot war im Schlepptau.

Der Wasserstand war in den vergangenen Stunden stark gesunken. Die Ebbe zog das Boot hinaus in Richtung der Felsen, die den Ausgang der Bucht bildeten.

Den Männern erleichterte dies ihre Ruderarbeit.

Denn bei den Felsen lag ihr Ziel.

Es gab dort eine Grotte, die Jeannet als Versteck diente. Man konnte nur bei niedrigstem Wasserstand mit einem Boot in sie hineinfahren und musste sich dann sehr beeilen, um all das zu tun, was dort zu erledigen war. Denn sobald der Wasserstand wieder stieg, wurde es gefährlich. Normalerweise lag der Eingang zur Grotte nämlich unterhalb des Wasserspiegels.

Während die beiden Boote auf die Felsmassive zusteuerten, wurde geschwiegen. Das Rauschen des nahen offenen Meeres vermischte sich mit dem Schlagen der Ruderblätter. Die WITCH BURNING war bald nur noch ein schattenhafter Schemen im Nebel.

Vom Schiff aus konnte man die Boote vermutlich überhaupt nicht mehr sehen. Sie wurden verschluckt von der grauen Nebelsuppe. Aber selbst bei gutem Wetter war vom Ufer nicht zu erkennen, wenn ein Boot die Einfahrt zur Grotte benutzte. Ein Betrachter an Land hatte lediglich den Eindruck, dass das Boot plötzlich hinter ein paar aus dem Wasser ragenden Felszacken verschwand. Fuhr er dann später selbst mit dem Boot hinaus um nachzusehen, war es unwahrscheinlich, dass er den Grotteneingang fand. Er lag erstens die meiste Zeit über einen Meter tief unter dem Wasser und war zweitens bei Ebbe nur für eine Stunde passierbar. Selbst in dieser Zeit war er für ein in die Bucht einfahrendes Schiff nicht erkennbar. Weit ins Wasser hineinragende Felsformationen versperrten die Sicht und hielten den Betrachter zum Narren.

Und vom Land aus war die Grotte vollkommen unzugänglich, selbst für geübte Kletterer, von denen es unter den Menschen der Insel ohnehin nicht viele gab, entstammten doch die meisten eher Seemanns- und Fischerfamilien aus den flachen Küstenregionen der Normandie oder Südenglands.

Die Grotte war ein perfektes Versteck.

So mancher Inselbewohner hatte gewiss schon darüber nachgedacht, wie es kam, dass Jeannet und ihre Schätze irgendwo auf dem Meer vor aller Augen *verschwanden*, sie aber später ohne ihre Schätze zurückzukehren pflegte.

Die wenigen, die das hatten beobachten können, brachten dies mit den Legenden um Jeannet Witch in Verbindung, nach denen die Piratenanführerin eine wahrhaftige, mit übernatürlichen und vom Teufel entliehenen Kräften ausgestattete Hexe war.

Jeannet wiederum tat nicht das Geringste, um diese Legenden zu entkräften.

Warum auch?

Verhinderte der Aberglaube dieser Leute doch, dass sie sich an ihrem Schatz vergriffen.

Die Boote erreichten schließlich den Eingang zur Grotte.

Ben Rider entzündete Fackeln und befestigte sie am Bug des Zugbootes. Ihr flackernder Schein ließ Schatten auf den kalten Höhlenwänden tanzen. Schatten, die immer neue Formen bildeten und wie Gespenster aus dem Reich des Todes wirkten.

Aber es war nicht die Unterwelt, in die sie einfuhren, sondern das größte Schatzversteck weit und breit. Wahrscheinlich wäre so mancher Fürst neidisch auf das gewesen, was Jeannet Witch und ihre Piratenmeute hier angehäuft hatten.

»Jeannet, ich muss Euch etwas sagen«, raunte Ben Rider ihr schließlich zu. »Im Hafen gibt es Gerüchte.«

»Von welchen Gerüchten sprecht Ihr, Ben?«

»Von Gerüchten, die Euch betreffen, Jeannet.«

»Mich?« Jeannet lachte. Das Echo hallte zwischen den Felswänden vielfach wider. Es klang gespenstisch.

»Hier sind wir nur von vertrauenswürdigen Menschen umgeben, deshalb spreche ich erst jetzt mit Euch darüber. Vor den Männern an Bord wollte ich es nicht.«

»Sie haltet Ihr nicht für vertrauenswürdig?«

Ben Rider zuckte die Achseln. »Wenn es hart auf hart kommt, weiß man das oft erst, wenn es zu spät ist.«

»Da mögt Ihr wohl Recht haben, Ben. Aber nun heraus mit der Sprache, was sollen diese düsteren Andeutungen.«

»Es heißt, Ihr hättet uns und die WITCH BURNING verraten.«

»Was?«

»Es heißt auch, Ihr hättet die Leute von Antikythera verraten.«

»Wer verbreitet solche Lügen? Er soll mich kennen lernen! Niemand streut ungestraft unwahre Gerüchte über Jeannet Witch!«

Zornesröte hatte ihr Gesicht überzogen. Die harten Linien, die sich plötzlich in ihrem fein geschnittenen Gesicht gebildet hatten, wurden nur durch den weichen Schein des Feuers gemildert.

»Berichtet mir Genaueres, Ben! Bis jetzt war nichts Greifbares dabei, worüber ich mir Sorgen machen müsste!«

»Das sehe ich anders, Jeannet!«

»Ach, ja?«

»Offenbar haben unsere Leute bemerkt, welche hungrigen Blicke Ihr diesem Lord Cooper zugeworfen habt und daraus ihre Schlüsse gezogen. Schlüsse, die für Euch alles andere als schmeichelhaft sind.«

»Nur weiter!«, ermutigte Jeannet ihn.

In ihr kochte es.

Die brodelnde Kraft des Feuers in ihr wollte an die Oberfläche, aber aus Erfahrung wusste sie, dass es klüger und Erfolg versprechender war, sich so weit es ging zu zügeln.

Rider atmete schwer und fuhr schließlich fort: »Entsprechend gefärbte Berichte haben unter den Leuten im Hafen ihre Runde gemacht. Und jetzt glaubt ein Teil der Leute, dass

Ihr sowohl die WITCH BURNING als auch diese Insel dem Lord und seinen Soldaten überantworten werdet.«

»Warum sollte ich so etwas tun?«

»Um eine Gegenleistung zu erhalten. Vielleicht einen Adelstitel und ein schöns Landhaus im abgelegenen Yorkshire oder die Besitzung eines aufmüpfigen irischen Adligen, die ohnehin einen neuen Besitzer finden müsste. Der Fantasie sind da keine Grenzen gesetzt. Es kann Euch im Einzelnen auch herzlich gleichgültig sein. Tatsache ist, dass jemand versucht, gegen Euch Stimmung zu machen. Jemand, der vielleicht eigene Interessen verfolgt – wer vermag das zu sagen?«

Jeannet schluckte.

Dass es brenzlig werden würde, war ihr von Anfang an klar gewesen. Aber jetzt begann sich das Unwetter über ihrem Haupt sehr schnell zusammenzubrauen. Viel schneller, als sie erwartet hatte.

»Wer steckt dahinter?«, fragte Jeannet.

»Ich weiß es nicht.«

»Dann müssen wir denjenigen zwingen, sich zu offenbaren.«

»Wie wollt Ihr das bewerkstelligen?«

»Morgen werde ich an Land gehen. Wir lassen die Hafenbevölkerung zusammentrommeln, und ich werde eine Erklärung abgeben. Dann muss der feige Hund aus seiner Deckung herauskommen, will er die Konfrontation mit mir wagen!«

Ben Rider zuckte die Achseln.

»Ein gefährliches Spiel, Jeannet.«

»Nicht gefährlicher, als die Hände in den Schoß zu legen und abzuwarten.

»Vielleicht solltet Ihr warten, bis Ihr die Kräfteverhältnisse besser einschätzen könnt!«

Aber Jeannet hatte sich entschieden.

Sie schüttelte den Kopf.

»Nein«, sagte sie. »Man muss das Feuer austreten, solange es noch kein Flächenbrand ist!«

Sie erreichten die eigentliche Schatzkammer. Man sah es diesem Ort nicht an, welche Reichtümer hier gehortet wurden. Es handelte sich um ein kathedralenartiges Höhlengewölbe, in dem Tropfsteine von der Decke herabwuchsen. Die Boote landeten an einem steinigen Ufer an. Alle fassten mit an, um die geraubten Güter von den Booten zu laden, auch Jeannet und Ben Rider. Es musste jetzt schnell gehen. Steinblöcke wurden zur Seite gerollt. Dahinter befanden sich die legendären Kisten mit Gold- und Silbermünzen, denen nun noch einige weitere folgen würden.

»Selbst wenn jemand bis hier vorzudringen wagt, so wird er das Gold kaum finden«, war Albecht Schneider überzeugt. Er lachte. »Ein Versteck für die Ewigkeit.«

»Die Ewigkeit interessiert mich nicht«, erwiderte Jeannet hart. »Und ich häufe diese Schätze auch nicht deshalb auf, damit irgendein glücklicher Nachfahre sie in Hunderten von Jahren durch Zufall findet …«

Gerade noch rechtzeitig schafften sie es, die Grotte wieder zu verlassen. Als die Boote den Ausgang passierten, stand das Wasser bereits wieder so hoch, dass die Insassen der Boote sich ducken mussten, um nicht mit dem Kopf gegen die Höhlendecke zu stoßen.

Sie ruderten zurück zur WITCH BURNING, die schließlich wie ein Nebelphantom vor ihnen auftauchte.

Jeannet schlief in dieser Nacht nicht eine einzige Minute.

Ruhelos ging sie an Deck auf und ab.

Es war ihr klar, dass der nächste Tag entscheidend für ihre weitere Karriere als Piratenanführerin werden konnte. Schon so mancher bei seinen Männern beliebte Kapitän war später dennoch im Handumdrehen aufgeknüpft worden.

Jeannet wartete bis zum Mittag des folgenden Tages.

Dann setzte sie zusammen mit Ben Rider und dem Rest ihrer Männer über zum Hafen. Sie verzichtete jetzt auf jegliche Bewachung des Schiffs. Schon im Morgengrauen hatte sie Albrecht Schneider mit einem Boot zum Hafen geschickt, damit er verbreitete, dass gegen Mittag eine große Versammlung stattfinden würde.

»Sie warten schon auf dich«, sagte Ben Rider mit Blick auf die Menge von mehreren Hundert Menschen, die sich in der Nähe der Anlegestelle versammelt hatten. Das war ein Schauspiel, das sich keiner entgehen lassen wollte.

»Ich bin mal gespannt, ob es irgendjemand wagt hervorzutreten und die offene Konfrontation zu suchen«, raunte Ben Rider Jeannet ins Ohr.

»Ich ebenfalls!«, knurrte sie grimmig.

Eigentlich konnte sie sich nicht vorstellen, dass ein Mann aus ihrer Crew dazu fähig war, gegen sie zu opponieren. Eher schon traute sie das den Hafenbewohnern zu. Irgendeinem Hehler, der vielleicht während ihrer Abwesenheit lohnendere Verbindungen zur ebenfalls schwarzbeflaggten Konkurrenz geknüpft hatte.

Als Jeannet in die Mitte der Versammlung trat, wurde es still.

Es war ein diesiger Tag.

Wolken wurden von einem auffrischenden Wind vom Atlantik herübergetrieben.

Jeannet sah sich um. Ihre Männer standen überall zwischen den Inselbewohnern. Manch einer von ihnen hatte eines der Freudenmädchen im Arm, andere konnten sich kaum auf den Beinen halten, so sehr hatten sie dem Brandwein zugesprochen, der auf der Insel in rauen Mengen hergestellt wurde.

Jeannet wartete noch einige Augenblicke, ehe sie zu reden begann. Sie ließ den Blick schweifen und warf dann ihre wilde, rote Mähne in den Nacken.

»Es gibt einige, die böse Gerüchte in Umlauf bringen. Gerüchte, die besagen, ich hätte die WITCH BURNING und diese Insel an die Engländer verkauft. Kein Wort davon ist wahr. Kein englischer Beamter weiß etwas von diesem Unterschlupf. Und wenn es nach mir geht, wird auch nie ein Lakai Ihrer Majestät Elizabeth davon erfahren.«

Jeannet machte eine Pause, um ihre Worte wirken zu lassen.

Schließlich fuhr sie fort: »Wer immer so etwas behauptet, der möge hier und jetzt vortreten, so dass wir die Sache ein für alle Mal aus der Welt räumen können, wie es der Piratenehre entspricht!« Sie griff an die Seite und zog ihren Degen. »Hiermit!«

Ein Raunen ging durch die Menge.

Aber niemand wagte es, sich ihr offen entgegenzustellen.

Jeannet atmete tief durch.

»Alles was ich tue, ist zum Wohl von uns allen. Und ich würde niemals um eigener Vorteile willen Euch an die Engländer verraten oder Euch ins Verderben führen! Jeder, der mich kennt, wird bezeugen können, dass ich eine gute und erfolgreiche Anführerin war!«

Zustimmendes Geraune entstand.

Aber hier und da war auch Stimmengewirr zu vernehmen, in das sich andere Töne mischten.

»Dann stimmt es etwa nicht, dass du kaum an dich halten konntest, als es zu der Begegnung mit Lord Cooper kam?«, rief eine heisere Stimme aus der Menge heraus.

»Zeig dich!«, rief Jeannet. »Zeig dich und sag mir diese Worte noch einmal ins Gesicht, wenn du den nötigen Mut dazu hast!«

Die Antwort bestand zunächst aus Schweigen.

Dann teilte sich die Menge.

Jeannets Augen weiteten sich.

Erstaunt hob sie die Brauen.

»Harry!«, rief sie.

Harry Davis, der einäugige Ire trat ihr entgegen. In voller Montur stand er da, Degen und Entermesser an der Seite, eine Pistole hinter dem Gürtel.

Aber Davis stand nicht allein da.

Etwa ein Dutzend Mann standen um ihn herum. Einige aus dem Hafen, andere aus der Crew der WITCH BURNING. Inwiefern sie Davis tatsächlich unterstützen würden, wenn es hart auf hart kam, war schwer abzusehen.

»Es scheint ein Fehler gewesen zu sein, ihn nicht zum Ersten Steuermann zu machen«, raunte Ben Rider Jeannet zu, während sich seine Hand bereits um den Pistolengriff gelegt hatte. »Soll ich …«

»Nein, das erledige ich selbst!«, bestimmte Jeannet auf eine Weise, die keinerlei Widerspruch duldete.

Harry Davis blickte sich um, so, als wollte er sich der Unterstützung seiner Getreuen versichern.

»Ist es nicht wahr, dass du uns an die Engländer verraten hast? Was haben sie dir dafür gezahlt, Jeannet Witch? Oder war das gar nicht nötig? War der Preis nur das Lächeln eines englischen Lords?«

»Jeder weiß, dass ich nicht käuflich bin und niemals meine Mannschaft oder irgendwen sonst ans Messer liefern würde!«

»Ich weiß das nicht«, erwiderte Davis. »Und ich glaube, in dieser Hinsicht bin ich nicht allein!«

Jeannet trat einen Schritt auf ihn zu.

»Du willst mich herausfordern?«

»Tritt freiwillig ab, Jeannet Witch! Deine Zeit ist um! Die Hexe ist selber behext worden, das hat jeder gesehen. Und ich bin zusammen mit anderen der Meinung, dass eine Frau, die von schwankenden Gefühlen beherrscht wird, nicht mehr unser Anführer sein kann!«

Jeannet hielt ihm die Degenspitze entgegen.

»Genug der Worte! Fechten wir es aus. Besiegst du mich und die Mannschaft folgt dir, so bist du mit Recht Kapitän. Aber ich werde es nicht dazu kommen lassen, sondern dich zur Hölle schicken, Harry Davis!«

Davis' Hand griff nicht zum Degen.

Stattdessen riss er die Pistole heraus, richtete sie mit ausgestrecktem Arm in Jeannets Richtung und feuerte.

Jeannet warf sich zu Boden, der Schuss verfehlte sie.

Die Piratin rollte sich auf dem Boden ab. Den Degen hatte sie zur Seite geworfen. Stattdessen griff sie nach dem leichten Dolch, den sie im Stiefel stecken hatte und schleuderte ihn Davis entgegen. Der Wurf saß. Der Dolch bohrte sich durch den Hals des Iren, der röchelnd zu Boden sank und dort regungslos liegen blieb.

Jeannet erhob sich.

Sie wandte sich an die Männer, die um Davis herumgestanden hatten.

»Ich weiß nicht, was er Euch versprochen hat, aber er wird es nun wohl nicht mehr halten können«, stellte sie kühl fest.

»Wir haben Davis niemals unterstützt«, behauptete einer von ihnen.

Jeannets Augen wurden schmal.

»Ihr könnt euch von den Vorräten mitnehmen, so viel ihr braucht. Aber zum Sonnenuntergang habt ihr euch eines der Boote genommen und die Insel verlassen. Andernfalls würdet ihr es bitter bereuen, glaubt mir!«

Einer der Kerle wollte zum Degen greifen, aber in diesem Moment stellten sich Ben Rider und Albrecht Schneider neben Jeannet, den Degen in der Hand.

»Besteht Bedarf an einer Abreibung?«, fragte der ehemalige Marschall.

Die Männer schwiegen.

Sie hatten keine Wahl.

Die Mannschaft stand nach wie vor hinter ihrer Kapitänin. Für die Aufrührer war hingegen kein Platz mehr in der Crew. Das verstand sich von selbst.

»Wenn noch irgendjemand etwas in dieser Sache vorzubringen hat, so möge er vortreten!«, verlangte Jeannet.

Aber das war nicht der Fall.

Jedem war klar, dass ihre Autorität unantastbar blieb.

»Ich gratuliere Euch«, raunte Ben Rider seiner Kapitänin zu. »Ihr habt Euch wacker geschlagen«, stellte der ehemalige Marschall ihrer Majestät fest.

»Danke, ich kann jede Ermutigung gebrauchen«, erwiderte Jeannet mit vor Sarkasmus triefendem Tonfall.

»Mir liegt es fern, einen Aufstand gegen Euch anzuzetteln, Jeannet! Und wie es scheint, war nur eine kleine Minderheit der Auffassung, dass wir einen neuen Kapitän brauchen.«

Rider blickte sich um.

Es war totenstill.

Alle Anwesenden hingen förmlich an seinen Lippen.

Jeannet war leicht verwirrt. Was sollte das? Was hatte der Erste Offizier der WITCH BURNING vor? Dass er sich gegen Jeannet stellen würde, um sich selbst an die Spitze der Crew zu setzen, hielt Jeannet für unwahrscheinlich. Schließlich war er bereit gewesen, sich vor sie zu stellen, als Harry Davis sie herausgefordert hatte.

Aber irgendetwas führte er im Schilde.

Kenne ich dich wirklich so schlecht, Ben Rider?, durchzuckte es Jeannet. *Offenbar längst nicht so gut, wie ich bisher dachte …*

Rider machte eine weit ausholende Bewegung mit dem Arm.

»Ich nehme an, dass ihr alle genauso wie ich genauer wissen wollt, worin die Übereinkunft mit Lord Cooper, seines Zeichens Gesandter der Königin Elizabeth, besteht und auf welche Weise wir alle davon letztlich profitieren können. Dann werden die dummen Gerüchte, die es hier und da in der Mannschaft und unter der Bevölkerung von New Antikythera gibt, verstummen!«

Zustimmendes Gemurmel erhob sich.

»Der Marschall hat Recht!«, rief jemand.

»Jawohl! Jeannet Witch soll uns endlich sagen, was mit dem Lord vereinbart ist!«

»Und zwar alles!«

Dieser Teufel!, dachte Jeannet und sah Ben Rider mit funkelnden Augen an. Aber der ehemalige Marschall Ihrer Majestät hatte diese Runde gewonnen. Er hatte es geschafft, sein Spiel zu spielen und Jeannet zumindest in diesem Augenblick zu seiner Schachfigur zu machen. Vom ersten Moment an, da Jeannet ihren Fuß auf die SWORD FISH des königlichen Gesandten gesetzt hatte, war es für den Ersten Offizier der WITCH BURNING offenbar sehr schwer erträglich gewesen, dass zwischen Jeannet und Lord Cooper etwas war, das sich seiner Kontrolle entzog.

Eifersucht war es wohl nicht, die Rider umtrieb.

Bisher zumindest hatte Jeannet kein Anzeichen dafür finden können, dass der Marschall romantische Gefühle für sie hegte. Wenn doch, so hatte er es vortrefflich zu verbergen gewusst.

Nein, Jeannet ging eher davon aus, dass kaltes Machtkalkül hinter Riders Vorstoß stand.

Und die Gier nach Gold und Reichtum, die wohl allen Piraten eigen war. Der Traum von einem besseren Leben, der für die meisten in einem nassen Grab endete.

Jeannet schluckte ihren Ärger herunter.

Sie entschloss sich, die Flucht nach vorn anzutreten. Ihren Degen steckte sie zurück in die Halterung. Ihre Linke umfasste den Griff. Sie hob die Hand, um das inzwischen aufkommende Geraune unter den Leuten zum Schweigen zu bringen. Ihrer Aufmerksamkeit konnte sich Jeannet jetzt gewiss sein. Jeder wollte wissen, was sie zu sagen hatte.

»Also gut!«, rief sie. »Folgendes kann ich euch sagen. Ich habe euch alles über die Vereinbarungen mit der Krone gesagt, was ihr wissen solltet. Je weniger ihr wisst, desto besser. Wer weiß schon, was man dem einen oder anderen von euch vielleicht irgendwann einmal unter der Folter an Geständnissen abpressen wird.«

»Mit diesem Argument dringt Ihr nicht mehr durch, Jeannet!«, rief Rider zurück. »Unter uns gibt es keinen Verräter. Das wisst Ihr so gut wie ich!«

Jeannet atmete tief durch.

Ihr wurde jetzt klar, dass sie tatsächlich alles preisgeben musste. Selbst auf die Gefahr hin, dass es doch einen Verräter unter ihnen gab. Jemanden, der vielleicht glaubte, sein Wissen an die richtige Stelle weitergeben und dafür Gold verlangen zu können. Wie konnte man einer solchen Gefahr begegnen? Jeannet war erfahren genug, um das richtige Mittel zu kennen. Gold ... Die Aussicht auf Reichtum. Das war es, womit man diese Meute regieren konnte. Diese Männer waren wie Jagdfalken. Sie gehorchten nur bei Aussicht auf reichliche Belohnung. Keine Drohung oder irgendwelche Formen der Einschüchterung fruchteten bei ihnen.

»Also gut, so sollt ihr alles wissen. Und Gnade Gott demjenigen, der dieses Wissen an die Spanier verraten sollte!«

»Jeder von uns würde einen Verräter schwer bestrafen!«, rief João, der Portugiese.

»Der Verräter würde vor allem sich selbst mit seiner Tat bestrafen«, gab Jeannet zu bedenken. Sie atmete tief durch. In den Gesichtern der Männer sah sie noch immer Skepsis. Es hatte keinen Sinn, ihnen jetzt noch irgendetwas vorenthalten zu wollen. *Gib ihnen das, was diese Falken brauchen, Jeannet!*, durchzuckte es sie. *Die Aussicht auf Gold wird zahme Lämmer aus ihnen machen!* »Die Spanier hüten das Geheimnis ihrer Route in die Neue Welt wie ein Staatsgeheimnis. Seekarten werden unter Verschluss gehalten. Aber wir wissen doch, dass ein unablässiger Zug von mit Gold beladenen Galeonen aus der neuen Welt nach Spanien unterwegs ist. Die Engländer wollen dieses Geheimnis lüften und wären bereit, uns daran teilhaben zu lassen.«

»Heißt das ...«, begann Ben Rider stockend.

»Wir könnten in die Neue Welt fahren, wüssten um die Geheimnisse der Winde, die die spanischen Schiffe über den Atlantik bringen und bekämen vielleicht sogar Karten der von den Spaniern in Besitz genommenen Gebiete. Männer, dort wartet mehr Gold auf uns, als wir uns vorstellen können. Aber es ist spanisches Gold – und die einzige Bedingung, die mir der Gesandte der Königin für die Duldung Ihrer Majestät nannte, war, dass wir in Zukunft nur noch spanische Schiffe plündern. Angesichts der ungeahnten Reichtümer, die auf uns warten, ist das kein unbilliger Wunsch, wie ich finde. Wir werden reichlich dafür entschädigt. Jeder von euch wird förmlich im Gold schwimmen!« Jeannet seufzte.

Die Gesichter der Männer hatten sich aufgehellt.

Das klang nach rosigen Zeiten für die Besatzung der WITCH BURNING.

Allein, es war beinahe zu schön, um wahr zu sein. Mochte auch die Gier nach Gold die Herzen dieser Männer an erster Stelle regieren, so waren sie doch Realisten genug, um sich nicht so einfach von märchenhaften Geschichten beeindrucken zu lassen.

»Wie und wann sollt Ihr in den Besitz der Karten gelangen?«, fragte Ben Rider misstrauisch.

»Ich werde mich in einigen Wochen aufs englisches Festland begeben und nach London gehen … Mit Lord Cooper habe ich einen geheimen Treffpunkt vereinbart, an dem ich unseren Anteil an dem Erlös für die Galeone erhalten werde.«

»Und der Rest, den Ihr erwähntet?«, hakte Rider nach.

»Wenn uns das Schicksal gnädig ist, auch den. Wenn nicht, dann wird es sich noch etwas hinziehen, aber irgendwann werden wir in den Besitz dieses Wissens gelangen. Das steht so fest wie das Amen in der Kirche!« Jeannet machte eine Pause, sah von einem zum anderen. Hier und da erhob sich Stimmengewirr und Gemurmel. Zweifellos hatte die Kapitänin ihre Männer beeindruckt. Die Aussicht auf Beute in nie gekannter Höhe beschäftigte die Köpfe der Piraten. Jeannet kannte sie inzwischen gut genug, um zu wissen, dass die inneren Bilder von wahren Goldbergen die Männer nicht mehr loslassen würden.

Es wird schwer sein, die Erwartungen der Mannschaft nicht ins Uferlose steigen zu lassen, überlegte sie.

»Was ist?«, rief Jeannet nach einer längeren Pause. »Seid ihr dabei oder wollt ihr euch doch noch einen anderen Kapitän sichern! Dann nur zu! Es wird sicher in anderen Häfen genug Männer geben, die Mumm genug haben, mir zu folgen – und einen Handel mit den Engländern zu erfüllen!«

»Es lebe Jeannet Witch!«, rief der Portugiese.

»Es lebe die rote Hexe!«, rief ein anderer.

Zustimmendes Stimmengewirr erhob sich.

Ben Rider trat auf sie zu.

»Ihr habt gewonnen, Jeannet«, stellte er fest und neigte leicht den Kopf, wie ein Untertan, der seiner Fürstin huldigt.

Jeannet lächelte dünn.

»Nein, nicht ich habe gewonnen«, widersprach sie, »sondern Ihr!«

»Wenn es so sein sollte, dann gewiss nicht zu Eurem Schaden, Jeannet!«

»Das werden wir sehen«, meinte Jeannet. Ihr Tonfall hatte eine düstere, dunkle Note.

Ihre Männer standen jetzt zweifellos wieder hinter ihr.

Jeder einzelne dieser verwegenen aus ganz Europa zusammengewürfelten Bande.

Jeannets Gedanken hingegen galten nun der Zukunft. Das Gesicht von Lord Donald Cooper erschien vor ihrem inneren Auge. Wie sehr wünschte sie sich jetzt, in seiner Nähe zu sein, den Klang seiner Stimme zu hören … *Es ist nur ein Traum, Jeannet,* meldete sich eine sehr skeptische Stimme aus ihrem Hinterkopf. *Ein wunderbarer Traum von Liebe, Geborgenheit und Harmonie, dem aber die kalte Realität entgegensteht …*

Jeannet wollte daran nicht denken.

»Macht euch ein paar schöne Tage hier auf der Insel«, rief Jeannet den Männern zu. »Es liegen anstrengende Aufgaben vor uns, die uns das Letzte abverlangen werden. Aber die Belohnung übersteigt bei den meisten von uns das Vorstellungsvermögen.« Jeannet wandte ihren Kopf in Richtung von Ben Rider. »Vielleicht mit Eurer Ausnahme, Ben. Schließlich wart Ihr auch vor Eurer Piratenkarriere einen gewissen Luxus gewohnt.«

Ben Riders Gesicht blieb vollkommen regungslos.

Mit keinem Wort, keiner Geste und keinem Zucken irgendeines Gesichtsmuskels ließ der ehemalige Marschall erkennen, wie er Jeannets spitze Bemerkung aufgenommen hatte.

»Ich hoffe, dass Ihr Recht behaltet, Jeannet!«, murmelte er nur zwischen den Zähnen hindurch.

Was ist nur los mit der Prinzessin?, ging es Lord Cooper durch den Kopf, während er hinaus auf das Meer blickte.

Ein stetiger Wind trieb die SWORD FISH an der englischen Küste entlang.

Tatsächlich zeigte sich Prinzessin Carla von Spanien ungewöhnlich folgsam und verließ ihre Kabine für den Rest der Fahrt nach London kein einziges Mal. Sie war auch ansonsten sehr zurückhaltend und äußerte kaum Wünsche.

Dem Lord indessen bereitete das allmählich Sorgen, anstatt dass es ihn freute: War die Prinzessin etwa krank geworden?

Er ahnte nach wie vor nichts von ihren Gefühlen ihm gegenüber. Ja, sie gab sich in der Tat, als wäre sie krank, aber es war kein Leiden, gegen das ein Arzt etwas hätte tun können. Zweimal schaute er nach ihr. Wenn sie ihn sah, zeigte sie sich hocherfreut, obgleich sie sich sichtlich bemühte, ihre Freude nicht allzu offen zu zeigen. Er erkundigte sich nach ihrem Wohlbefinden, und sie antwortete stereotyp, alles sei in Ordnung mit ihr. Er verabschiedete sich danach rasch wieder und wies dabei auf die immense Arbeit hin, die ihm als Kommandant eines solchen Schiffes oblag.

Sie zeigte dafür vollstes Verständnis, zumal er jedes Mal erneut darauf hinwies, in London habe er weit mehr Zeit übrig, die er ihr widmen könnte.

Das Ganze machte den Lord dennoch ziemlich nachdenklich. Er grübelte immer wieder darüber nach, ohne jedoch zu einem befriedigenden Ergebnis kommen zu können.

Um den Schmerz in seiner Brust, jenes ihm bislang unbekannte Brennen und Ziehen als Folge seiner Zuneigung zu Jeannet, nicht noch unerträglicher werden zu lassen, beschäftigte er sich sehr intensiv mit seiner Aufgabe als Kommandant des Schiffes. Insofern hatte er Carla keineswegs belogen, wenngleich so übertrieben viel Engagement seinerseits nicht wirklich nötig gewesen wäre, denn auf seinem Schiff hatte er ausschließlich gute Leute, die auch einmal ohne ihn ausgekommen wären.

Dem Ersten Offizier fiel auf, dass Lord Donald Cooper ziemlich übertrieben tat, wie der Lord anhand der verstohlenen Blicke gewahrte, mit denen der Erste ihn immer wieder heimlich bedachte. Sicher fiel es auch Naismith, dem Zweiten Offizier der SWORD FISH, auf, doch dieser ließ es sich nicht anmerken.

Und dann hatten sie ihr Ziel endlich erreicht: Sie liefen in den Hafen von London ein.

Das geschah völlig ohne Aufsehen, denn in einem solch großen Hafen war es wahrlich nichts Besonderes, wenn ein Schiff einlief.

Lord Cooper war ungewöhnlich angespannt. Er dachte an die bevorstehende Audienz bei der Königin. Er würde auf direktem Weg dorthin fahren. Gewiss stand die entsprechende Kutsche bereit. Er war politisch eine sehr wichtige Persönlichkeit, also musste man eine gewisse Etikette wahren, wenn er sozusagen als Offizieller zurückkehrte.

Während er mit brennenden Augen seinen Blick über die Anlegestellen gleiten ließ, wusste er genau, dass ihre Ankunft nicht ganz so unbeobachtet geblieben war. Mit Sicherheit war der entsprechende Kurier längst unterwegs, um seine Rückankunft zu melden.

Die Königin wusste noch nichts von der brisanten Fracht mit Namen Prinzessin Carla von Spanien. Woher auch? Sie würde sehr überrascht sein über das Ergebnis seiner Mission – und es sich nicht anmerken lassen. Die jungfräuliche Königin von England war eine erklärte Meisterin der Verstellung. Niemals würde ein Untertan auch nur die geringste Gefühlsregung bei ihr erkennen, so diese nicht einer bestimmten Absicht diente.

Sobald sie angelegt hatten, ging der Lord hinunter zur Kabine der Prinzessin.

Als er eintrat, stand sie fix und fertig neben ihrer Koje und lächelte ihn an. Sie hatte anscheinend auch ohne spezielle Order mitbekommen, dass sie am Ziel ihrer Reise angelangt waren. Doch ihr Lächeln erstarb auf einmal, als sie ihn genauer betrachtete.

»Oh, Mylord«, entfuhr es ihr unwillkürlich, »ich sehe Euch müde und erschöpft. Wollt Ihr wirklich so Ihrer Majestät gegenübertreten?«

Er lächelte ein wenig zu schief. »Mit Verlaub, Prinzessin, aber ich kam leider nicht zur Ruhe. Bedenket, wir sind sogar des Nachts gefahren – und das ist seemännisch eigentlich gar nicht vertretbar. Es war zwar eine sternenklare Nacht mit einem ungewöhnlich hellen Vollmond, aber das Risiko ist nicht zu verachten. Es galt, möglichst schnell hier zu sein, auch Euch zuliebe, Prinzessin.«

»Aber ich finde es nicht gut, dass Ihr dermaßen Raubbau an Eurer Gesundheit verübt!«, tadelte sie ihn offen, und er hatte in diesem Augenblick sehr deutlich den Eindruck, als würde sie die Besorgte keineswegs nur spielen. Das irritierte ihn zwar, doch die Prinzessin fuhr rasch fort, ehe er auf den richtigen Gedanken kommen konnte: »Aber wer bin ich, die einem Lord des englischen Hochadels Vorschriften zu machen versucht? Zumal ich leider nicht gerade ein gutes Vorbild bin, was vernünftiges Verhalten betrifft, wie es sich hinlänglich bewiesen hat.«

Ja, stimmt, dachte er respektlos und konnte es nicht verhindern, dass sich seine Stirn bei dieser Überlegung kraus zog: *Die Prinzessin wirkt außerdem mindestens ebenso übernächtigt wie ich. Sie hat nur als junge Dame von Rang ihre Methoden, das besser zu überschminken.*

Laut sagte er: »Ich muss allerdings zugeben, dass Ihr trotz der Strapazen der letzten Tage und sicher auch Wochen nichts von Eurer Schönheit und Anmut eingebüßt habt, Prinzessin, ganz im Gegenteil ...!«

»Oh, Ihr wisst durchaus, wie man einer Frau schmeichelt. Vielen Dank, Mylord. Ich weiß Eure wohltuenden Worte sehr wohl zu schätzen.«

Insgeheim jedoch dachte sie: *Wann wirst du es endlich zugeben, dass auch du mich liebst? Oder bist du dir noch gar nicht darüber im Klaren? Du bist ein erwachsener Mann, der sicher schon viel Erfahrung gesammelt hat in der Liebe, aber die wahre Liebe dürfte auch für dich neu sein, sonst wärst du doch schon längst in festen Händen, nicht wahr?* Gedanken, die keiner Logik entsprangen, sondern ihren überschäumenden Gefühlen, deren sie kaum Herr wurde.

Es war ein bitterer Fehler, dass er so gar nichts von solchen Gedanken ahnte. Vielleicht hätte er vorzeitig einlenken können, um die Katastrophe rechtzeitig aufzuhalten, die sich anzubahnen drohte? Wie hieß es noch so treffend im Sprichwort: »Wehret den Anfängen!« Ja, die Schwärmerei der Prinzessin steckte gewissermaßen noch in den Anfängen, trotz alledem. Jetzt wäre es jedenfalls noch vergleichsweise einfach gewesen, dem entgegenzuwirken. Mit seiner Lebenserfahrung und seinem diplomatischen Geschick, das ihn schließlich zum persönlichen Berater der Königin hatte emporsteigen lassen, wäre schon einiges zu gewinnen gewesen. So jedoch gab es nicht einmal den Verdacht, also auch keinerlei Handlungsbedarf.

Schade, sehr schade, denn mit jeder Minute, die verstrich, würde es immer schwieriger werden, die Prinzessin von ihrer wahrhaft fixen Idee abzubringen, in die sie sich mehr und mehr verrannte. Und was war schon die hohe Weltpolitik zum Wohl der Reiche von England und Spanien im Vergleich zu den mächtigen Gefühlen, die dieses Chaos in ihrer bebenden Brust erzeugten und alles andere null und nichtig erscheinen ließen?

Der ahnungslose Lord Cooper verbeugte sich artig und bot der Prinzessin seinen Arm an.

»Euer Gepäck wird von zuverlässigen Männern sicher verladen. Dafür ist bereits vorgesorgt«, versicherte er.

»Ich vertraue Euch voll und ganz, Mylord – Ihnen mehr als jedem anderen. Nicht nur, was mein Gepäck betrifft, das Eure Leute gottlob vom Wrack geborgen haben. Wie ich feststellen konnte, sind sogar meine Vermögenswerte beinahe ohne Abstriche vorhanden.«

»Ja, die Piraten haben sie auf dem Wrack gelassen. Jener weibliche Kapitän …«

»… Jeannet«, unterbrach Carla ihn. »Verzeiht, dass ich Euch unterbrochen habe. Was wolltet Ihr noch sagen?«

»Nun, sie hat es anscheinend veranlasst.«

»Würde es Euch sehr wundern, wenn ich Euch gestände, dass wir so etwas wie … Freundinnen geworden sind in der kurzen Zeit seit unserer ersten Begegnung?«

Ach, meine Gute, wenn Ihr wüsstet …, dachte er und hätte beinahe sehnsüchtig geseufzt, aber er konnte es im letzten Moment unterdrücken. Stattdessen wagte er ein höfliches Räuspern.

»Ja, das würde es mich, in der Tat«, behauptete er, damit sie nicht auf »falsche« Gedanken kommen konnte. Als hätte es dahingehend auch nur nur die geringste Gefahr gegeben bei ihr. Wenn hier jemand völlig ahnungslos war, dann war vor allem er selber das, denn für ihn war das eine ganz normale höfliche Konversation ohne besonderen Sinn. Ein Wortgeplänkel, mehr nicht. Ja, davon war er sogar fest überzeugt.

Nur für die Prinzessin war es indessen wesentlich mehr. Sie hatte sich bei »ihrem« Lord untergehakt und spürte seine aufregende Nähe, nach der sie sich so quälend lange Stunden gesehnt hatte – Stunden, in denen sie praktisch keinen Schlaf hatte finden können. Wie denn auch?

»Na, egal letzten Endes, Mylord. Tatsache ist, Jeannet hätte alles an sich nehmen können, denn es ging ja in erster Linie um meine Person, nicht wahr? Es gab keine Bedingung, dass sie alles zurückgeben musste, oder irre ich mich da?«

»Nun, nicht direkt«, meinte der Lord vorsichtig. Es war ihm höchst unangenehm, auf diese Weise seine Jeannet verleugnen zu müssen. Das war wie schlimmster Verrat an ihr, obwohl ihm wahrlich nichts anderes übrig blieb und Jeannet selber dafür vollstes Verständnis aufgebracht hätte, wäre sie als Lauscherin dabei gewesen.

Er räusperte sich erneut und fuhr fort, weil er es für diplomatisch am sichersten fand: »Sie hat ja auch einiges behalten, was ihre Leute rechtzeitig von Bord des Wracks geschafft haben. Es war viel Wertvolles darunter.«

Viel lieber hätte er zu der Prinzessin gesagt: »Meine Jeannet hatte ganz andere Sorgen, glaubt mir! Wir lieben uns, und die Welt darf es niemals erfahren, sonst sind wir beide so gut wie tot! Die Piraten würden den Respekt vor ihr verlieren und ich meinen Kopf, weil ich mich auf eine Freibeuterin eingelassen habe – in meiner Stellung. Dies alles ist einerseits so unbeschreiblich schön, diese Gefühle … und andererseits so quälend, so gefährlich … eigentlich irre. Oder wie seht Ihr eine solch schreckliche Situation?«

Natürlich sagte er in Wirklichkeit kein einziges Wort in dieser Richtung, nicht bedenkend, dass es möglicherweise der Prinzessin gegenüber wesentlich besser gewesen wäre. Vielleicht hätte es diese zum Nachdenken gebracht? Vielleicht hätte sie angesichts dieser Tatsachen ihre Gefühle gegenüber dem Lord neu überdacht und wäre möglicherweise darauf gekommen, dass sie sich einer sinnlosen Schwärmerei hingab und somit eine Situation schuf, die niemand so wollte?

»Den allergrößten Teil ließen sie jedoch an Bord des Wracks!«, betonte Carla deutlicher als beabsichtigt und riss ihn mit diesen Worten aus den trübsinnigen Gedanken.

Lord Cooper blinzelte irritiert und schaute sie dann sichtlich überrascht an. Aber er sagte nichts, sondern führte die Prinzessin endlich aus der Kabine.

Der wachhabende Matrose salutierte, wie man es von ihm erwartete, und blieb an seinem Platz, obwohl es jetzt nicht mehr nötig war. Lord Cooper kümmerte sich nicht darum. Der Matrose würde schon noch seine neue Order bekommen, und so lange durfte er seinen Posten nicht verlassen.

Lord Cooper konnte nicht sagen, dass er das steife und starre militärische Reglement mochte, aber es blieb auch ihm nichts anderes übrig, als sich ihm zumeist zu beugen, denn das Reglement hatte im Krisenfall durchaus seine Berechtigung, wie er erfahrungsgemäß wusste. Eine allzu lasche Handhabung in Normalzeiten führte zwangläufig zu einer Art Schlendrian – und der konnte sich im Krisenfall als tödlich oder zumindest äußerst gefährlich erweisen.

»Ich muss Euch voll und ganz zustimmen, Prinzessin«, erklärte Lord Cooper zur Überraschung von Carla und eigentlich nach einer viel zu langen Gesprächspause. »Diese Piraten sind schon recht ungewöhnlich – in ihrer Eigenschaft als Piraten, meine ich. Raue Burschen einerseits, aber andererseits …«

Er brach ab.

Die Prinzessin vollendete den Satz lächelnd: »… andererseits von einer richtigen Frau geführt. Wolltet Ihr etwa das sagen? Es gibt sichtlich einen Unterschied zwischen der Führung einer Frau und der eines Mannes. Vielleicht liegt das daran, dass eine Frau einfach … intelligenter ist und gefühlvoller?«

»Jene Frau mit Sicherheit – äh, ja, zumindest was die Intelligenz betrifft jedenfalls, denke ich!« Er biss sich auf die Zunge, auf dass nur ja kein weiteres Wort mehr entschlüpfen sollte, ehe er sich noch deutlicher einem möglichen Verdacht aussetzte.

Mit seinen seltsam unsicher ausgesprochenen Worten überraschte der Lord die Prinzessin zwangsläufig, wenngleich in anderer Hinsicht, als vom Lord befürchtet: Sie hatte eigentlich angenommen, er als männliche Führungspersönlichkeit würde darüber völlig anders denken – über die Intelligenz nämlich einer Piratenführerin.

Doch Lord Cooper, der endlich die nötige Fassung wiedererlangte, fügte erklärend hinzu, weil er nach wie vor befürchtete, mit seiner Aussage wesentlich zu weit gegangen zu sein, und weil er noch mehr von möglichen Gefühlen ablenken wollte: »Bedenket, Prinzessin, Jeannet ist in jeder Beziehung einmalig. Oder hat man schon öfter davon gehört, dass eine wilde Piratenhorde ausgerechnet von einer Frau angeführt wird? Wenn das keine besondere Frau ist …«

»Da ist etwas Wahres dran!«, rief die Prinzessin unwillkürlich. »Etwas Besonderes, ja, das ist sie, Jeannet. Wusstet Ihr, dass ihre Leute sie deshalb gern Königin der Meere nennen?«

»Ja, das habe ich ebenfalls gehört. Allerdings nennen ihre Feinde sie völlig anders.«

»Wie denn, Mylord?«

»Fluch der Meere!«, antwortete er knapp.

»Das ist ja fürchterlich!«, entfuhr es Carla. »Ausgerechnet … Jeannet?«

»Na, ich würde mal sagen: Es bezieht sich auf ihre ganze Horde, nicht so sehr auf ihre Person. Also sollte man es nicht zu persönlich nehmen.«

»Tu ich ja nicht, aber ich denke gerade an die Piraten, die sie mit ihren Leuten besiegt hat, um mich zu retten.«

»Sie hat es nicht nur für Euch getan, mit Verlaub. Es gab schließlich fette Beute.«

»Natürlich nicht meinetwegen«, brauste sie auf, als müsste sie jetzt den Lord gehörig zurechtweisen, »weil sie zu diesem Zeitpunkt ja noch gar nicht wissen konnte, dass ich mich überhaupt auf dem Schiff befand. Es ändert jedoch nichts an der Tatsache, dass ich jetzt auf freiem Fuß bin, an Eurem Arm dahinschreite, um meinen Weg an den Hof von England zu finden. – Ob Ihre Majestät, die Königin von England, wohl schon bereit sein wird, mich zu empfangen?« Damit hatte sie blitzschnell das Thema gewechselt und strahlte ihn wieder an.

Ihm war das nur zu recht. Nicht die Tatsache, dass sie ihn anstrahlte, sondern das Wechseln des für ihn viel zu verfänglichen Themas.

»Wir werden sehen, Prinzessin. Wir werden sehen«, beschwichtigte er sie allerdings. »Mit einer eskortierten Kutsche werden wir zur königlichen Residenz gefahren. Das ist üblich, wenn ich nach einer Mission an den Hof zurückkehre. Ich persönlich mag diese Umstände zwar nicht so besonders, aber es gehört zu Etikette des Hofes, der wir uns beugen müssen.«

»Danke für den Hinweis, dass die Eskorte keineswegs meinetwegen bestellt wurde.«

Lord Cooper hub schon zu einer diplomatischen Umschreibung an, um eventuellem Ärger vorzubeugen, aber er sah vorher kurz in ihr Gesicht und erkannte das verschmitzte Lächeln.

Er musste selber lachen.

»Wohl formuliert, Prinzessin, aber niemand weiß in England ja von Eurer Ankunft. Ich bin mir sehr sicher, dass es ansonsten einen wahren Staatsempfang geben würde. Allerdings, falls Ihr Wert darauf legen solltet, könnte ich das selbstverständlich veranlassen.«

»Oh, nein!«, rief sie erschrocken aus. »Ihr kennt mich nun schon gut genug, um zu wissen, dass ich noch nie gesteigerten Wert auf so etwas gelegt habe. Es ist mir schon lieber, wenn Ihre Majestät, die Königin von England, eine der ersten sein wird, die von meiner Ankunft erfährt. Wenn ich Euch also bei der Fahrt begleite, ist es beinahe … inkognito. Sagt man dazu nicht so?«

»Das tut man, in der Tat, Prinzessin. Erlaubt mir zusätzlich die Bemerkung, dass Ihr dadurch natürlich weitaus schneller zu Ihrer Majestät gelangen könnt. Sozusagen auf dem direkten Wege.«

»Umso besser!« Sie nickte zu diesen Worten und schaute voraus.

Sie hatten die Gangway erreicht. Der Erste und der Zweite Offizier standen persönlich mit anderen Marinesoldaten Spalier. Mit einem vorbildlichen militärischen Gruß, von dem entsprechenden mehrfach wechselnden Pfeifsignal begleitet, wie bei der Marine üblich, wurde die Prinzessin am Arm des Lords von Bord verabschiedet.

Die Prinzessin zeigte sich ein wenig verwirrt. Die für sie sehr aufregende Konversation mit dem geliebten Lord hatte ihre Aufmerksamkeit so sehr in Anspruch genommen, dass sie überhaupt nichts von den Vorbereitungen mitbekommen hatte, die zu dieser für sie sehr beeindruckenden Verabschiedung geführt hatten.

Lord Cooper indessen dachte: *Alle sind ihr dankbar, dass sie so ein angenehmer Gast war, der niemandem Sorgen bereitete. Zumal man es ganz anders erwartet hatte. Sollte es sein, dass die Prinzessin inzwischen ein wenig … erwachsener geworden ist?*

Ein größerer Irrtum wäre beinahe nicht möglich.

An der Mole stand bereits die eskortierte Kutsche. Er hatte sich zumindest in dieser Hinsicht nicht getäuscht. Sie war die ganze Zeit über sozusagen in Alarmbereitschaft gewesen, um ihn auf dem kürzesten Weg in den Palast zu bringen. Egal, wann seine Ankunft auch erfolgen würde – und sei es erst in Monaten.

Ein livrierter Offizier der Hofgarde salutierte zur Begrüßung. Lord Cooper stellte seine Begleiterin vor, mit der Ehrerbietung, die einer Prinzessin aus einem verbündeten Land gebührte.

Der Offizier ließ sich nicht anmerken, wie überrascht er war.

Seine Leute salutierten nun ebenfalls. Sie standen Spalier auf dem Weg zur Kutsche, als gelte es, schlimme Gefahren von dem Lord und seiner Begleiterin fern zu halten. Der Lord indessen wusste es besser: Es gehörte einfach nur zum üblichen Ritual.

Der Offizier sah sich bemüßigt, noch etwas zu sagen, ehe Lord Cooper mit seiner hochwohlgeborenen Begleiterin weiter zur Kutsche schritt: »Mit Verlaub, Mylord, niemand wusste von dem hohen Besuch, sonst hätten wir das Nötige veranlasst.«

»Macht Euch keine Sorgen darum. Die Prinzessin ist inkognito hier und wünscht keinerlei Aufsehen. Es wäre also keineswegs ratsam, ihre Ankunft allzu publik zu machen. Betrachten Sie es als einen wichtigen und für die Freundschaft der Krone zu Spanien äußerst bedeutsamen Umstand und mitnichten als einen offiziellen Staatsbesuch, dem man gebührend in aller Öffentlichkeit Rechnung tragen müsste.«

»Sehr wohl, Mylord. Wenn Ihr erlaubt, werde ich dennoch einen Kurier vorauseilen lassen, um Ihre Majestät, die Königin von England, entsprechend auf den Empfang vorzubereiten …, äh, zumindest rechtzeitig über die näheren Umstände in Kenntnis zu setzen.«

»Ich bitte sogar darum.«

Der Offizier salutierte erneut, und der Lord ging mit Prinzessin Carla von Spanien am Arm durch das Spalier zur Kutsche.

»Ich muss gestehen, Ihr Engländer beeindruckt mich sehr mit Eurer Disziplin«, lobte die Prinzessin. »Bei meinem ersten Besuch habe ich zu wenig darauf geachtet, wie ich außerdem gestehen muss. Mein Besuch damals war auch nicht ganz freiwillig gewesen, wie Ihr Euch vielleicht denken könnt.«

»Ist es denn dieser jetzt?« Diese Frage konnte er sich nicht verkneifen.

Er überlegte allerdings, ob er damit nicht zu vorlaut gewesen war, doch die Prinzessin lachte nur leise und konterte: »Zumindest gehe ich freiwillig an Eurer Seite, Mylord, und das ist eine besondere Ehre für mich, wie ich versichern darf. Die Umstände waren unfreiwilliger Natur, aber was könnte als Anlass für einen Besuch Englands schöner sein als meine vorangegangene Befreiung aus der Gefangenschaft von Piraten, damit man mich anschließend in Eure Obhut übergeben konnte? Ihr seid mein Held – und ich folge nunmehr Eurer Einladung. Dagegen verblasst auch der offiziellste Staatsempfang!«

Er lachte seinerseits.

»Es ist immer wieder erquicklich, Euren Ausführungen zu lauschen, Prinzessin, mit Verlaub. Bei dieser Gelegenheit muss ich unwillkürlich daran denken, dass Ihr mich als Euren Lehrer wünscht. Dabei seid Ihr in vielen Dingen so perfekt, dass ich mir als Lehrer beinahe überflüssig vorkommen muss.«

»Untersteht Euch, damit Euren Rückzug aus diesem wichtigen Amt anzukünden!«, drohte sie scherzhaft.

»Nichts dergleichen, Prinzessin. Ich schwöre! Es war einfach nur die Wahrheit. Bei einer so talentierten Schülerin – falls Ihr diese Bezeichnung erlaubt – ist es mehr als nur eine Ehre für einen Lehrer, tätig werden zu dürfen.«

»Ich seid ein diplomatisches Genie. Wisst Ihr das? Ihr dreht stets alles so, wie es für Euch am besten passt. Das macht Euch so schnell niemand nach – wenn überhaupt jemand auf dieser Welt.«

»Oh, aus Eurem Munde nehme ich ein solches Lob ganz besonders gern an!«, behauptete Lord Cooper lächelnd.

Sie hatten die Kutsche erreicht, die von einem Diener geöffnet wurde. »Darf ich Euch bitten, Prinzessin?«

Sie ließ sich von ihm über die ausgeklappten Stufen helfen, wie es schicklich war: an ihrem eigens dazu angewinkelt dargebotenen linken Arm, während ihre rechte Hand leicht das Kleid raffte, damit sie sich nicht selbst auf den Saum trat. Lord Cooper zeigte ihr dabei, dass er auch dieses Ritual perfekt beherrschte. Wie anders hätte er jemals eine so hohe Position erlangen können?

Danach nahm er den traditionellen Degen an seiner linken Hüftseite ab, stieg ebenfalls ein und nahm ihr gegenüber Platz.

»Ich muss mich in aller Form entschuldigen, dass Ihr genötigt seid, Prinzessin, mit mir Unwürdigem eine Kutsche zu teilen. Ich bin mir sehr wohl bewusst, dass es beinahe einen Affront Eurer hohen Stellung gegenüber bedeutet, Euch solches zuzumuten.«

Sie lachte schallend.

»Also, jetzt übertreibt Ihr aber, Mylord! Ich meine, das klingt ja gerade so, als wolltet Ihr mich auf den sprichwörtlichen Arm nehmen? Geht man denn so mit einer echten Prinzessin um?«

Auch er lachte und antwortete dabei: »Und wenn es dazu dient, jene hochwohlgeborene Prinzessin aufzuheitern, um ihr den Aufenthalt im mal wieder verregneten England so angenehm wie möglich zu gestalten?«

Das ist der Richtige, der einzig Richtige!, jubelten ihre Gedanken. »Das wiederum ist Euch vortrefflich gelungen!«, sagte sie laut und unterstrich es auch noch mit einem allzu heftigen Nicken.

In der Tat war ihre Laune bestens – nach außen hin zumindest. Lord Cooper war das sehr recht, denn ihm war schon ein wenig bange vor der Begegnung mit der Königin. Zwar hatte er auf der ganzen Linie vollen Erfolg zu vermelden, was der Königin sicherlich gefallen würde, aber die bevorstehende Weiterreise der Prinzessin war ein Problem, das ihm schier unlösbar erschien. Er hatte es ja geschafft, die Prinzessin weitgehend darauf vorzubereiten, aber nun oblag es ihm, der Königin klar zu machen, dass sie dabei keine übertriebene Eile an den Tag legen durfte. Wenn die gute Laune der Prinzessin erst einmal verflogen war, konnte alles sehr problematisch werden. Und wenn sie gegen ihren erklärten Willen, sozusagen mit äußerster diplomatischer Gewalt, zurückgebracht wurde nach Madrid, war dadurch für die Belange Englands sicher nichts gewonnen, sondern ganz im Gegenteil: Je zorniger sie über den englischen Hof sein würde, desto übler würde sie über diesen ihrem Vater gegenüber berichten. Zurzeit war sie noch gut gelaunt und freute sich auf die Königin und auf alles andere, was sie ihrer Meinung nach erwartete. Aber wenn es zu arg wurde, vergaß sie ihre gute Erziehung, wie die Praxis oft genug gezeigt hatte – und der Schaden für England würde größer werden, als der mögliche Nutzen jemals hätte sein können.

Es galt, in dieser Hinsicht nicht nur das Schlimmste zu vermeiden, sondern alles sogar auch noch zum absolut Guten zu wenden.

Lord Cooper war es allerdings zum jetzigen Zeitpunkt schleierhaft, wie ihm dieses eigentlich Unmögliche gelingen mochte. Letztlich war dies alles ja nicht seine Entscheidung, sondern die Entscheidung der Königin. Egal, wie diese ausfallen würde: Alle würden sich dem beugen müssen, ohne jegliche Abstriche. Die Königin hörte sich nur dann einen Rat an, wenn sie danach verlangte. Ob, wie und wann sie den Rat jemals befolgte, war ganz allein ihr überlassen.

Trotz all der guten Nachrichten, die er sozusagen im Gepäck mitbrachte, schlich sich eine gewisse Skepsis in sein Denken ein und verdarb ihm die Laune. Dabei dachte er nicht zufällig auch wieder an seine Jeannet: Sie würde es sicher nicht leicht haben in ihrer rauen Piratenwelt. Zwar war sie Herrscherin über die Piraten, aber sie war in ihren Entscheidungen genauso Sachzwängen unterworfen wie er, obwohl sie ihm doch noch um einiges freier erschien, weil sie nicht noch jemanden über sich hatte, der weitgehend unberechenbar war – wie Ihre Majestät, Königin Elizabeth von England.

Während der Fahrt mit der Kutsche war Prinzessin Carla von Spanien äußerst zurückhaltend. Lord Cooper dachte sich nichts weiter dabei. Er vermutete, dass es wegen der bevorstehenden Audienz bei der Königin war. Außerdem schaute sie sehr aufmerksam aus dem Seitenfenster, als würde sie London zum ersten Mal in ihrem Leben sehen.

Ja, sie war ja eigentlich das zweite Mal in London, doch beim ersten Mal hatte sie sich eigenem Bekunden nach dafür offenbar überhaupt nicht interessiert. Vielleicht fand sie London mit seinen ehrwürdigen Gebäuden deshalb jetzt so beeindruckend?

Die Wahrheit sah – wie so oft in den letzten zwei Tagen – völlig anders aus: Für Prinzessin Carla war es ziemlich schlimm, dass »ihr« Lord unmittelbar vor ihr saß. Egal, in welche Richtung sie innerhalb der ihrem Empfinden nach viel zu engen Fahrgastkabine schaute: Immer sah sie Lord Cooper, zumindest aus den Augenwinkeln.

Nicht, dass sein Anblick in irgendeiner Weise unangenehm für sie gewesen wäre. Ganz im Gegenteil: Er vergrößerte zu sehr das Gefühlschaos in ihrer Brust. Sie fürchtete, sich letztlich zu verlieren und sich zu Dingen hinreißen zu lassen, die einer Prinzessin in keiner Weise würdig waren und die sie möglicherweise später bitter bereute. Selbst, wenn er die gleichen Gefühle für sie hegte, durfte sie ihm nicht zu offen zeigen, wie wichtig er ihr war. Das wäre im höchsten Maße unschicklich gewesen. Was sollte er denn von ihr denken? Sollte er gar … enttäuscht sein von ihr?

Ach, wie gern hätte sie sich aber einfach auf seinen Schoß gesetzt, hätte ihre Arme um seinen Hals geschlungen und ihm ihre Lippen zu einem zärtlichen Kuss angeboten …

Nein!, schrien ihre Gedanken prompt und äußerst entsetzt: *Nein! Denke an etwas anderes. Bitte! Da, dieses Gebäude. Wie hoch es doch ist und so prächtig …*

Es war zwar lächerlich, mit welchen Banalitäten sie sich abzulenken versuchte, aber anders ging es einfach nicht mehr. Ihr Herz schlug ihr bis zum Hals, ihre Hände waren schweißnass, sie vibrierte am ganzen Leib und glaubte manchmal sogar, sich im nächsten Augenblick nicht mehr länger aufrecht halten zu können und einfach umzukippen, aber sie musste sich meisterlich beherrschen, damit der Lord nicht das Geringste von alledem spürte, trotz seiner Nähe.

Ach, wären wir nur schon angelangt!, dachte sie völlig verzweifelt. *Sie ist so schön, die wahre Liebe, aber sie kann auch unglaublich schmerzen. Vor allem trübt sie den Verstand und macht einen regelrecht … krank!*

Beinahe hätte sie über diese Gedanken jetzt gekichert. Auch das konnte sie im letzten Moment verhindern.

Sie schaute durch das andere Seitenfenster. Lord Cooper sagte irgendetwas. Zwar hörte sie seine wohltönende, männliche Stimme, doch der Sinn ging ihr völlig verloren.

Sie blinzelte verwirrt und schaute ihn an, dabei inbrünstig hoffend, darüber nicht den letzten Rest ihres Verstandes zu verlieren.

Er lächelte entwaffnend und meinte höflich: »Wie ich sehe, seid Ihr völlig abgelenkt von den Sehenswürdigkeiten Londons. Leider weiß das unsereiner nicht mehr so sehr zu schätzen, wie ich zugeben muss. Man sieht sie gewissermaßen viel zu oft.«

»Verzeiht, Mylord, aber was waren Ihre vorausgehenden Worte gewesen?« Sie lauschte ihrer Stimme nach und wunderte sich darüber, wie sicher und fest sie klang. Wie hatte sie das überhaupt fertig gebracht?

»Nun, ich wies darauf hin, dass es nicht mehr lange dauern mag, bis wir die königliche Residenz erreicht haben.«

Nicht mehr lange?, echoten ihre Gedanken. *Viel zu lange! Wie soll ich das überstehen? Wie soll ich es aushalten, ohne ohnmächtig zu werden oder dass mir noch Schlimmeres widerfährt?*

Wenn sie sein Gesicht so nah sah, war es ihr, als würde es sich immer mehr nähern, als wollte es sie berühren. Dabei tat er nichts dergleichen.

Der Wunsch wird Vater all deiner Gedanken, Carla! Vorsicht! Verliere dich nicht zu sehr! Bleibe stark. Du bist schließlich die Prinzessin von Spanien. Du kannst das. Solchermaßen machte sie sich Mut, um es wenigstens zu schaffen, seinem Blick zu widerstehen und dann sogar ihre Augen abzuwenden und wieder nach draußen zu schauen, als könnte es nichts auf der Welt geben, was interessanter wäre.

»Einerseits schade, dass die Fahrt bald zu Ende geht«, behauptete sie – immer noch mit ungewöhnlich fester Stimme, was niemanden mehr überraschte als sie selbst. »Denn London hat wahrlich viel zu bieten. Außerdem … in so angenehmer Gesellschaft wie der Ihrigen …! Andererseits ist es selbstverständlich wichtig, dass wir Ihre Majestät, die Königin, nicht über Gebühr auf unsere Ankunft warten lassen. Ob sie uns wohl sofort empfängt oder ob wir zuerst Gelegenheit bekommen werden, uns frisch zu machen?«

Sie fragte es, ohne ihn dabei wieder eines Blickes zu würdigen. Das hätte sie einfach nicht mehr geschafft.

Lord Cooper antwortete dennoch: »Nun, ich denke mir, dass sie zunächst mich allein zu sprechen wünscht, damit ich Ihre Majestät vorab über alles unterrichten kann, was sich während meiner Abwesenheit ereignete. Danach wird sie sehr wohl auch Euch empfangen wollen.«

»Dann bleibt mir ja sogar eine Art … Schonfrist?«

Er hielt es für einen kleinen Scherz, weshalb er pflichtschuldig lachte. »Mit Verlaub, so würde ich das allerdings nicht nennen. Ihre Majestät würde sicher bevorzugt Euch als Erste empfangen, aber sie weiß nichts über die Umstände Eures Hierseins und möchte selbstverständlich nicht das geringste Risiko eingehen. Bedenket bitte, sie ist die mächtigste Frau Englands und legt erheblichen Wert auf die höfische Verstellung.«

»Ob sie überhaupt Verständnis haben wird, meine Lage betreffend? Ich meine, weil ich einen ungeliebten und vor allem mir völlig fremden Mann zu heiraten genötigt war und aus diesem Grund dem Hofe meines Vaters den Rücken kehrte, um sogar ein ungewisses und gefährliches Schicksal in Kauf zu nehmen?«

»Oh, mit Verlaub, Prinzessin, wenn überhaupt jemand auf dieser Welt Verständnis dafür aufbringen würde, dann wäre das mit Sicherheit Ihre Majestät. Vergesst bitte nicht, sie hat geschworen, jungfräulich zu bleiben, um all ihre Liebe und all ihre Kraft allein England zu widmen. Was könnte ihr da fremder sein, als die Zwangsvermählung mit einem ungeliebten Mann?«

»Ach, das habe ich so eigentlich noch gar nicht bedacht!«, entfuhr es ihr. Darüber vergaß sie sogar vorübergehend ihr

Gefühlschaos und konnte somit dem Lord wieder in die Augen sehen, ohne das Gefühl zu haben, den Verstand oder zumindest das Bewusstsein zu verlieren.

Er lächelte unentwegt, weil er es für angebracht hielt, um die Sorgen der Prinzessin zu zerstreuen.

»Ihr dürft versichert sein, Prinzessin, dass ich Ihrer Majestät entsprechend berichten werde. Ganz in Eurem Sinne natürlich.«

»Ich bin Euch ja so dankbar dafür!«, rief sie enthusiastisch – und wäre nun doch beinahe zu ihm geflüchtet, um ihm ihre Dankbarkeit allzu offen zu zeigen und mit vielen Küssen zu unterstreichen.

Ach, warum ist die Liebe nur so schrecklich kompliziert?, fragte sie sich indessen entsagungsvoll und beherrschte sich lieber.

Das schaffte sie sogar noch bis zum Ende der Fahrt. Zwar waren das wirklich nur noch wenige Minuten, doch sie kamen ihr schier wie Ewigkeiten vor: wie die längsten Minuten ihres gesamten bisherigen Lebens. Einzig der Gedanke daran, dass die Königin vollstes Verständnis für sie haben würde, gab ihr genügend Kraft, alles ohne äußere Anzeichen gut zu überstehen.

Und dann rollte die Kutsche durch das offene Tor. Sie wurden also in der Tat bereits erwartet. Der Kurier war hoch zu Ross natürlich viel schneller gewesen als sie mit der eher gemächlich dahinpolternden Kutsche.

Sobald die Kutsche direkt vor dem Hauptportal das Palastes stoppte und sich die Seitentür öffnete, stieg Lord Cooper als Erster aus. Er streckte der Prinzessin den rechten Arm hin, während seine Linke auf dem Knauf seines Degens ruhte, den er wieder traditionsgemäß an der Hüfte trug.

Carla hatte Mühe, ihren zittrigen Knien das Gewicht ihres Körpers anzuvertrauen. Doch irgendwie schaffte sie es, nicht nur sich zu erheben, sondern, am Arm von Lord Cooper geführt, die Kutsche sogar zu verlassen.

Sie atmete tief durch, als wäre für sie die Londoner Luft besonders köstlich. In Wirklichkeit war es nötig, um auch weiterhin ihre Beherrschung zu behalten.

Er bot weiterhin seinen rechten Arm an, wie es für einen Gentleman seines Ranges schicklich war. Die Prinzessin hakte sich artig unter und betrat gemeinsam mit ihm die königliche Residenz.

Der Hofmarschall persönlich begrüßte sie beide, beinahe wie bei einem offiziellen Staatsempfang, obwohl der ganze Prunk darum herum natürlich fehlte.

»Im Namen Ihrer Majestät, Königin Elizabeth von England, möchte ich Euch, Prinzessin Carla von Spanien, an der Seite von Lord Donald Cooper auf das Höflichste begrüßen!«

Er verbeugte sich tief, und als die Prinzessin ihm ihren Handrücken anbot, deutete er den höfischen Handkuss an, wie es Sitte war. Sie tat dabei einen artigen Knicks, um damit ihre Jugend zu unterstreichen.

Anschließend salutierte der Hofmarschall vor dem Lord und ließ ihn wissen: »Ihre Majestät verlangt dringend nach Euch, Mylord!«

Lord Cooper erwiderte den Gruß und antwortete: »Ich werde dem sofort Folge leisten. Darf ich in der Zwischenzeit die Prinzessin in Eure Obhut übergeben?«

»Es ist mir eine besondere Ehre!« Der Hofmarschall verbeugte sich abermals in Richtung der Prinzessin.

Nach einem weiteren militärischen Gruß, den Lord Cooper mit ihm austauschte, verbeugte sich nun auch der Lord vor der Prinzessin, übte seinerseits den höfischen Handkuss und bat inbrünstig um Vergebung dafür, dass er sich nunmehr vorübergehend zurückziehen musste.

Prinzessin Carla lächelte ihn an, bevor er ging. Es sah so aus, als würde sie allmählich Gefallen an solcherart Etikette finden. Aber das Lächeln galt natürlich keineswegs dem Ritual, sondern ausschließlich Lord Cooper und entsprang dem Wunsch, ihn so bald wie möglich wiederzusehen.

Wie aus weiter Ferne hörte sie die Worte des Hofmarschalls: »Mit Verlaub, Prinzessin Carla von Spanien, Majestät: Eure Gemächer sind gerichtet. Diener stehen frei zu Eurer Verfügung. Sofern es Euch recht ist, kann ich eine Audienz bei Ihrer Majestät, der Königin von England, vorbereiten.«

»Ja, so bald wie möglich!«, betonte Carla unkonventionell.

Er blinzelte überrascht und verbeugte sich schon wieder.

»Sehr wohl, Majestät!«

Er winkte ein paar Dienerinnen herbei, die sich sehr unterwürfig zeigten.

»Erlaubt Ihr, dass ich vorausgehe?«, erkundigte sich der Hofmarschall.

»Ich bitte sogar darum!«, ließ Carla ihn wissen.

Falls sie richtig gezählt hatte, folgte bereits die fünfte Verbeugung seinerseits. Oder war es gar schon die sechste?

Sie lächelte schon wieder und dachte dabei an »ihren« Lord. Wie wohl das Gespräch zwischen ihm und der Königin verlaufen würde?

Offiziell hatte die Königin keine eigene Leibgarde. Sie legte Wert darauf, dass ihr Volk annehmen sollte, sie sei völlig ungefährdet in ihrer hohen Stellung, weil es keinerlei Feinde gab – gar keine geben konnte.

Der Lord jedoch wusste, dass dies nur eine diplomatische Masche war. Außerhalb des Palastes ahnte das jedoch niemand. Dafür waren die Eingeweihten viel zu verschwiegen.

Die Wahrheit nämlich war, dass die Hofgarde an sich schon aus sorgfältig ausgesuchten Leuten bestand. Viele gehörten sogar dem Ritterstand an. Und von diesen sorgfältig ausgesuchten Männern hatte die Königin die ihrer Meinung nach besten und vor allem vertrauenswürdigsten Ritter direkt unter ihren persönlichen Befehl gestellt. Sie waren gegenüber dem Hofmarschall als einer Art oberstem Befehlshaber am Hof im gewissen Sinne neutral gestellt und würden ohne Zögern ihr Leben für sie opfern.

Lord Donald Cooper wusste das deshalb so genau, weil er ursprünglich einer von diesen Rittern gewesen war. Bis er Gelegenheit bekommen hatte, der Königin gegenüber zu beweisen, dass er nicht nur ein als unbesiegbar geltender Ritter war, sondern auch ein wahres Naturtalent in den diplomatischen Künsten besaß. Dies hatte die Königin von England dazu bewogen, ihn nicht nur zu einem ihrer engsten Berater zu bestellen, sondern ihn immer wieder mit mehr oder weniger delikaten Aufgaben zu betrauen. Wie zum Beispiel die Aufgabe, die gefürchtetsten Piraten, die man sogar »Fluch der Meere« nannte, zu bekehren und in Zukunft ganz im Sinne der Krone Englands handeln zu lassen.

Es gab zwar niemanden am Hof von England, der den Lord nicht kannte, aber er musste vor dem Audienzzimmer der Königin trotzdem warten, ehe er endlich Bericht erstatten durfte. Einer der Wachhabenden ging allein hinein zur Königin, um seine Ankunft zu melden. Erst als er zurückkehrte und Lord Cooper ernst zunickte, trat dieser ein.

Die Königin saß in einem erhöht aufgestellten Thron, damit sie auch sitzend auf die Köpfe derer herabschauen konnte, die aufrecht standen.

Lord Cooper blieb an der Tür stehen, auf eine besondere Aufforderung durch die Königin wartend.

Diese befahl zunächst die anwesenden Livrierten hinaus und gab dem Wachhabenden den Befehl, die Tür von außen zu schließen und dafür zu sorgen, dass sie in den nächsten Minuten allein und ungestört blieben, ehe sie ihn näher winkte.

Lord Donald Cooper eilte zu ihr hin und ließ sich auf das rechte Knie niedersinken. Ein höfischer Kniefall, der ihm so perfekt gelang, wie es sich für einen Mann in seiner Stellung gegenüber der mächtigsten Frau des Landes gehörte. Sein linkes Bein ließ er angewinkelt stehen und lehnte sich mit dem Oberkörper halb darauf. Seine linke Hand ruhte auf dem Degenknauf, wie es Vorschrift war. Die rechte Hand deutete indessen die höfische Verbeugung an, die ihm trotz der demütigen Kauerstellung gelang. Zum Niederkauern gehörte es zusätzlich, dass er den Kopf tief gesenkt hielt.

»Steht auf, Mylord!«, hörte er die streng klingende Stimme der Königin.

Er stutzte. Hatte er richtig gehört?

Sie schien seine Gedanken lesen zu können: »Ja, ich sagte, Ihr sollt aufstehen. Ich möchte Euer Gesicht sehen, wenn Ihr berichtet. Wie ich bislang gehört habe, war Eure Abwesenheit trefflich ereignisreich.«

»Sehr wohl, Majestät«, murmelte er ein wenig verlegen und erhob sich zögernd.

»Schaut mir in die Augen, wenn Ihr die Frage beantwortet: Gibt es irgendwelche Aufzeichnungen über das Erlebte, von denen ich wissen muss? Eine Liste gar über Gegenstände, die Ihr aufgenommen habt? Ja, gibt es denn überhaupt so etwas wie Beute bei Eurem Auftrag? Und was hat es mit der Prinzessin auf sich?«

Das war weit mehr als nur eine Frage, aber es erschien nur allzu verständlich, dass die Königin dies alles erfahren wollte.

Der Lord hatte große Schwierigkeiten damit, seiner Königin so unverblümt in das Gesicht zu schauen. Es widersprach der höfischen Etikette, obwohl sie hier und jetzt allein waren und dies niemand sonst sehen konnte.

»Verschlägt es Euch die Sprache, Lord Cooper? Das täte mich wundern. Er ist doch sonst nicht auf den Mund gefallen, der Lord, und niemals um eine Floskel verlegen.«

»Verzeiht, Majestät, wenn es mir schwer fällt, als Euer treu ergebener Untertan, so Euch gegenüberzustehen und …«

»Papperlapapp, Lord Cooper, ich bat Euch, Euch zu erheben, nicht um Euch zu ehren, sondern weil ich in Eurem Gesicht lesen will, während Ihr Euch bemüht, meine Neugierde zu befriedigen. Nun denn, was hat es mit all diesem auf sich? Und was ist mit Aufzeichnungen, so es welche gibt?«

»Ich versichere Euch, Majestät, dass es keinerlei Aufzeichnungen gibt. Sogar das Logbuch wurde von mir eigenhändig in diesem Sinne geführt, dass niemals die näheren Umstände in falsche Hände geraten können.«

»Das beruhigt mich, Lord Cooper, aber wo Ihr es ansprecht: Was ist nun mit diesen … Umständen? Und wie passt die Prinzessin zu dem Geheimauftrag, den ich Euch persönlich erteilte – unter dem Siegel der Verschwiegenheit natürlich?«

Aha, daher also wehte der Wind! Die Ankunft der Prinzessin war eine Überraschung, die von der Königin noch nicht eingeordnet werden konnte: Handelte es sich um eine böse oder um eine positive Überraschung? Gab es mithin Anlass zur Freude oder sollte sie eher dessentwegen … Lord Cooper verfluchen?

Er wusste, dass er sich beeilen musste, mit seinem Bericht herauszurücken, ehe er trotz des immensen Erfolges seiner bestandenen Mission womöglich noch den Unmut der Königin erregte.

»Wir fanden die Prinzessin von Spanien auf dem Schiff der Piraten!«, sagte er einfach.

»Nicht wahr!«, entfuhr es der Königin. Es kam selten vor, dass sie auch nur ein wenig die Beherrschung verlor, und dieser Augenblick war nun ein solch seltener.

»Wenn Ihr gestattet, Majestät, die ganze Geschichte zunächst in Kurzform?«

»Ich bitte sogar darum!«

»Prinzessin Carla von Spanien soll mit einem ihr fremden und daher ungeliebten Mann vermählt werden. Sie floh davor aus dem Palast ihres Vaters, König Philipp II., und wollte mit einem Schiff ohne Wissen des spanischen Hofes in die Neue Welt übersetzen.«

»Das sieht ihr ähnlich!« Die Königin schüttelte wie tadelnd den Kopf. Sie konnte sich sehr wohl an den letzten Besuch der Prinzessin erinnern. Positive Erinnerungen waren das allerdings nicht. »Und wie gelangte sie sodann auf das Piratenschiff?

»Der britische Pirat, der das Schiff überfiel, erkannte sie im buchstäblich letzten Moment und ließ sie überleben. Sie geriet in Gefangenschaft. Später wurde das Piratenschiff vom ›Fluch der Meere‹ überfallen. Diese Piraten nennen ihr Schiff übrigens WITCH BURNING – also so ähnlich wie brennende Hexe. Sie übernahmen nicht nur das zum Wrack geschossene Piratenschiff, sondern auch die Prinzessin.«

»Wo befindet sich das Wrack inzwischen? Ist es etwa doch noch untergegangen?«

»Mitnichten, Majestät: Ich habe es unterwegs einem Kriegsschiff der Marine überlassen, um schneller hier in London sein zu können. Ich vermute, dass es bis morgen früh im Hafen einläuft. Der Kommandant des Kriegsschiffes wird jedenfalls alles tun, damit das Wrack unbeschadet im Schlepptau hier anlandet.«

»Und wie gerietet letztlich Ihr an die Prinzessin?«

»Eurem geheimen Auftrag folgend, Majestät, provozierte ich mit den Piraten eine Pattsituation, um Verhandlungen zu erzwingen. Nur so war es möglich, Euren Auftrag zu erfüllen – mit Verlaub gesagt.«

»Das erscheint mir äußerst geschickt – wie von Euch nicht anders zu erwarten gewesen war!«

Lord Cooper ließ sich keine Zeit, dieses offenkundige Lob aus dem Munde seiner Königin auszukosten, sondern fuhr sogleich fort: »Und dann machte ich die überraschende Feststellung, dass der Kapitän des Piratenschiffes … eine Frau ist! Sie nennt sich Jeannet und ist eine Engländerin.«

»Sie ist doch wohl nicht so ohne Weiteres auf Euren Vorschlag eingegangen, nicht wahr?«

Kurz erlaubte er sich, den Blick zu senken, um sich zu sammeln. Hoffentlich würde ihm die Königin nichts anmerken. Manchmal hatte er das Gefühl gehabt, sie könnte Gedanken lesen. Aber das war sicher Unsinn.

Mit festem Blick schaute er sie dann an. Er nahm das Bild in sich auf, das sie ihm bot: Die Königin war eine Erscheinung, die auf ihre Untertanen und auch auf alle, die von außerhalb des Landes zu ihr kamen, im gewissen Sinn zwiespältig wirkte, einmal abgesehen davon, dass sie ihre Umgebung allein schon mit ihrer Anwesenheit gewissermaßen in die Knie zwang. Einerseits wirkte sie wie die gütige Mutter ihrer englischen Untertanen, obwohl sie noch gar nicht alt genug dafür sein mochte. Andererseits konnte sie jedoch sehr hart durchgreifen, wenn es die Situation ihres Erachtens erforderte. Jeder, der auch nur in ihre Nähe kam, spürte ihr unbeschreibliches Charisma. Beklemmend war es für jene, die ihr nicht wohlgesonnen waren – und belebend für alle anderen.

Eine Feststellung, die er nicht zum ersten Mal machte: Diese Frau war der einzige Mensch auf Erden, der in dieser schweren Zeit überhaupt in der Lage war, die Geschicke von England in die richtige Richtung zu lenken. Zwar war er nicht mit all ihren Entscheidungen so ohne weiteres einverstanden, aber er würde sich hüten, jemals das Wort dagegen zu erheben, wenn es von der Königin nicht ausdrücklich gewünscht wurde.

Zwiespältig, ja, das war sie – und das musste sie auch sein. Dabei legte sie größten Wert darauf, die jungfräuliche Königin zu bleiben. Ja, sie hatte einer möglichen Ehe für immer abgeschworen, weil sie all ihre Liebe und all ihre Kraft allein ihrem Volk widmen wollte. Jeder ihrer Untertanen wusste von diesem Umstand, und da war niemand, der es bedauerte – höchstens jene Männer, die vergeblich darauf hofften, jemals ihre Gunst zu erlangen.

Irgendwo seid ihr euch ähnlich, Jeannet und Königin Elizabeth, wahrlich, dachte er unwillkürlich. *Jeannet, die Königin der Meere – und Elizabeth, die Königin von England. Beides ungewöhnliche Frauen in jeglicher Beziehung – und darum als einzige dafür geeignet, eure schweren Aufgaben mit Bravour zu meistern.*

Was er für die Königin empfand, war Liebe bis in den Tod. Nicht die Liebe eines Mannes zu einer Frau, sondern die Liebe eines treuen Untertans zu seiner hoch verehrten Königin! Bislang hatte er sich eingebildet, in seinem Herzen könnte niemals eine andere Frau Platz finden. Bis er Jeannet getroffen hatte. Vielleicht war es diese gewisse Ähnlichkeit mit der unglaublich starken Frau, die souverän die Geschicke Englands leitete, die zu seiner besonderen Liebe geführt hatte, wie er sie gegenüber Jeannet empfand? Dabei war die Ähnlichkeit keineswegs äußerlicher Natur, sondern nur in der Stärke der beiden Charaktere begründet.

Ihm wurde schlagartig bewusst, dass er viel zu lange zögerte. Um die Situation doch noch zu retten, beeilte er sich zu versichern: »Verzeiht, Majestät, ich wollte mit meinem Schweigen die Sache nicht unnötig spannender machen. Ich kann Euch jedoch versichern, dass es zähe Verhandlungen gegeben hat. Erst als ich jener Jeannet klar machen konnte, dass sie keine Chance hatte und dass ich eher gemeinsam mit ihr untergehen würde, als von meinem Vorhaben wieder Abstand zu nehmen, willigte sie ein, die Prinzessin mit all deren Hab und Gut zu übergeben.«

»Was war letztlich ausschlaggebend, Mylord: etwa eine gewisse Angst dieser Piratin vor der Niederlage?«

»Nein, gewiss nicht. Ich schätze sie ein als eine äußerst starke Persönlichkeit, gesegnet mit einem wachen, scharfen Verstand. Ausschlaggebend für ihre Zusage war vor allem natürlich die Aussicht darauf, den Segen Eurer Majestät zu erhalten, sofern sie sich wirklich im Sinne und zum Wohle Englands zu verhalten bereit erklärt!«

»Eine starke Frau – und intelligent, sagt Ihr? Wie es scheint, hat die Piratin großen Eindruck bei Euch hinterlassen.«

»In der Tat, Majestät, dies vermag ich nicht zu leugnen.«

»Nun, das ist kein Wunder, denn wenn es einer Frau gelingt, eine wilde Horde von solch üblem Ruf im Zaume zu halten …«

»Ich darf sagen, mein Eindruck war, dass jeder an Bord ihres Schiffes ohne auch nur mit der Wimper zu zucken für sie in den Tod gehen würde!«

»Oh, Mylord, ich kann Euch versichern, dass mir diese Beschreibung außerordentlich gut gefällt. Um es deutlich zu sagen: Ihr habt wieder einmal gute Arbeit geleistet und eigentlich Unmögliches wahr gemacht. Indem es Euch gelungen ist, eine solch üble Gefahr nicht nur abzuwenden, sondern in einen echten Vorteil zu verwandeln, ist weit mehr gewonnen, als wenn Ihr die Piraten einfach mit Mann und Maus versenkt hättet.«

»Außerdem, wenn Ihr erlaubt, Majestät, gewannen wir einen Trumpf hinzu mit Namen Prinzessin Carla von Spanien!«, erinnerte der Lord.

»Trumpf? So, meint Ihr?«

»Nun, bedenket bitte, Majestät, die Prinzessin wurde von Piraten gefangen genommen, jene aber nicht lange darauf von anderen Piraten ihrerseits besiegt und ausgeraubt. Dabei wurde die Prinzessin befreit.«

»Ach, ich verstehe: Sie ist Zeugin, dass ein englisches Freibeuterschiff einen Spanier überfällt, wie es allzu häufig geschieht, ihres Erachtens nach. Und dann kommt ein anderes Piratenschiff englischer Herkunft, das diese schlimme Tat sühnt … Trefflicher hätte es gar nicht kommen mögen!«

»In der Tat, Majestät und dann die Übergabe der Prinzessin an mich. Wegen der Pattsituation ging ich gemeinsam mit der Prinzessin an Bord des Wracks. Sozusagen als Pfand, damit das Piratenschiff ungeschoren abziehen konnte. Auf dem Wrack befand sich noch der größte Teil der Beute. Wir brauchten nicht lange zu warten, bis meine Leute uns aus dieser Lage befreiten. Anschließend kehrte ich mit der SWORD FISH so schnell wie möglich nach London zurück.«

»Das ist mehr als nur ein Bericht, Mylord, sondern es ist die Schilderung eines wahren Triumphes! – Und was gedenkt die Prinzessin nun zu tun? Ich nehme doch an, sie will so schnell wie möglich wieder an den Hof ihres Vaters zurückkehren?«

»Nein, leider … Sie glaubt, Ihr würdet ihr gewissermaßen Asyl gewähren. Bedenket, sie floh vor einer Zwangsvermählung. Selbst der Tod auf dem Meer erschien ihr in ihrer Situation begehrenswerter, als sich der Entscheidung ihres Vaters zu beugen.«

»Eine Zwangsvermählung? Ja, richtig, das habt Ihr bereits erwähnt …«

Lord Cooper sah, wie es hinter ihrer Stirn arbeitete. Ihm war klar, was das bedeutete: Niemand konnte mehr Verständnis für eine solche Handlung aufbringen als die Königin von England, die sich selber standhaft gegen jegliche Vermählung gewehrt hatte, sogar bevor sie das Amt der Königin von ihrem Vater hatte übernehmen müssen.

Lange dauerte diese Bedenkzeit nicht. Auf einmal lächelte die Königin milde. »Ich denke mal, das Gespräch mit der Prinzessin dürfte sich interessant gestalten. Und sie hat überhaupt nichts mitbekommen von Eurem Auftrag?«

»Nein, gar nichts.«

»Ein idealer Fall, wie ich finde. Sie wird gegenüber König Philipp von Spanien schwören können, dass England unmöglich mit den Piraten gemeinsame Sache machen könnte. Ganz im Gegenteil ... Doch bevor es so weit kommt, wäre es natürlich wichtig, sie zu ihrem Vater zurückzuschicken. Unter den gegebenen Umständen ein nicht leichtes Unterfangen, wie ich fürchte, denn sie muss es freiwillig tun, sonst wird nichts dabei gewonnen.«

Der Lord war froh, dass sie von allein darauf gekommen war und in dieser Hinsicht nicht seines Rates bedurfte. Doch sie schaute ihn bei diesen Worten so seltsam an. Als wäre eine Entscheidung ihrerseits bereits gefallen und als überlege sie noch, wann und unter welchen Umständen sie diese bekannt geben sollte. Aber was hatte er denn damit zu tun?

Es alarmierte ihn in höchstem Maße, aber dann lächelte die Königin wieder milde und nickte ihm sogar wohlwollend zu.

»Ihr habt Eure Sache wieder gut gemacht, Mylord. Ach, was sage ich: Ihr habt sie sogar mit beispielloser Bravour erfüllt! Ich kenne niemanden außer Euch, dem ich das auch nur annähernd zugetraut hätte. Ihr erfüllt meine Erwartungen stets auf der ganzen Linie und übertrefft sie oft genug auch noch. Aber nun jedoch solltet Ihr erst einmal an Euch selber denken. Ich sehe Euch müde und abgespannt. Ruht Euch aus und entspannt Euch dabei. Über Eure Zukunft braucht Ihr Euch jedenfalls keine Sorgen zu machen. Ich weiß gute Dienste sehr wohl zu schätzen, wie Ihr aus Erfahrung wisst ...«

Das beruhigte ihn ungemein. Er spürte, wie er prompt gelassen wurde.

Sein Gefühl sagte ihm, dass es Zeit war sich zurückzuziehen, ehe die Königin noch deutlicher wurde.

Er verbeugte sich ehrerbietig und ging rückwärts und mit gesenktem Haupt zur Tür.

»Macht Euch auch keine Sorgen um die Prinzessin. Ich werde Euch später berichten, wie das Gespräch gelaufen ist, denn ich nehme an, dass es Euch ebenfalls interessieren wird. Schließlich seid Ihr der Held der Prinzessin, weil sie mit Euch nach London kam.«

Er verbeugte sich abermals und klopfte an die Tür, als er mit dem Rücken gegen sie stieß.

Das Zeichen wurde nicht überhört. Die Tür wurde von außen geöffnet, und er konnte nach einer letzten Verbeugung hinausschlüpfen.

Draußen richtete er sich zu seiner vollen, beeindruckenden Größe auf. Er zog die Schultern zurück und hob fest den Brustkorb, um die Verspannungen zu lösen, die durch die ständige Demutshaltung entstanden waren.

Die Wachen beobachteten ihn aufmerksam. Keiner von ihnen würde es wagen, ihn unaufgefordert anzusprechen, seit er Berater der Königin geworden war. Obwohl sie vorher so etwas wie Kollegen gewesen waren.

Er nickte ihnen freundlich lächelnd zu und ging an ihnen vorbei in Richtung seiner eigenen Gemächer. Die Königin hatte vollkommen Recht: Er war übernächtigt und ziemlich erschöpft. Gewiss würde er schlafen wie ein Stein.

Unterwegs schaute er kein einziges Mal zurück. So bekam er nicht mehr mit, dass die Königin nach der Prinzessin schickte. Aber das war ja sowieso zu erwarten gewesen, nach ihren eigenen Ankündigungen.

Prinzessin Carla von Spanien war ziemlich nervös. Nicht nur wegen ihrer Gefühle, die sie insgeheim für den Lord hegte, sondern wegen der bevorstehenden Audienz bei Königin Elizabeth. Ob sie wirklich so viel Verständnis für ihre Lage aufbringen würde, wie Lord Cooper vermutet hatte?

Die nur mühsam zu unterdrückende Furcht vor einer möglichen Entscheidung gegen ihren Willen überschattete sogar das Gefühlschaos in ihrer Brust, das der Lord ungewollt erzeugt hatte.

Und dann endlich kam die Erlösung insofern, als der Hofmarschall höflich Einlass begehrte, nur um ihr mitzuteilen, die Königin von England wolle sie nun sprechen.

Was hat Lord Cooper ausgerichtet bei ihr? Er wird doch wohl in meinem Sinne gesprochen haben, wie er mir zusicherte?, fragte sie sich verzweifelt, als sie sich dem Hofmarschall anschloss.

Es war eine besondere Ehre für sie, dass sich der Marschall höchstpersönlich um sie kümmerte. Aber schließlich war sie die Prinzessin einer verbündeten Nation. Da war das sicherlich opportun.

Der Hofmarschall vergewisserte sich unterwegs immer wieder, dass die Prinzessin ihm auch wirklich auf dem Fuße folgte. Dabei entschuldigte er sich jedes Mal dafür, weil er ihr unterwegs den Rücken zukehren musste.

Die Prinzessin hätte es unter anderen Umständen amüsiert, dass der Hofmarschall so übertrieben tat – übertriebener noch, als es die Etikette am Hof von England erforderte. Aber ihr Inneres war so aufgewühlt, dass keinerlei Freude aufkeimen konnte. So folgte sie nur stumm und ignorierte das Gebaren des Hofmarschalls geflissentlich.

Bis sie die Tür zum Audienzzimmer der Königin erreichten. Dort gab es einen kurzen Zwischenstopp, weil erst einer der Wachhabenden eintreten musste, um die Prinzessin bei der Königin anzukündigen.

Es machte die Prinzessin ein wenig stutzig: Das sah ja so aus, als wären die Wachhabenden hier so eine Art Leibgarde. Hieß es denn nicht, dass es am Hof Englands so etwas nicht gab, weil es nicht nötig war? Alle Welt munkelte, die Königin sei absolut unangefochten. Es könnte gar keine Feinde ihrer Person geben, weil sie eine schier unfehlbare Königin war.

Sollte das nichts weiter als eine diplomatische Masche sein?

Der Wachhabende kehrte zurück und enthob damit die Prinzessin weiterer Gedankengänge in dieser Beziehung. Letztlich war das alles auch gar nicht so interessant für sie.

Viel interessanter war es, wie das Gespräch mit der Königin verlaufen würde.

Der Wachhabende verbeugte sich vor der Prinzessin und sagte feierlich: »Ihre Majestät bittet ihren persönlichen Gast, die hochwohlgeborene Prinzessin Carla von Spanien, zu sich in den Audienzsaal. Ihr möget mir bitte folgen.« Er richtete sich wieder auf und nickte kaum merklich dem Hofmarschall zu, für diesen die Aufforderung, sich ebenfalls anzuschließen.

Alle drei traten ein. Der Wachhabende verbeugte sich im Inneren in Richtung der Königin und blieb bei der Tür zurück. Der Hofmarschall verbeugte sich erst vor seiner Königin und dann vor der Prinzessin, ehe er ihr andeutete, sich gemeinsam mit ihm zum Thron zu begeben.

Elizabeth von England schaute ihnen aufmerksam entgegen. Die Prinzessin erwiderte den forschenden Blick. Das tat sie selbstbewusst und anscheinend völlig ungeniert. Aber auch das gehörte zum Ritual. Erst als sie im vorgeschriebenen Abstand vor dem Thron Ihrer Majestät stand, zeigte sie einen artigen Knicks, der Ihrer Majestät ein wohlwollendes Lächeln entlockte.

»Aber bitte, Prinzessin Carla von Spanien, ich weiß doch, dass Ihr keinen sonderlichen Wert auf allzu übertriebene höfische Rituale legt. Setzt Euch einfach zu mir, denn die Tochter des von mir verehrten Philipp II., den ich als einen wohlwollenden Freund betrachte, ist selbstverständlich auch eine liebste Freundin von mir.«

Diese Worte machten die Prinzessin weitaus unsicherer als jegliche Einhaltung von übertriebener Etikette.

Ihr Blick fiel auf die Sitzgelegenheit neben dem Thron, die selber ebenfalls wie ein Thron von wenig schlichterer Ausführung wirkte.

Sollte sie es wirklich wagen?

Andererseits: Sie konnte unmöglich die Bitte der Königin von England ausschlagen, erst recht, weil sie die Prinzessin von Spanien war.

»Ich weiß Eure Höflichkeit sehr wohl zu schätzen«, sagte Carla zunächst vorsichtig, ehe sie der Bitte Folge leistete. »Es ist mir persönlich eine ganz besondere Ehre, zumal ich zwar die Prinzessin von Spanien bin, aber leider nur eine von mehreren, wie Ihr sicherlich wisst.«

»Wie schon erwähnt, Verehrteste: Die Tochter eines Freundes ist mir ebenfalls eine liebste Freundin. Zumal die Umstände doch ein wenig unglücklich zu sein scheinen, die Euch zu mir geführt haben. Umso mehr muss meine volle Aufmerksamkeit Euch gelten. Ihr sollt all das Schreckliche der nahen Vergangenheit vergessen und neue Zuversicht schöpfen dürfen. Ihr seid noch sehr jung, wenn Ihr die Bemerkung erlaubt, und habt Euer Leben noch vor Euch. Selbst wenn es nicht danach aussehen sollte, dass Ihr jemals den Thron von Eurem Vater übernehmt, so bin ich mir dennoch darüber im Klaren, welch besondere Ehre es für mich bedeutet, Euch als liebsten Gast am Hofe Englands willkommen heißen zu dürfen.«

Selten hatte Carla von Spanien im Laufe ihres Lebens Gelegenheit gehabt, jemanden zu hören, der es vermochte, sich so perfekt höfisch auszudrücken wie Königin Elizabeth von England. Sie war höchst beeindruckt.

»Wenn Ihr mir die Bemerkung erlaubt, Majestät, aber ich war von jeher beeindruckt von England und der beispiellosen Disziplin des englischen Volkes. Nun, da ich die Ehre habe, Euch persönlich näher kennen zu lernen, wundert mich dies allerdings nicht mehr, denn welches Vorbild könnte leuchtender sein als das der englischen Königin?«

Daraufhin erst setzte sie sich neben die Königin.

Diese beobachtete sie dabei. In ihren Augen irrlichterte es. Sie war anscheinend gleichermaßen beeindruckt vom Vortrag der Prinzessin.

»Es ist nicht das erste Mal, dass wir uns begegnen, Prinzessin, aber ich muss sagen, dass Ihr in einem erheblichen Maße in der Zwischenzeit gereift seid. Ihr seid wahrlich einer hochwohlgeborenen Prinzessin von Spanien würdig!«

Noch mehr solcher Floskeln?, dachte Carla respektlos, denn die Nervosität in ihrem Inneren wollte sich einfach nicht lösen. *Redet die Königin nur deshalb so lange um den heißen Brei herum, weil sie mir etwas mitzuteilen hat, was sicherlich unangenehm in meinen Ohren klingen mag?*

Die Königin lächelte in einer Art, wie eine Mutter lächelt, wenn sie stolz ist auf ihre Tochter. Das irritierte Carla nur noch mehr.

»Lord Cooper hat mir berichtet von Eurem besonders tragischen Geschick«, sagte Elizabeth von England auf einmal und ohne weitere Umschweife. »Ich versichere Euch, liebste Freundin, dass es wohl keinen Menschen auf dieser Welt gibt, der so sehr mit Euch fühlen kann wie ich. Ihr wisst, dass ich all meine Liebe und meine Kraft dem Wohle meines Volkes gewidmet habe. Somit hat in meinem Herzen kein Mann jemals mehr Platz. Jegliche Vermählung wäre für mich wie Verrat an meinem Volk.«

»Ihr versteht meine Lage?«

Die Königin verlor ihr Lächeln und nickte ernst.

»Ja, das tue ich, liebste Freundin. Glaubt Ihr denn, mein Vater hätte es nicht versucht, mich unter die Haube zu bringen, wie er sich auszudrücken beliebte? Er hatte keinen Erfolg damit, auch wenn ich mich nicht gezwungen sah, dessentwegen sogar das Land zu verlassen. Insofern war meine Lage glücklicher als die Eure, denn mein Vater hatte letzten Endes jedes Mal Verständnis für mein Sträuben.«

»Mein Vater leider nicht!«, sagte Carla traurig und senkte den Blick zu Boden.

Die Königin streckte ihre Hand aus und legte sie beruhigend auf den Unterarm der Prinzessin.

»Ja, gottlob hat mir der Lord alles erklärt. Darum konnte ich mir ein Bild von allem machen. Sagt mal, liebste Freundin, was haltet Ihr eigentlich von Lord Cooper? Ist er nicht ein wahrer Held?«

»Ja, das ist er!«, strahlte Carla unwillkürlich. Sie bereute diese Überschwänglichkeit sofort, aber es war zu spät. Sie konnte es nicht mehr rückgängig machen.

Irritiert schaute sie die Königin an. Diese lächelte wieder und zog ihre Hand zurück. Was war das für ein Lächeln? War es nicht irgendwie … wissend?

»Nun, er ist in der Tat ein Held, unzweifelhaft«, beeilte sich Carla zu versichern, um vielleicht wieder gutzumachen, was sie gerade in ihrer Unüberlegtheit angerichtet hatte. »Immerhin hat er mich befreit und …«

»Aber hat nicht eher jene Jeannet Euch befreit? Ich meine, es so verstanden zu haben.«

»In der Tat, Majestät, Ihr habt Recht. Zunächst befreite mich Jeannet. Eine äußerst ungewöhnliche Frau, wenn Ihr mir die Bemerkung gestattet. Ein gefürchtetes Piratenschiff andererseits, wie man mich aufklärte. Ziemlich raue Gesellen, wenn Ihr wisst, was ich meine. Aber sie haben alles zu meinem Wohle getan. Das darf ich ihnen nicht vergessen. Ich war ihr Pfand, damit Lord Cooper sie frei abziehen ließ, doch ich hatte nicht den Eindruck, als wäre Jeannet darüber sonderlich unglücklich. Ganz im Gegenteil, ich habe ihr beim Abschied angesehen, dass sie sehr erleichtert war, mich beim Lord in den besten Händen zu wissen.«

Es war nur so aus ihr hervorgesprudelt, beinahe wie ein Sturzbach, den kaum etwas zurückhalten konnte. Dabei hatte sie es nur getan, damit die Königin nicht merken sollte, was sie für Lord Cooper in Wirklichkeit empfand. Darum nur hatte sie die Rolle von Jeannet ganz besonders hervorgehoben.

Die Königin nickte ihr zu.

»Die Piraten haben Euch das Leben gerettet, wenn ich das richtig verstehe. Dafür haben sie letztlich freies Geleit erhalten. Doch so Leid es mir tut: Sie sind Piraten und somit Feinde Englands. Genauso wie sie Feinde Spaniens sind.«

»Aber das sind sie doch gar nicht!«, widersprach die Prinzessin heftig, schlug sich aber sogleich selber auf den Mund. »Oh, verzeiht, Majestät, es lag mir fern, mich dermaßen im Ton zu vergreifen, Euch gegenüber, aber …«

Die Königin legte beruhigend ihre Hand auf den Arm der Prinzessin.

»Keine Bange, liebste Freundin, ich weiß doch, was Ihr erleiden musstet. Erst die verhasste Vermählung, die Euch ins Hause stand. Dann die Flucht in die Ungewissheit. Schließlich der Überfall der Piraten … Ihr seid eine wahrhaft starke Persönlichkeit, wie ich sehe, sonst hättet Ihr das nicht mit solcher Bravour überstanden, wie Ihr sie an den Tag legt. Wie schon gesagt: Es gibt niemanden, der mehr Verständnis für Euch haben könnte als ich.«

»Ich bin Euch ja so dankbar, Majestät.« Carla senkte betroffen den Kopf.

Da ging die Königin sogar noch einen Schritt weiter, fasste ihr unter das Kinn und hob ihr Gesicht, um es zu betrachten.

»Darf ich Euch sagen, wie sehr ich Euch bewundere für Euren Mut, Eure immense Kraft, Euren Verstand und Euren

Willen? Ich kenne keine Frau, die alles dies so gut überstanden hätte. Obwohl ich vermute, dass Lord Donald Cooper nicht ganz unschuldig daran ist, dass es Euch vergleichbar gut geht nach alledem?«

»Der – der Lord?«, stotterte Carla verwirrt ob der überraschenden Wendung.

»Er ist einer meiner engsten Berater. Daher darf ich betonen, ihn besonders gut zu kennen? Ich weiß auch, wie rücksichtsvoll er sein kann und ... verständnisvoll. Er hat doch sicher gesehen, wie es Euch ergangen war, und hat alles getan, um Euch zur Seite zu stehen, damit Ihr wieder neuen Mut zu schöpfen bereit wart?«

»Ich – ich verstehe nicht so recht ... Das – das heißt ... Ja, gewiss, Majestät, Lord Cooper war uneingeschränkt für mich da, um mich zu unterstützen. Es gibt wohl keinen Menschen, dem ich mehr vertrauen könnte. Ich kann gut verstehen, dass Ihr Euch darob so sehr auf ihn verlasst ...«

Gott, was rede ich denn da für einen Unsinn?, schrien ihre Gedanken alarmiert. *Was bezweckt die Königin mit alledem? Was will sie von mir? Sie ist die Königin von England. Da wird sie doch wohl nicht einfach nur ... nett sein wollen zu mir?*

Ihre Augen hatten sich unnatürlich geweitet. Ihre Lippen zitterten, doch sie sagte lieber nichts mehr, um sich nicht noch mehr zu verraten.

Die Königin lächelte still und zog ihre Hand zurück. Sie wandte den Blick von der Prinzessin ab und schaute in Richtung Tür. Das Lächeln wollte einfach nicht mehr aus ihrem Antlitz entweichen.

»Ja, in der Tat, ich hege größte Bewunderung für Euch, Prinzessin.« Blitzschnell wandte sie sich wieder an Carla. »Es wäre schier unzumutbar, Euch überreden zu wollen, an den Hof Eures Vaters zurückzukehren!«

»Ja, wirklich?«, entfuhr es der verdatterten Prinzessin.

»Ja, soll ich denn tatenlos mit ansehen, wie meine liebste Freundin in die Hände eines Fremden fällt? Soll so ein junges, blühendes, starkes Leben, wie ich es mit eigenen Augen sehe, irgendwo in einem kahlen Karpatenschloss verblühen?«

Carla von Spanien rührten diese Worte so sehr, dass unwillkürlich Tränen in ihre Augen traten. Sie konnte es nicht verhindern.

Die Königin betrachtete sie wohlwollend.

»Lasst Euren Gefühlen freien Lauf, werteste Freundin.« Sie winkte dem Hofmarschall zu, der natürlich immer noch auf seinem Platz stand und sich bemühte, möglichst unauffällig zu tun. »Verlasst uns!« Auch an den Wachhabenden an der Tür wandte sie sich: »Schließt von außen. Ich möchte mit der Prinzessin allein sein.«

Auch dafür war ihr die Prinzessin höchst dankbar. Kaum waren die Männer draußen, als ihr die Tränen förmlich aus den Augen schossen.

Die Königin streichelte verständnisvoll über ihr Haupt. Ja, sie behandelte die Prinzessin tatsächlich wie eine liebende Mutter. Es tat Carla unendlich gut, und sie konnte sich überhaupt nicht mehr vorstellen, dass die Königin von England jemals eine Entscheidung treffen könnte, die nicht zu ihrem Besten war.

Doch welche Entscheidung würde sie letztlich denn treffen?

Carla gab sich zwar voll und ganz ihrem Gefühlsausbruch hin, weil es sie immens erleichterte und weil sie sich wirklich keinen Menschen vorstellen konnte, der dafür mehr Verständnis haben könnte als Königin Elizabeth, aber tief in ihrem Inneren schlummerte immer noch ein Rest von Furcht vor der nahen Zukunft. Sie erinnerte sich sehr wohl an die bedenklichen Worte des Lords, der ihr klar gemacht hatte, dass die Königin von England die Anwesenheit einer Prinzessin von Spanien unmöglich auf Dauer geheim halten durfte. Für den König von Spanien würde das letztlich wie eine Kriegserklärung erscheinen. Nein, das konnte sie doch unmöglich riskieren. Oder?

Ihre tränenverschleierten Augen richteten sich auf die Königin. Sie forschte in deren Gesicht, doch sie konnte keinerlei Hinweis erkennen auf eine mögliche negative Entscheidung. Und sie erinnerte sich auch an die Worte der Königin, die diese erst vor Minuten gesprochen hatte und die deutlich aussagten, dass es ihres Erachtens als unzumutbar angesehen werden durfte, die Prinzessin nach Spanien zurückzuschicken.

Und wieso zweifelte Carla trotzdem noch an ihrer eigenen Hoffnung?

Die Königin reichte ihr sogar ein Taschentuch für ihre Tränen. Sie tat alles, um die Prinzessin zu trösten. Eben wie eine liebende Mutter es mit ihrer Tochter getan hätte.

Hatte sie Carla nicht auch als liebste Freundin bezeichnet? Dann war die Königin von England zumindest eine Art mütterliche Freundin.

Gedanken, die Carla mehr und mehr halfen, sich wieder zu beruhigen. Bis am Ende ihr Tränenfluss versiegte und sie wieder die Kraft hatte, sich in aller Form für den Beistand zu bedanken.

Die Königin erwiderte daraufhin nur sanft: »Ist es nicht üblich unter Freundinnen, sich gegenseitig beizustehen?«

Jetzt schaute Carla sie offen an.

»Ihr seid wirklich auf meiner Seite!« Ja, das war keine Frage, sondern eine Feststellung gewesen. »Aber ich kann das nicht verantworten, mit Verlaub, Majestät.«

»Was könnt Ihr nicht verantworten?«

»Lord Cooper hat mit mir bereits darüber gesprochen, auf dem Weg hierher.«

»So, was sagte er denn?«

»Er wies darauf hin, dass es einer Beleidigung der spanischen Krone gleichkomme, wenn Ihr mein Hiersein auf Dauer gegenüber meinem Vater verheimlichen würdet.«

»So, das meinte er?« Dem Gesicht der Königin war nicht im Geringsten anzusehen, was sie dachte.

Carla fuhr fort: »Es hat mich zunächst mit Furcht erfüllt. Ich musste daran denken, was mir bevorsteht, aber der Lord hat mir klar gemacht, dass ich unmöglich meine persönlichen Belange über die Belange zweier Völker stellen darf. Ich bin die Prinzessin von Spanien. Das gibt mir aber noch lange nicht das Recht, einen Konflikt zwischen unseren beiden Nationen zu provozieren – nur, um mir vielleicht selber dabei einen Gefallen zu tun, um es einmal so zu umschreiben.«

»Aha, das ist wirklich Eure Meinung?«

»Ja, nachdem mir Lord Cooper dahingehend die Augen geöffnet hat.«

»Nun, ich muss zugeben, dass ich diese Möglichkeit noch in keiner Weise in Betracht gezogen habe. Allerdings bleibt es dabei, dass ich es unmöglich zulassen kann, Euch mit einem solch tragischen Schicksal sozusagen … enden zu lassen. Zwar kann ich die Motive Eures Vaters durchaus nachvollziehen und möchte ihn auch in keiner Weise unnötig verärgern, aber …«

Sie brach ab. Für Carla eine Gelegenheit, ihrer Trauer Ausdruck zu verleihen.

»Das ist eben der Punkt, Majestät: Mein Vater will in dieser Angelegenheit auf niemanden hören, nicht nur nicht auf mich, sondern mit Sicherheit auch auf niemand anderen.«

»Soll das etwa heißen, Euer Entschluss steht bereits fest und Ihr wollt Euch diesem schlimmen Schicksal stellen – freiwillig gar?«

»Ich denke, mir bleibt in der Tat nichts anderes übrig, Majestät.«

»Aber wie könnte ich das jemals zulassen?« Die Königin schüttelte heftig den Kopf. »Nein, meine Liebe, wir wollen nichts überstürzen. Ihr seid mein liebster Gast und sollt das so lange bleiben, wie Ihr wollt. Lasst Euch Zeit, über alles genauestens nachzudenken. Wägt alles sorgfältig ab, ehe Ihr Euch zu einer Entscheidung hinreißen lasst, die Ihr später vielleicht bitter bereut. Denkt auch an Eure Flucht vom Hofe und an alles, was Euch danach widerfuhr. Soll dies alles denn umsonst gewesen sein? Und das wäre es, wenn Ihr jetzt so einfach nach Spanien zurückkehren würdet.«

Carla von Spanien schaute die Königin an und hatte Mühe zu begreifen, was sie soeben mit eigenen Ohren gehört hatte. Es klang ja gerade so, als wäre sie der Königin so sehr ans Herz gewachsen in dieser kurzen Zeit – vielleicht angesichts ihres besonderen Schicksals? –, dass sie ihretwegen sogar einen Konflikt mit ihrem Vater riskierte.

»Lieber Gott, wie könnte ich das zulassen: einen Konflikt zwischen Spanien und England – meinetwegen? Wie könnte ich so egoistisch sein und nicht nur meinen Vater, sondern auch Euch, die Ihr so gütig zu mir seid, ins Unglück stürzen?«

Die Königin lächelte sie wieder an und streichelte sanft ihre Wange.

»Nicht doch, liebste Freundin. Ihr seht das viel zu schwarz. Überschlaft erst einmal alles und lernt, zuversichtlicher zu werden. Ja, gewiss, Ihr dürft nicht alles so schwarz sehen. Ich glaube, ich werde ein ernstes Wörtchen mit dem Lord zu reden haben, denn offensichtlich trägt er die Schuld daran, dass Euch solch düstere Gedanken quälen.«

»Aber nein, Lord Cooper ist da völlig unschuldig!«, beeilte sich Carla zu versichern. »Er hat mir nur die Möglichkeiten aufgezählt, dabei aber versichert, dass es auch für ihn schrecklich wäre, wenn ich unter solchen Bedingungen an den Hof meines Vaters zurückkehren müsste.«

»Ja, aber alles, was Ihr an Argumenten aufgesagt habt, betrifft Entscheidungen, die außerhalb von Euch liegen, wenn Ihr mir diese Formulierung erlaubt. Ich meine, Ihr müsstet wirklich so egoistisch sein und in erster Linie an Euch selber denken. Es kann niemand von Euch verlangen, auch in Eurer Eigenschaft als Prinzessin von Spanien, etwas zu tun, was euch dermaßen zuwider ist. Und falls ich etwas zu Eurem Wohle tue, was Probleme anderer Art beschwört, dann solltet Ihr Euch wirklich nicht Euren Kopf darüber zerbrechen. Überlasst das getrost mir selber.«

»Ja, glaubt Ihr denn, es gäbe auch nur die geringste Möglichkeit, dies alles zu aller Zufriedenheit zu lösen?«

»Nein, das wollte ich damit nicht zum Ausdruck bringen. In der Tat muss ich gestehen, ebenso ratlos zu sein wie Ihr. Ich kenne keine Lösung, außer der einfachen, Euch hier am Hofe in Sicherheit zu lassen, solange es Euch richtig erscheinen mag. Mehr noch: Ich werde alles tun, um Euch zu überreden, weiterhin hier zu bleiben, falls Ihr glauben solltet, doch wieder nach Spanien zurückkehren zu müssen.«

»Trotz der Gefahren und Risiken, die Ihr dadurch eingeht?«, konnte Carla nicht aufhören sich zu wundern.

»Es sind doch nur so lange Gefahren und Risiken, bis man eine Lösung gefunden hat. Aber wie schon gesagt: Darüber solltet nicht Ihr Euch Euren hübschen Kopf zerbrechen, meine Liebe. Ihr habt in der letzten Zeit wirklich schon genug auf Euch genommen, um nicht auch noch dafür Euch zuständig fühlen zu müssen. Ich schlage vor, Ihr ruht Euch erst einmal gründlich aus. Ich werde dafür sorgen, dass Lord Donald Cooper, der Euch ja weitgehend vertraut ist inzwischen, zu Eurer persönlichen Verfügung abkommandiert wird. Ich glaube, es dürfte auch in seinem Sinne sein, denn seinen Worten konnte ich entnehmen, dass er in Sorge um

Euch ist. Dass er bereits mit Euch über alles gesprochen hat, bestätigt meinen Eindruck sogar.«

»Oh, ich weiß nicht, wie ich Euch dies alles jemals danken kann!«, rief die Prinzessin enthusiastisch.

»Das braucht Ihr nicht, Prinzessin Carla. Ich sagte doch schon, dass Ihr mir eine liebste Freundin seid. Da ist dies alles doch selbstverständlich. Ich denke, wenn ich an Eurer Stelle wäre und Ihr auf dem Thron von England, würdet Ihr nicht anders handeln.«

»Ja, da habt Ihr Recht: Das würde ich. Ach, ich habe noch nie einen Menschen kennen gelernt, der mit Euch verglichen werden könnte. Erlaubt Ihr mir diese Worte? Sie kommen von ganzem Herzen, Majestät. Ihr seid eine Königin, wie sie würdiger gar nicht sein könnte. Euer Volk darf stolz auf Euch sein – und ich bin es gleichermaßen.«

»Oh, Eure Worte tun wahrlich gut!« Konnte es sein, dass Königin Elizabeth von England so etwas wie verlegen werden konnte?

»Ja, es sind nicht nur Worte. Ihr könnt versichert sein, dass ich für mein ganzes Leben Euch zugetan sein werde. Niemals werde ich vergessen, was Ihr zu tun bereit seid für mich, die ich doch bisher eine Fremde für Euch war. Mehr noch, wenn ich daran denke, wie schlecht ich mich beim ersten Mal benommen habe …«

Elizabeth von England winkte in einer fast lässig anmutenden Geste ab und erlaubte sich wieder ein Lächeln.

»Ihr seid inzwischen ungewöhnlich erwachsen geworden, Prinzessin. Bei allem, was Ihr durchmachen musstet, eigentlich kein Wunder. Aber jetzt soll alles vergessen werden, was Euch bislang über Gebühr belastet hat. Ich will sehen, wie Ihr wieder aufblüht zur strahlenden Prinzessin, auf die das spanische Volk voller Stolz zu schauen vermag. Ach, ich denke, wenn Euer Volk wüsste, wie tapfer Ihr seid, wäre es jetzt schon stolz und würde sich überaus glücklich schätzen, eine solche Prinzessin zu haben!«

Carla musste sich selbst eingestehen, dass sie sich seit viel zu langer Zeit nicht mehr so wohl und glücklich gefühlt hatte. Vielleicht war auch der Umstand mit ein Grund, dass die Königin ihr versprochen hatte, den Lord zur ihrer persönlichen Verfügung abzustellen? Könnte es noch besser kommen?

Ja, konnte es, wie die Prinzessin ganz genau wusste: Noch besser wäre es nämlich gewesen, Lord Cooper hätte endlich eingesehen, dass er sie genauso innig liebte wie sie ihn!

Doch wenn er in der nächsten Zeit wirklich so intensiv seine Zeit mit ihr verbringen musste, wie die Königin es indirekt bereits angeordnet hatte, würde sich das beinahe von allein ergeben. Da war die Prinzessin ziemlich zuversichtlich.

»Erlaubt Ihr somit, dass ich mich zurückziehe, Majestät?«, erkundigte sich Carla vorsichtig.

»Ja, meine Liebe, aber natürlich. Ihr braucht dringend Ruhe und Erholung, was ja kein Wunder ist. Ich habe das Gleiche auch Lord Cooper befohlen. Morgen werde ich ihn empfangen und ihm seine neue Aufgabe verkünden. Ich bin überzeugt davon, dass keine Entscheidung ihm angenehmer erscheinen könnte.«

Tatsächlich?, jubelten Carlas Gedanken. *Aber dann hat er doch in einer Weise von mir gegenüber der Königin gesprochen, dass sie dringend annehmen muss, er sei gern mit mir zusammen? Und wenn er solchermaßen gern mit mir zusammen ist, was könnte das denn anderes bedeuten, als dass er mich überaus sympathisch findet? Ja, gewiss sogar noch mehr als nur sympathisch …*

Sie strahlte so sehr, dass die Königin es überdeutlich sehen konnte. Aber Königin Elizabeth lächelte dabei nur ihr stilles und unergründliches Lächeln.

Prinzessin Carla stand tatkräftig auf und tat einen Knicks vor der Königin. Sie nahm sogar überschwänglich deren Hand und küsste sie dankbar.

Als Prinzessin von Spanien konnte sie sich diese Geste durchaus erlauben. Zumal ihr die Königin ja deutlich genug gezeigt hatte, welch große Sympathien sie für sie hegte.

Doch Carla wusste auch, dass sie es nicht übertreiben durfte. So zog sie sich rückwärts gehend und mit gesenktem Haupt zurück, um der Königin ihre äußerste Ehrerbietung zu zollen.

Die Tür wurde erst geöffnet, als sie mit dem Rücken dagegen stieß und klopfte.

Der Hofmarschall hatte geduldig gewartet. Er sah, dass die Prinzessin geweint hatte, hütete sich jedoch, dahingehend etwas zu sagen.

Auch die Wachhabenden schauten nur neugierig, allerdings nicht allzu offen, damit es nicht unschicklich wurde.

»Bitte führt mich in meine Gemächer zurück, Hofmarschall!«, bat die Prinzessin.

Sie setzte sich nicht sogleich in Bewegung, sondern erlaubte sich noch hinzuzufügen: »Ihre Majestät, die Königin von England, ist wahrlich die ungewöhnlichste Königin auf Erden. Jedes Volk kann sich überaus glücklich schätzen, von einer solchen Majestät regiert zu werden!«

Das sagte sie dermaßen überschwänglich, dass jeder sie überrascht ansah. Aber dann nickten sie verständnisvoll, dachten sie doch genauso über Königin Elizabeth.

Sonst hätten sie nicht die Stellung innegehabt, die sie bekleideten …

FÜNFTES BUCH:
Wirrungen

Lord Donald Cooper schlief tief und fest, aber nicht völlig traumlos. Immer wieder sah er Jeannet. Ihre Begegnung war so intensiv, dass er fest glauben musste, es sei die Wirklichkeit!

Im Traum holten sie gewissermaßen nach, was das Leben ihnen vorenthielt. Sie hatten sich doch nur so kurz kennen lernen dürfen. Ja, kurz nur, aber unbeschreiblich heftig. Dieses Erlebnis beherrschte seine Sinne und somit … auch seine Träume. In diesen jedoch, obwohl es ihm so real vorkam, war alles ganz anders als in Wirklichkeit. Da gab es keine Beschränkungen, keine Ängste, nichts, was zwischen ihnen hätte stehen können, was ihre Liebe gefährdete: Da waren sie völlig ungezwungen, lagen sich in den Armen, spürten einander, durften sich lieben, ohne Anstoß zu erregen oder gar um ihr Leben bangen zu müssen. Sie gingen Hand in Hand über das Piratenschiff WITCH BURNING, sie scherzten mit Naismith, den der Lord eigentlich im Verdacht hatte, ein Spion der Königin zu sein, sozusagen als deren letzte Kontrolle. Er scherzte mit ihnen, gab sich nett und freundlich wie nie und wünschte ihnen sogar alles Glück der Welt.

Da war auch Königin Elizabeth selber. Sie lächelte wohlwollend und bat das Traumpaar, sich doch endlich zu küssen. Das taten sie dann. Donald Cooper spürte Jeannets aufregenden Körper, und es war so viel Glück in seiner Brust, dass er schier zerspringen wollte. Der Kuss hörte gar nicht mehr auf: Endlich, ja, endlich durften sie sich in aller Öffentlichkeit küssen, und alle waren begeistert und jubelten ihnen zu: Die Königin, die Piraten, das englische Volk, das spanische, angeführt von Carla …

Nur einer war nicht begeistert: Philipp II. Er schaute im Gegensatz zu allen anderen verbiestert drein und hob sein

Zepter, um damit auf die arme Carla einzudreschen. Diese wich geschickt aus, doch das Zepter sauste nieder und pochte hart auf den hölzernen Boden. Immer wieder versuchte es der verärgerte spanische König. Immer wieder sauste sein Zepter nieder, um hart auf den Boden zu pochen.

Alle waren total aufgeregt ob dieser Szene. Auch Lord Cooper, dessen Geliebte sich plötzlich wie in Nichts auflöste. Er schrie verzweifelt nach ihr, doch nicht nur sie verschwand, sondern darüber hinaus … alles andere um ihn herum. Nur eines blieb: das hartnäckige Pochen.

Schlagartig erwachte er und stand senkrecht in seinem Bett.

Das Pochen stammte nicht vom Zepter des spanischen Königs, sondern war an der Tür. Er hörte die Stimme des Hofmarschalls: »Mylord, ich bitte Euch inständig um Vergebung, aber ich habe Order, Euch zu wecken.«

Lord Donald Cooper brummelte etwas Unverständliches in den Bart. Seine Linke krallte sich in das Nachtgewand vor seiner Brust. Dieser Schmerz, den er im Traum hatte vergessen dürfen und der jetzt mächtiger als zuvor zurückkehrte … *Jeannet, geliebte Jeannet! Wann endlich dürfen wir uns in Wirklichkeit wiedersehen, nicht nur im Traum?*

Er dachte nicht zum ersten Mal daran, dass er ihr die Adresse jenes Pubs in London gegeben hatte, über dessen Wirt sie ihn erreichen konnte. Noch bevor er ins Bett gegangen war, hatte er einen Kurier seines Vertrauens ausgesendet, um den Wirt entsprechend in Kenntnis zu setzen. Der Kurier war einer aus des Lords Dienerschaft. Er hätte sich eher die Zunge abgebissen oder Schlimmeres über sich ergehen lassen, bevor er seinen Lord verraten hätte. Aber auch der Wirt war Lord Cooper treu ergeben. Es würde keinerlei Risiko bedeuten, wenn sich Jeannet über diesen mit ihm in Verbindung setzte. Das wusste er ganz sicher, und es half ihm, ein wenig die brennende Sehnsucht zu unterdrücken und sich auf den Hofmarschall zu konzentrieren: Was fiel diesem denn überhaupt ein, ihn so brachial aus den süßesten Träumen zu wecken?

Lord Cooper sprang aus dem Bett und erreichte mit drei Sätzen die Tür. Er riss sie auf.

Der Hofmarschall erschrak, als der Lord so plötzlich vor ihm erschien. Er verbeugte sich verdattert anstatt zu salutieren, wie es richtig gewesen wäre.

»Mit Verlaub, Mylord, ich wünsche, wohl geruht zu haben!«

»Wollt Ihr mich auf den Arm nehmen?«, herrschte der ihn an. »Wieso macht Ihr einen solchen Höllenlärm, dass das ganze Schloss schier erbebt?«

»Mit Verlaub, Mylord, aber es ist bereits Mittagszeit, und es scheint, als würde Ihre Majestät, die Königin von England, ungeduldig werden.«

Lord Cooper schluckte seinen Ärger hinunter. Die Königin wünschte ihn persönlich zu sprechen – und es war bereits Mittag? Wo, um alles in der Welt, war denn die Zeit geblieben? Hatte er denn wirklich so über Gebühr lange geschlafen?

Fast war es beschämend, aber er wusste ja, dass er eine anstrengende Mission hatte hinter sich bringen müssen. Da stand es ihm durchaus zu, sich wenigstens einmal auszuschlafen.

Sein nächster Gedanke jedoch lautete: *Was ist denn jetzt noch so überaus dringend, dass es die Königin nicht mehr erwarten kann, mich zu sprechen?*

Er musterte den Hofmarschall. Dessen pompöse Uniform konnte nicht darüber hinwegtäuschen, dass er trotz seines fortgeschrittenen Alters ein nicht zu unterschätzender Kämpfer war. Nicht umsonst hatte man ihn zum Hofmarschall bestellt. Lord Cooper wusste durchaus, mit welchen Qualitäten er als Ritter hatte aufwarten können, und wie er außerdem wusste, hatte der Hofmarschall sein ständiges Training bis heute nicht vernachlässigt.

Er entspannte sich und sagte zu ihm: »Verzeiht mein aufbrausendes Temperament. Ich hatte ja keine Ahnung, wie spät es bereits ist!«

Der Hofmarschall lächelte flüchtig. Lord Cooper erinnerte sich auch daran, dass er anfangs immerhin sein oberster militärischer Führer hier am Hof gewesen war. Bis er direkt der Königin unterstellt worden war, um später sogar der Berater der Königin werden zu dürfen. Es tat ihm jetzt ehrlich Leid, den ehrwürdigen Mann so behandelt zu haben.

Aber das flüchtige Lächeln des Mannes bewies, dass er nicht nachtragend war. Er salutierte vorschriftsmäßig, was vom Lord erwidert wurde. Dann sagte er: »Ihr braucht nicht sofort zur Königin zu eilen. Sie lässt ausrichten, Ihr sollt Euch zunächst frisch machen – ja, so drückte sie sich tatsächlich aus! – und ein kräftiges Mahl zu Euch nehmen. So viel Zeit müsse auf jeden Fall noch sein.«

»Verzeiht noch einmal, Hofmarschall, aber was ist eigentlich mit der Prinzessin von Spanien?«

»Oh, gut, dass Ihr nach ihr fragt, Mylord, aber Carla von Spanien hat sich gestern nach der Audienz bei Ihrer Majestät in die ihr zugewiesenen Gemächer zurückgezogen und wurde bis jetzt nicht mehr gesehen. Ich nehme an, mit Verlaub, sie schläft noch.«

Dann ist sie besser dran als ich, dachte Lord Cooper in einem Anflug von leichtem Galgenhumor, denn die Tatsache, dass die Königin ihn sprechen wollte, missfiel ihm. Er dachte auch an Jeannet und daran, dass er so sehr gehofft hatte, sie so bald wie möglich wiederzusehen. Hoffentlich hatte die Königin nicht ausgerechnet jetzt einen neuen Auftrag parat, der all seine Hoffungen zunichte machte?

Der Hofmarschall zog sich zurück, und Lord Cooper beeilte sich, der Anweisung der Königin Folge zu leisten, sich nämlich frisch zu machen. Das war keine Prozedur, die ihn allzu lange aufhielt, zumal ihm dabei zwei Diener behilflich waren. Andere Diener waren unterdessen angewiesen, eine reiche Tafel zu decken – umfangreich genug jedenfalls, um dem mächtigen Appetit Rechnung zu tragen, den er verspürte.

Aber beim Essen wollte kein rechtes Vergnügen aufkommen. Er genoss die Speisen nicht, weil er viel zu viel über einen möglichen Auftrag der Königin nachdenken musste. Oder wollte sie lediglich mit ihm sprechen, um ihm mitzuteilen, wie das Gespräch mit der Prinzessin verlaufen war? Vielleicht hätte er diesbezüglich den Hofmarschall fragen sollen?

Nun, falls dieser überhaupt etwas von jenem Gespräch mitbekommen hatte: Vielleicht hatte es die Königin ja auch vorgezogen, mit der Prinzessin unter vier Augen zu sprechen? Das war durchaus möglich: In solchen Dingen war Ihre Majestät unberechenbar.

Als ihm sein Magen meldete, voll zu sein, brach er das Mahl ab und stand auf. Zwei Diener legten seine Oberbekleidung an und vergaßen auch den Degen nicht, währenddessen Lord Cooper mit nachdenklich gefurchter Stirn an Jeannet dachte: *Egal, was die Königin vorhat, es bleibt sicher noch genügend Zeit, dich wiederzusehen, Geliebte! Ach, es war doch alles nur so schrecklich kurz. Wir haben uns gefunden, und es hat uns überfallen wie eine Sturmbö, aber dann mussten wir uns wieder voneinander losreißen. Wir konnten doch überhaupt nicht auskosten, was uns an Liebe so übermächtig erfüllt. Ach, Jeannet, einerseits verfluche ich es, dass du solche Gefühle in mir erweckt hast, bitte verzeih, aber andererseits weiß ich, dass nichts gewaltiger, mächtiger und auch schöner sein kann als die große, wahre Liebe! Wenn nur die Sehnsucht nicht so schrecklich schmerzen würde …*

Danach ging er betont festen Schrittes zum Audienzzimmer der Königin, das eher einem Saal glich als einem Zimmer. Er wirkte sehr beherrscht, zumindest nach außen hin, obwohl sein Inneres aufgewühlt war. Vergeblich versuchte er nämlich, die trüben Gedanken zu bändigen oder zumindest Herr zu werden über den Schmerz in seiner Brust.

Diesmal gab es andere Wachhabende vor dem Eingang zum Audienzzimmer: Schichtwechsel. Aber auch diese kannte er, weil er alle in der königlichen Residenz persönlich kannte.

Sie behandelten ihn dennoch wie einen Fremden. Lord Cooper machte sich nichts daraus. An ihrer Stelle hätte er genauso gehandelt: Es gehörte ganz einfach zum Ritual.

Einer trat ein, um ihn anzukündigen. Als er zurückkehrte, nickte er ihm zu.

Lord Donald Cooper salutierte eher lässig, obwohl das normalerweise nicht seine Art war: Entweder er machte es korrekt oder er verzichtete lieber darauf. Es war das äußerste Zeichen von Unsicherheit, das er sich erlaubte. Ansonsten wirkte er nach dem Eintreten im Audienzzimmer völlig gefasst, und jede Geste des üblichen Rituals vor der Annäherung an Ihre Majestät, Königin Elizabeth von England, saß. Das bedeutete, er stand mit gesenktem Haupt, beinahe wie ein armer Büßer, an der Tür, die sich hinter ihm schloss, und wartete auf das Zeichen der Königin.

Sie war nicht allein. Ein anderer Berater war bei ihr, den Lord Cooper zwar kannte, aber nicht sonderlich schätzte. Sie entließ den Mann mit einem Fingerzeig. Dieser eilte rückwärts zu einer anderen Tür und verschwand. Jetzt war die Königin allein mit ihm. Sie winkte ihn näher.

Dass keiner der Wachhabenden mit ihm eingetreten war, zeigte ihm, dass die Königin diese bereits entsprechend angewiesen hatte. Und was war das für ein Gespräch mit dem anderen Berater gewesen? Lord Graham war so etwas wie ein Konkurrent von Lord Cooper. War es bei dem Gespräch um ihn, Cooper, gegangen? Es hätte ihn nicht gewundert, denn die Königin hörte sich gern unterschiedliche Meinungen zu ein und demselben Thema an, um sich daraus ihre eigene Meinung zu bilden.

Oder redete sich Lord Cooper nur etwas ein und die Unterredung hatte in Wahrheit gar nichts mit ihm zu tun?

Er erreichte den Thron und ließ sich vorschriftsmäßig im Sicherheitsabstand auf das rechte Knie fallen.

»Nein!«, befahl die Königin mit fester Stimme. Es schwang weder Freundlichkeit noch Unfreundlichkeit in dieser Stimme mit. Sie klang völlig neutral. Ein gutes Zeichen?

Lord Donald Cooper stockte in der Bewegung.

»Erhebt Euch, Lord, damit ich Euch wieder in die Augen sehen kann. Dies ist ein besonders persönliches Gespräch, Lord Cooper, und ich gehe davon aus, dass niemals auch nur ein Wort davon nach draußen dringt. Haben wir uns verstanden?«

Das waren ja ganz neue Töne! Er wagte es nicht nur, sich wieder zu erheben, sondern auch die Augen zu heben. Ihre Blicke kreuzten sich. Die Königin erschien ungewöhnlich ernst.

»Habt Ihr eine Ahnung, wie wichtig Prinzessin Carla von Spanien tatsächlich für uns ist?«

»Jawohl, Majestät, die habe ich.«

»Dann ist es ja gut, Lord Cooper. Seid Euch darüber im Klaren, dass uns der Zufall nicht nur die Prinzessin in die Hände gespielt hat, sondern mit ihr eine unglaubliche Chance, die Weltgeschichte in unserem Sinne zu korrigieren. Wie Ihr wisst, ist England im Vergleich zu Spanien eher klein und unbedeutend. Wir sind Spanien und dessen Barmherzigkeit so sehr ausgeliefert, falls es jemals darauf ankommt, wie seinerzeit David dem übermächtigen Goliath. Aber wer hat den Kampf letztlich dennoch bestanden?«

»David!«, antwortete er, ohne zu zögern.

»Richtig! Und wie hat er es geschafft?«

»Durch eine List!«

»Abermals richtig, Lord Donald Cooper. Genau dieses sind wir bereits dabei zu tun, aber wir müssen bei alledem äußerst vorsichtig sein. Sobald König Philipp von Spanien zu viele Hinweise entdeckt, die auf ein mögliches Bündnis der ihm äußerst lästigen Piraten mit der Krone von England deuten lassen, ist die Sicherheit Englands nachhaltig gefährdet. Wir würden genau das Gegenteil erreichen von dem, was wir erreichen wollen.«

»Gewiss, Eure Majestät!«

»Ich weiß sehr wohl, dass wir es nicht auf Dauer verhindern können. Ein Risiko, das wir eingehen müssen. Philipp nimmt nur so lange Rücksicht auf uns, wie wir ihm als wichtige Verbündete erscheinen, auch und gerade bei seinen Problemen mit den Niederlanden – und solange seine Armada mit anderen Problemen beschäftigt ist. Er will unter allen Umständen das Monopol auf die Handelsroute in die Neue Welt behalten. Das sichert ihm schier unbegrenzten Reichtum und macht sein Land zur unanfechtbaren Weltmacht auf Erden.«

Lord Cooper fragte sich vergeblich, was dieser Vortrag nun eigentlich sollte? Das waren doch alles Dinge, die hinlänglich bekannt waren. Es konnte nur so sein, dass die Königin dies als Einführung benutzte für das eigentliche Thema. Aber wieso redete sie um den heißen Brei herum und kam nicht gleich auf den Punkt zu sprechen, um den es ihr ging?

»Wenn Philipp auf die Idee kommt, das Piratenproblem an der Wurzel zu packen, indem er mit seiner Armada England überfällt, verschwindet England nicht nur von der Landkarte, sondern auch aus der Weltgeschichte! Nur mittels Carla von Spanien können wir das Schlimmste verhindern und genügend Zeit herausschinden, um irgendwann gegen einen solchen Überfall vielleicht sogar gewappnet zu sein. Eine Niederlage der Armada gegen England würde die Hauptrolle von Spanien als Weltmacht nachhaltig gefährden und darüber hinaus auch anderen den Weg in die Neue Welt öffnen helfen.«

Nach dieser ergänzenden Erläuterung der politischen Lage, wie sie diese sah, schaute sie ihn sehr ernst an.

Lord Cooper versuchte, die Gedanken zu erraten, die hinter ihrer bewölkten Stirn vorherrschten, aber es misslang ihm. Er hatte nicht die leiseste Ahnung, was sie nun wirklich von ihm wollte, der er doch hinlänglich in die Problematik eingeführt war. Schließlich war seine letzte Mission genau in diesem Sinn erfolgt.

Es konnte nur sein, dass sie tatsächlich eine neue Mission für ihn vorsah, die sich möglicherweise um dasselbe Thema drehte.

Andere Piraten, die wie Jeannet und ihr Schiff in Ungnade gefallen waren?

Nein, ausgeschlossen, denn das hätte er bereits erfahren.

Es musste um die Prinzessin gehen. Schließlich hatte er sie hergebracht, und es hatte am Vorabend eine Unterredung zwischen ihr und der Königin gegeben. Was war dabei herausgekommen?

Die ernste Miene der Königin ließ ihn beinahe vermuten, dass es ganz und gar nicht in ihrem Sinne abgelaufen sein konnte!

»Was empfindet Ihr gegenüber der Prinzessin, Lord Cooper?«, schoss sie eine gänzlich unerwartete Frage ab.

Er blinzelte überrascht und hätte beinahe mit der Äußerung »Wie bitte?« reagiert. Im letzten Moment konnte er es unterbinden. Nach ein paar überraschten Sekunden sagte er stattdessen: »Mit Verlaub, Eure Majestät, aber ich verstehe nicht!«

»Was gibt es daran denn misszuverstehen, Lord Cooper? Ich fragte nach Euren Empfindungen gegenüber der Prinzessin. Ihr seid ein Mann, und sie ist eine Frau. Wer von uns beiden ist nun naiv?«

Ihm wurde es irgendwie übel. Es war ihm, als würde eine Hand nach seiner Kehle greifen, um ihn zu würgen. Da war etwas in seinem Magen, das wie ein Stein anmutete. Doch es war etwas anderes: Eine Ahnung, die sich aus den Tiefen seines Unterbewusstseins emporschwang und ihm ganz und gar missfiel. Mehr noch: Es wurde ihm regelrecht schwindelig darüber.

»Mit Verlaub, Eure Majestät, aber meine Gefühle gegenüber der Prinzessin sind neutral, wie ich Euch versichern darf. Sie ist die Prinzessin von Spanien, und ihr gebührt von daher gehöriger Respekt und von meiner Seite ausgehend die rechte Distanz. Bislang habe ich in ihr ganz und gar nicht die Frau gesehen, die sie darüber hinaus durchaus bereits sein mag, trotz ihrer Jugend.«

»Ihre Jugend? Na, so alt seid Ihr nun auch wieder nicht, Lord Cooper. Der Altersunterschied kann es kaum sein, der Euch stört.«

Er hatte Mühe, seiner Stimme wenigstens einen einigermaßen festen Klang zu verleihen: »Wie gesagt, Eure Majestät, aber die Prinzessin von Spanien ist bei aller Attraktivität nicht die Dame meines Herzens, falls Ihr darauf abzielen wolltet – bei allem Respekt.«

Königin Elizabeth lachte auf einmal. Es war kein fröhliches Lachen. Es klang eher belustigt: »Gut formuliert, Lord Cooper. Ihr wollt mir also allen Ernstes einreden, es würde absolut keine Gefühle zwischen Euch und der Prinzessin geben, außer gegenseitigem Respekt und Wohlwollen?«

»Wenn Ihr es so auszudrücken beliebt, Eure Majestät: Ja, gewiss, genauso verhält es sich.«

»Ich schaue dabei sehr genau in Eure Augen, Lord Cooper, und neige zu der Auffassung, dass Ihr die Wahrheit sagt. Andererseits – einmal davon ausgehend, dass es genau so stimmt, wie Ihr es sagt: Glaubt Ihr denn wirklich, dass Prinzessin Carla von Spanien das ebenso neutral betrachtet wie Ihr?«

Da war es wieder: Schwindelgefühle, der Stein im Magen, der beschleunigte Herzschlag, beginnende Übelkeit: die Ahnung von etwas für ihn schier Ungeheuerlichem!

»Ich hatte bislang keinen Grund, etwas anderes anzunehmen, Eure Majestät!«

Jetzt schüttelte die Königin heftig den Kopf, und sie wirkte plötzlich sehr ärgerlich.

»Da hört doch alles auf: ein erwachsener Mann, der keineswegs den Ruf genießt, so etwas wie ein Kostverächter zu sein, wie man mir zutrug – und merkt nichts von der Schwärmerei einer so attraktiven Prinzessin? Carla ist ein Sonnenschein, der die Herzen aller Männer erwärmt, wenn sie nur in ihre Nähe kommt. Ja, sie hat sogar mein eigenes Herz gerührt. Sie ist mir beinahe wie eine Tochter, ich ihr zumindest eine mütterliche Freundin. Dabei steht es in ihren

Augen so klar zu lesen, als würde sie es laut aussprechen: ›Ich liebe Lord Cooper!‹ Und da kommt dieser Lord Cooper daher und erzählt mir so einen banalen Unsinn? Lord Cooper, bei allem Respekt vor Euren unermesslichen Beiträgen zum Wohle und zum Erhalt unseres Vaterlandes England: Wie blind muss denn ein erwachsener Mann sein, um solches zu übersehen? Ist dies denn einem fähigen Diplomaten und kämpferischen Recken für England würdig?«

Lord Donald Cooper war stocksteif vor Entsetzen. Die Ahnung … schlimmer noch hätte sie sich nicht bewahrheiten können. Seine Liebe zu Jeannet hatte ihn in der Tat blind und taub gegenüber allem anderen gemacht. Es hatte ihn als Berater und Sonderbeauftragter der Königin nachhaltig disqualifiziert. Da hatte die Königin vollkommen Recht. Doch was bedeutete das in letzter Konsequenz?

Er schloss unwillkürlich die Augen und sank hinab auf sein rechtes Knie, um in Demut vor der Königin niederzukauern – trotz gegenteiligem Befehl ihrerseits.

Er hatte versagt, auf der ganzen Linie versagt. Die Zuneigung der Prinzessin war eine wahre Katastrophe. Das Schlimmste daran war auch noch, dass er es absolut nicht bemerkt hatte! Alles war negiert, was er jemals für sein Land, die Krone, für die Königin getan hatte. Er war am Ende. Für ein solches Versagen seinerseits konnte es nur eine einzige Strafe geben, die dies zumindest noch annähernd zu sühnen vermochte: die Todesstrafe!

Und er kauerte vor dem Thron, um das einzig gerechte Todesurteil zu empfangen. Beinahe hörte er schon, wie sich die Türen öffneten, damit die Häscher eintraten, die ihn erst in den tiefsten Kerker und dann auf das Schafott zerren würden. Es würde seinerseits keinerlei Widerstand geben. Er würde sich willig in das unabwendbare Schicksal fügen, wohl wissend, dass es eben nur allzu gerecht war, wenn jemand so sehr versagt hatte wie er.

Vor seinem geistigen Auge tauchte Jeannet auf. Er sah sie weinen – trauern um seinen Tod. Niemals durften sie sich wiedersehen. Er war des Todes und irgendwie würde seine Geliebte dies verwinden müssen, wollte sie ihm nicht auf dem kürzesten Weg ins Schattenreich der unwürdigen Sünder folgen …

»Aufstehen!«, befahl die Königin indessen befehlsgewohnt und auch ärgerlich. »Wer hat Euch erlaubt, niederzukauern wie ein elender Versager? Ich hatte befohlen, mich in Eure Augen sehen zu lassen. Oder wollt Ihr mir etwas verbergen?«

Er erschrak darüber so sehr, dass er sich tatsächlich wieder erhob und aufrecht hinstellte, ehe es ihm überhaupt bewusst wurde. Er wagte es dann sogar auch noch – trotz alledem! –, sie anzuschauen.

»Was ist denn in Euch gefahren, Lord Cooper? Was sollte diese Reaktion?«

Er wollte etwas sagen, aber die Stimme versagte ihm den Dienst. Bei ihm die absolute Ausnahme: Er war ansonsten niemals auf den Mund gefallen und beileibe kein Hanswurst. Er war der hochwohlgeborene Lord Donald Cooper, der Berater und Sonderbeauftragte der Königin, einer der mächtigsten und einflussreichsten Männer Englands mithin, aber wieso fühlte er sich dann so unbeschreiblich elend?

»Ich mag es kaum glauben, dass es Euch doch tatsächlich die Sprache verschlagen hat!« Die Königin schüttelte mal wieder den Kopf über ihn. »Ja, gewiss, dies alles ist überzeugender als jeglicher Schwur es sein könnte: Ihr hattet tatsächlich nicht die leiseste Ahnung von der heimlichen Schwärmerei der Prinzessin! Egal wieso, Lord Cooper, aber besinnt Euch endlich! Kommt wieder zu Verstand, ehe es dafür zu spät ist! Wo hat sich der gewiefte Diplomat versteckt – in welchem Winkel Eures Denkens? –, der mit genau demselben überragenden Geschick seine Zunge gebrauchen kann wie er es versteht, mit seinem Degen umzugehen? Ihr seid der geborene Führer. Eure Qualitäten waren bislang stets so unübersehbar, dass ich Euch diesen wichtigen Posten bekleiden ließ. Bislang habt Ihr mich nicht nur nie enttäuscht, sondern meine Erwartungen stets erheblich übertroffen. Allein die letzte Mission … Kommt wieder zu Verstand und begreift, dass Ihr damit etwas Einmaliges geschafft habt in der gesamten Geschichte Englands. Dies ist unsere einzige Chance, zu überleben. Mehr noch: Wenn wir keinen Fehler machen, wird England eines Tages sogar diese Weltmacht werden, wie es heute noch Spanien ist! Niemand wird je erfahren, wie es uns wirklich gelang. Euer Name wird vielleicht noch nicht einmal in den Annalen auftauchen, aber Ihr werdet die Schlüsselfigur sein – allein nur deshalb, weil Carla sich in Euch verliebt hat!«

Seine Kinnlade fiel herab. Er schaute die Königin an, als hätte sie sich plötzlich in einen Geist verwandelt. Ihre Worte hallten in seinem Inneren nach und vermochten es einfach nicht, bis zu seinem Verstand vorzudringen.

Wovon, um alles in der Welt, hatte sie denn überhaupt gesprochen? Was meinte sie mit alledem? Welche Rolle spielte er in der Weltgeschichte, ohne dass es jemals jemand erfahren sollte?

Es schwindelte ihm noch stärker als vorher bei der Erkenntnis, dass Carla sich in ihn verliebt hatte.

Carla und in ihn verliebt? Apropos: Worin lag denn da der Vorteil für England? Wieso musste er nicht wirklich mit einem Todesurteil wegen unglaublichen Versagens rechnen –, sondern galt sogar als Retter der Nation und Wegbereiter in eine glorreiche Zukunft, wie sie glorreicher gar nicht mehr sein konnte?

Ein dumpfer Laut brach sich Bahn, der tief in seiner Brust entstanden war und sich guttural über Kehle und Lippen Bahn brach, ohne auch nur im Geringsten verhindert werden zu können. Seine Linke krallte sich in das Wams vor seiner Brust. Mehr unbewusst spürte er, dass ihm das Herz dort schier bis zum Hals pochte.

»Ich – ich verstehe!«, behauptete er stammelnd.

»Ihr versteht, Lord Cooper?« Die Königin gönnte sich ein schiefes Lächeln. Wirkte es nicht eine Spur … mitleidig? »Na, dann lasst mal hören, was, um alles in der Welt, Ihr wirklich versteht. Erläutert es mir!«

Er schluckte schwer an dem imaginären Kloß, der sich in seiner Kehle gebildet hatte. Nichts wünschte er sich sehnlicher, als vor dem Thron kauern zu dürfen, anstatt aufrecht stehen zu müssen. Dann hätte wenigstens keine Gefahr bestanden, dass er zusammengebrochen wäre.

Aber er bildete sich nur ein, einen Zusammenbruch fürchten zu müssen. Dieses hässliche Gefühl der Minderwertigkeit und Ohnmacht begann sich allmählich zu verwandeln. Da war der Gedanke an seine Geliebte. Ihr Gesicht tauchte vor seinem geistigen Auge auf, wurde jedoch überlagert von dem Antlitz der Prinzessin. Sie lächelte ihn an, mit seltsamen Augen, was er jetzt erst zu deuten wusste. Er wäre von allein niemals darauf gekommen. Kein Wunder, denn all seine Gefühle gehörten Jeannet. Da hatte er gar keine Chance gehabt, die Schwärmereien der Prinzessin als solche zu durchschauen.

»Mit Verlaub, Eure Majestät«, kam es endlich über seine Lippen, »hat die Prinzessin denn etwas in dieser Richtung erwähnt?«

»Natürlich nicht!«, tat die Königin beinahe entrüstet. »Ich habe es ihr angemerkt und sie entsprechend dahin gebracht, es indirekt zuzugeben. Wirklich, es ist unübersehbar – außer für Euch, wie mir scheint.«

»Ich bitte dafür inständig um Vergebung, Eure Majestät, aber Prinzessin Carla und ein Liebesbündnis mit ihr wäre für mich so abwegig, dass ich nicht im Entferntesten …«

»Erspart Euch diesen Vortrag, Lord Cooper, ich habe durchaus verstanden. Aber jetzt will ich endlich hören, was Ihr denn überhaupt verstanden habt, die Bedeutung dieser Lage betreffend.«

Er musste abermals schwer schlucken. Und dann sagte er vorsichtig: »Prinzessin Carla soll gezwungen werden, einen ungeliebten, ihr fremden Mann zu heiraten. Mir scheint, ihr Vater, König Philipp II., will damit erreichen, dass sie sozusagen gezähmt wird. Wenn es allerdings so kommt, wird ihre Fürsprache zum Wohle Englands … null und nichtig.«

Die Königin lachte leise. Es klang durchaus wohlwollend.

»So weit richtig, Lord Cooper. Doch weiter!«

»Ihr glaubt, Majestät, dass man dem König eine Alternative anbieten sollte, um ihn von diesem Plan abzubringen, was Prinzessin Carla zu einer lebenswichtigen Verbündeten werden ließe. Sie wäre England auf ewig dankbar, dass sich alles nun doch zum Guten wenden würde.«

»Und sie würde den Mann erhalten, den sie wirklich liebt!«, trumpfte die Königin auf.

Lord Cooper dachte voll Grausen: *Ja, nämlich mich!*

Und dann dachte er wieder an Jeannet: *Ich liebe dich, Jeannet! Ja, dich, nicht die Prinzessin! Soll ich denn zum Wohle Englands wirklich mit der Prinzessin vermählt werden? Und dann? Werde ich mich für immer verstellen müssen? Die Sehnsucht nach dir verbrennt mich, und ich soll Carla bis zum Ende meines Lebens vormachen, ich würde sie genauso lieben wie sie mich? Und wenn ihre Liebe zu mir irgendwann schwindet? Was wird dann aus meinem Opfer für England? Carla ist noch jung. Da kann sich alles noch ändern. Und was dann?*

Es war gut, dass die Königin nichts von diesen Gedanken wusste, denn dann hätte sie ihn wohl kaum mit einem nach wie vor wohlwollenden Lächeln bedacht und gesagt: »Wie schon erwähnt, Carla ist mir ans Herz gewachsen. Es darf nicht sein, dass sie gegen ihren Willen nach Spanien zurückgeschickt wird, um diesen Ungeliebten zu heiraten. Nicht nur ihretwegen wäre das falsch, sondern auch im Sinne einer weiterhin guten Beziehung zwischen unseren Völkern. Ich bin die Königin von England und kann nicht anders handeln als im Sinne und zum Wohle meines Volkes! Und wenn ich dabei gleichzeitig einer liebsten Freundin einen Gefallen tun kann …« Sie ließ den Rest des Satzes unausgesprochen.

»Sehr wohl, Majestät!« Lord Cooper deutete eine knappe Verbeugung an. »Zum Wohle Englands, wie es auch mein Schwur ist. Mein Leben dem Vaterland und Eurer Majestät. Alles muss so geschehen, wie Ihr es verlangt.«

»Dann seid Ihr also bereit, das Bündnis einzugehen?«

»Was immer Ihr befehlt, bin ich Euer zutiefst ergebener Diener.«

Die Königin war plötzlich seltsam ruhig.

Er schaute überrascht auf.

Sie musterte sein Gesicht.

»Da ist etwas in Euch, das mir nicht gefällt, Lord Cooper. Ihr liebt die Prinzessin nicht. Es wäre bloß ein Opfer Eurerseits. Glaubt Ihr denn wirklich, das könnt Ihr auf Dauer durchhalten? Ihr müsstet der Prinzessin etwas vormachen und sie darf es niemals merken. Ich betone: niemals!«

»Es ist zum Wohle Englands, also wird mir nichts anderes übrig bleiben, als perfekt zu sein.«

»Genau daran habe ich so meine Zweifel. Das hatte ich insgeheim sogar befürchtet. Wenn Ihr auch nur im Geringsten versagt, Lord Cooper, war alles umsonst. Das Gegenteil von dem wird eintreten, was wir beabsichtigen: Sie wird sich betrogen vorkommen und Euch genauso wie mich für alles hassen. Euer Leben wäre keinen Pfifferling mehr wert, wenn auch noch ihr Vater dahinter kommen würde, einmal ganz zu schweigen von den Nachteilen für England …«

Seine Gedanken jagten: *Worauf wollte die Königin denn nun schon wieder hinaus?*

Er hatte ehrlich Probleme, seine Gedanken in den Griff zu bekommen. Es war seine Liebe zu Jeannet, die klares Denken behinderte. Ihm ging im Grunde genommen alles dies hier gewaltig gegen den Strich, und er wünschte sich, niemals mehr nach England zurückgekehrt zu sein. Wenn er doch bloß bei Jeannet geblieben wäre. Irgendwie hätte es gehen müssen. Jeannet und er ... Er wusste perfekt mit dem Degen umzugehen. Er als Pirat an der Seite von Jeannet ...

Dieser Gedanke kam ihm von Sekunde zu Sekunde verlockender vor.

Zum Wohle Englands? Nein, wenn er wirklich alles tat, was man von ihm verlangte ... Die Königin hatte Recht: Das geringste Versagen würde das genaue Gegenteil bewirken. Und dafür sollte er ein solches Risiko eingehen? Mehr noch: Dafür sollte er seine einzige große Liebe für immer aufgeben und sogar verleugnen?

Auf einmal begannen seine Gedanken, sich in geordneteren Bahnen zu bewegen. Die Königin hatte doch mit ihren Worten offensichtlich auch noch etwas anderes angedeutet, oder irrte er sich?

Es käme auf den Versuch an ...

Er schaute wieder hoch, mit ruhigem Blick dem ihrigen begegnend.

»Ihr wollt, dass ich mit Prinzessin Carla von Spanien an den Hof in Madrid zurückkehre. Ich soll mehr sein als nur ein Botschafter und Begleiter der Prinzessin. Ich soll König Philipp dazu bringen, Abstand von den Heiratsplänen zu nehmen, damit uns Prinzessin Carla als lebenswichtige Verbündete am Hofe des spanischen Königshauses erhalten bleibt. Wie ich das schaffe, bleibt mir überlassen. Selbst wenn ich dabei die große Liebe vorgaukeln und den König von Spanien überzeugen muss, der einzig wahre Ehemann für seine Tochter zu sein, den sie darüber hinaus auch noch inbrünstig liebt. Falls diese meine Rolle das letzte aller Mittel bleibt, um England vor der spanischen Armada auf lange Dauer zu schützen, darf ich mir niemals auch nur den geringsten Fehler erlauben, um nicht alles Positive schlagartig in das tödliche Gegenteil zu verkehren ...«

Die Königin lächelte immer noch ihr wohlwollendes Lächeln, das sich allerdings vertieft hatte. Sie sagte nichts.

Lord Cooper nickte ehrerbietig und dachte dabei: *Ein weiterer Auftrag, der mindestens so unerfüllbar ist wie der letzte. Ich habe einmal gesiegt, aber jetzt sieht es so aus, als würde es niemals mehr einen Sieg für mich geben können. Nein, er ist nicht ebenso unerfüllbar, dieser Auftrag, sondern viel schlimmer: Gar niemand wäre jemals in der Lage, eine solche Mission zum Erfolg zu führen!*

Die einzige Chance, die er auf Dauer haben würde – und darüber hinaus sogar, ohne für immer auf eine Begegnung mit Jeannet verzichten zu müssen! –, wäre, Carla von ihrer Liebe zu ihm abzubringen und dennoch den König von Spanien dazu zu überreden, die Heirat abzusagen, derentwegen Carla bereits vom Hof geflohen war …

Beinahe hätte er jetzt schallend gelacht, in einem Anflug von wahrem Galgenhumor: Waren es nicht stets die unmöglich anmutenden Herausforderungen gewesen, die ihm im Lauf seines Lebens am besten gelegen hatten? Bislang hatte er damit seine beispiellose Karriere begründet, doch es gab auch ein Sprichwort, das lautete: »Der Krug geht so lange zum Brunnen, bis er bricht!« Endete nun seine Karriere für immer? Oder war sogar eine Steigerung möglich? Ganz gewiss nicht das Letztere!

»Kümmert Euch jetzt um die Prinzessin, Lord Cooper. Es darf keine erkennbare Eile geben, die Rückkehr der Prinzessin nach Madrid betreffend – eben zumindest keine offizielle. Aber Ihr wisst selber, dass uns gewissermaßen die Zeit unter den Nägeln brennt. Prinzessin Carla muss möglichst von sich aus den unbändigen Wunsch verspüren, die Reise anzutreten – und Ihr werdet sie begleiten – mit einem neuen Geheimauftrag. Ihr dürft versichert sein, dass niemand neugieriger ist als ich, wie Ihr dies zu meistern gedenkt. Ich werde jede Minute in Eurem Sinne fiebern, glaubt mir. Und nun geht, Lord Cooper. Schafft die Grundlage dafür, dass England eines Tages aus der Bedeutungslosigkeit emporsteigt zur neuen Weltmacht. Vielleicht werden wir beide es nicht mehr erleben, aber es liegt allein an Euch, den Weg dahin zu bereiten. Viel Glück!«

Sie streckte die Rechte aus. Nicht, damit er sie ergriff, sondern dass er den höfischen Handkuss übte. Eine Geste ihrerseits, die ihm zeigte, wie sehr sie sich innerlich mit ihm und seinem für England überlebenswichtigen Auftrag verbunden fühlte.

Nun, schließlich vertraute sie ihm in der Tat die Zukunft Englands an.

Jeannet, deine Liebe muss mir die Kraft dafür geben, dies alles auch wirklich zu schaffen, denn wenn ich auch nur im Geringsten versage, wirst du mich niemals mehr lebend wiedersehen dürfen!

Prinzessin Carla von Spanien hatte erhebliche Schwierigkeiten, überhaupt erst einmal einzuschlafen. Sie lag trotz der bleiernen Müdigkeit in ihren Gliedern lange wach. All ihr Denken drehte sich um zweierlei: erstens um Lord Donald Cooper und zweitens um Königin Elizabeth von England. Sie befürchtete, dass diese sie durchschaut hatte, was ihre Gefühle zu dem Lord betraf – und das erschien ihr überaus peinlich. Wenn Lord Cooper selber darauf eingegangen wäre … Das wäre etwas völlig anderes gewesen. So bestand zumindest die Wahrscheinlichkeit, dass die Königin ihn einfach so darauf ansprach: nicht auszudenken!

Beim Gedanken daran schlug ihr Herz fast bis zum Hals, und sie wollte sich einfach nicht mehr beruhigen.

Andererseits stand diesen eher bangen Gedanken die vage Hoffnung entgegen, ein Wort der Königin könnte Lord Cooper klar machen, dass er sich nicht mehr länger so sehr zurückzuhalten brauchte. Vielleicht war es sogar ausschlaggebend, damit sich alles viel früher zum Guten wendete, als sie auch nur zu hoffen gewagt hätte?

Ach, wäre es nur schon so weit. Ach, würde er ihr doch endlich seine Liebe offenbaren …

Sie wusste genau, wie sie darauf reagieren würde – zumindest hoffte sie, es zu wissen: Sie würde ihn anlächeln, wie sie noch niemals zuvor jemanden angelächelt hatte. Sie würde ihm tief in die Augen schauen, aber natürlich ihre eigene Liebe zu ihm zunächst nicht gestehen. Alles andere wäre ihr sehr unschicklich vorgekommen. Sie war schließlich die Prinzessin von Spanien und musste in solchen Dingen vor allem Zurückhaltung üben. Aber sie würde ihm ein deutliches

Signal setzen – eben mit ihrem alles offenbarenden Lächeln. Dann würde sie ihm zunicken und ihm mit fester Stimme zusichern, seine Offenbarung sei eine besondere Ehre für sie – so wie es eine besondere Ehre für jede Frau gewesen wäre. Ja, vielleicht würde sie die leise Andeutung wagen: »Ihr seid ein sehr attraktiver Mann, Lord Cooper, der sehr wohl das Herz einer Frau zu rühren vermag. Auch das einer Prinzessin. Doch was jene betrifft, so braucht es sicher genügend Zeit, um derartige Gefühle zuzulassen!«

Ach ja, wäre es nur schon so weit!

Sie hoffte so sehr, in diesem ihr ganzes weiteres Leben entscheidenden Augenblick das einzig Richtige zu tun. Oder war das alles etwa völlig falsch, was sie sich jetzt schon zurecht legte?

Sie zweifelte auf einmal wieder – und so war es kein Wunder, dass sie lange wach im Bett lag und einfach keinen Schlaf finden wollte.

Als der Schlaf dann trotzdem kam, weil sie total übermüdet war, brachte er wilde Träume mit, mit ständig wechselnden Szenen. Einmal fand sie sich in den zärtlichen Armen Lord Coopers und fühlte sich dabei unendlich glücklich und geborgen, ein anderes Mal jedoch überraschte sie ihr Vater und ließ ein schlimmes Donnerwetter los. Er prügelte sogar auf Lord Cooper ein und jagte ihn davon.

Und dann sah sich Carla selbst vor dem Traualtar. Neben ihr stand ein schuppiges Monstrum, das sie mit fauligem Atem angeiferte …

Sie erwachte schlagartig und fand sich schweißgebadet im Bett. Es dauerte eine Weile, um sich zurecht zu finden und zu begreifen, dass alles nur ein Traum gewesen war. Ihr war klar, dass sie sehr viel mehr geträumt hatte, aber sie konnte sich bei aller Mühe nur noch an diese Szenen erinnern.

Ach, Lord Cooper – mein Lord –, wäre es nur schon so weit …

Da fiel ihr etwas ein, und sie wunderte sich zugleich, wieso ihr das nicht schon vorher eingefallen war: Wenn Lord Cooper sie genauso liebte wie sie ihn … Was war dann mit ihrer Heirat, wie ihr Vater sie haben wollte? Ja, sie hatte diesen Gedanken ein paar Mal gestreift, aber damit richtig beschäftigt hatte sie sich bislang nicht. Es war ja sozusagen ein doppeltes Problem: Sie musste ihrem Vater klar machen, dass die geplante Heirat entfallen musste und dass es einen neuen Kandidaten gab, nämlich Lord Cooper. Zuvor allerdings musste alles im Vorfeld entschieden sein und sie musste zumindest so lange hier in London verweilen. Doch selbst wenn dann endlich alles im Vorfeld bereinigt war mit dem Lord, konnte sie es nicht wagen, sofort nach Madrid zurückzukehren, ehe sie nicht sicher sein konnte, ihr Vater könnte sich eines Besseren belehren lassen.

Ach, wäre dies alles nur schon so weit …

Seufzend öffnete sie die Augen und schaute in Richtung Fenster. Oh, es war ja schon taghell. Wie viel Uhr war es denn überhaupt?

Sie warf die leichte Decke beiseite und sprang aus dem Bett. Es gelang ihr erstaunlich leichfüßig, zur Tür zu eilen und sie aufzureißen. Erwartungsgemäß stand einer aus der Palastwache davor.

»Wie spät?«, fragte Carla knapp.

Er zeigte zuerst seine gelungenste Verbeugung, ehe er antwortete: »Die Mittagszeit ist bereits überschritten, Prinzessin!«

»Wie bitte?«, entfuhr es ihr. Sie knallte die Tür vor seiner Nase wieder zu.

Kurz verhielt sie grübelnd, doch dann riss sie die Tür wieder auf: »Benachrichtige er die Zofen!«

»Sehr wohl, Prinzessin!«, versprach er, bevor sie die Tür wieder vor seiner Nase zuknallte.

Sie atmete tief durch und ging zum Fenster. Wieso hatte sie niemand geweckt? Die Königin hatte sie offensichtlich ins Herz geschlossen. Das war am Vorabend klar geworden. Hatte sie einfach nur Rücksicht nehmen wollen? Sie wusste ja, dass die Prinzessin Schlimmes durchgemacht hatte. Da sollte wohl die Ruhe wieder neue Kräfte in ihr wecken.

Leider hatte sie sich nicht wirklich ausgeschlafen. Sie war immer noch müde, jedoch viel zu aufgeregt, um auch nur eine Minute länger im Bett bleiben zu können. Außerdem war sie hier Gast im Palast und wollte nicht gleich am ersten Tag schon damit auffallen, dass sie ihre Zeit am liebsten im Bett verbrachte.

Kaum ausgedacht, pochte es zaghaft an die Tür.

»Herein!«, bat die Prinzessin.

Die Zofen kamen, wie gewünscht. Sie näherten sich ihr mit vielen Verbeugungen, bis Carla ihre Wünsche äußerte: »Ich wünsche, für eine Audienz bei der Königin zurechtgemacht zu werden! Außerdem wünsche ich zu frühstücken.«

Frühstück? Um diese Zeit? Hatte sie denn überhaupt genügend Appetit nach einer solchen Nacht des Wachens, des Bangens und der wilden Träume?

Ach, egal! Hoffentlich hatte die Königin genügend Zeit für sie übrig. Schließlich hatte sie England zu regieren und konnte es sich nicht leisten, ihre Zeit allein mit der Prinzessin von Spanien zu verschwenden.

Die geübten Zofen begannen mit ihrer Arbeit. Jeder einzelne Handgriff saß. Besser hätten es die Zofen am Hof ihres Vaters auch nicht fertig gebracht.

Als es um die Wahl der Kleidung ging, hielten sie kurz inne, um das Urteil und vor allem eventuelle spezielle Wünsche der Prinzessin zu erfahren, aber diese hatte ausnahmsweise wenig Sinn dafür: Sie dachte viel lieber über Lord Cooper nach und über eine eventuelle gemeinsame Zukunft mit ihm.

Die Zeit verging quälend langsam, und nach einem eher bescheidenen Mahl, trotz des reich gedeckten Tisches, das sie mit wenig Appetit und ziemlich lustlos zu sich genommen hatte, war Carla von Spanien bereit für die Audienz bei der Königin. Allein: War diese überhaupt schon bereit für sie?

Carla schickte eine Zofe aus, um dies zu ergründen. Doch kaum war die Zofe draußen, als sie sogleich zurückkehrte. Sie tat einen artigen Knicks und sagte: »Ich bitte untertänig um Vergebung, Prinzessin, aber Lord Donald Cooper hat mich draußen abgefangen und wünscht Euch zu sprechen.«

Carla fuhr erschrocken zusammen. Der Lord? Er kam von sich aus zu ihr?

Ihr Herz pochte auf einmal wie wild. Wie sollte sie das denn verkraften, wenn er so unerwartet hier auftauchte? Soeben hatte sie noch vorgehabt, von der Königin empfangen zu werden – und nun dieses? Sollte sie einfach sagen, sie wäre nicht bereit, jemanden zu empfangen? Andererseits: der Lord … Sie sehnte sich doch so nach seiner Nähe, und jetzt, wo sich diese Sehnsucht erfüllen sollte, verkroch sie sich in den ihr zugewiesenen Gemächern und blieb lieber einsam?

Nein!, beschloss sie trotzig und verkündete laut: »Er möge eintreten!«

»Sehr wohl, Prinzessin!« Ein weiterer Hofknicks der Zofe. Sie verschwand nach draußen. Nur zwei Sekunden später trat Lord Donald Cooper ein.

Er lächelte freundlich, aber betont neutral und deutete eine Verbeugung an.

»Ich wünsche, wohl geruht zu haben, Prinzessin!«

»Und Ihr?«

»Zu meinem Bedauern muss ich zugeben, dass ich noch nicht so lange auf den Beinen bin. Ich kam zu Euch in der Hoffnung, Euch nicht in Eurer wohlverdienten Ruhe zu stören.«

»Ich denke, wir haben es uns beide verdient, länger zu schlafen als üblich«, sagte sie warm und zwang sich ihrerseits zu einem Lächeln. Wieso wollte ihr das nicht so recht gelingen? »Aber was führt Euch eigentlich zu mir?«

»Hatte ich Euch nicht versprochen, nach unserer Ankunft in der königlichen Residenz endlich mehr Zeit für Euch zu haben?«

»Warum solltet Ihr?« Herrje, was redete sie denn da? Was war denn das für ein Unsinn? Wieso konnte sie nicht einfach etwas anderes sagen? Wenn das so weiter ging, verfing sie sich immer mehr in sinnlosen Banalitäten und vertrieb ihn damit nachhaltig …

»War es denn nicht so abgesprochen, Prinzessin? Mit Verlaub, aber Ihr wolltet mich als Euren persönlicher Lehrer, und ich habe es genauso Ihrer Majestät, der Königin von England, erklärt. Ihre Majestät war durchaus einverstanden. Soll heißen, sie hat mich bis auf weiteres Euch zur Verfügung gestellt. Sofern Ihr es überhaupt noch wünscht selbstverständlich!« Er schaute sie erwartungsvoll an.

»Aber natürlich, ja, ich erinnere mich!« *Carla, Carla, nimm dich gefälligst zusammen!*, ermahnte sie sich selber im Stillen.

»Wie ich sehe, seid Ihr fertig …?«

»Ich wollte um Audienz bei der Königin bitten. Dafür habe ich die Zofe losgeschickt.«

»Ach, ja, aber zu meinem Bedauern muss ich Euch mitteilen, dass die Königin in dringenden Staatsgeschäften steckt.«

»Das soll heißen, sie hat keine Zeit für mich?«

»Ja, sie bedauert es unendlich, aber sie ist die Königin von England, Ihr versteht?«

»Selbstverständlich verstehe ich! Aber es ist auch ohne Belang. Ich war gestern bei ihr, und sie hat mich als Gast herzlich willkommen geheißen. Ich soll bis auf weiteres ihr Gast bleiben.«

»Dann ist es ja gerade so, wie wir es erhofft haben!«

»Wir?«, echote sie gegen ihren Willen.

»Ja, auch ich wünsche Euch natürlich das Beste. Ihr sollt es Euch wohl ergehen lassen. Der englische Hof soll der Eure werden, solange Ihr es wünscht.«

»Aber meinem Vater, König Philipp II., wird dies nicht gefallen!«, bedauerte sie und verzog dabei das Gesicht ein wenig zur Leidensmiene.

»Nun, vielleicht findet sich ja eine Lösung, mit der alle Beteiligten zufrieden sein können?«

»Alle Beteiligten?«

»Ich denke selbstredend in erster Linie an Euch, aber auch an mich selber, wenn Ihr erlaubt: Ich könnte mir keinen schöneren Auftrag vorstellen, als Euch zu dienen. Andererseits denke ich allerdings auch an Euren Vater, der sicher von großen Sorgen um Euer Wohlergehen geplagt wird. Wenn er nun wüsste, dass es Euch gut geht …«

»… würde er sogleich auf meine Rückkehr an den spanischen Hof bestehen, um die geplante Hochzeit durchzusetzen!«, ergänzte Carla bitter. »Hatten wir das nicht schon einmal?«

»Ich sagte ja: alle Beteiligten, mit Verlaub, Prinzessin. Also sollte am Ende auch Euer Vater zufrieden sein. Es müsste uns gelingen, ihn davon zu überzeugen, dass die geplante Hochzeit ein Fehler wäre.«

»Wie sollte das überhaupt jemals jemand schaffen? Habt Ihr auch nur die leiseste Ahnung, wie stur mein Vater sein kann?«

»Er ist der mächtigste Herrscher auf Erden, wenn ich mir diese Bemerkung erlauben darf. Somit ist er gewohnt, seine Wünsche durchzusetzen. Ich würde das – bei allem nötigen Respekt Euch gegenüber – nicht als Sturheit bezeichnen. Aber auch der mächtigste König hat seine Berater, auf die er zuweilen hört. Kein Entschluss kann so unverrückbar sein, dass man ihn nicht aufheben könnte, sobald sich neue Erkenntnisse durchzusetzen vermögen.«

»Neue Erkenntnisse?«, fragte Carla alarmiert. Was meinte er damit? Gott, kam jetzt der Augenblick, der ihr Denken so sehr bestimmte? Offenbarte er sich ihr jetzt endlich – und so plötzlich und unerwartet, dass sie merkte, wie all ihre entsprechenden Vorsätze wie weggeblasen waren? Sie konnte sich nicht mehr auch nur an ein einziges Wort erinnern, das sie bei dieser Gelegenheit hatte sagen wollen.

Er antwortete auf ihre Frage mit einer Gegenfrage: »Darf ich näher treten, Prinzessin Carla von Spanien?«

»Ich bitte darum!« Sie hörte ihre eigenen Worte und konnte es gar nicht glauben, dass sie tatsächlich ganz von allein über ihre Lippen gekommen waren.

Heftig winkte sie den immer noch abwartend dabeistehenden Zofen zu, sie möchten sofort verschwinden.

Während er gemessenen Schrittes näher kam, um sich vor ihr noch einmal zu verbeugen, liefen die Zofen stumm hinaus. Nicht ohne sich unterwegs immer wieder in ihre Richtung zu verbeugen.

Die Prinzessin bot Lord Cooper ihre Hand an, eine ganz automatisch erfolgende Geste. Er deutete den höfischen Handkuss an und wurde sodann auf eine der Sitzgelegenheiten gebeten, auf der er sich sehr zögernd niederließ.

»Also, was habt Ihr mir Neues zu berichten – oder habe ich da etwas missverstanden?«, fragte Prinzessin Carla und wunderte sich schon wieder über ihre eigenen Worte. Als würde sie neben sich selber stehen und erstaunt dabei zusehen, wie sie diese Situation meisterte – trotz der immensen Aufregung, die ihr Inneres beherrschte. War es das Ergebnis jahrelangen Einübens der höfischen Verstellung, gegen das sie sich zwar stets gewehrt hatte, was aber trotzdem solche Auswirkungen zeitigte? Oder wie schaffte sie es sonst, diese für sie selber geradezu unglaubliche Beherrschung an den Tag zu legen?

Lord Cooper lächelte unverbindlich.

»Auch ich hatte eine Audienz bei Ihrer Majestät, der Königin von England. Ich darf sagen, sie ist Euch sehr zugetan und möchte alles zu Eurem Wohle beitragen. Sie versteht voll und ganz Eure Situation.«

»Aber das weiß ich doch bereits, Lord Cooper. Das sind für mich keine neuen Erkenntnisse!«

Er blinzelte ob dieser Quasi-Maßregelung überrascht, hatte sich aber sofort wieder im Griff.

»Ich bitte um Vergebung, Prinzessin, zu Eurem Wohle gehört natürlich auch, dass es zu einer Versöhnung kommen sollte mit Eurem Vater. Er liebt Euch, wie auch Ihr ihn liebt. Also muss es doch möglich sein, eine Lösung zu finden, die eben allen Beteiligten dient, Eurem Vater einschließlich.«

»Ja, Ihr habt in der Tat Recht, Lord Cooper, das wäre schön. Es ist ja nicht so, dass ich meinen Vater hasse. Ich bin trotzdem vom Hofe geflohen. Selbst der Tod schien mir eine bessere Alternative als die bevorstehende Hochzeit zu sein.«

»Wir dürfen auch den als künftigen Ehemann Geplanten nicht vergessen, Prinzessin. Er kennt Euch genauso wenig wie Ihr ihn. Wer sagt denn, dass er seinerseits glücklich ist über die bevorstehende Hochzeit?«

Sie zog leicht ihre hübsche Stirn kraus. Ja, daran hatte sie bisher keine Sekunde lang gedacht. Geradezu beschämend: Sie hatte nur an sich selber gedacht, um genauer zu sein. Dabei hatte der Lord sicher auch in diesem Punkt Recht: Für ihren zukünftigen Ehegatten war die Hochzeit mit einer Wildfremden möglicherweise genauso schlimm wie für sie.

Das Beste für alle Beteiligten, also auch für ihn?

Sie schüttelte unwillkürlich den Kopf.

»Ich bin Euch sehr dankbar, dass Ihr alles tut, um mich aufzumuntern, Lord Cooper, aber ich kann Euch versichern, es gibt nicht die geringste Chance, dahin gehend etwas zu bewirken. Mein Vater wird das nie und nimmer einsehen wollen.«

»Es sei denn, es würde sich eine überraschende Alternative ergeben, Prinzessin, nicht wahr?«

»Eine … Alternative?«

»Nun, ich nehme doch an, die Hochzeit wurde von Eurem Herrn Vater nicht nur aus persönlichen Gründen geplant, sondern auch aus politischen. Es geht sicher darum, das Bündnis mit einem befreundeten Land mit der Verheiratung seiner Tochter zu besiegeln. Aber vielleicht gibt es Länder, die Spanien näher liegen und für Spanien genauso wichtig wären, wenn nicht sogar wichtiger?«

»Ich verstehe nicht, worauf Ihr hinauswollt, Lord Cooper!«, behauptete Carla, obwohl es in ihrem Inneren schrie: *Tatsächlich, jetzt kommt sie: seine Offenbarung! Er schlägt sich selber vor als Alternative zu meinem zukünftigen Ehemann, wie mein Vater ihn sich wünscht!*

»Es ist erst einmal rein hypothetisch gemeint, Prinzessin. Bitte vergebt mir meine Anmaßung, aber es ist wirklich nur als Beispiel gedacht, glaubt mir. Ihr dürft dem nicht allzu große Bedeutung beimessen …«

»Was wollt Ihr denn sagen? Heraus mit der Sprache!« Das klang heftiger als geplant, doch die Prinzessin konnte jetzt nicht mehr anders.

Lord Cooper hingegen lächelte still. In seinen Augen war nicht zu lesen. Jetzt zeigte er, was er als Diplomat zu vollbringen in der Lage war. Nicht nur, wenn es um große Politik ging, sondern auch … im mehr als gewagten Dialog mit der Prinzessin.

Er wusste ja jetzt, wie diese zu ihm stand – und sie hatte keine Ahnung von dem Inhalt des Gespräches zwischen ihm und der Königin. Er hingegen hatte sich alles ganz genau überlegt, obwohl nur sehr wenig Zeit dafür geblieben war, und jetzt ließ er es endlich laut werden:

»Rein hypothetisch den Fall gesetzt, die Königin würde *mich selbst* als künftigen Ehemann vorschlagen …«

»Euch selbst?«, rief die Prinzessin entsetzt aus. Ja, es klang entsetzt, denn sie sah sich in diesem Moment regelrecht demaskiert, und sie war fest überzeugt: Die Königin hatte ausgeplaudert, was sie ihr als Frau deutlich angesehen hatte! Am liebsten wäre sie nun im Erdboden versunken, aber nichts dergleichen geschah. Der ruhige Blick des Lords war dabei auch noch unverwandt auf sie gerichtet – gnadenlos, wie die Prinzessin es empfand.

»Ich bitte noch einmal um Vergebung, Prinzessin. Es war wirklich nur als Beispiel gedacht und sollte keineswegs anmaßend klingen. Ich bin ja nur ein treuer Diener Ihrer Majestät, der Königin von England, und alles andere als ein echter Prinz. Genau das wollte ich ursprünglich zum Ausdruck bringen, Prinzessin – beispielhaft natürlich nur. Es gibt nämlich leider keinen englischen Prinzen, den Ihre Majestät Eurem Herrn Vater als eine Art Alternative vorschlagen könnte. Würde sie hingegen auf den Gedanken kommen, jemanden vorzuschlagen, der dafür so ungeeignet wäre wie ich, wäre es doch kaum möglich, Euren Herrn Vater von seinem Entschluss abzubringen, nicht wahr? Ja, Prinzessin, genau dieses wollte ich zum Ausdruck bringen. Ich hoffe sehr, dass ich mit diesem wohl etwas unglücklich gewählten Beispiel Euch nicht zu nahe getreten bin. Ich wäre untröstlich darüber und würde Euch bitten vorzuschlagen, womit ich diesen Fauxpas wieder gutmachen könnte …«

Es war eine ziemlich umständliche Rede gewesen, aber diese hätte um kein einziges Wort kürzer oder gar deutlicher sein dürfen, denn die Prinzessin hatte diese Zeit benötigt, um innerlich wieder ausgeglichener zu werden. Als sie erst einmal zu erkennen glaubte, es handele sich wirklich nur um ein Beispiel, das der Lord unglücklicherweise gewählt hatte, ging es ihr sogleich wieder besser. Aber dann fragte sie sich: *War es wirklich nur ein unglücklicher Zufall? Hat er in Wahrheit zu diesem Trick gegriffen, um mir indirekt klar zu machen, dass er sein Liebe zu mir nicht offenbaren durfte, weil es nicht gut gewesen wäre für uns beide? Weil es letztlich sowieso keine Chance für unsere Liebe geben durfte?*

Zugleich machte sich in ihr große Traurigkeit breit. Am liebsten hätte sie ihn jetzt davongejagt, weil er schuld war an dieser Traurigkeit. Er hatte sie mit seinen Worten erzeugt, obwohl oder gerade weil diese der Wahrheit entsprachen.

Doch dann kam ihr eine Idee, beinahe wie ein Blitz. Sie konnte auf einmal sogar lachen.

»Verzeiht dieses Lachen, Lord Cooper. Damit wollte ich Euch keineswegs auslachen ob Eures Beispiels, aber ich musste unwillkürlich daran denken, dass es nicht wirklich eines Prinzen bedürfte, um meinen Vater umzustimmen – falls dieser überhaupt umgestimmt werden könnte.«

»Wie meint Ihr das, Prinzessin, wenn Ihr diese Frage erlaubt?« Er betrachtete sie sichtlich irritiert.

»Nun, bleiben wir doch bei diesem Beispiel – wirklich nur als Beispiel, selbstverständlich: Ihre Majestät, die Königin von England, müsste Euch in einem solchen Fall nur entsprechend als möglichen Thronfolger bestimmen!«

»Bitte – was?« Beinahe hätte er die Hand vor den Mund geschlagen, aber er konnte sich gerade noch beherrschen.

»Verzeiht, wenn ich das so ausspreche, aber wie meint Ihr das?«

»Ich bin eine Prinzessin von Spanien – irgendeine, Lord Cooper. Das heißt, es gibt mehrere. Das heißt aber auch, dass ich zwar potenzielle Thronfolgerin bin, aber trotzdem eines niemals werden kann: nämlich Königin von Spanien. Ganz einfach, weil ich nicht gleich an der Reihe bin. Es gibt zu viele, die vor mir in Frage kommen.«

»Verzeiht noch einmal, Prinzessin, aber ich verstehe jetzt wirklich nicht ganz ...«

Es war eine glatte Lüge, denn der Lord wusste sehr wohl, was die Prinzessin zum Ausdruck bringen wollte. Mehr noch: Er hatte seinen Vortrag nur aus diesem Grund dargebracht, damit die Prinzessin von selbst auf diese Möglichkeit kam. Mit anderen Worten auch: Es gehörte zu seinem Plan!

Die Prinzessin redete sich geradezu in Begeisterung, ohne dass ihr das bewusst wurde: »Dabei ist es völlig einfach: Ihre Majestät, die Königin von England, ist unverheiratet. Sie ist die jungfräuliche Majestät, über die und ihre unverbrüchliche Haltung an den meisten Höfen Europas voller Bewunderung und Hochachtung gesprochen wird. Meint ihr, ich wüsste das nicht als Prinzessin von Spanien? Aber da es unter solchen Umständen niemals einen Prinzen oder eine Prinzessin von England geben kann, steht es Ihrer Majestät frei, jemanden ihres Vertrauens zum möglichen Thronfolger zu bestimmen. Das ist doch logisch, oder, Lord Cooper?«

Er tat überrascht und immer noch ein wenig skeptisch: »Und Ihr meint, falls sie das mit mir tun würde – nur so als Beispiel selbstverständlich! –, wäre es genauso, als würde Ihre Majestät Eurem Vater einen wahren Prinzen von England vorschlagen. Obwohl es diesen bedauerlicherweise nicht gibt – wohl niemals geben wird?«

Sie nickte heftig.

»Jetzt habt Ihr es erfasst, Lord Cooper – endlich: So einfach ist das im Grunde genommen.«

»Und Ihr meint dabei, dass England Eurem Vater sicherlich wichtiger wäre als das Land Eures unfreiwilligen Bräutigams?«

»Gibt es daran denn den geringsten Zweifel?«

»Bloß schade, dass es nur ein Beispiel ist – mit Verlaub, Prinzessin!«

»Wie bitte? Soll das etwa heißen, Ihr meint das in Wirklichkeit ernst und seht es nicht nur als Beispiel, Ihr Unverschämter?«, funkelte sie ihn an.

Er fuhr erschrocken zurück.

»Oh, verzeiht, mir ist das nur so entschlüpft. Ihr dürft das wirklich nicht falsch verstehen. Ich bin nun einmal nicht als möglicher Thronfolger bestellt und sicherlich der Letzte, der … nun, wie soll ich es ausdrücken …?«

»… der als mein Ehemann in Frage käme?«, half sie ihm auf die Sprünge.

Er schlug die Augen nieder und wagte es nicht mehr, sie anzusehen.

»Ich bitte inbrünstig um Vergebung, Prinzessin, aber ich denke, das Gespräch hat eine ziemlich peinliche Wendung erfahren. Dabei sollte ich Euch doch die perfekte höfische Verstellung beibringen. Nun sieht es ja geradewegs so aus, als müsste ich mich selber erst einmal ordentlich darin üben, um künftig solche oder ähnliche Peinlichkeiten zu vermeiden.«

Sie lachte ein helles, mädchenhaftes Lachen.

»Nun beruhigt Euch erst mal wieder, Lord Cooper. Ich darf Euch versichern, dass es sicherlich eine Ehre für mich wäre, würdet Ihr in mir nicht nur die Prinzessin von Spanien sehen, sondern eine Frau, die Euer Herz so sehr berührt, wie es in unserem kleinen, rein hypothetischen Beispiel gewissermaßen Bedingung wäre.«

»M-meint Ihr, Prinzessin?«, erkundigte er sich unsicher und wagte es immer noch nicht, wieder zu ihr aufzusehen.

»Nun, es ist doch wohl klar, dass ich niemals und unter keinen Umständen einen Mann zu heiraten gedenke, den ich nicht liebe und von dem ich nicht ebenfalls geliebt werde! Sonst hätte ich niemals all diese Strapazen auf mich genommen und wäre unter Einsatz meines Lebens vom Hofe meines Vaters geflohen. Die Heirat mit einem anderen Mann, den ich nicht liebe, wäre keinerlei Alternative zu demjenigen, den mein Vater als Ehemann auserkoren hat, sondern ganz im Gegenteil, es wäre vergleichbar mit ›vom Regen in die Traufe geraten‹. Sagt man nicht so dazu?«

Er lächelte auf einmal befreit und hob den Kopf.

»Ja, gewiss, Prinzessin, so nennt man es. Wenn Ihr mich nicht lieben könnt und umgekehrt ich Euch auch nicht, wäre ein solcher Vorschlag von Ihrer Majestät, der Königin von England, geradezu sinnlos. Andererseits zeigt uns dieses Beispiel, dass es trotz allem eine Alternative gibt. Vielleicht gibt es noch keinen Kandidaten, aber wenn es gelänge, Eurem Vater klar zu machen, dass das Warten auf einen geeigneteren Mann zu bevorzugen sei …«

Den gibt es doch schon, du Dummerchen!, dachte Carla verliebt und betrachtete ihn. Dabei hoffte sie, dass er es ihr nicht allzu deutlich ansehen konnte.

Sie forschte in seinem Blick. Darin war kein Erkennen zu bemerken. Aber falls es wirklich noch eines Beweises bedurft hätte: Dass er ausgerechnet sich selber in seinem angeblichen Beispiel erwähnt hatte, zeigte deutlicher als alles zuvor, was er wirklich für sie empfand, und das machte sie auf einmal überglücklich.

Sie war eine junge Prinzessin. Sie hatte noch sehr viel Zeit, und zunächst einmal galt es, ihrem Vater zu beweisen, dass eine Korrektur seiner Entscheidung besser sei. Wenn dies erst einmal gelungen war, gab es immer noch genügend Gelegenheit für den Lord, ihr näher zu kommen, ohne die Grenzen der Schicklichkeit zu berühren.

Ach, es ist eigentlich längst soweit!, jubelten ihre Gedanken. *Wir wissen jetzt beide voneinander, dass wir uns aus ganzem Herzen lieben. Doch die Konventionen verbieten es uns, es jetzt schon zu offenbaren. Wir müssen uns beherrschen. Unsere Liebe muss vorerst heimlich bleiben – so heimlich sogar, dass wir es noch nicht einmal voneinander offen wissen dürfen. Aber ist die Vorfreude auf etwas so unbeschreiblich Schönes wie die wahre, große Liebe nicht das Allerschönste überhaupt? Wir werden an uns denken, gegenseitig. Egal, wie viel Entfernung auch zwischen uns sein wird: Wir werden beide voneinander wissen, dass wir für immer einander gehören. Selbst, wenn es Jahre dauern sollte, bis wir uns endlich in die Arme fallen dürfen, Lord Cooper: Wir beide werden lernen müssen, Geduld zu üben, und uns währenddessen ganz unseren Gefühlen hingeben. Die große, reine Liebe, ohne Berührung, noch nicht einmal mit einem verstohlenen Blick offenbart … Aber groß und tief und unendlich – lange vor ihrer Erfüllung … Hat es jemals eine Prinzessin gegeben, die glücklicher sein durfte?*

Der Lord hingegen dachte: *Das Wichtigste ist gesagt – zumindest die Prinzessin betreffend. Es ist die erste und zugleich die leichteste Hürde, die zu nehmen war. Ach, Jeannet, ich danke dir so sehr. Hätte ich nicht deine Liebe gefunden, wäre es mir unmöglich gewesen, so viel Kraft zu schöpfen, wie nötig war, die Prinzessin dergestalt dazu zu bringen, vorerst auf mich zu verzichten. Weitaus schwieriger wird es werden, ihr irgendwann klar zu machen, dass wir niemals ein Ehepaar werden können, weil ich sie nicht wirklich liebe – ohne ihr auch nur im Geringsten wehzutun. Aber vielleicht befürchte ich zu Unrecht, dass dies schwierig werden würde? Vielleicht ist die Zeit, die inzwischen vergehen wird, meine wichtigste Verbündete? Wir wissen doch beide, dass man sich in der Jugend viel leichter verliebt, aber auch genauso leicht wieder vergisst …*

Er lächelte unverbindlich – und Carla erwiderte in ihrer Ahnungslosigkeit dieses Lächeln auf die gleiche Weise. Sie waren sich im Grunde genommen vollkommen einig – jeder auf seine Art allerdings.

Lord Cooper nahm als Erster wieder das Gespräch auf, ehe die Pause zu lang wurde: »Nun gilt es nur noch, Euren Vater zu überzeugen, und ich denke einmal, Ihre Majestät, die Königin, ist völlig auf unserer Seite.«

»Das denke ich auch, aber ich hoffe, es nutzt wirklich etwas!«, zeigte Carla dennoch ihre Bedenken.

»Ihre Majestät ist durchaus der Meinung, diese schier unmöglich erscheinende Aufgabe könne niemand anderes als ich selber lösen.«

»Wirklich? Aber ich bitte Euch, Lord Cooper, wie sollte es Euch denn gelingen? – Wollt Ihr damit etwa behaupten, allein nach Madrid an den Hof meines Vaters gehen zu wollen?«

»Ich sehe leider keine andere Möglichkeit. Ich muss persönlich bei Eurem Vater um Audienz bitten.«

»Und ihm gleich erzählen, dass ich mich hier, am Hofe Englands, befinde?«, rief sie alarmiert.

»Nein, natürlich nicht, Prinzessin Carla, zumindest nicht so offen.«

»Was soll das denn nun wieder heißen?«

»Es wäre sicher nichts gewonnen, wenn ich einfach so vor Euren Vater hintreten würde, um ihm mitzuteilen: ›Ach ja, ehe ich es vergesse, Majestät, aber da wäre noch die Kleinigkeit, dass es Eurer Tochter Carla recht gut geht inzwischen. Ich muss es wissen, denn ich habe sie persönlich bei Ihrer Majestät, der Königin von England, abgeliefert!‹ Da werde ich wohl oder übel ein wenig diplomatischer vorgehen müssen.«

Sie lachte unwillkürlich.

»Das war doch wieder einer Eurer unnachahmlichen Scherze, Lord Cooper!« Carla drohte scherzhaft mit dem Zeigefinger. »Beinahe wäre ich darauf hereingefallen. Wenn Ihr so wirklich vorgehen wolltet, könnte ich ja gleich schon mit Euch reisen.«

Er lachte jetzt ebenfalls.

»Da habt Ihr mich aber wirklich durchschaut, Prinzessin. Ich wollte Euch einfach einmal aufmuntern, damit es Eure Laune bessert und Ihr seht, dass nicht alles verloren ist. Es wird sich eine Lösung finden müssen.«

»Ja, da habt Ihr sicherlich Recht. Aber es wäre keine Lösung, wenn Ihr allein nach Madrid reisen würdet, glaubt mir. Das sehe ich jetzt in aller Deutlichkeit. Da könntet Ihr einen Vorwand benutzen, wie Ihr wollt: Sobald auch nur im Entferntesten das Gespräch auf mich kommen würde, wäre mein Vater sozusagen sofort in Alarmbereitschaft. Keine Argumente der Welt könnten es schaffen, zu ihm durchzudringen. Wenn er wirklich so in Sorge ist, mich betreffend, würde er Euch eher vierteilen lassen, als Euren Worten Gehör zu schenken.«

»Das glaubt Ihr?«

»Ich kenne ihn besser als Ihr, gewiss! Er würde Euch schrecklich dafür bestrafen, dass Ihr mich sozusagen vor ihm versteckt habt. Wenn Ihr mich jetzt auf direktem Wege zu ihm gebracht hättet … Aber mich erst nach London bringen, um danach mit leeren Händen vor ihn zu treten wie ein gemeiner Entführer, der zur Lösegeldforderung erscheint … Das würde ihn schon sehr gegen Euch aufbringen – und gegen England. Bei allem Respekt vor Eurem diplomatischen Können: Dieses Risiko dürft Ihr nie und nimmer auf Euch nehmen!«

»Aber jemand muss es doch irgendwann Eurem Vater klar machen und dabei alles tun, damit er seine Meinung bezüglich Euch und der bevorstehenden Heirat ändert!«, gab er zu bedenken.

»Dafür wäre in der Tat niemand mehr geeignet als Ihr!«

»Ich hatte auch gar nicht vor, es ihm so einfach mitzuteilen. Erst einmal wollte ich von ihm erfahren, wie er denn inzwischen zu seinem Entschluss steht.«

»Ihr meint, weil ich vom Hofe geflohen bin, würde es bereits ausreichen, ihn umzustimmen? Da muss ich Euch enttäuschen, Lord Cooper: Auch in dieser Beziehung kennt Ihr meinen Vater schlecht.«

Er senkte traurig seinen Kopf und hob in einer hilflos anmutenden Geste die Schultern.

»Dann weiß ich leider auch keinen Rat mehr, Prinzessin und ich bin untröstlich deswegen!«

»Das braucht Ihr gar nicht, Lord Cooper«, behauptete sie warm. »Seid Ihr nicht gekommen, um mich aufzumuntern und gemeinsam mit mir zu überlegen, was das Beste für alle Beteiligten wäre? Und was habe ich bislang dazu beigetragen? Nicht viel. Um nicht zu sagen: beinahe gar nichts! Dabei habe ich vielleicht eine Idee, wie Ihr es dennoch schaffen könntet?«

»Bei allem Respekt, Prinzessin, aber da macht Ihr mich neugierig!« Er musterte sie zurückhaltend neugierig.

»Es gibt kein Erfolgsrezept, und letztlich bleibt es Eurem diplomatischen Können überlassen, ob wirklich alles so kommt, dass jeder am Ende zufrieden sein darf – einschließlich die Völker Spaniens und Englands.«

»Sagt mir, wie Ihr es Euch denkt, Prinzessin, und ich werde Euch versprechen, alles zu tun, was in meiner Macht steht, um es zum Gelingen zu bringen. Dabei könnt Ihr zusätzlich versichert sein, dass Ihre Majestät, die Königin von England, auf unserer Seite sein wird und gleichermaßen alles in ihrer Macht Stehende tun wird.«

Sie lächelte flüchtig. Aber dann sagte sie ernst: »Ihr dürft niemals allein nach Madrid! Das könnte einem Todesurteil gleichkommen! War es denn nicht schon im Altertum so, dass die Überbringer von guten Nachrichten reich beschenkt und die Überbringer schlechter Nachrichten dagegen sogar hingerichtet wurden?«

»Worauf wollt Ihr hinaus, Prinzessin, mit Verlaub?«

»Nun, Lord Cooper, was wollt Ihr sein: der Überbringer einer guten Nachricht oder der einer schlechten?«

»Selbstverständlich der Überbringer der guten!« Er runzelte die Stirn und schaute sie an, als wollte er ihre Gedanken lesen. Dabei wusste er längst, was sie ihm vorschlagen würde, weil er alles getan hatte, dass sie von selbst darauf kam. Im Stillen bat er sie dafür inbrünstig um Vergebung, dass er es als notwendig ansah, solche Tricks anzuwenden. Die Prinzessin kannte er zwar noch nicht allzu lange, aber sie war ihm sehr ans Herz gewachsen. Das war keine Liebe, also nicht vergleichbar mit den Gefühlen, die er für Jeannet empfand, aber sie war eine wunderschöne und liebenswerte Prinzessin, die es wahrlich verdient hatte, nur einen Mann heiraten zu müssen, den sie auch wirklich liebte.

Er beruhigte sein überaus schlechtes Gewissen ihr gegenüber mit dem Gedanken: *Glaubt mir, Prinzessin, aber es dient wirklich nur Eurem Besten! Ich würde nie etwas zu Eurem Schaden tun, auch wenn ich jetzt lügen muss und Euch gegenüber solche eigentlich miesen Tricks anzuwenden gezwungen bin: Es dient wirklich nur Eurem Besten!*

Die ahnungslose Prinzessin hingegen sagte mit einem spitzbübischen Lächeln:

»Dann sind wir uns ja völlig einig, Lord Cooper: Nehmt mich einfach mit! Dann seid Ihr mein Held, weil mein Befreier – und selbstverständlich der Überbringer der besonders guten Nachricht, dass es mir gut geht! Dass Ihr mich nicht auf direktem Wege nach Spanien, sondern erst nach London gebracht habt, diente nur meinem Wohle, denn Ihr wolltet erst sicher sein, dass ich gesund bin und dass sich mein Vater wirklich nicht länger zu sorgen braucht.«

»Nein!«, rief der Lord gespielt erschrocken. »Das darf nicht Euer Ernst sein, Prinzessin. So bedenkt doch, bei allem Respekt, welches Wagnis Ihr einzugehen bereit wärt: Euer Vater wird vielleicht ein Fest veranstalten, um Eure Heimkehr zu feiern, doch das nächste Fest wird dann Eure Vermählung sein.«

»Das sagt derjenige, der im Ruf steht, der Welt bester Diplomat zu sein?«, fragte sie vorwurfsvoll. »Aber, Lord Cooper, da hätte ich Euch doch wirklich mehr Selbstbewusstsein zugetraut!«

Er senkte beschämt den Blick. »Sicher, Ihr habt ja Recht, aber ich denke dabei nur an Euch: Ihr seid extra geflohen, seid dabei nur mit knapper Not dem Tode entronnen – und dies alles wäre umsonst gewesen, falls ich versage. Ich sehe mich selber nicht gerade als der weltbeste Diplomat und bin vor allem natürlich nicht unfehlbar: Vielen Dank für Eure wohltuenden Worte, Prinzessin, aber ich kenne Euch jetzt persönlich, wenn Ihr mir diese Bemerkung erlaubt, und weiß, welch ein wertvoller Mensch Ihr seid. Ich würde niemals etwas tun können, was Euch in Gefahr bringt. Wenn auch nur das geringste Risiko für Euer Wohlergehen besteht …«

»Ach was, kein Wort mehr weiter!«, unterbrach sie ihn energisch. »Ich weiß Euch sehr wohl im gleichen Maße zu schätzen. Deshalb darf es andererseits nicht das geringste Risiko für Euch geben. Jegliches Risiko ist sogar völlig ausgeschlossen, sobald ich Euch persönlich begleite. Dann wird alles offensichtlich werden – vor allem Eure überaus positive Rolle, was meine Rettung betrifft. Wir werden meinem Vater sagen, was sich auf dem Meer ereignet hat. Es wird ihn sicher rühren.«

»Obwohl es ihn nicht genügend überzeugen wird, was die bevorstehende Vermählung betrifft!«, gab er noch einmal zu bedenken.

»Es kommt ganz einfach auf den Versuch an, Lord Cooper!«

»Aber, bei allem Respekt …«

»Nichts aber, Lord Cooper! Bitte, bereitet Euch auf Eure Abreise vor, gemeinsam mit mir. Ich werde um Audienz bei Ihrer Majestät ersuchen und sie von meinem Entschluss in Kenntnis setzen. Wir dürfen keinerlei Zeit verlieren, sonst werden unsere Argumente meinem Vater gegenüber unglaubwürdig!«

Lord Cooper erhob sich tatsächlich, weil ihm jetzt nichts anderes mehr übrig blieb.

Er hatte das einzig Richtige getan, aber das schlechte Gewissen plagte ihn dennoch. Er verbeugte sich mehrmals auf dem Weg zur Tür und bat insgeheim jedes Mal die Prinzessin um Vergebung, weil er sich nicht wirklich sicher sein konnte, dass er sein hoch gestecktes Ziel, König Philipp II. zu überzeugen, erreichen konnte. Egal, wie gut er als Diplomat auch sein mochte: Eine Garantie für das Gelingen gab es dennoch nicht.

Sobald er den Raum verlassen hatte, lehnte er sich mit dem Rücken dagegen und schloss ergeben die Augen.

Alles wird gut!, versuchte er sich einzureden. Die Zweifel jedoch blieben: *Hoffentlich!*

Den irritierten Blick der Wache übersah er einfach, als er sich wieder in Bewegung setzte und in Richtung seiner eigenen Gemächer davonschritt. Mit der Königin brauchte er sich nicht mehr zu unterhalten. Das würde Prinzessin Carla schon tun.

Alles würde ohnedies im Sinne der Königin geschehen, vorerst. Freude wollte trotzdem nicht in ihm aufkommen, und er dachte wieder an Jeannet: *Ach, Geliebte, es ist alles so kompliziert – viel komplizierter sogar, als du es wahrscheinlich erahnst. Und wenn ich erst einmal in Richtung Madrid unterwegs bin, können wir uns nicht mehr wiedersehen. Wo bist du inzwischen? Bitte, verzeih, wenn du nach London kommen solltest und mich nicht mehr antreffen kannst. Ich werde zurückkehren, gewiss so schnell wie nur irgend möglich – versprochen! –, und dann wird es vielleicht doch nicht mehr lange dauern, bis wir uns wieder in die Arme schließen können!*

Selber so recht daran glauben konnte er indessen zurzeit ganz und gar nicht …

Gewissermaßen auf getrennten Wegen und zu unterschiedlichen Zeiten erreichten Prinzessin Carla von Spanien und Lord Donald Cooper die SWORD FISH. Das lag nicht daran, dass der Lord der Prinzessin aus dem Weg gehen wollte. Es hätte auch wenig genützt, denn anschließend würden sie trotzdem zusammen an Bord sein – und dann musste er sich durchaus mit ihr beschäftigen. Alles andere wäre auf wenig Verständnis gestoßen.

Nein, es lag allein daran, weil er weit früher an Bord gehen musste, um die Überfahrt nach Spanien vorzubereiten und alles Weitere mit seiner Crew zu besprechen. Natürlich in erster Linie mit den ranghöchsten Offizieren an Bord, Geoffrey Naismith und John Kane.

Sogar der Zweite Offizier Geoffrey Naismith schien nichts von der bevorstehenden Mission auch nur zu ahnen, obwohl ihn der Lord im Verdacht hatte, eine Art Spion der Königin zu sein, die seiner Kenntnis nach niemals etwas bloß dem Zufall überließ. Jedenfalls war ihm nichts anzumerken. Die Besprechung fand in der Offiziersmesse statt. Sie schienen beide gleichermaßen überrascht zu sein, dass es schon so bald wieder losgehen würde.

Aber der Lord hatte noch ein paar weitere Überraschungen in petto: »Die Prinzessin wünscht so schnell wie möglich zurückzukehren an den Hof ihres Vaters. Also müssten wir eigentlich in Bilbao anlanden.«

»Und das werden wir trotzdem nicht tun?«, wunderte sich Naismith.

John Kane enthielt sich seiner Meinung, aber er runzelte nachdenklich die Stirn, als würde er selber über einer Antwort grübeln.

»Unser Ziel ist Vigo!«, sagte ihr Kapitän.

»Aber das liegt an der nordwestspanischen Küste, in der Provinz Galicien«, wunderte sich Naismith nur noch mehr.

Der Lord lehnte sich zurück und betrachtete die beiden nach ihm wichtigsten Männer an Bord. Am liebsten hätte er die wahren Gründe für sich behalten, aber er musste die beiden einweihen – zumindest in den wichtigsten Punkten.

»Vigo ist nicht nur der größte Fischereihafen Spaniens, sondern vor allem werden hier die meisten Schiffe gebaut, um in die so genannte Neue Welt zu fahren. Mit anderen Worten: Vigo ist von den wichtigsten Häfen Spaniens, was den transatlantischen Handelsverkehr betrifft, der uns am nächsten liegende.«

Jetzt machte Kane ebenfalls den Mund auf: »Aber ich dachte, es ginge darum, die Prinzessin nach Hause zu bringen? Wie wollt Ihr es ihr erklären, dass wir einen solchen Umweg machen?«

»Von Vigo nach Madrid ist es zumindest auf dem Landweg nur unwesentlich weiter als von Bilbao. Aber nur in Vigo gibt es einen Verbindungsmann der Krone von England.«

Die beiden Offiziere tauschten einen Blick aus. Zwar mochten sie sich ganz und gar nicht, aber sie respektierten gegenseitig ihre seemännische Kompetenz. In beider Gesichter war deutlich die Frage zu lesen: *Was habt Ihr wirklich vor, Sire?*

Nun hätte der Lord niemals zugeben können, was sozusagen sein Hauptnebengrund war: Er würde mit seinem Schiff auf dieser Route zwangsläufig in die Nähe der Kanalinseln kommen und hatte den begründeten Verdacht, dass sich dort irgendwo das Piratennest von Jeannet befand. Wenn es überhaupt eine Chance gab, sich auf See zufällig zu begegnen, dann nur auf dieser Route …

Aber er zog es vor, den fast genauso geheimen Grund vorzutäuschen:

»Um es noch deutlicher zu sagen: In Vigo haben wir einen englischen Spion, meine Herren. Jetzt verstanden?«

»Ich verstehe nicht …«, entfuhr es Naismith dennoch, aber er winkte sogleich ab und korrigierte sich selber: »Ich meine, zwar verstehe ich, dass wir in Vigo einen Spion zu treffen gedenken, aber hat das wirklich etwas mit der Prinzessin zu tun?«

»Selbstverständlich nicht«, half ihm der Lord auf die Sprünge. »Die Lage ist doch klar: Spanien hütet sein Geheimnis der Atlantikroute, über die man die Neue Welt erreichen kann. Außerdem wissen wir Engländer noch nicht einmal, wie es denn nun in der so genannten Neuen Welt aussieht. Das heißt, keiner von uns hat jemals eine Beschreibung davon, geschweige denn eine Seekarte zu Gesicht bekommen.«

»Aber dieses Wissen würde uns doch nur dann etwas nutzen, wenn wir heimlich ebenfalls dieser Route folgen würden, trotz der Präsenz der Armada!«, gab Kane sogleich zu bedenken.

Wenigstens einer hat es begriffen, dachte Lord Cooper. Laut sagte er: »Die englische Krone muss es einfach erfahren. Ich war aus diesem Grund schon mehrmals in Vigo – auch mit der SWORD FISH, erinnert Euch! Nur wusstet Ihr nicht den wahren Grund. Jetzt habe ich das Versäumte sozusagen nachgeholt und Euch darüber informiert. Wir müssen jede Gelegenheit nutzen, um in Vigo an Land zu gehen. Bisher gelang es mir nicht, neue Erkenntnisse mit nach Hause zu bringen, aber irgendwann und vielleicht schon diesmal …?«

»Und was wird die Krone von England mit dem neuen Wissen anfangen?«, stellte Kane die entscheidende Frage.

»Vorerst selbstverständlich gar nichts. Aber England wird nicht mehr länger im Dunkeln tappen. Eines Tages könnte uns dieses Wissen von großem Nutzen sein – und wir werden vor allem bei niemandem mehr darum betteln müssen, uns die Gnade einer Auskunft zu gewähren.«

»Gut formuliert, Mylord!«, lobte ihn Naismith. Er zeigte sich auf einmal regelrecht begeistert: »Also, auf nach Vigo!«

»Und was sagen wir der Prinzessin?«, erkundigte sich Kane.

»Sie wird vollstes Verständnis haben, denn sie ist von Vigo weggefahren, in Richtung Neue Welt. Was daraus wurde, wissen wir ja. Aber sie hat ihre eigenen von ihr entsprechend bestochenen Verbindungsleute in Vigo, ohne die sie schon gar nicht an Bord eines Schiffes gekommen wäre.«

»Erwähnte sie das tatsächlich einmal?«, wunderte sich Naismith.

»Nein, mit keinem Wort. Aber ich werde sie unterwegs darauf ansprechen. Sie muss ihre Verbindungen in Vigo spielen lassen, um den Weg nach Madrid zu bereiten. In Bilbao hätte sie diese Verbindungen erst gar nicht!«

»Ach, jetzt verstehe ich!«, behauptete Naismith: »Auf diese Weise wird König Philipp rechtzeitig erfahren, dass seine Tochter kommen wird – und die Verbindungsleute, die von der Prinzessin bestochen wurden, haben eine Gelegenheit, ihre Treue zur Krone zu beweisen, ehe der König doch noch auf die Idee kommt, sie wegen ihrer Fluchthilfe an den Galgen zu liefern. Ein sehr weiser Entschluss.«

»Finde ich auch!«, schloss sich John Kane an.

Wenn ihr wüsstet, dachte der Lord indessen. *Ach, Jeannet, wo steckst du? Werden wir uns unterwegs tatsächlich begegnen?* Es gab nichts, was er sich sehnlicher wünschte.

Es waren anschließend noch einige weitere Details zu klären, auch was den Proviant für unterwegs betraf, und dann gingen die beiden Offiziere an die Arbeit. Alle an Bord würden aus ihrem Mund erfahren, dass die Fahrt nach Vigo gehen würden. Allerdings würden die beiden Offiziere das nicht mit der Wahrheit begründen, sondern beiläufig erwähnen, dass dies dem Wunsch der Prinzessin entspräche.

Dann lag es nur noch an ihm, diesen Wunsch auch wirklich in der Prinzessin zu erzeugen.

Bis zur Ankunft der Prinzessin waren alle an Bord vollauf beschäftigt, der Lord einschließlich. Schließlich war er der

Kapitän, und alles sollte dem Wohl der Prinzessin dienen. Sie sollte sich an Bord gewissermaßen wie zu Hause fühlen dürfen.

Prinzessin Carla von Spanien war indessen sehr enttäuscht, als sie erfuhr, dass Lord Cooper lange vor ihr bereits die königliche Residenz verlassen hatte, um sich an Bord der SWORD FISH zu begeben. Aber der Hofmarschall, der ihr dies mitteilte, lieferte sogleich die Begründung dafür:

»Lord Cooper lässt sich in aller Form entschuldigen, Prinzessin, aber er musste dringend die nötigen Vorbereitungen treffen. Er erwartet Euch jedoch und will vorher alles tun, um Euch den Aufenthalt an Bord so bequem wie möglich zu gestalten.«

Sie musste über diese Formulierung lächeln. Nein, sie brauchte nicht wirklich eine solche Bequemlichkeit. Es genügte schon, wenn er nur in ihrer Nähe war. Das allein würde sämtliche Unbilden ausgleichen, die sie ansonsten erwarten mochten.

Außerdem war sie schließlich nicht das erste Mal an Bord der SWORD FISH, und sie hatte sich auch beim letzten Mal wohl gefühlt dank dem Lord!

Natürlich ließ sie nichts dergleichen verlauten und wurde sodann von dem Hofmarschall, begleitet von einem kleinen Tross von Zofen, zur eskortierten Kutsche geführt. Die Zofen verstauten den Rest ihres Gepäckes in einem zusätzlich dafür eingesetzten Kutschenwagen. Allerdings wurde alles sorgfältig zugedeckt, damit niemand sehen konnte, was sich auf dem Wagen befand. Schließlich war Carla inoffiziell in London. Niemand sollte vorerst überhaupt etwas von ihrem Aufenthalt wissen. Sie würde aus London verschwinden, ohne dass jemand außerhalb des Palastes davon Notiz nehmen sollte. So erschien es nicht nur ihr am besten.

Die Zofen verabschiedeten Carla von Spanien mit einem artigen Knicks. Der Hofmarschall bot ihr indessen seinen Arm an, um ihr beim Einstieg in die Kutsche behilflich zu sein.

Während sie die Kutsche bestieg, nahm sie die Umgebung nur unbewusst wahr, denn sie dachte ganz intensiv an Lord

Cooper, mit dem sie bald die gemeinsame Reise antreten würde. Es würde eine Weile dauern, bis sie in Madrid anlangten. Solange würden sie zusammen sein.

Und dann erschrak sie: Was war dann?

Außerdem: Wie gedachte er eigentlich vorzugehen? Darüber war noch kein Wort gesprochen worden. Er konnte ja nicht so ohne weiteres mit einem englischen Kriegsschiff einen x-beliebigen spanischen Hafen anlaufen und dort sozusagen als einzige Fracht Prinzessin Carla von Spanien deklarieren …

Ja, was gedachte er zu tun?

Sie konnte es kaum erwarten, ihn persönlich darauf anzusprechen. Dem Hofmarschall nickte sie wohlwollend zu.

Er verbeugte sich höfisch, scheuchte anschließend die Zofen beiseite, damit die beiden Kutschen, von bewaffneten Reitern eskortiert, losfahren konnten, und Carla wandte sich ab. Sie starrte auf die gegenüberliegende Wand der Fahrgastkabine und wünschte sich, Lord Cooper wäre nicht vorher an Bord gegangen, sondern jetzt bei ihr. Obwohl sie sich gut genug daran erinnern konnte, dass es das letzte Mal eher eine Tortur für sie gewesen war als das reine Vergnügen. Nicht, weil die Anwesenheit des Lords ihr nicht angenehm gewesen wäre, sondern nur deshalb, weil sie sich so sehr hatte zurückhalten und ihre wahren Gefühle verbergen müssen.

Egal!, dachte sie. *Immer noch besser, sich beherrschen zu müssen, als auf seine Anwesenheit zu verzichten!*

Es war nicht das erste Mal, dass ihr das in aller Deutlichkeit klar wurde.

Unterwegs schaute sie eher gelangweilt aus dem Fenster. Zwar hatte London einiges zu bieten für einen neugierigen Blick, aber sie hatte zurzeit keinerlei Sinn für Bauwerke und andere Sehenswürdigkeiten. Selbst die Menschen interessierten sie nicht. Der einzige Mensch, der überhaupt noch für sie von Interesse war, hieß Lord Donald Cooper. Sie konnte es nicht ändern. Ihre Gefühle waren einfach stärker als jeglicher Wunsch, doch zu größerer Vernunft zurückzukehren.

Ja, was war, wenn der Lord seine Mission in Madrid erfüllte? Blieb er dann bei ihr oder reiste er danach wieder ohne sie ab? Wenn er Madrid und somit ihr den Rücken kehrte: Wie lange würde sie danach auf ihn warten müssen?

Sie schalt sich prompt eine Närrin, denn schließlich war sie auf dem Weg zu ihm. Sie hatten eine ganze Reihe schöner Tage vor sich. Davon durfte sie überzeugt sein. Wieso freute sie sich nicht einfach darauf, anstatt in Trübsal zu verfallen ob einer möglicherweise unsicheren gemeinsamen Zukunft?

Dieser Appell an sich selber zeitigte Wirkung: Sie wurde wieder ruhiger und vor allem zuversichtlicher und konnte sogar lächeln, weil sie sich ehrlich auf die Überfahrt mit der SWORD FISH freute.

Über solcherlei Vorfreude verflog die Zeit, die sie mit der Kutsche unterwegs war, beinahe wie im Flug. Schon war sie am Hafen, und dann erblickte sie das stolze englische Kriegsschiff mit Namen SWORD FISH. Die fünf mächtigen Masten waren in der Tat beeindruckend – und die Prinzessin wurde bereits erwartet. Das Fallreep war ausgelegt und dreifach gesichert. Die Begleiteskorte schwärmte aus, während Matrosen von Bord eilten, um sich zum Spalier aufzustellen.

Lord Cooper persönlich kam von Bord und öffnete die Kutschentür, um die Prinzessin mit einer Verbeugung zu begrüßen und ihr anschließend seinen Arm für den Ausstieg anzubieten.

Sie strahlte ihn regelrecht an, was er diesmal durchaus richtig einschätzte, ohne sich jedoch etwas anmerken zu lassen.

»Es freut mich, Euch zu sehen, Mylord!«, sagte sie zur Begrüßung. »Auch wenn ich ein wenig enttäuscht war, weil Ihr schon vor mir den Palast verlassen habt, wie ich zugeben muss.«

Er deutete prompt eine weitere Verbeugung an.

»Ich bitte um Vergebung, Prinzessin, aber meine Anwesenheit an Bord war dringend vonnöten.«

»Gewiss doch, ich habe vollstes Verständnis dafür. Schließlich seid Ihr der Kapitän.«

Endlich nahm sie seine Hilfe in Anspruch und stieg aus. Anschließend hakte sie sich beim Lord unter und ließ sich von ihm durch das Spalier und über das Fallreep an Bord führen.

Sie atmete tief durch, sobald ihre Füße die blank geputzten Schiffsplanken berührten. Es war ein Gefühl, als würde sie mit dem Betreten des Schiffes nach Hause zurückkehren.

Es erfüllte sie mit Glück, und sie brachte dies mit einem langen Seitenblick auf ihren Begleiter zum Ausdruck.

Auch dieses entging ihm diesmal keineswegs, obwohl er so tat, als würde er es nicht sehen. Die Prinzessin war ihm allerdings dankbar dafür.

»Dieselbe Kabine wie letztes Mal?«, erkundigte sie sich fröhlich.

Er nickte lächelnd. »Ja, gewiss, Prinzessin: dieselbe Kabine. Diesmal jedoch sind wir besser vorbereitet, wie ich Euch versichern darf.«

Die Prinzessin brauchte sich nicht umzusehen, um zu wissen, dass hinter ihrem Rücken jetzt eilig ihr Gepäck verladen wurde, damit es ihr unterwegs an nichts fehlte. Aber es war nicht das, was sie am meisten interessierte. Am liebsten hätte sie ihn ununterbrochen angestarrt, obwohl das den Matrosen an Bord sicherlich sehr seltsam vorgekommen wäre. Nein, sie musste sich weiterhin eisern beherrschen und durfte sich möglichst nichts anmerken lassen, so schwer es ihr auch fallen mochte.

Die beiden sprachen unterwegs kein Wort mehr, bis sie die Kabine erreichten.

»Ihr wollt doch wohl nicht gleich wieder gehen, Mylord?«, erkundigt sich Carla bang.

Er schüttelte lächelnd den Kopf.

»Aber nein, Prinzessin, falls Ihr gestattet, würde ich Euch gern Gesellschaft leisten. Alles ist vorbereitet. Die Besatzung braucht mich nicht, wenn das Schiff ablegt.«

»Und wann soll es ablegen?«

»In den nächsten Minuten, Prinzessin.«

»Ich habe noch niemals gesehen, wie ein Schiff ausläuft, während ich mich selber an Bord und an der Seite des Kapitäns befinde.«

»Noch niemals?«, zweifelte er unentwegt lächelnd.

»Als ich von Vigo losfuhr, musste ich unter Deck bleiben. Niemand sollte wissen, dass eine Prinzessin mit an Bord war, außer dem Kapitän und ein paar eingeweihten Offizieren.«

»Oh, ich nehme an, das hat Euch einiges gekostet – falls ich mir diese Bemerkung erlauben darf?«

»Dürft Ihr, Mylord, und in der Tat, es war ziemlich teuer. Es ist nur gut, dass der Rest meines mitgeführten Vermögens anschließend gesichert werden konnte. Der Zorn meines Vaters wäre bei meiner Heimkehr ansonsten sicherlich unermesslich größer.«

»Das bliebe zu befürchten, Prinzessin, obwohl ich eher zu der Annahme neige, dass er sich vor allem über Euer gutes Wohlbefinden freuen wird, wenn Ihr erlaubt.«

»Charmant gesagt, Mylord, aber wenn ich mir meinerseits einmal eine Bemerkung erlauben darf: Wollt Ihr Euch um die Beantwortung meiner Frage drücken? Zwar habe ich nur eine Andeutung gemacht, aber sie war durchaus ernst gemeint.«

Er musste lachen.

»Mitnichten, Prinzessin, keineswegs wollte ich mich um eine Antwort drücken, und ich kann Euch versichern, dass es mir eine Ehre ist, gemeinsam mit Euch auf der Kommandobrücke zu stehen, wenn die SWORD FISH ausläuft!«

»Tatsächlich?«, rief sie unkonventionell.

»In der Tat, Prinzessin«, unterstrich er.

»Und … wann?«

»Sofort, wenn Ihr es wünscht.«

»Also gut: Ich wünsche!« Sie lächelte ihr fröhlichstes Lächeln, blieb bei ihm untergehakt und ließ sich zur Kommandobrücke führen anstatt in die Kabine.

Unterwegs dämpfte Lord Cooper auf einmal die Stimme und fragte in einer Art Verschwörerton: »Ihr seid von Vigo aus in Richtung Neue Welt gefahren? Warum nicht von Barcelona oder einem anderen großen Hafen?«

»Wollt Ihr das wirklich wissen?«

»Ja, Prinzessin, denn es gibt dafür einen Grund.«

»Der wäre?«

»Nun, ich will nicht darum herumreden, aber ich denke mir, es wäre schwierig, einfach so in einen spanischen Hafen einzulaufen, um Euch von dort auf dem kürzesten Weg zu Eurem Vater zurückzubringen. Das kann ungeahnte Probleme bereiten, wenn ich es einmal so ausdrücken darf. Ihr seid schließlich nicht irgendwer, sondern die Prinzessin von Spanien.«

»Und auch Ihr seid nicht irgendwer, sondern der Sonderbeauftragte der Königin von England!«, sagte sie mit fester Stimme. Das Lächeln war aus ihrem Gesicht verschwunden. Sie bedachte ihn mit einem seltsamen Blick.

Lord Cooper erschrak unwillkürlich, obwohl er sich nichts anmerken ließ, und dachte dabei: *Ahnt sie etwas? Ahnt sie von meiner besonderen Rolle?* Er überlegte blitzschnell hin und her und kam zu einem raschen Ergebnis: *Nein, nicht wirklich. Ihre Äußerung bezieht sich auf den Auftrag der Königin, sie zurück nach Madrid zu bringen.*

Laut sagte er: »Umso wichtiger wäre es, keinen Fehler zu begehen. Wir dürfen nicht riskieren, dass wir getrennt werden.«

»Getrennt?«, echote sie erschrocken, dämpfte jedoch sofort wieder ihre Stimme: »Wieso befürchtet Ihr das?«

»Es liegt doch auf der Hand, Prinzessin, bei allem Respekt, aber die spanische Behörde ist sicherlich Euretwegen alarmiert, und wenn Ihr so unerwartet an Bord eines englischen Kriegsschiffes auftaucht, wird man die Besatzung sofort festnehmen lassen und danach erst die entsprechenden Fragen stellen. In der Zwischenzeit wird man Euch, eskortiert mit einer halben Armee, nach Madrid bringen.«

»Das wäre ja schrecklich!« Ja, das war ihr voller Ernst, und sie fragte sich, wieso sie nicht selber auf diese nahe liegende Möglichkeit gekommen war. »Aber was könnt Ihr dagegen tun?«

Sie hatten ihr Ziel erreicht, und Lord Cooper deutete von dem erhöhten Punkt der Kommandobrücke aus mit einer umfassenden Geste auf den Hafen, als würde er ihnen zu Ehren vor ihren Füßen liegen. Erst danach befleißigte er sich einer Antwort. Auch diesmal sprach er mit gedämpfter Stimme, während die ebenfalls auf der Kommandobrücke anwesenden Offiziere sich in Richtung Prinzessin verbeugten und diese ziemlich unkonzentriert ihre Ehrerbietungen mit einem höfischen Knicks quittierte.

»Deshalb meine Frage betreffend Vigo, Prinzessin. Ich wollte Euch fragen, ob Ihr glaubt, noch immer Eure Verbindungen dort spielen lassen zu können.«

»Und wozu sollte dies von Nutzen sein?« Begeistert war sie anscheinend von diesem Gedanken ganz und gar nicht. Kein Wunder, denn sie würde mit diesem Vorgehen ihre Verbindungsleute gewissermaßen ans Messer liefern. Doch dann schalt sie sich ob ihres Misstrauens eine Närrin, denn wem könnte sie eher vertrauen als dem Lord?

Noch bevor dieser ihr antworten konnte, winkte sie eilig ab und fügte hinzu: »Vergesst diesen Einwand, Mylord, denn Ihr habt selbstverständlich Recht. Aber wie wollt Ihr dabei vorgehen?«

Sie hörte die laut gebrüllten Befehle, sah, wie sich die Matrosen emsig bemühten, während die Ruderer sich kräftig in die Riemen legten, um das Schiff auf Fahrt zu bringen. Träge nur setzte sich die SWORD FISH in Bewegung. Sie löste sich von der Anlegestelle und strebte auf die Fahrrinne zu.

Dieser Vorgang war in der Tat äußerst interessant, und die Prinzessin war schließlich extra auf die Kommandobrücke gekommen, damit es ihr nicht entging, doch das Gespräch hatte Formen angenommen, die sie alles andere beinahe vergessen ließen.

»Ich werde zunächst allein von Bord gehen, Prinzessin, wenn Ihr erlaubt. Ihr müsstet mir allerdings den Namen Eures wichtigsten Verbindungsmannes preisgeben. Habt bitte keine Bange, denn Ihr wisst, dass Ihr mir vertrauen könnt. Es wird nicht zum Schaden dieses Mannes sein. Ganz im Gegenteil.«

»Im Gegenteil?«

»Ich habe mir das so gedacht, Prinzessin, Euer Einverständnis vorausgesetzt: Eure Verbindungsleute werden die Rückkehr nach Madrid ermöglichen, am besten an der Hafenbehörde vorbei, falls dies möglich wäre. Eure Verbindungsleute werden ein vitales Interesse daran haben, Euren Wünschen zu entsprechen, denn sie müssen ohnehin den Zorn des Königs fürchten. Wenn es ihnen jedoch gelingt, uns beide sicher nach Madrid zu bringen und vorher vielleicht einen Kurier zum Königspalast zu schicken, um Euren Vater auf Euer Kommen vorzubereiten …«

»Ich verstehe Euren Plan, Mylord!«, murmelte sie verdattert. Und dann war sie auf einmal begeistert, und es scherte sie überhaupt nicht, dass die anwesenden Offiziere möglicherweise jedes Wort mithören konnten: »Aber, das ist ja sogar genial! Damit wären wir aller Sorgen behoben. Nichts wird geschehen, was nicht in unserem Sinne wäre – und es würde meinen Verbindungsleuten sogar nutzen, denn sie würden mit ihrem Vorgehen beweisen, dass sie treue Diener der spanischen Krone sind. Schließlich bringen sie die Tochter des Königs sicher und wohlbehalten zurück, einschließlich ihres heldenhaften Retters!«

Es hätte wirklich nicht viel gefehlt, und sie wäre in ihrer Begeisterung dem Lord um den Hals gefallen, doch das Studium der höfischen Verstellung siegte und half ihr, sich in letzter Konsequenz doch noch zu beherrschen.

»Dann auf nach Vigo!«, befahl Lord Cooper an seine Offiziere gewandt.

Diese antworteten wie im Chor: »Aye, aye, Sire!«

Prinzessin Carla dämpfte wieder ihre Stimme, damit nur er verstehen konnte, was sie abschließend zu diesem Thema zu sagen hatte: »Mein Hauptverbindungsmann in Vigo … ist der Chef der Zollbehörde! Ich werde Euch ein Beglaubigungsschreiben mitgeben, das Euch als Vertrauten ausweist. In der Tat, Euer Plan ist genial – und das wird er sich wohl ebenfalls denken, denn er wird dabei jeglicher Gefahr für sich und sein Leben vorbeugen. Sein Name ist übrigens Comandante Fernando Garcia!«

Diese Enthüllung war für Lord Cooper eine Überraschung ganz besonderer Art, denn Fernando Garcia … war absolut kein Unbekannter für ihn!

Lord Donald Cooper und Prinzessin Carla von Spanien verbrachten während der Überfahrt von London bis zur spanischen Hafenstadt Vigo viel gemeinsame Zeit an Deck. Man konnte schon fast sagen, dass er jede freie Minute der Prinzessin widmete. Dabei freute sie sich besonders darüber, dass sie in der Regel nicht in ihrer Kabine blieben, sondern an der Reling standen und ihre Blicke über das Meer schweifen ließen. Da konnte sie so richtig träumen.

Bisher hatte ihr das Leben als Prinzessin nicht nur nichts bedeutet, sondern sie hatte es stets wie eine Art Strafe empfunden. Doch jetzt erzählte sie von diesem bislang eher verhassten Leben, damit er alles über sie erfuhr, was für ihn wichtig war.

Lord Cooper blieb dabei die meiste Zeit stumm und gebärdete sich als aufmerksamer und dankbarer Zuhörer, auch wenn er nicht an ihren Lippen hing, sondern viel lieber über das weite Wasser schaute. Die Prinzessin konnte ja nicht ahnen, wieso er das überhaupt tat: Weil er inbrünstig hoffte, die WITCH BURNING würde ihre Wege kreuzen …

Manchmal erzählte auch er von sich und seiner englischen Heimat. Er ließ die Prinzessin wissen, dass er erst seit wenigen Jahren, also noch nicht allzu lange, am Hof weilte. Jedenfalls war er schon bei Amtsbeginn von Königin Elizabeth dieser aufgefallen, und sie hatte ihn unter ihr unmittelbares Kommando genommen. Als er das erzählte, wählte er sorgfältig seine Worte, um nicht den Eindruck zu erzeugen, die Königin hätte eine Leibgarde, denn das hätte ihrem königlichen Image widersprochen, das sie sich sorgfältig in aller Welt aufgebaut hatte.

Sie war der weibliche Souverän, und zwar in jeglicher Beziehung! Kein Mensch sollte daran auch nur einen Augenblick zu zweifeln haben. Nur so lange ging es England gut in Beziehung zu den viel größeren und mächtigeren Nachbarn auf dem Festland. Die Königin tat alles, um ihren Inselstaat nicht nur zu überleben, sondern immer stärker werden zu lassen. Selbstverständlich erwähnte der Lord auch das nicht gegenüber der Prinzessin.

Erst als Vigo bereits in Sichtweite war, begegneten ihnen die ersten spanischen Kriegsschiffe. Jedenfalls hatte Carla vorher keine gesehen, auch wenn sie noch so sorgfältig den Horizont beobachtet hatte. Zwischendurch hatte Lord Cooper veranlasst, dass die weiße Fahne gehisst wurde. Carla hatte es als reine Vorsichtsmaßnahme angesehen, doch jetzt sagte er: »Sie haben uns die ganze Zeit über beobachtet. Ihnen entging nicht das geringste Manöver. Und jetzt zeigen sie sich, damit wir vorsichtig sind.«

»Wirklich?«, wunderte sich die Prinzessin. »Aber England ist doch mit Spanien befreundet!«

»Gewiss, Prinzessin, aber es gibt ein uraltes Sprichwort, das da lautet: ›Vertrauen ist gut, aber Kontrolle ist besser!‹ Euer Heimatland ist das größte und mächtigste Reich auf Erden, aber nur so lange, wie es sich ausreichend zu schützen weiß – gegen Freunde und Feinde gleichermaßen.«

»Dann trifft die Bezeichnung ›Freund‹ wohl kaum zu«, meinte Carla enttäuscht. »Vielleicht sollte man es eher Verbündete nennen? Eine reine Zweckgemeinschaft zwischen England und Spanien ist das, wie mir scheint, zielgerichtet auf ganz bestimmte Dinge.«

Wie wahr, wie wahr!, dachte er zerknirscht. *Du hast vollkommen Recht, holde Prinzessin, aber durch dich soll sich das ändern. Wenn dein Vater will, kann er morgen schon England überfallen ... und vereinnahmen. Das wird vielen anderen nicht gefallen, aber was wollten sie letztlich gegen das mächtige Spanien ausrichten? Zwar ist Philipp II. kein Eroberer, doch das kann sich ändern. Kein König ist unberechenbarer als der mit der größten Macht!*

Selbstverständlich behielt er auch diese Gedanken für sich und plauderte sie gegenüber der Prinzessin lieber nicht aus.

Die Prinzessin indessen musterte ihn von der Seite und fragte: »Was denkt Ihr, Mylord? Bedauert Ihr es nicht auch so sehr wie ich, dass es keine echte Freundschaft auf dieser Welt geben kann.«

»Oh, verzeiht, wenn ich Euch widerspreche, Prinzessin, aber echte Freundschaft existiert durchaus.«

»Ja, zwischen einzelnen Menschen vielleicht, aber niemals zwischen den Völkern!«, trumpfte sie auf.

»Das mag wohl sein.« Er schaute sie jetzt seinerseits an. Sie hielt seinem Blick tapfer stand, als er hinzufügte: »Vielleicht hat Gott gewollt, dass Ihr aus dem Palast Eures Königs flieht, um am Ende von einem englischen Lord und persönlichen Berater der Königin von England wohlbehalten zurückgebracht werden zu können? Vielleicht hat er es getan, nur damit aus einem reinen Zweckbündnis, wie Ihr es richtig seht, doch noch so etwas wie Freundschaft entstehen kann.«

»Freundschaft ... für immer?«

»Sicher wäre es viel zu kühn, solches zu erwarten. Es reichte ja schon, wenn die Freundschaft ein paar Jahre halten würde.«

In Gedanken ergänzte er dies noch: *Zumindest so lange, bis England endlich stark genug ist, gegen einen eventuellen Angriff der spanischen Armada zu bestehen! Und dann könnten wir weitersehen ...*

Von solchen Gedanken nichts wissend, meinte die Prinzessin: »Es wäre zu schön, um wahr zu sein.«

»Es liegt möglicherweise in unseren Händen, zumindest entscheidend dazu beizutragen.«

»Meint Ihr wirklich?«, blieb sie skeptisch.

Er deutete mit dem Kinn nach vorn.

»Seht die Kriegsschiffe. Wirken sie nicht – Furcht einflößend? Niemand würde sich der spanischen Armada in den Weg stellen, wirklich niemand, es sei denn als Selbstmörder. Die SWORD FISH ist zwar ebenfalls stolz und kampfstark, aber wenn zwei dieser Kriegsgaleonen sie in die Zange nehmen würden …«

»Das könnten sie nur, wenn Ihr es zulassen würdet!« Sie lachte schelmisch. »Macht mir nichts vor, Lord Cooper. Ich bin nicht das erste Mal auf diesem Schiff. Schließlich habt Ihr sogar die WITCH BURNING in die Knie gezwungen – und dieses Piratenschiff unter dem Kommando von Jeannet gilt als unbesiegbar. Man nennt es nicht umsonst ›Fluch der Meere‹.«

Jetzt lachte auch der Lord: »Zugegeben, um mein Schiff zu besiegen, bedarf es mehr als nur schierer Kampfkraft. Das liegt ganz einfach daran, dass die SWORD FISH nicht als Angriffsschiff gebaut wurde.«

»Gibt es denn da einen Unterschied?«, wunderte sich nun die Prinzessin.

Er schielte kurz nach ihr. Hatte er jetzt zu viel ausgeplaudert? Niemand sollte wissen, welche Möglichkeiten die SWORD FISH hatte, auch die Prinzessin nicht. Zwar vertraute er ihr, aber falls sie gegenüber ihrem Vater einmal eine unbedachte Bemerkung fallen lassen würde …?

Nein, er konnte beruhigt sein: Die Prinzessin war nach wie vor ahnungslos, was die englische Strategie der Verteidigungsbereitschaft betraf. Königin Elizabeth hatte auch nur die hohen Militärs in Kenntnis gesetzt, und diese arbeiteten nach Kräften an dem Konzept: England würde niemals Spanien angreifen wollen, aber es erschien der Königin als überlebenswichtig, nicht auf den guten Willen der Spanier angewiesen zu sein, sondern alles zu tun, um verteidigungsfähig zu werden. Bis das hohe Ziel erreicht war, würden noch einige Jahre vergehen. Die SWORD FISH war da eine absolute Ausnahme – vorerst.

Deshalb bin ich hier!, dachte er. *England braucht Zeit – und die Vertiefung der Freundschaft mit Spanien hilft uns dabei entscheidend!*

Die Königin hatte ja sogar angedeutet, dass Lord Cooper mit seiner Mission sogar die gesamte Weltgeschichte entscheidend beeinflussen würde.

So weit wäre er selber zwar nie gegangen, das zu behaupten, doch wichtig war seine Mission allemal.

Dass er dabei der von ihm persönlich ganz besonders geschätzten und verehrten Prinzessin Carla von Spanien zusätzlich einen großen Gefallen tun sollte, kam ihm mehr als gelegen. Er war inzwischen sicher, dass er es schaffte, Philipp II. von der bevorstehenden Verheiratung seiner Tochter mit dem von ihm ausgewählten Bräutigam abzubringen. Denn wenn er versagte, stand nicht nur das Glück von Carla und sein eigenes Leben auf dem Spiel, sondern möglicherweise tatsächlich das Schicksal Englands.

Beide schauten über das Wasser und genossen das Schauspiel, als die SWORD FISH in den Hafen von Vigo einlief.

Es war der größte Fischereihafen Spaniens, und das zeigte sich deutlich anhand von Tausenden von Masten all jener Schiffe, die das gigantische Hafenbecken füllten.

Dazwischen patrouillierten die beeindruckenden Kriegsgaleonen der spanischen Armada.

Lord Cooper hatte das Gefühl, aller Augen waren allein auf sein Schiff gerichtet, und damit lag er gewiss nicht ganz falsch.

Ein Lotsenboot kam heran und zeigte ein Signal, das vom Signaloffizier der SWORD FISH erwidert wurde.

»Woher wusstet Ihr eigentlich, dass wir die ganze Zeit über schon beobachtet wurden?«, erkundigte sich die Prinzessin neugierig.

»Zwei Dinge brachten mich darauf: Erstens ließ sich kein einziges Kriegsschiff nahe genug blicken. Zweitens …« Der Lord zeigte hinauf zum Ausguck.

Endlich verstand die Prinzessin: »Aha, die Kriegsschiffe blieben dicht hinter der Horizontlinie und beobachteten uns aus ihrem Ausguck. Ein gegenseitiges Beobachten mithin!«

»Genau so, Prinzessin. Aber macht Euch keine Gedanken darüber, denn das ist völlig normal. Diese Schiffe sind dazu da, Spanien zu beschützen. Sie haben einfach nur ihre Arbeit gemacht.«

»Wenn Ihr das so sagt …« So richtig überzeugend war es indessen für die Prinzessin nicht. »Ich denke gerade daran, was passieren würde, wenn wir nicht diesen gemeinsamen Plan gefasst hätten … In der Tat, man würde sofort das Schiff beschlagnahmen und alle festnehmen, einschließlich Euch, wenn herauskäme, dass ich mich bei Euch an Bord befinde. Nicht auszudenken, welche Folgen das nicht nur für Euch haben könnte, sondern auch für das Verhältnis zu England.«

»Das ist gewiss!«, bekräftigte Lord Cooper. »Aber nun brauchen wir uns ja keine Sorgen zu machen. Ihr werdet im entscheidenden Moment unter Deck gehen, damit niemand auch nur ahnt, dass Ihr hier seid, und ich werde der Zollbehörde das persönliche Schreiben Ihrer Majestät, der Königin von England, zeigen. Es wird mich als ihren besonderen Beauftragten ausweisen, der in einer hochpolitischen Angelegenheit dringend und ohne Verzug zu König Philipp II. gelassen werden muss. Die Zollbehörde wird sich selbst Bedenkzeit geben. Vielleicht ein paar Stunden, vielleicht sogar einen ganzen Tag? Man wird das Schiff unter strengster Beobachtung halten, aber es würde niemand auf die Idee kommen, es näher zu überprüfen, um das Verhältnis der beiden Königshäuser zueinander nicht zu trüben. Man wird in dieser Zeit eine Eskorte zusammenstellen, die mich nach Madrid begleiten wird.«

»Ihr kennt Euch wahrlich gut aus, Mylord!«, lobte ihn die Prinzessin.

Er lächelte flüchtig.

»Es gehört zu meinem Beruf, Prinzessin, mit Verlaub gesagt.«

»Aber Ihr werdet die Wartezeit auf Eure Weise nutzen und den Mann aufsuchen, den ich Euch genannt habe. Ihm werdet Ihr ein Schreiben von mir zeigen, das Euch als Freund ausweist. Ich bin gespannt, wie es danach weitergehen wird.«

»Ich auch!«, gab er zu.

»Na, gar so zuversichtlich klingt das ja nicht!«, tadelte sie ihn.

»Das mag vielleicht daran liegen, dass ich Euren Vertrauensmann noch nicht kenne«, log er.

»Ihr misstraut ihm schon vorher?«

»Nein, kein Misstrauen, sondern man hat keine Ahnung, ob die Schergen des spanischen Königs – Eures Vaters also, mit Verlaub! – nicht schon seiner habhaft wurden. Wenn ich also dort auftauche und …«

»Aber das wäre ja entsetzlich!«, unterbrach ihn die Prinzessin. »Nicht auszudenken! Und das sagt Ihr so beiläufig, als würde es sich um eine Bemerkung über das aktuelle Wetter handeln?«

»Wäre ich weniger gelassen, würde das unsere Mission nur noch mehr gefährden, Prinzessin.«

Sie atmete ein paar Mal heftig durch und behauptete dann: »In Ordnung, ich werde auch schon wieder ruhiger. Ihr habt ja Recht. Es nutzt nichts, sich etwas vorzumachen. Was wir zu tun beabsichtigen, bleibt gefährlich, aber die Nerven zu verlieren, wäre das Verkehrteste in unserer Situation.«

Wie tapfer sie doch ist!, dachte Lord Cooper anerkennend. Dann richtete er seinen Blick nach vorn. Bald würden sie mehr wissen über das mögliche Risiko, das sie einzugehen beabsichtigten.

Es kam, wie vom Lord vorausgesagt: Eine nähere Überprüfung der SWORD FISH unterblieb, und die Zollbehörde bat ungewöhnlich freundlich um Bedenkzeit.

Und dann kam die Nacht. Nur in ihrem Schutz konnte es dem Lord gelingen, unbemerkt das Schiff zu verlassen, das natürlich heimlich unter Beobachtung gestellt wurde.

Auf der von der Mole abgewandten Seite wurde ein kleines Boot zu Wasser gelassen. Der Lord stieg ein, duckte sich unter den Bootsrand und ließ sich von seinen Männern anschieben.

Sie gingen ziemlich geschickt vor, so dass Lord Cooper erst nach einigen Yards Fahrt das kurze Paddel benutzen musste, um sich von seinem Schiff weiter zu entfernen.

Im Sichtschatten eines großen spanischen Handelsschiffes kehrte er schließlich an die Mole zurück. Stimmengewirr war an Bord. Wieso war die Besatzung eigentlich nicht an Land? War das Schiff erst von großer Fahrt aus der Neuen Welt zurückgekehrt? Lord Cooper durfte das nicht interessieren. Er hatte es eilig, um im Schutz der Nacht sein Ziel zu erreichen.

Das Boot ließ er achtlos an der Mole zurück. Er würde es nicht mehr benötigen, denn nach seiner Unterredung mit dem Comandante würde er wohl bei Tag auf sein Schiff zurückkehren können, ohne dass noch jemand daran Anstoß nehmen würde. Es sei denn, es gelang nicht, was er sich vorgenommen hatte, aber daran mochte er schon gar nicht erst denken ...

Zu Fuß ging er weiter, sich immer wieder nach allen Seiten absichernd. Niemand schien auf ihn aufmerksam geworden zu sein. Das lag daran, dass er sich entsprechend verkleidet hatte. Er sah jetzt aus wie ein typischer spanischer Händler. Sein Gang war leicht schwankend, als hätte er sich bei viel zu vielen Gläsern Wein bei seinen Geschäftpartnern viel zu lange aufgehalten.

Hoffentlich wurde er jetzt nicht von einem Räuber als willkommenes Opfer überfallen!

Nichts dergleichen geschah, und so gelangte er ohne Zwischenfälle zur Kommandantur. Diese war auch nachts besetzt, zumal ein Teil des Hafens in Alarmbereitschaft war – nur wegen der SWORD FISH. Doch der Lord wollte nichts von den Diensthabenden, sondern er wollte zu deren oberstem Chef, der im gleichen Haus residierte, wie er wusste.

Nur gut, dass er Comandante Fernando Garcia schon viel länger kannte. Es wäre sonst schwierig, wenn nicht gar unmöglich gewesen, bis zu ihm vorzudringen, ohne aufgehalten zu werden. Das Empfehlungsschreiben der Prinzessin hätte ihm erst bei dem Comandante selbst genutzt, auf keinen Fall vorher.

Der Lord umrundete das herrschaftliche Gebäude, in dem nicht nur die Kommandantur, sondern auch die Residenz des Comandante untergebracht war.

So wie immer!, dachte er in einem Anflug von Galgenhumor, sicherte ein letztes Mal nach allen Seiten, nahm Anlauf und sprang nach oben.

Seine Hände krallten sich um den schmalen Absatz. Er ließ seinen Körper zur Seite pendeln, um auszuholen, und dann schwang er sich mit artistischer Geschicklichkeit hinauf.

Er musste sich eng an die Wand pressen, um nicht wieder abzustürzen, als er sich auf dem schmalen Absatz entlangbewegte, um das nächstgelegene Fenster zu erreichen.

Es war geschlossen – natürlich!

Vorsichtig beugte er sich vor, um hineinzuspähen. Das Butzenglas war zwar sauber, aber es verzerrte alles, was sich dahinter befand. Doch wäre es klarer gewesen, hätte ihm das wenig genutzt, weil es im Inneren stockdunkel war.

Er klopfte trotzdem gegen das Glas.

Erst beim dritten Mal wurde das Fenster geöffnet. Zum Vorschein kam die Spitze eines Vorderladers. Eine Stimme raunzte ihn aus dem Dunkel des Raumes an: »Was soll das?«

»Es lebe das heilige Spanien und seine Freundschaft mit England!«, antwortete Lord Cooper mit der verabredeten Formel.

Sofort wurde der Lauf zurückgezogen. Ein Kopf kam zum Vorschein.

»Ihr, Lord Cooper?«, wunderte sich der Mann.

Es handelte sich nicht um den Comandante, sondern um einen seiner wichtigsten Vertrauten, der in das besondere Verhältnis mit dem Lord eingeweiht war.

Er machte Platz, damit der Lord einsteigen konnte.

»Ich komme in einer äußerst pikanten Angelegenheit!«, sagte er dabei eindringlich.

»Tut Ihr das denn nicht immer?« Der Offizier lachte leise. »Aber gut, ich setze den Comandante in Kenntnis über Euer Kommen.«

Er schloss das Fenster und ging durch die Dunkelheit zur Tür. Licht drang von draußen herein, als er diese öffnete. Nach kurzer Zeit kam er mit einer brennenden Kerze zurück, um damit auch Licht in dem Raum anzuzünden, in dem sich Lord Cooper befand.

Erst jetzt konnte man sehen, dass es sich um eine Art Büro handelte. Das Einzige, was dieses Bild störte, war die Ruhestätte in der Ecke. Sie sah benutzt aus. Also hatte der Offizier sich bereits zum Schlafen niedergelegt.

Dem Lord war klar, dass der Offizier so eine Art Bereitschaftsdienst hier versah. Mehrere Vertraute des Comandante wechselten sich dabei ab, also war dieser Raum stets besetzt. Wenn man so wollte, war dies die Leibgarde des Comandante. Schließlich war er eine der wichtigsten Persönlichkeiten von Vigo.

Für Lord Cooper war er sogar die wichtigste Persönlichkeit von ganz Spanien – nach der Prinzessin.

Damit sie nicht zufällig von draußen beobachtet werden konnten – obwohl das Butzenglas kaum Einzelheiten würde erkennen lassen –, zog er den Sichtschutz vor.

Kaum war das geschehen, kam der Comandante herein.

»Ich habe Euch bereits erwartet!«, sagte er zur Begrüßung.

Lord Cooper wunderte das keineswegs, denn der Comandante war sicher der Erste gewesen, dem man gesagt hatte, dass die SWORD FISH in den Hafen einlief.

»Leider habe ich Euch warten lassen, Comandante, aber die Bewachung meines Schiffes ist ziemlich lückenlos.«

»Nicht vollkommen, sonst wäret Ihr nicht hier!«, schnappte der Comandante zurück.

»Ich nehme an, daran seid Ihr nicht ganz unschuldig? Ihr wisst ja schließlich, wie ich mich stets bemühe, ungesehen an Land zu kommen.«

Jetzt lachte Fernando Garcia und ließ endlich Wiedersehensfreude erkennen.

»Ihr seid mir schon ein besonderer Fuchs, Mylord!« Er trat näher, und die beiden ungleichen Männer fielen sich in die Arme.

»Ich freue mich jedes Mal aufs Neue, Euch zu begegnen!«, gestand Lord Cooper danach und musterte wohlwollend die füllige Gestalt des Comandante.

Dieser nickte ihm lächelnd zu.

»Es beruht bekanntermaßen auf Gegenseitigkeit. Obwohl es leider nicht möglich ist, unsere Freundschaft in aller Öffentlichkeit zu zeigen. Schließlich bin ich der Comandante der spanischen Zollbehörde und Ihr der Sonderbeauftragte der Königin von England.«

»Nun, vielleicht gibt es ja eine Möglichkeit, dies für die Zukunft ein wenig leichter zu gestalten?«, stellte Lord Cooper mit einem verschwörerischen Unterton in den Raum.

Der Comandante musterte ihn aus listigen Augen.

»Ihr wisst, Mylord, dass ich ein treuer Untertan der spanischen Krone bin, obwohl ich nicht alles gutzuheißen vermag, was unser König tut. Zum Beispiel diese rigorose Behauptung des Seemonopols was die Neue Welt angeht … Wir beide sind uns darüber einig, dass dies über kurz oder lang nachhaltig den Frieden stört. Spanien wird nur deshalb nicht angegriffen von seinen angeblichen Freunden, weil man die spanische Armada fürchtet. Im Grunde genommen wird mein geliebtes Land von allen anderen aus ganzem Herzen gehasst. Ich finde, falscher kann keine Politik mehr sein als die, mit Angst zu regieren anstatt mit Gerechtigkeit!«

Das wusste Lord Cooper. Er wusste auch, dass der Comandante nicht einfach nur ein gemeiner Spion war, der gemeinsame Sache mit einem Feind machte. Was den Comandante bewegte, waren durchaus edle Motive. Er sorgte sich um den Frieden in Europa und wollte mit dazu beitragen, diesen zu wahren. Seine Methoden allerdings hätten ihn das Leben gekostet, wäre es jemals herausgekommen.

»Ich will keine Zeit vergeuden und gleich auf den Punkt kommen!«, sagte Lord Cooper ernst.

Comandante Fernando Garcia schickte seinen Vertrauten mit einer Handbewegung hinaus. Erst als sich hinter diesem die Tür schloss, griff Lord Cooper in die Tasche und reichte dem Comandante das Empfehlungsschreiben der Prinzessin.

Als dieser die Handschrift erkannte, weiteten sich unwillkürlich die Augen. Als er den Text las, vergaß er sogar für Augenblicke zu atmen.

»Die Prinzessin … lebt?«, stammelte er am Ende.

»Mehr noch als das«, versicherte ihm der Lord. »Sie befindet sich wohlbehalten an Bord meines Schiffes und möchte zu ihrem Vater zurückkehren!«

»Aber dann …« Den Rest ließ der Comandante unausgesprochen, doch Lord Cooper erkannte die Angst in seinen Augen.

»Keine Bange, sie weiß nichts von uns beiden. Sonst hätte es ja ihres Empfehlungsschreibens nicht bedurft.«

»Versteht mich nicht falsch, Mylord, niemand freut sich mehr als ich über die Tatsache, dass die Prinzessin den Überfall auf ihr Schiff überlebt hat, von dem ich übrigens erst vor zwei Tagen erfahren habe. Allerdings …« Abermals brach er ab.

»Es ist alles mit ihr abgesprochen: Es sollte Euch gelingen, sowohl die Prinzessin als auch mich nach Madrid bringen zu lassen, natürlich mit einer entsprechenden Eskorte. Seht Ihr die Chance für Euch selber? Ihr werdet derjenige sein, der König Philipp die verlorene Tochter zurückgebt, einschließlich ihres heldenhaften Retters.«

»Retter?«, echote der Comandante misstrauisch.

Mit knappen Worten erzählte ihm Lord Cooper, wie es dazu gekommen war, dass die Prinzessin sich in seiner Obhut befand.

»Ihr habt Recht!« Comandante Fernando Garcia atmete hörbar erleichtert auf. »Es ist eine einmalige Chance für mich, der Krone meine Ergebenheit zu beweisen.« Er zögerte kurz, und dann fuhr er fort: »Ihr habt Euch sicherlich gewundert, wieso ich der Prinzessin zur Flucht außer Landes verholfen habe?«

Der Lord ging nicht auf die Frage ein, sondern betrachtete den Comandante nur stumm.

Dieser schlug die Augen nieder und sagte: »Ich bin nicht allein, wie Ihr Euch vielleicht denken könnt. Es existiert in Spanien eine Art ... heimliche Opposition. Wir sind viel zu schwach, um wirklich unsere Ziele durchzusetzen, doch wir nehmen jede Chance wahr, die sich uns bietet.« Er hob den Blick und redete mit fester werdender Stimme weiter: »Meine Verbündeten leiteten die Prinzessin an mich weiter. Das Geld, das sie uns gab, floss in die gemeinsame Sache. Wir halfen ihr aber nicht um des Geldes Willen, sondern weil wir glaubten, das Richtige zu tun. Stellt Euch vor: Die Prinzessin selber in Opposition zu ihrem Vater, Philipp II. Sie anschließend drüben in der Neuen Welt. Welche Verbündete hätte für uns wertvoller sein können?«

Das leuchtete dem Lord voll und ganz ein, schließlich dachte er zu Gunsten der Angelegenheiten Englands genauso! Aber im Gegensatz zu dem Comandante war er nicht der Meinung, die Prinzessin wäre wertvoller in der Neuen Welt! Das sagte er diesem natürlich nicht.

»Die Prinzessin möchte nach diesem schlimmen Erlebnis einfach nur noch zurück zum Palast.«

»Um diesen von ihrem Vater ausgesuchten Bräutigam am Ende doch noch zu heiraten?«, wunderte sich Fernando Garcia.

»Nein! Sie hofft darauf, dass es wenigstens mir gelingen wird, ihren Vater davon abzubringen.«

Fernando Garcia wiegte bedenklich den Kopf. Er schien nicht daran glauben zu können, es könnte jemals jemandem gelingen, den König von einem einmal gefassten Entschluss wieder abzubringen.

»Wie auch immer: Ihr könnt Euch voll und ganz auf mich verlassen, Mylord! Bleibt hier für den Rest der Nacht. Morgen werde ich alles Nötige veranlassen. Das heißt, ich werde unter anderem einen Kurier hinüberschicken, um dem Kapitän der SWORD FISH den Entschluss der Zollbehörde mitteilen zu lassen: Lord Donald Cooper, Sonderbeauftragter der Königin von England, wird in höchst offizieller diplomatischer Mission in Begleitung seiner holden Gattin nach Madrid gebracht – natürlich entsprechend eskortiert.«

»Und wie soll ich in der Zwischenzeit zurück an Bord gelangen?«, erkundigte sich der Lord, obwohl er bereits ahnte, welchen Plan der Comandante verfolgte, sonst hätte er dabei nicht gelächelt.

Der Comandante packte ihn an den Schultern und lachte ihm ins Gesicht: »Dieser Kurier werdet natürlich Ihr selber sein – und Eure holde Gattin, mit der Ihr nach dem Umziehen das Schiff wieder verlasst ... die Prinzessin!« Sie lachten jetzt beide wie über einen guten Witz. »Inzwischen schicke ich einen Vertrauten als Kurier nach Madrid, damit der König erfährt, dass es seiner Tochter gut geht und sie auf dem Weg zu ihm ist – in Begleitung ihres Retters. Denkt Euch unterwegs eine gute Geschichte aus, die Ihr dem König erzählen wollt, damit alles schlüssig klingt!«

Vielleicht würde sich im Nachhinein jemand wundern, dass ein Kurier an Bord des Schiffes ging, der anscheinend niemals wieder das Schiff verließ, aber die Vorstellung dessen stimmte sie keineswegs bedenklich, sondern erregte nur noch mehr ihre Heiterkeit.

Plötzlich jedoch wurde der Comandante wieder sehr ernst. Er wandte sich vom Lord ab, verschränkte seine Hände hinter dem Rücken und ging ein paar Mal unruhig hin und her.

Der Lord wagte nicht zu fragen: Was hatte denn sein spanischer Freund, der Comandante, auf einmal?

Fernando Garcia blieb ruckartig vor ihm stehen und musterte ihn sekundenlang.

»Ihr wart mehrmals bei mir und habt mich nach Informationen über die Neue Welt und vor allem nach der Route gefragt, wie unsere Schiffe dorthin gelangen können. Ich habe Euch stets belogen, Mylord, denn selbstverständlich bin ich nicht nur über alles im Bilde, was das betrifft, sondern besitze Karten und Beschreibungen!«

Unwillkürlich weiteten sich die Augen des Lords. Was würde jetzt kommen?

Der Comandante legte seine Hand schwer auf die Schulter des Lords und betrachtete ihn abermals sekundenlang.

»Ich will Euch etwas sagen, Mylord, ich habe Euch deshalb belogen, weil ich mir einfach nicht gewiss sein konnte, ob es wirklich der Sicherung des Friedens zwischen unseren Ländern dient. Ich wollte ganz einfach kein Risiko eingehen. Jetzt allerdings, nach allem, was geschehen ist und durch die Rückkehr der Prinzessin an den Hof von Spanien geschehen wird ... Die Prinzessin ist England sicherlich wohlgesonnen. Sie wird ihren Vater dazu bringen, England weiterhin als befreundete Nation anzusehen, falls es Euch wirklich gelingen sollte, ihn von seinen Heiratsplänen abzubringen. Nur so wird Carla von Spanien nämlich genügend Zeit für ihre Mission als Botschafterin des Friedens haben.«

Lord Cooper wusste, dass Fernando Garcia diese lange Vorrede nur brauchte, um sich selber nicht wie ein gemeiner Verräter vorzukommen. Er blieb deshalb stumm und wagte es nicht, die Rede auch nur mit einer Geste, geschweige denn mit einem einzigen Wort zu unterbrechen.

Der Comandante fuhr fort: »Ich werde Euch alle Unterlagen geben, die Ihr benötigt, um hinsichtlich der Neuen Welt nicht länger blind zu bleiben! Ich sehe darin keinerlei Gefahr für Spanien, aber eine zusätzliche Chance für den europäischen Frieden. Schließlich habt Ihr mit allem hinlänglich bewiesen, dass Ihr auf der gleichen Seite seid! Ihr für England und ich für Spanien!«

Er wandte sich abrupt ab und riss die Tür auf. Dann bellte er ein paar Befehle.

Es dauerte nicht lange, bis Lord Cooper alles in Händen hielt, weswegen er vorher mehrmals vergeblich Vigo angefahren hatte. Er konnte nun sagen, dass dieser Teil seiner

Mission beinahe triumphal erfolgreich verlaufen war, und er spürte dabei, dass seine freundschaftlichen Gefühle, die er dem Comandante gegenüber hegte, sich entscheidend vertieft hatten.

Denn der Comandante hatte Recht: Auf diese Weise wurde dauerhaft Krieg verhindert, der vielen Tausend Menschen den Tod gebracht hätte – und Elend über Europa!

Er dachte unwillkürlich an die Bemerkung der Königin, alles dies würde ihn, Lord Cooper, zur derzeit wichtigsten Persönlichkeit in der Weltgeschichte machen – ohne dass es möglicherweise jemals in den Geschichtsbüchern erwähnt werden würde, weil alles in völliger Heimlichkeit erfolgte …

Und er dachte an noch etwas: Mit diesen hoch brisanten Unterlagen würde es zwar kaum englischen Kriegsschiffen gelingen, heimlich die Neue Welt zu erobern, ohne vorher von der Armada vernichtet zu werden, aber wenn Piraten heimlich … Es war völlig klar, an wen er in diesem Zusammenhang dachte: Jeannet und ihre Piraten!

Dabei war außerdem klar, dass irgendjemand schließlich mehr oder weniger engen Kontakt mit den Piraten pflegen musste, wenn sie in solch geheimer Mission unterwegs waren. Logisch, dass dafür niemand anderes in Frage kam als er, Donald Cooper!

Grundbedingung für alles war natürlich das Einverständnis der Königin, doch darüber machte sich der Lord die wenigsten Sorgen. Er kannte die Königin gut genug, um zu wissen, dass sie absolut begeistert davon sein würde. Es gab seiner Einschätzung nach nur einen einzigen ihrer engsten Berater, der letztlich diese Meinung nicht vertreten würde, allein schon, weil alles von ihm, Lord Cooper, ermöglicht worden war: Lord Graham. Doch bevor dieser Graham wirklich Erfolg mit seiner Beeinflussung haben würde, indem er der Königin vielleicht einredete, mit der Piratenpräsenz in der Neuen Welt könnte England doch noch Gefahr laufen, vor der Zeit das Missfallen Spaniens zu erregen … Ja, bevor dies geschah, würde alles längst in die Wege geleitet sein, ohne dass es noch aufzuhalten war.

Jedenfalls war er davon gänzlich überzeugt! Nun, die Zukunft würde es erweisen …

Die Überraschung war auch für die Besatzung der SWORD FISH groß, als ihr eigener Kapitän als Kurier der örtlichen Zollbehörde von Vigo an Bord kam. Nur die beiden Eingeweihten, John Kane und Geoffrey Naismith, ahnten, wie ihr Kapitän das geschafft hatte. Die Prinzessin bekam sowieso zunächst nichts davon mit, weil sie sich in ihrer Kabine versteckt hielt.

Als Lord Cooper sich umgezogen hatte, klopfte er an ihre Tür.

»Ja?«, rief sie bang.

Er trat lächelnd ein und verbeugte sich artig. Damit niemand mithören konnte, schloss er hinter sich die Tür.

»Ich habe mit Eurem Verbindungsmann sprechen können, und er hatte einen großartigen Plan: Ich gelte als der Sonderbotschafter Ihrer Majestät, der Königin von England, der in dringender Angelegenheit auf dem Weg zu König Philipp II. ist, und Ihr werdet mich als meine holde Gattin nach Madrid begleiten! Inzwischen ist bereits ein Kurier unterwegs, um Euren Vater in Kenntnis über Euer Kommen zu setzen. Niemand in Vigo wird auf die Idee kommen, dass Ihr in Wahrheit die Prinzessin seid!«

»Das ist wahrlich genial!«, rief die Prinzessin gut gelaunt und entließ den Lord sogleich wieder, damit sie sich in aller Eile zurechtmachen konnte.

Sie als holde Gattin des Sonderbotschafters? Die Vorstellung gefiel ihr außerordentlich gut, und sie genoss es jetzt schon. Deshalb war sie gewissermaßen in Rekordzeit bereit und verließ ihre Kabine, um nur wenig später am Arm ihres angeblichen Gatten über das Reep an Land zu gehen.

Zwar wurde alles weiträumig abgeriegelt wie bei einem Staatsempfang, aber es hatten sich dennoch genügend Schaulustige eingefunden, die aus sicherem Abstand den beiden begeistert zujubelten. Es kam ja schließlich nicht alle Tage vor, dass ein so hoher Würdenträger der englischen Krone gemeinsam mit seiner Gattin spanischen Boden betrat – dachten sich die Menschen.

Ach, am liebsten hätte Carla den Arm des Lord niemals mehr losgelassen. Sie fühlte sich an seiner Seite nicht nur sicher und geborgen, sondern einfach rundherum … glücklich!

Als sie in seinem Gesicht forschte, konnte sie allerdings keinerlei Gefühlsregung erkennen. Offensichtlich, weil er sich meisterlich zu beherrschen wusste, wie sie sich einbildete.

Eine große Kutsche wartete auf sie beide. Noch während sie einstiegen, wurde bereits eine zweite Kutsche mit allem beladen, was der Prinzessin gehörte. Aber diese Kutsche musste auch Dinge aufnehmen, die Lord Cooper auf seiner Mission benötigte.

Sie mussten mit der Abfahrt warten, bis alles verladen war, und da erschien Comandante Fernando Garcia auch noch persönlich, um sich ehrerbietend vor dem Lord und seiner angeblichen Gattin zu verbeugen und ihnen gute Reise zu wünschen.

Prinzessin Carla lächelte flüchtig, als sie ihn sah und nickte ihm kaum merklich zu, um ihn ihres Wohlwollens zu versichern, während Lord Cooper mit den Gedanken nicht ganz dabei war.

Er dachte nämlich an Jeannet: *Alles wird gut!*, redete er sich ein. *Wir werden immer wieder voneinander getrennt sein, teilweise wahrscheinlich für Monate, aber es wird danach jedes Mal ein glückliches Wiedersehen geben. Ja, alles wird gut!* Und dann dachte er an die Dokumente und Karten, die ihm der Comandante überlassen und die er an Naismith und Kane weitergegeben hatte. Das Leuchten in deren Augen war ihm nicht entgangen. Sie hatten begriffen, was für eine großartige Sache das war. Jetzt ließen sie sich allerdings nicht blicken, weil ihnen der Lord befohlen hatte, zurückhaltend zu bleiben. Es durften in der Zeit seiner Abwesenheit immer nur wenige der Besatzung das Schiff verlassen, stets abwechselnd. Er legte Wert darauf, dass die SWORD FISH sofort startklar war, sobald er zurückkehrte. Egal, wie lange er unterwegs sein würde.

Die beiden Offiziere hatten vollstes Verständnis dafür. Sie würden alles Nötige überwachen, und die Besatzung war diszipliniert genug, dass keinerlei Zwischenfälle zu befürchten waren. Nicht auszudenken, wenn nur einer der Besatzung sich außerhalb des Schiffes beispielsweise in einen Streit verwickeln ließe und man deshalb vielleicht das Schiff überprüfte, ohne dass der Comandante dies rechtzeitig verhindern konnte. Wenn dabei die geheimen Dokumente und Karten gefunden werden würden …

Lord Cooper richtete im wahrsten Sinne des Wortes seinen Blick nach vorn, um nicht länger über unangenehme oder gar bedrohliche Eventualitäten nachzudenken und sich lieber auf die Begegnung im Königspalast mit Phillipp II. zu konzentrieren.

Endlich setzte sich die Kutsche eskortiert von einem schwer bewaffneten Reitertrupp in Bewegung.

Die beiden Fahrgäste in der leicht schwankenden Kutsche sprachen lange Zeit kein einziges Wort, bis sie die Stadt längst hinter sich hatten und sich in freier Landschaft befanden. Da sagte die Prinzessin auf einmal: »Wie wollen wir meinem Vater alles erklären? Werden wir die Wahrheit sagen?«

»Was Eure Rettung und alles danach betrifft … dürfte die Wahrheit sicherlich am besten sein«, antwortete er zögerlich. »Andererseits müssen wir uns überlegen, wie wir Eurem Vater glaubhaft machen können, dass Ihr so ohne weiteres mit einem Siedlerschiff das Land verlassen konntet, obwohl so intensiv nach Euch gesucht wurde.«

Sie nickte ernst. »Darüber habe ich mir allerdings ebenfalls bereits Gedanken gemacht. Wollt Ihr Euch das Ergebnis anhören?«

»Ich bitte sogar darum, Prinzessin.«

»Nun gut, Mylord: Mein Vater weiß längst, dass ich ein beträchtliches Vermögen mitgenommen habe. Ich berichte ihm, mich als Edelfrau getarnt und Bettler von der Straße bestochen zu haben, die dann als meine Dienerschaft auftraten, ohne auch nur ahnen zu können, wer ich in Wahrheit bin. Sie begleiteten mich unerkannt bis nach Vigo, wo ich mit dem Kapitän eines Schiffes verhandelte. Hier kann ich dann mit der Wahrheit fortfahren, denn diesen Kapitän kann niemand mehr zur Rechenschaft ziehen, weil er schon lange nicht mehr lebt. Die angebliche Dienerschaft schickte ich weg, und ich weiß selber nicht, um wen es sich handelte. Sicher werden sie nicht mehr länger als Bettler herumlaufen, weil sie von dem leben können, was ich ihnen zum Abschied schenkte. Sie wissen auch jetzt noch nicht, wem sie gedient haben und wer sie so fürstlich dafür belohnte – und werden es nie erfahren.«

»Das klingt vortrefflich, und es kommt vor allem nicht der geringste Verdacht auf, den Comandante betreffend. Außerdem kann Euer Vater niemandem vorwerfen, nicht aufmerksam genug gewesen zu sein. Ich muss Euch wirklich loben, Prinzessin, für Euren Erfindungsreichtum.«

»Vielen Dank, Mylord, aber das Lob gehört ganz Euch. Wenn ich bedenke, dass ich diese Kutsche als Eure Gattin betrat …«

»Oh, wie schon erwähnt, das war nicht meine Idee, sondern die des Comandante.«

»Soll ich das so meinem Vater berichten?«

»Ja, denn es wäre ganz im Sinne von Fernando Garcia. Wenn Euer Vater Einzelheiten zu hören wünscht, sagt ihm, ich hätte in meiner Eigenschaft als Sonderbeauftragter der Königin von England persönlich ein entsprechendes Gespräch mit dem Comandante geführt. Ich wiederum berichte auf Befragen, die Empfehlung der Königin von England hätte den Comandante dazu bewogen, sich höchstselbst mit mir Gesandtem zu beschäftigen. Er habe mich zu sich gebeten, und dabei hätte ich ihm unter dem Siegel der Verschwiegenheit die Wahrheit gesagt, nämlich dass Ihr Euch bei mir an Bord befinden würdet, um möglichst ohne Aufsehen zurückkehren zu können in den Palast Eures Vaters, des großherrlichen Königs von Spanien. Als erfahrener Comandante und treuer Untertan seines Königs habe er sofort gehandelt und das einzig Richtige getan: Ihr seid als meine Gattin ausgegeben worden, damit Eure Heimkehr wie gewünscht inkognito erfolgen konnte. Alles andere hätte zu unnötigen Verzögerungen geführt.«

»Ach, ich sehe schon, in welch idealem Maße wir uns ergänzen!«, schwärmte die Prinzessin unwillkürlich.

Da glaubte er, der rechte Zeitpunkt sei endlich gekommen, um die Prinzessin allmählich darauf vorzubereiten, dass ihr Vater von einer Liaison mit ihm unmöglich zu überzeugen war: »Diese Auffassung teile ich, Prinzessin, mit Verlaub gesagt!« Seine Stimme klang warm – beinahe zu warm!

Carla hing darum zunächst andächtig an seinen Lippen, als er fortfuhr: »Wahrlich, wenn Ihr mir erlaubt, offener zu sein, Prinzessin: Ich habe selten in meinem Leben eine Hochwohlgeborene kennen gelernt mit Eurer Schönheit und … Intelligenz. Dies außerdem gepaart mit einem übervollen Herzen. Es gibt wahrlich auf dieser Welt keinen einzigen Mann, der nicht Euretwegen mit Freuden sein Leben opfern würde, genauso wie ich. Aber Ihr seid die Prinzessin von Spanien, während ich nur ein Emporkömmling bin, der die Gunst der Königin von England erlangte und nur somit zu Ehre und Ansehen kam.«

Carla zog unwillkürlich ihre hübsche Stirn ein wenig kraus. Schlagartig war alles Glück aus ihrer Brust verschwunden und hatte eisiger Kälte Platz gemacht. Sie spürte sogar eine Gänsehaut auf ihrem Rücken, als wäre die Temperatur im Inneren der Fahrgastkabine schlagartig unterhalb des Gefrierpunktes gesunken.

Gern hätte sie ihren Blick von dem jetzt unnatürlich blass wirkenden Gesicht des Lords abgewendet, aber es gelang ihr einfach nicht, sich auch nur zu regen.

Der Lord hingegen war deshalb so blass, weil er deutlich sah, wie schwer seine Worte die Prinzessin getroffen hatten.

Er hatte sie keineswegs verletzen wollen, doch er hatte lange überlegt, welche Formulierung die richtige gewesen wäre. Hatte er sich letztlich geirrt und die falsche Strategie gewählt? Oder war es nur der falsche Zeitpunkt?

Seine Lippen bebten vor Furcht, wiederum das Falsche zu sagen, aber Carla glaubte, es sei deshalb, weil er selber darunter litt, niemals ihre Liebe wirklich erwidern zu dürfen:

»Denkt an Eure Stellung – und an Euren Vater! Ihr seid durch die Erlebnisse auf Eurer Flucht zu einer Frau gereift, die ihren Vater mit großem Stolz erfüllt. Das wird er verstehen und er wird auch verstehen, dass er seine Heiratspläne unter solchen Umständen nicht aufrechterhalten darf. Er wird mich als Euren Retter ehren und sogar als denjenigen lieben, der ihm seine verlorene Tochter persönlich zurückbrachte … Allerdings nur so lange, wie der gebührliche Abstand zwischen der Prinzessin von Spanien und einem im Grunde unbedeutenden Diener der englischen Königin gewahrt bleibt. Wenn auch nur der geringste Verdacht entsteht, ich würde mich gar erdreisten, mehr zu erwarten …«

»Ihr wäret des Todes!«, ächzte die Prinzessin mit erstickter Stimme. Sie kämpfte mit ihren Tränen, zunächst erfolgreich, aber dann brachen sie aus ihr heraus wie eine Sturzflut.

Ach, wie gern hätte Lord Cooper sie jetzt tröstend in die Arme genommen, und wie gern hätte sie das auch gehabt, aber er hatte vollkommen Recht: Es durfte nicht sein!

Mit tränenverschleiertem Blick schaute sie ihn an. Sie liebte ihn doch so sehr. Er saß direkt vor ihr, aber es war, als würde er in einer völlig anderen Welt sitzen. Dazwischen war ein auf ewige Zeiten unüberwindbares Hindernis.

Der Schmerz in ihrer bebenden Brust war so übermächtig, dass sie befürchten musste, ohnmächtig zu werden. Sie schaffte es nur deshalb, aufrecht sitzen zu bleiben, weil sie sonst befürchtete, den Lord aus den Augen zu verlieren.

Sie zeigte ihm ihr Leid und ihre Tränen und schämte sich keine Sekunde dafür. Sollte er selber sehen, was sie für ihn empfand.

Aber auch seine Tränen entgingen ihr nicht. Obwohl sie nicht wusste, dass er aus einem völlig anderen Grund weinte als dem von ihr vermuteten: Dem Lord tat es unendlich Leid, die Prinzessin so leiden zu sehen. Er haderte im Stillen mit sich selbst, obwohl er wusste, dass es keine andere Möglichkeit gegeben hatte. Auch der Zeitpunkt war genau richtig gewesen. Sie hatten eine lange Fahrt vor sich, in der sie ziemlich eng zusammen waren und keiner dem anderen aus dem Weg gehen konnte. Die Umstände hatten das so bedingt. Schließlich war sie als seine Gattin deklariert worden. Wenn er auch nur eine Sekunde länger gezögert hätte, wäre es hernach nur noch viel schlimmer geworden für sie – und schwieriger für ihn.

Und jetzt weinte er aus tiefstem Mitleid mit der Prinzessin, die es wahrlich nicht verdient hatte, so leiden zu müssen.

Aber die Argumente waren für die Prinzessin einleuchtend. Sie schalt sich selber eine Närrin, dass sie alle Gedanken daran so vehement verdrängt hatte. Ja, sie hatte sich sogar vorgemacht, der Lord könnte gegenüber ihrem Vater eine würdige Alternative zu dem von diesem ausgesuchten Heiratskandidaten sein. Wie hatte sie auch nur eine Sekunde so naiv sein können, dies anzunehmen? Ihr Vater hätte auf der Stelle Lord Cooper vierteilen lassen und sie danach erst recht mit jenem Prinzen verheiratet.

Ja und tausend Mal ja: Er hatte vollkommen Recht!

»Es – es tut mir Leid!«, weinte die Prinzessin.

»Mir auch, Prinzessin, das dürft Ihr mir glauben.«

»Wie konnte ich nur so blind sein? Ist es, weil ich noch so jung bin, Mylord?«

»Gewiss, Prinzessin.«

»Ihr seid älter als ich, Mylord und sicherlich ungleich erfahrener, doch Ihr leidet jetzt ebenfalls, wie ich sehe, obwohl Ihr es die ganze Zeit über längst gewusst habt, wie aussichtslos alle Wünsche und Hoffnungen für ein gemeinsames Leben, eine gemeinsame Zukunft bleiben müssen!«

»Auch das ist richtig, Prinzessin!« In Gedanken fügte er hinzu: *Ja, ich weiß, wie es ist, zu lieben, ohne dass diese Liebe eine echte Chance bekommt. Es ist schlimm und tut schrecklich weh. Jeannet und ich haben es gegenüber Euch, Prinzessin, sogar noch gut, denn wir dürfen uns in Zukunft wenigstens ab und zu sehen und uns berühren und unseren Gefühlen zumindest für eine kurze Zeit freien Lauf lassen. Während Ihr …*

Die Gefühle, die er für die Prinzessin hegte, waren nicht die eines begehrenden Mannes, sondern die eines väterlichen Freundes. Dabei ahnte er, dass er sicher bereit gewesen wäre, mehr für sie zu sein als nur ein väterlicher Freund, wäre sein Herz nicht bereits so übervoll gewesen vor Liebe zu Jeannet. Nein, da hatte niemals mehr eine andere Frau Platz. Es war völlig unmöglich!

Ja, das in tief empfundener Freundschaft geborene Mitgefühl bewegte ihn, aber zur gleichen Zeit auch noch brennende Sehnsucht nach Jeannet … Kein Wunder, dass er nicht länger den starken Mann mimen konnte und sich bittere Tränen Bahn brachen.

»Ich bin bloß froh, dass wir noch eine Weile zusammen sein können, Mylord!«, sagte die Prinzessin.

Er schaute in ihr verweintes Gesicht und schüttelte den Kopf: »Aber quält es Euch denn nicht noch mehr, mich ansehen zu müssen?«

»Nein, ganz im Gegenteil, Mylord. Eure Nähe tut mir gut – und wie ergeht es Euch? Falls es Euch allerdings zu sehr belastet …?«

»Keineswegs, Prinzessin, denn auch ich genieße Eure Anwesenheit – trotz allem. Ich darf Euch versichern, ich habe viele hoch gestellte Persönlichkeiten in meinem Leben gesehen und erlebt, aber keine hat auch nur Ähnlichkeit mit Euch!«

»Auch die Königin von England nicht?«

Er stutzte. Aber dann antwortete er: »Jetzt, wo Ihr es erwähnt, fällt es mir wie Schuppen von den Augen … Darf ich Euch sagen, dass die Ähnlichkeit zu Ihrer Majestät, der Königin von England, sogar verblüffend groß ist? Oder soll ich es anders formulieren: Ihr seid wie eine Schwester von ihr!«

»Ja, sie hat mich zumindest als ihre liebste Freundin bezeichnet!«, gab Carla zu. »Es war das Schönste, was ich jemals gehört habe.«

»Und es ist das Traurigste, was Ihr aus meinem Munde hören musstet. Ich bin untröstlich deswegen, Prinzessin, und gleichzeitig völlig hilflos, weil ich nicht weiß, was ich für Euch jetzt noch tun kann.«

»Ihr habt schon so unbeschreiblich viel für mich getan, Mylord, und tut es weiterhin, indem Ihr einfach nur bei mir seid. Außerdem werdet Ihr mit meinem Vater reden und vielleicht als einziger verhindern können, dass er weiterhin auf dieser unseligen Heirat besteht.«

Lord Cooper nickte ihr aufmunternd zu, obwohl er sich ganz und gar nicht danach fühlte, Trost spenden zu können, wo er doch selber eher des Trostes bedurfte. Andererseits hatte sich in seinem Kopf bereits eine Idee festgesetzt, was das entsprechende Gespräch mit dem König von Spanien betraf. Er hatte bisher nur Andeutungen darüber gemacht, denn noch war er sich nicht hundertprozentig sicher. Deshalb wollte er der Prinzessin gegenüber noch nichts Konkretes erwähnen.

Es kam ja auch auf die Situation an, die sie in Madrid vorfanden …

Spanien war zu jener Zeit nicht nur das mächtigste, sondern vor allem das reichste Land der Welt. Das spiegelte sich auch in seiner Hauptstadt wider. Dagegen kamen selbst Metropolen wie London, Paris oder Rom nicht an.

In ganz Madrid gab es keinerlei sichtbare Armut. Zwar lag das in erster Linie daran, dass die Soldaten des Königs in diesem Sinne für »Sauberkeit« sorgten, aber ein Besucher musste schon sehr genau hinsehen, um solche Hintergründe zu erfahren.

Lord Cooper brauchte überhaupt nicht hinzusehen, denn er kannte die Zusammenhänge sowieso. Prunk begegnete einem genauso in anderen spanischen Städten, nicht nur in Madrid, obwohl die Hauptstadt natürlich alles noch bei weitem überbot, und als Berater der englischen Königin war es für ihn lebensnotwendig, alles zu durchschauen und darüber zu wissen, was wichtig war.

Allerdings regierte Philipp II. nicht nur mit Gewalt, sondern er war bekannt dafür, dass er zuweilen sehr großzügig sein konnte, um nicht zu sagen ... gütig!

Ein Spötter hätte nun gesagt: »Weil es sich ein so mächtiger König halt leisten kann!« Lord Cooper hingegen war zurzeit einfach nur neugierig. Zwar würde er Philipp II. nicht zum ersten Mal begegnen, aber bislang hatte es noch niemals für eine private Audienz gereicht – und die würde er sicher bekommen, wenn der König von ihm wissen wollte, wie denn die Zusammenhänge bei der Befreiung seiner Tochter gewesen waren. Und dass ihm seine Tochter wirklich wichtig war, bewies allein schon der immense Aufwand, den er betrieb, um ihrer wieder habhaft zu werden.

Ein mulmiges Gefühl beschlich ihn dennoch, als die eskortierte Kutsche mit der Prinzessin und ihm den Prachtbau des Königspalastes erreichte. Dass dies überhaupt ohne großen Aufenthalt möglich war, verdankten sie dem vorausgeeilten Kurier. Also wusste der König längst Bescheid.

Prinzessin Carla von Spanien und Lord Donald Cooper hatten sich während der restlichen Fahrt immer wieder recht lebhaft unterhalten. Es waren trotzdem eher belanglose Gespräche geblieben – Konversation, um einerseits die Langeweile auf einer solch weiten Fahrt zu vertreiben und andererseits, weil sie diese Zeit als letztes ungestörtes Zusammensein nutzen wollten.

Lord Cooper hatte es ihr gestanden, und es war wirklich sein voller Ernst gewesen: Die Prinzessin war für ihn nicht nur aufgrund ihres hohen Standes etwas ganz Besonderes!

Aber er liebte nun einmal Jeannet. Sonst hätte er sicher Mittel und Wege gefunden, irgendwann der Prinzessin größten Wunsch zu erfüllen und ihr zu gehören! Was wäre gewesen, hätte die Königin von England ihn tatsächlich zum möglichen Thronfolger bestimmt – nur um seine Vermählung mit der Prinzessin zu ermöglichen? Er war heilfroh, dass die Prinzessin mit keinem Wort mehr auf dieses Thema zu sprechen kam. Sie hatte sich offenbar völlig damit abgefunden, dass es niemals eine gemeinsame Zukunft für sie geben durfte.

Oder war sie deshalb so schnell auf seine Argumente eingegangen, weil sie ihren Vater wesentlich besser kannte als er? Schließlich hatte die verschmähte Hochzeit bereits deutlich gezeigt, dass der König von Spanien durchaus seine ganz eigene Meinung über diese Angelegenheit hatte – und diese auch durchzusetzen wünschte.

Kein Wunder, dass sich mit jedem Yard, den sie ihrem Ziel näher kamen, das mulmige Gefühl in ihm verstärkte! Der König war völlig unberechenbar für ihn. Er konnte alles drehen und wenden, wie er wollte, aber es blieb ein unwägbares Risiko, was er vorhatte. Und er musste erfolgreich sein. Dafür war er mitgekommen. Wenn er versagte, würde er bei seiner Königin in Ungnade fallen. Da würden ihm auch die Unterlagen nichts mehr nutzen, die er von dem Comandante erhalten hatte. Geschweige denn, dass sein schöner Plan aufging, Jeannet mit ihren Piraten auf die Transatlantikroute zu schicken, um sich nach Wochen in der Neuen Welt mit ihr wieder treffen zu können …

Er schob sämtliche pessimistischen Gedanken ärgerlich beiseite und schöpfte tief Atem.

Die Prinzessin bemerkte es durchaus. Sie fragte nämlich prompt: »Nervös, Lord Cooper? Wegen meines Vaters? Es wird sicher nicht leicht sein, ihn zu überzeugen. Wie wollt Ihr es versuchen?«

Bisher hatte sie ihn nicht danach gefragt, und er war froh gewesen darüber. Aber jetzt konnte er sich nicht so ohne weiteres vor einer Antwort drücken.

Er räusperte sich wie verlegen in die hohle Hand, ehe er endlich auf ihre Frage einging: »Ihr Vater wird zornig sein – und erfreut zugleich. Das macht ihn sicher unberechenbar.«

»Das ist er sowieso, glaubt mir. Niemand weiß, wie mein Vater entscheiden wird, wann immer eine Entscheidung ansteht. Bislang ist es ihm stets gelungen, noch jeden zu überraschen.«

Lord Cooper dachte dabei respektlos: *Das mag auch daran liegen, dass er alles andere als entscheidungsfreudig ist – und sich am Ende selber mit seinen Entscheidungen überrascht?* Er musterte die Prinzessin, als wollte er ihre Gedanken erraten: Wie war der König wirklich?

So, wie er ihn beim Treffen mit der Königin von England erlebt hatte, war er ja nicht wirklich. Das waren alles Rituale gewesen, aneinander gereiht vom Anfang bis zum Ende. Er, der mächtigste König auf Erden – und die Herrscherin über England, was zu jener Zeit nicht mehr Einwohner hatte als eine größere Außenprovinz von Spanien. Es war eine besondere Ehre für England gewesen, solch hohen Besuch empfangen zu dürfen. Genauso war er auch aufgetreten, sicher nur der Etikette entsprechend und nicht, weil er vielleicht wirklich so dachte. Schließlich war bei dieser Gelegenheit vor allem an dem Pakt geschmiedet worden, der die beiden Länder zumindest politisch zu Freunden machte.

»Wir sind da!«, sagte die Prinzessin und weckte Lord Cooper damit aus seinen Gedanken, die wieder ziemlich trübe zu werden drohten. Er musste sich wirklich zusammenreißen, sonst verpatzte er allein schon mit seiner schlechten Stimmung seinen Auftritt beim König.

Die Kutsche schwenkte vor der hohen steinernen Treppe ein, die hinauf zum Hauptportal führte. Der Lord betrachtete die mächtigen Säulen dort oben, die keinen anderen Zweck hatten, als dem Betrachter Ehrfurcht vor der Größe und der Macht Spaniens einzuflößen – mit Erfolg. Von der Treppe selber war nicht so viel zu erkennen, denn es erwartete sie darauf eine große Menschenmenge. Sie mutete beinahe an wie Zuschauer auf den hohen Rängen in einem römischen Amphitheater.

Das sind keine Schaulustigen, korrigierte er sich sogleich, *sondern die Palastwache und jede Menge Diener und Zofen und …* Seine Augen weiteten sich unwillkürlich. Er hätte alles vermutet, aber was er jetzt zu sehen bekam, übertraf selbst die kühnsten Erwartungen: *der König höchstselbst*, umgeben von einer großen Schar von Dienern und Leibgardisten, aber auch von hohen Würdeträgern, die ihrem Namen alle Ehre machten, indem sie hochnäsig auf alle anderen herabschauten.

»Mein Vater!« Jetzt hatte auch die Prinzessin ihn entdeckt.

Sobald die Kutsche zum Stehen kam, bewegte sich König Philipp II. mit seinem ganzen Tross darauf zu. Vorn öffnete sich eine Lücke, damit der König ungehindert auf die Kutsche blicken konnte.

Er sieht keineswegs zornig aus, sondern ... einfach nur beeindruckend. Keinerlei sichtbare Gefühlsregungen. Was wird geschehen, wenn ich jetzt aussteige?, dachte Lord Donald Cooper bang.

Es blieb ihm nichts anderes übrig, als es darauf ankommen zu lassen. Er konnte sich ja schlecht in der Kutsche verstecken. Es hätte ihm auch recht wenig genutzt.

Vielleicht war es letztlich doch ein tödlicher Fehler gewesen, so vorzugehen und die Prinzessin bis hierher zu begleiten? Aber er hätte niemals etwas anderes tun dürfen. Schließlich hatte ihm seine Königin recht eindeutige Befehle gegeben.

Er öffnete die Tür der Kutsche und wunderte sich dabei flüchtig, wieso das nicht schon längst von außen geschehen war. Vielleicht waren die eskortierenden Begleiter einfach zu überrascht ob des persönlichen Erscheinens des Königs? Anders konnte es wohl kaum sei. Aber auch die Schar der Bediensteten vom Palast kümmerte sich nicht darum. Überhaupt erschien die Menschenmasse dort draußen eher unruhig und unkontrolliert.

»Ich sehe, Ihr wundert Euch«, sagte in diesem Moment die Prinzessin halbwegs amüsiert. »Ihr hättet mehr Disziplin erwartet – als Engländer. Aber wir sind nicht in London, sondern in Madrid!«

Überrascht wandte er den Blick zu ihr. Ja, sie hatte sogar Recht: Aber wie anders als mit einer im gewissen Sinn übertriebenen Disziplin wäre es England bislang möglich gewesen, angesichts seiner schier übermächtigen Nachbarn zu überleben? Solche Sorgen hatten die Spanier in der Tat nicht. Mit anderen Worten: König Philipp II. konnte es sich durchaus leisten, eine solche Masse von Untergebenen um sich und seinen Palast zu scharen, dass man meinen mochte, ein Volksaufstand wäre das und keine wirkliche Begrüßungszeremonie!

Beinahe hätte Lord Cooper jetzt über sich selber gelacht, weil ihm dies alles erst durch die Bemerkung der Prinzessin bewusst geworden war. Doch er sah, dass auch das Amüsement der Prinzessin über sein Verhalten nur von kurzer Dauer gewesen war. Sie wurde schlagartig wieder ernst.

Er stieß die Tür nach draußen und stieg aus.

Der König war nur noch wenige Yards von ihm entfernt und stoppte jetzt.

Erst deutete Lord Cooper eine tiefe, ehrerbietende Verbeugung gegenüber dem König an. Dann verbeugte er sich zur Türöffnung der Kutsche hin und bot seinen Arm an, während er sich wieder aufrichtete.

Prompt erschien die Prinzessin. Sie zeigte die hochnäsigste Miene, zu der sie fähig war, weil dies von ihr erwartet wurde. Dann nahm sie die angebotene Hilfe des Lords an und entstieg sehr anmutig selber der Kutsche.

Der König riss theatralisch beide Arme hoch, als er ihrer ansichtig wurde. Als wäre er erst jetzt und endgültig davon überzeugt, dass es sich wirklich um seine leibliche Tochter handelte.

Es war das Zeichen für den Ausbruch eines solchen Jubels ringsherum, wie Lord Cooper ihn selten in seinem Leben erlebt hatte. Und dann überbrückte der König die kurze Entfernung zu ihnen beiden mit schnellen Schritten, packte den Lord an beiden Schultern, schaute ihm kurz und forschend ins Gesicht, küsste ihn spontan auf beide Wangen und am Ende sogar auf den Mund, um ihn dann unter dem tosenden Beifall aller Umstehenden fest in seine Arme zu schließen.

Die Prinzessin stand ein wenig verloren daneben, doch sie ließ sich nichts anmerken.

Bis der König Lord Cooper auf Armlänge von sich drückte und ihn noch einmal ausgiebig musterte.

»Ich werde das Gesicht des Mannes niemals wieder vergessen, der mir meine Tochter zurückgegeben hat! Es ist, als wäre sie soeben ein zweites Mal geboren worden!«

Jetzt erst wandte er sich direkt ihr zu.

Lord Cooper sah überrascht, dass König Philipp II. dicke Tränen in den Augen hatte. Er, der mächtigste Mann seiner

Zeit, schämte sich derer ganz und gar nicht, und er nahm jetzt Carla in seine Arme.

Sie ließ es nicht nur geschehen, sondern klammerte sich regelrecht an ihn. Auch in ihren Augen sah der Lord Tränen, und er wusste jetzt ganz sicher, dass sich Vater und Tochter alles andere als gleichgültig waren. Für den König musste es ganz schlimm gewesen sein, als seine Tochter vor ihm geflohen war.

»Verzeiht mir, Majestät!«, murmelte sie, auch für Lord Cooper, der unmittelbar daneben stand, hörbar. Sonst bekam es niemand mit. Kein Wunder, bei dem Jubel ringsherum, der einfach nicht mehr abreißen wollte. Ja, er ebbte noch nicht einmal allmählich ab, und Lord Cooper musste bereits um sein gutes Gehör fürchten.

»Du bist wieder bei mir, Carla! Das ist doch jetzt die Hauptsache. Aber du musst mir alles erzählen.« Er wandte kurz den Kopf. »Und Ihr, Lord Cooper, werdet mit dabei sein.« Er riss seinen Arm hoch und brüllte: »Wein und Spiele! Ein Festmahl. Ein rauschendes Fest. Zeigt England, wie Spanien zu feiern versteht. Zeigt unserem englischen Freund, was spanische Gastfreundschaft bedeutet!«

Das schier Unfassbare geschah: Der Jubel vergrößerte sich sogar noch und der Lord hatte alle Mühe, den Drang zu unterdrücken, sich beide Ohren zuzuhalten. Nein, diese Schwäche durfte er sich nun wirklich nicht leisten.

Und dann wurde er von einer Dienerschar abgedrängt und in Richtung Hauptportal geschoben. Irgendwo in der brodelnden Menge wusste er den König und seine Tochter. Sehen konnte er sie indessen nicht mehr.

Bis sich hinter ihm die Türen zur Privataudienz mit dem König von Spanien schlossen und er somit mit Philipp II. und dessen Tochter Carla allein war, war alles für ihn viel anstrengender als die gesamte Fahrt von Vigo hierher. Zwar war Lord Cooper kein Feind rauschender Feste, doch was hier im Königspalast von Madrid geschah, war sogar für ihn wesentlich zu viel. Der König feierte mit seinen Untertanen die Heimkehr der verlorenen Tochter. Für die Spanier war die Familie mehr als heilig. Das wusste Lord Cooper, und deshalb brachte er für das, was die Spanier unter Feiern verstanden und was für ihn eher einer Tortur für all seine Sinne ähnelte, vollstes Verständnis auf.

Carla lächelte, als sie ihn erblickte, aber dieses Lächeln war distanziert, wie es ihrer Stellung als Prinzessin gebührte.

Der König stand bei ihr und schaute wohlwollend dem Lord entgegen.

»Schreitet näher, mein Freund! Ich kann mich übrigens nicht erinnern, dass ich Euch in London begegnet bin. Ihr wart auch noch nie zuvor hier in Madrid? Ach, egal, Ihr habt mir meine Tochter zurückgebracht. Sie hat mir das Wichtigste bereits erzählt, und so weiß ich, dass Ihr ein Held seid und nicht nur der Sonderbeauftragte Eurer Königin.«

Als Lord Cooper ihn erreichte und auf das rechte Knie sinken wollte, wie es Vorschrift war, verhinderte er es, indem er nach ihm griff und ihn mit unerwarteter Kraft wieder aufrichtete.

»Nein, mein Freund, Ihr dürft nicht in die Knie gehen vor dem König von Spanien! Ihr seid kein Lakai und auch keiner meiner Soldaten. Für mich seid Ihr etwas Besonderes.«

Und doch wäre ich sogleich des Todes, würde ich es wagen, um die Hand Eurer geliebten Tochter anzuhalten!, dachte er indessen. Er ließ es sich aber wohlweislich nicht im Geringsten anmerken, lächelte vielmehr unverbindlich und ließ sich noch einmal von dem König abküssen, in die Arme nehmen und an die Brust drücken wie einen Bruder.

Als der König wieder von ihm abließ, sah Lord Cooper die Tränen in den Augen dieses mächtigen Mannes.

König Philipp wischte mit dem Handrücken kurz darüber und schüttelte den Kopf, dass seine langen, sorgsam ondulierten Haare flogen.

»Ihr seid mein liebster Gast, Lord Cooper, solange Ihr beliebt! Lasst es Euch wohl ergehen.«

Der verbeugte sich knapp, und es war das erste Mal, dass er etwas sagte seit seiner Ankunft. Zwar hätte die höfische Sitte es verlangt, viel früher damit zu beginnen, aber dazu hatte man ihm keinerlei Gelegenheit gegeben. Jetzt glaubte er, der richtige Zeitpunkt sei gekommen.

»Es war mir eine besondere Ehre, Eurer Töchter und somit Euch dienen zu dürfen!«

Der König stutzte kurz, aber dann lachte er gutmütig.

»Wie ich sehe, habt Ihr Eure Lektionen in Sachen höfische Verstellung trefflich gelernt.«

»Mehr noch als das, Majestät, Vater: Er ist ein wahrer Meister der höfischen Verstellung und hat mir einiges darüber beigebracht.«

»Dir beigebracht?«, fragte der König zweifelnd. Er schüttelte ein zweites Mal den Kopf. »Falls ihm das wirklich gelungen ist, dann ist er mehr als ein Held, wahrlich.«

»Er gilt als unbesiegbarer Kämpfer und Heerführer. Jeder seiner Männer würde mit Freuden für ihn in den Tod gehen«, übertrieb die Prinzessin ihr Lob. Wollte sie damit erreichen, dass der König die Worte des Lords ernster nehmen würde?

Aber der König lachte schon wieder und wandte sich dann entschuldigend an den Lord. »Verzeiht, Lord Cooper, dass ich lachen muss, aber es dient nicht der Verspottung, sondern es ist einfach die übergroße Freude, Carla wiederzuhaben. Wisst Ihr, sie ist unser Sorgenkind. Sie ist allein schlimmer als der gesamte Hofstaat zusammen.«

»Darf ich mir hierzu eine Bemerkung erlauben?«, fragte Lord Cooper vorsichtig.

»Ihr? Aber immer doch!« Der König nickte wie zur Bekräftigung seiner Worte.

»Nun gut, Eure Majestät, aber ich darf behaupten, dass Prinzessin Carla von Spanien nicht mehr dieselbe ist, die Ihr gekannt habt.«

Der König runzelte prompt die Stirn und schaute von einem zum anderen.

»Wie soll ich das verstehen, Lord?«

»Sie hat miterlebt, wie ihr Schiff vernichtet wurde und hat es als Einzige mit einigermaßen heiler Haut überstanden. Man hat sie danach wie ein Tier eingesperrt, bis die Piratenanführerin Jeannet sie aus dieser misslichen Lage befreite.«

»Und dann kamt Ihr und habt diese Piraten besiegt, die als ›Fluch der Meere‹ gelten, weil niemand sie zu bezwingen vermag!«, trumpfte Carla auf.

»Weiter!«, befahl der König indessen, dem Lord zugewandt.

Der Lord beeilte sich zu sagen: »Es war eine Art Pattsituation auf hoher See. Wir konnten das Piratenschiff nicht versenken, weil die Prinzessin an Bord war.«

»Aber woher habt Ihr das überhaupt erfahren?«

»Die Piratenanführerin kam persönlich an Bord meines Schiffes – allein!«

»Wie bitte?«

Der König schien es nicht glauben zu können.

Abermals mischte sich Carla ein: »Diese Jeannet ist eine Persönlichkeit, wie ich sie noch niemals zuvor erlebt habe. Ihre Leute nennen sie treffend die ›Königin der Meere‹.«

»Da gefällt mir ›Fluch der Meere‹ ehrlich gesagt viel besser«, schnarrte der König und schnaubte auch noch verächtlich.

»Immerhin hat sie mich aus misslicher Lage befreit!«, erinnerte ihn Carla.

Der König ignorierte es und nickte Lord Cooper aufmunternd zu.

»Sie kam, und ich ging gemeinsam mit ihr auf ihr eigenes Schiff.«

»Das wird ja immer verrückter!«, entfuhr es dem König.

»Es blieb mir keine andere Wahl, Eure Majestät. Ich konnte doch kein Risiko eingehen, Eure Tochter betreffend.«

»Das ist allerdings wahr!« Der König schüttelte erneut den Kopf. »Ihr habt dabei Euer Leben aufs Spiel gesetzt. Was wäre gewesen, hätte es sich um eine reine Finte der Piraten gehandelt?«

»Meine Leute hatten Befehl, in einem solchen Fall sogleich das Feuer zu eröffnen.«

»Ihr hättet Euch von Euren eigenen Leuten … umbringen lassen?« Der König schaute auf seine Tochter und dann wieder auf den Lord. »Nur wegen meinem … Kind?«

Lord Cooper senkte nur den Kopf anstatt einer Antwort.

Der König fasste ihn fest im Nacken und zwang ihn, den Blick wieder zu heben.

Lord Cooper erschrak regelrecht, als er sah, dass der König bitterlich weinte. Aber nicht vor Trauer, sondern vor Rührung.

»Ihr seid der größte Held, der mir jemals unter die Augen gekommen ist, Lord Cooper, und werdet mein persönlicher

Freund sein, solange ich lebe!«, murmelte er mit erstickter Stimme. »Wenn Ihr einen Wunsch habt: Wünscht einfach! Das, was Ihr für meine Tochter und somit für mich getan habt, ist mehr, als selbst ein König wie ich einem Mann jemals vergelten kann!«

»Und doch, Majestät, wenn Ihr erlaubt, kann ich nicht allzu lange bleiben. Ich bin der treue Untertan meiner Königin, und sie wünscht, dass ich so bald wie möglich zu ihr zurückkehre.«

»Ja, ja, das verstehe ich! Aber erlaubt dem König von Spanien wenigstens, dass er Euch seine Freundschaft anbietet – und selbstverständlich die Freundschaft der Prinzessin.«

»Die hat er bereits!«, sagte Carla ruhig.

Der Lord bewunderte sie sehr für ihre Selbstbeherrschung.

»Das ist richtig so, Carla!«, lobte sie der König. Er wandte sich wieder an den Lord und ließ endlich dessen Nacken aus seinem eisernen Griff. »Ihr glaubt wirklich, dass Carla … erwachsener geworden ist?«

»Sie wäre einer Königin würdig, wenn Ihr mir erlaubt, es so auszudrücken!«

König Philipp zeigte sich daraufhin reichlich verdattert.

»Es fällt mir schwer, es zu glauben, aber schon bei unserer ersten Begegnung habe ich bemerkt, dass da etwas Besonderes zwischen euch beiden ist. Sie schaut zu Euch auf, in einem Maße, wie sie es niemals bei mir getan hat. Aber bei dem, was Ihr an Heldenmut bewiesen habt … Ja, da ist es kein Wunder. Wäre ich nicht der König von Spanien, ich würde meinerseits vor Euch auf die Knie fallen, Lord Cooper. Das dürft Ihr mir glauben. Und dabei habt Ihr nicht nur einfach meine Tochter zurückgebracht, sondern sie in der Zwischenzeit auch noch völlig … verwandelt. Sie ist jetzt eine Prinzessin, wie sie würdiger gar nicht mehr sein könnte.«

Er überlegte kurz, und dann fragte er: »Ihr werdet doch zumindest so lange an meinem Hofe weilen, bis die Hochzeit begangen wurde, nicht wahr, Lord Cooper?«

Der Lord blieb äußerlich völlig unberührt, desgleichen die Prinzessin. Diese ging sogar noch einen Schritt weiter, indem sie vor ihrem Vater einen artigen Knicks machte und unterwürfig sagte: »Wie immer Ihr es befehlt, König Philipp von Spanien, mein Vater, wird es geschehen.«

»Ihr sagt ja gar nichts, Lord Cooper?«, wunderte sich der König.

»Es ist allein Eure Entscheidung, Majestät. Ihr seid der Souverän!«

»Eine Entscheidung, die Ihr mithin voll und ganz … gutheißt?«

»Um Eure Frage zu beantworten und nur deshalb, Eure Majestät: Eure Tochter ist sehr knapp dem Tode entronnen und hat so viel Schlimmes erlebt, wie es niemand erleben sollte, vor allem nicht die holde Prinzessin von Spanien. Aber Euer Wort ist das Gesetz. Niemand sollte es wagen, sich dagegen zu erheben, noch nicht einmal mit dem geringsten Ansatz zur Kritik.«

»Ach?«, machte der König und verengte die Augen zu schmalen Schlitzen.

Lord Cooper musste daran denken, dass ihm noch vor einer Minute die ewige Freundschaft angeboten worden war. Inzwischen hatte er eher den Eindruck, als würde jedes weitere falsche Wort ihn auf dem direkten Weg zum Schafott bringen.

Der König griff sich ans Kinn und kratzte seinen Bart. Das schabende Geräusch war das Einzige, was jetzt hörbar war. Weder die Prinzessin noch der Lord wagten auch nur zu atmen.

»Dann seid Ihr, Lord, also tatsächlich der Meinung, es sei ein grober Fehler, weiterhin auf der Heirat zu bestehen? Schließlich hätte die Prinzessin dann ja alles umsonst durchgemacht, nicht wahr?«

»Wenn Ihr mich so direkt fragt, Majestät: Ja – mit Verlaub!«

»Ach, wie ich manchmal solche höfischen Formulierungen hasse!«, sagte der König und machte eine wegwerfende Bewegung mit der freien Hand, während die andere Hand immer noch den Bart kratzte. Dann ließ er diese Hand sinken und ballte sie zur Faust.

Ehe sich Lord Cooper versah, flog die Faust auf ihn zu.

Er hätte den Schlag mit seiner kämpferischen Ausbildung leicht parieren können, doch gegen den mächtigsten König auf Erden …?

Der Schlag traf ihn vor der Brust, doch er war kaum mehr als ein Klaps, und im nächsten Moment prustete der König laut los vor Lachen. Er wollte sich gar nicht mehr beruhigen und klatschte sich dabei auch noch vergnügt auf die Schenkel.

Zwischendurch gluckste er: »Der Beweis ist erbracht: Ihr seid ein Held, ein wahrer Held, Lord Cooper! Sogar vor mir nehmt Ihr kein Blatt vor den Mund. Ihr habt es gar nicht nötig, vor irgendjemandem zu Kreuze zu kriechen und sei es der König von Spanien höchstselbst.«

Schlagartig wurde er wieder ernst.

»Es war so eine Art Test, Lord Cooper, verzeiht! Das war nicht böse gemeint, aber es musste sein. Bedenket, ich habe Euch ewige Freundschaft angeboten. Wie könnte ich das einem Mann, der kein Rückgrat besitzt? Ihr aber habt mehr als nur Rückgrat. Ich darf Euch versichern, dass ich früher ein guter Kämpfer war. Zwar nahm ich inzwischen einige Pfunde zu – mehr jedenfalls, als gut wäre für mich, wie ich denke –, aber ich trainiere immer noch, sobald es meine Zeit erlaubt. Gegen Euch jedoch hätte ich in keiner Minute meines Lebens auch nur die geringste Chance gehabt. Ich habe Euren unverbrüchlichen Stolz deutlich genug gespürt. Ihr ehrt mich zwar als den König von Spanien. Dabei seid Ihr mir jedoch haushoch überlegen.« Er klopfte ihm kräftig auf die Schulter – nicht zum ersten Mal. »Welcher Mann könnte würdiger sein als Ihr, mein Freund zu sein? Es ist umgekehrt eine besondere Ehre für mich, Euer Freund sein zu dürfen.«

»Es sei denn, er hält um meine Hand an, nicht wahr, König Philipp?«, fragte Prinzessin Carla und lächelte dabei entwaffnend.

Nun war der König ehrlich irritiert.

Carla machte einen Knicks und fuhr fort, ohne seine Antwort abzuwarten: »Er ist Euer Freund, und ich bin Eure Tochter. Er hat Wünsche frei – und was ist mit mir? Gewiss, ich will heiraten, doch nicht denjenigen, der von Euch dafür vorgesehen wurde, falls ich es vermeiden kann, sondern meinen Retter und Helden Lord Donald Cooper!«

Der König zog den Kopf zwischen die Schultern und schaute seine Tochter an, als würde er sie jetzt zum ersten Mal in seinem Leben sehen. Doch im nächsten Moment brüllte er wieder los vor Lachen. Es dauerte diesmal sogar noch länger, bis er sich wenigstens so weit beruhigt hatte, dass er sagen konnte: »Darauf wäre ich doch beinahe hereingefallen, Carla. Mein Gott, du bist mir wirklich die würdigste aller Töchter! War das die Strafe für den üblen Streich, den ich Euch beiden gespielt habe, als ich andeutete, auch noch weiterhin auf der Heirat zu bestehen? Es ist dir trefflich gelungen, Carla: meine Gratulation!«

Er ging wieder zum Lord und packte ihn am Arm. »Nein, du kannst mir meine Freundschaft mit ihm nicht verderben, Carla. Und die geplante Heirat wird natürlich nicht mehr stattfinden. Ich werde sie noch heute absagen, denn dieser Lord hier hat mir endgültig die Augen geöffnet.«

Es war gut, dass er dabei nicht in Richtung von Carla schaute, denn dann hätte er die unendliche Trauer in ihrem Gesicht gesehen. Es war für sie keineswegs ein Scherz gewesen. Sie hatte wissen wollen, wie ihr Vater reagieren würde, und nun konnte sie völlig sicher sein, dass der Lord Recht gehabt hatte mit seinen Bedenken: Sie würden niemals ein Paar werden können.

Aber dann ließ sie endlich die Freude über den Entschluss ihres Vaters zu, die geplante Hochzeit abzublasen. Sie jauchzte herzerfrischend und eilte herbei, um ihren Vater ungestüm zu küssen und zu umarmen.

Er ließ es geschehen und freute sich mit ihr.

Der Lord stand dabei und konnte jetzt auch wieder lächeln.

Am Ende klopfte ihm der König wieder einmal kräftig auf die Schulter und sagte: »Nicht wie der Vater, so der Sohn, sondern in diesem Fall: so die Tochter! Aber Ihr habt Recht, Mylord, sie hat sich sehr zum Positiven verändert – in einem Maße, wie ich es niemals auch nur zu erträumen gewagt hätte. Dies alles dank Euch. Sie wird die schlimmen Erlebnisse vergessen und eines Tages sicher den Prinzen ihres Herzens finden. Ich jedenfalls werde sie nicht mehr dazu drängen müssen.«

Er hielt einen Moment lang inne und fügte dann hinzu: »Wisst Ihr, Lord, die Heirat wäre sowieso nur eine Art Notlösung gewesen. Ich wusste einfach nicht mehr, wie ich Carla Herr werden sollte. Sie machte mir so viel Kummer, dass ich mich zu dieser Heirat entschloss – in der Hoffnung, ihr künftiger Ehemann würde es eher schaffen, endlich eine würdige Prinzessin aus ihr zu machen. Doch nun, wo dies nicht mehr nötig ist …«

Er lachte. Es klang irgendwie befreit.

Der Lord indessen dachte an seine Königin: Sie würde mit dem Ergebnis seiner Mission höchst zufrieden sein und mit seinem Vorschlag, Jeannet auf die Atlantikroute zu schicken, mit Sicherheit ohne große Überredungskünste einverstanden sein.

Nur gut, dass König Philipp II. nichts davon ahnte. Mit der Freundschaft wäre es jedenfalls sehr schnell vorbei gewesen …

SECHSTES BUCH:
Treffen im Nebel

Wie im Flug waren die Tage und Wochen auf New Antikythera vergangen. Jeannet ließ die WITCH BURNING wieder auslaufen. Sie kreuzte etwas in den Gewässern westlich von Irland herum, aber kein spanisches Handelsschiff verirrte sich so weit nach Norden. Schließlich wurde es Zeit, den mit Lord Cooper vereinbarten Londoner Treffpunkt aufzusuchen, um endlich den Anteil am Erlös der abgewrackten Galeone entgegenzunehmen. Vielleicht würde Lord Cooper bei dieser Gelegenheit auch mit den so begehrten und von den Spaniern wie ihren Augapfel gehüteten Seekarten aufwarten können. Ben Rider machte Jeannet darauf aufmerksam, dass die Stimmung der Mannschaft erneut zu kippen drohte. Lange waren sie bereits ohne Beute. Schon hörte man hier und da hinter vorgehaltener Hand die Meinung, dass es besser wäre, auf die Vereinbarung mit der englischen Krone zu pfeifen und stattdessen das nächstbeste Handelsschiff an sich zu bringen, das einen irischen Hafen verließ.

Aber noch wagten sie es nicht, offen zu widersprechen.

Zu gegenwärtig war ihnen noch das Schicksal ihres allzu vorwitzigen Kameraden Harry Davis.

Selbstverständlich konnte die WITCH BURNING nicht einfach in den Londoner Hafen einfahren.

Die Landung musste heimlich erfolgen.

Ben Rider suchte zu diesem Zweck eine einsame Bucht im Osten Englands aus. Die WITCH BURNING ging dort vor Anker. Jeannet verließ mit zwei Getreuen das Schiff, nachdem sie das Kommando an Albrecht Schneider übergeben hatte.

Der Nürnberger war absolut loyal, das wusste Jeannet.

Er wäre für seine Kapitänin ohne zu zögern gestorben.

Ben Rider hingegen wollte Jeannet unter dem Eindruck der jüngsten Ereignisse besser im Auge behalten, daher bat die Kapitänin ihn, sie zu begleiten.

Rider war nicht sonderlich begeistert, akzeptierte aber Jeannets Wunsch.

Außerdem war noch João, der Portugiese, bei ihnen.

»Wird er nicht zu sehr auffallen?«, fragte Rider.

Jeannet hob fragend die Augenbrauen.

»Weshalb?«

»Wegen seiner Sprache.«

Die junge Frau schüttelte den Kopf.

»Wir werden uns auf dem Weg nach London als Gaukler ausgeben. Da ist sein Akzent, mit der er unsere Sprache spricht, nichts Ungewöhnliches.«

Rider seufzte.

»Ich – ein Gaukler?«, fragte er zweifelnd.

Jeannet lachte.

»Vielleicht stecken ja noch verborgene Talente in Euch, Ben Rider!«

Die WITCH BURNING ankerte in einer mondlosen Nacht in der Nähe der Themsemündung. Ein Boot wurde zu Wasser gelassen. Sie ruderten an Land. In genau einer Woche sollte die WITCH BURNING an derselben Stelle wieder auf sie warten.

Das Boot wurde am Ufer versteckt. Ausgedehnte, mit Schilf bewachsene Zonen im Mündungsbereich der Themse boten Gelegenheit genug dazu.

Von dort aus wollten sie ihren Weg zu Fuß fortsetzen, denn es war entschieden zu anstrengend, die ganze Strecke gegen den Strom zu rudern. Die drei trugen unauffällige Kleider, die aus der reichhaltigen Garderobe stammten, die sich die Piraten im Laufe der Zeit zusammengestohlen hatten. Einfache, graue Leinengewänder und Hosen, die nichts mit der feinen höfischen Mode zu tun hatten. Einen kurzen Dolch trug jeder von ihnen zur Bewaffnung, allerdings unter dem Umhang verborgen.

Sie durften auf keinen Fall auffallen. Das war jetzt die oberste Devise.

»Jeannet, jetzt könntest du eigentlich mit der Sprache herausrücken, welchen Treffpunkt du in London mit Lord Cooper ausgemacht hast.«

Es war das erste Mal seit längerer Zeit, dass Ben Rider seiner Kapitänin gegenüber auf die förmliche Anredeform verzichtete. Vielleicht ein Versuch der Annäherung, nachdem er sie auf New Antikythera quasi gezwungen hatte, ihren Leuten die Einzelheiten der Übereinkunft mit Cooper und der Krone zu offenbaren. Jeannet sah ihn einen Augenblick lang prüfend an. *Gesteh dir ein, dass es richtig war, was er tat!*, überlegte sie. *Und er hat die Situation nicht zu deinem Nachteil genutzt, was er zweifellos hätte tun können.*

»Du hast Recht«, sagte sie schließlich und meinte damit viel mehr, als er im Augenblick verstand. »Der Treffpunkt ist ein Gasthaus in London. Es trägt den Namen »The Drunken Horse«. Der Wirt ist ein gewisser George Woodrow. Er ist natürlich eingeweiht. Da er Hoflieferant ist, hat er Zugang zur königlichen Residenz und wird Lord Cooper benachrichtigen können.«

»Was er sich natürlich vergolden lassen wird«, erwiderte Ben Rider.

»Du wirst ihm das nicht im Ernst übel nehmen wollen, Ben!«

Rider lachte.

»Nein, das nun wirklich nicht.«

Sie setzten ihren Weg fort. Zumeist mussten sie die sumpfigen Uferzonen der Themse meiden, auch wenn sie im Großen und Ganzen dem Flusslauf folgten. Befestigte Wege gab es hier nicht. Und da es offenbar in letzter Zeit viel geregnet hatte, sanken sie mitunter bis zu den Knöcheln in den Morast ein.

Jeannet ging voran und legte auch das Tempo vor.

Sie konnte es kaum erwarten, Lord Cooper endlich wiederzusehen. Das Herz schlug ihr bis zum Hals, und sie spürte ein angenehmes Prickeln, das ihren gesamten Körper erfüllte. Ein Gefühl, das ungeahnte Kräfte in ihr wachrief.

Die Seekarten und der Anteil am Erlös der Galeone waren für sie nur zweitrangig, wenn sie ganz ehrlich zu sich selbst war. Wichtig war allein, Lord Cooper wieder in die Arme schließen zu können. Sie stellte sich vor, wie er zärtlich über ihr Haar strich, sie dann mit einer kräftigen Bewegung in den Arm nahm und an sich drückte, so dass jeder den Herzschlag des anderen zu spüren vermochte.

Allein schon der Gedanke daran jagte ihr angenehme Schauder über den Rücken.

Viel zu lange waren sie getrennt gewesen. Zumindest nach ihrem Gefühl. *Vielleicht wäre es besser, wenn ich dieses innere Feuer endlich löschen könnte*, ging es ihr durch den Kopf. *Dann müsste ich nicht diese Qualen durchstehen.*

Qualen, von denen sie ahnte, dass sie niemals nachlassen würden. Zumindest so lange nicht, wie sie voneinander getrennt waren.

Aber daran mochte sie nicht denken. Die Freude war übermächtig in ihr.

Zumindest für wenige Augenblicke würde die heiße Sehnsucht in ihr gestillt werden. An die Qualen danach wollte sie jetzt nicht erinnert werden, auch wenn ihr klar war, dass sie unweigerlich folgen würden.

Sie erreichten schließlich London, ein Labyrinth aus engen Gassen und größtenteils ziemlich armseligen Häusern. Nebel hing über der Stadt, Nebel, der teils aus der Themse aufstieg und teils aus den Öfen der Häuser stammte. Die armselige Hauptstadt eines armseligen Landes, das zum Gegenspieler des großen Spaniens geworden war.

Der Tower, in dem Heinrich VIII. politische Gegner und unliebsame Ehefrauen hatte köpfen lassen, wirkte wie ein düsterer Schatten.

Einen halben Tag brauchten Jeannet und ihre beiden Begleiter, um sich zu dem Gasthaus mit dem Namen »The Drunken Horse« durchzufragen.

Es war ein unscheinbares Haus in der Nähe der Themse. In den verwinkelten Gassen war es schwer zu finden.

Jeannet, Ben Rider und João betraten den Schankraum.

Nur wenige Gäste waren hier zu finden. Der Mann hinter dem Schanktisch hatte graues Haar und hohe Wangenknochen. Er war ein wahrer Hüne und überragte selbst Ben Rider um einen ganzen Kopf.

Das musste George Woodrow sein.

Zumindest traf die Beschreibung, die Donald ihr von ihm gegeben hatte, exakt auf diesen Mann zu.

Jeannet trat an den Schanktisch.

Sie schlug die Kapuze zurück.

»Seid Ihr George Woodrow?«

»Das bin ich«, bestätigte der Wirt. »Aber woher kennt Ihr meinen Namen? Ich habe Euch nie zuvor hier gesehen.« Woodrow musterte auch João und Ben Rider. »Für Eure Begleitung gilt das im Übrigen ebenso.«

»Sam Dalglish aus Plymouth hat uns Euren Gasthof empfohlen«, sagte Jeannet.

Das war das vereinbarte Losungswort.

Sam Dalglish aus Plymouth existierte nicht. Aber George Woodrow wusste nun, wen er vor sich hatte und was zu tun war.

»Ihr wollt für die Nacht bleiben?«, fragte Woodrow, der unruhig den Blick zu den anderen Gästen schweifen ließ.

»Ja«, nickte Jeannet.

»Wie Ihr verstehen werdet, möchte ich bei Fremden, dass sie im Voraus bezahlen!«

»Das ist kein Problem.«

Jeannet legte ihm eine Goldmünze auf den Schanktisch.

»Oh …«

»Reicht das fürs Erste?«

»Gewiss! Dafür könnt Ihr eine ganze Woche hier logieren, wenn Ihr wollt!«

»Wir werden sehen.«

Der Wirt umrundete den Schanktisch. »Wie ich sehe, reist Ihr mit leichtem Gepäck!«, stellte er fest.

Diesmal antwortete Ben Rider.

»Es wird uns später nachgesandt«, behauptete er.

»Ich verstehe«, murmelte George Woodrow. »Wenn Ihr mir dann folgen wollt, so dass ich Euch die Zimmer zeigen kann …«

Woodrow führte sie eine knarrende Treppe hinauf ins Obergeschoss. »Ihr werdet sehen, dass Ihr eine recht noble Herberge ausgesucht habt, Mylady!«, sagte er laut und wohl vor allem für die Ohren der anderen Gäste unten im Schankraum.

Schließlich öffnete er die Tür zu einem der Gästezimmer. George Woodrow hieß alle drei Gäste eintreten. Er schloss die Tür und fuhr dann in gedämpftem Tonfall fort: »Ihr seid Jeannet Harris, nicht wahr?«

»Ja«, bestätigte Jeannet, obwohl es ihr sichtlich unangenehm war, dass dieser Mann ihre Identität kannte.

»Hört zu. Lord Cooper ist von seiner Reise nach Spanien noch nicht zurückgekehrt. Ihr wisst, dass es immer zu unvorhergesehenen Verzögerungen kommen kann, wenn man außer Landes geht ... Er hat mich gebeten, Euch für diesen Fall etwas auszurichten.«

»Was?«, hakte Jeannet nach.

»Wartet hier auf ihn.«

»Woher weiß ich, dass er Euch wirklich aufgetragen hat, mir das zu sagen?«, fragte Jeannet skeptisch.

»Ich soll Euch an eine Unterredung erinnern, die zwischen Euch stattgefunden hat. Die Spitze eines Dolchs am Hals Lord Coopers spielte dabei angeblich eine Rolle ...« George Woodrow zuckte die Achseln. »Keine Ahnung, was Euer adliger Freund damit gemeint hat. Und um ehrlich zu sein, ich möchte es auch gar nicht wissen.«

»Ich danke Euch für Eure Auskünfte«, sagte Jeannet an den Wirt gerichtet.

Ben Rider trat etwas näher an die junge Frau heran und raunte ihr zu: »Vielleicht erklärst du mir eines Tages mal etwas genauer, was das zu bedeuten hatte!«

Jeannet gab darauf keine Antwort.

Ihre Gedanken waren ganz woanders.

Grenzenlose Enttäuschung hatte sich in ihr breit gemacht. Wie sehr hatte sie erhofft, in Kürze schon den Mann, den sie so über alle Maßen liebte, wieder in die Arme schließen zu können, seinen Körper dicht an den ihren geschmiegt zu fühlen und den Herzschlag eines geliebten Menschen pochen zu hören. All die Erinnerungen keimten wieder in ihr auf. Erinnerungen an ihr erstes, stürmisches Zusammentreffen und an diesen magischen Moment, in dem sie das Gefühl gehabt hatte, von einem Blitz getroffen worden zu sein.

Sie sah ihn vor ihrem inneren Auge: sein Gesicht, die ruhigen Augen, die sie mit einer feurigen Mischung aus Liebe und purem Verlangen ansahen, sein Lächeln, das sie so verzaubert hatte …

»Ich danke Euch«, sagte Jeannet schließlich an den Wirt gewandt. »Wir werden warten, bis Lord Cooper zurückkehrt.«

»Wenn das der Fall ist, werde ich darüber umgehend informiert werden«, erklärte Woodrow.

Tagelang wartete Jeannet vergeblich auf die Rückkehr Lord Coopers.

Sicher war er in wichtiger diplomatischer Mission für seine Königin unterwegs.

Was zählte da schon der Kontakt zu einer eher unwichtigen Verbündeten, bei der es sich letztlich doch nur um ein dahergelaufenes Straßenmädchen handelte, das zur Piratenanführerin aufgestiegen war!

Jeannets Ungeduld stieg bis ins Unerträgliche.

Schon argwöhnte sie, dass die angebliche Spanienreise, auf der sich Lord Cooper befand, möglicherweise nichts weiter als ein Vorwand war. Ein Vorwand, um nicht mit einer gewissen Jeannet Witch zusammentreffen zu müssen. Wäre es nicht logisch gewesen, dass Sir Donald Cooper sich von einer Frau wie Jeannet distanzierte?

Gewiss, ihre erste Begegnung war von der überwältigenden Wucht eines Orkans gewesen.

Aber in der Zwischenzeit hatte Sir Donald gewiss zu Genüge darüber nachdenken können. Und das vermutlich mit ausreichend abgekühltem Gemüt, um die Sache in einem klareren Licht zu sehen.

Nenn es doch beim Namen!, ging es Jeannet durch den Kopf. *Eine wie du ist vollkommen unwürdig für einen Mann in Lord Coopers Stellung. Selbst als Mätresse wärst du nicht akzeptabel für ihn!*

Andererseits hatte Jeannet immer ihrem Instinkt und ihren Gefühlen trauen können. Sie konnte sich einfach nicht vorstellen, dass sie sich dermaßen in Sir Donald und dessen Gefühlen getäuscht haben sollte.

Es war mitten in der Nacht, als klappernder Hufschlag durch die engen Gassen hallte. Jeannet hatte schlecht geschlafen, seit sie in dem Gasthaus »The Drunken Horse« einquartiert waren. Das war weder Schuld des Wirtes noch lag es an dem Zimmer, in dem sie nächtigte.

Es waren die Gedanken, die sie einfach nicht zur Ruhe kommen ließen. Der Hufschlag hatte sofort ihre Aufmerksamkeit erregt. Es war weit nach Mitternacht. Wer ritt um diese Zeit noch durch die Straßen?

Der unbekannte Reiter zügelte sein Pferd vor dem Gasthaus. Er stieg ab. Jeannet stand auf, ging im Nachthemd ans Fenster. Nebel waberte durch die Gassen. Das fahle Licht eines verwaschenen Mondes schien durch das Fenster herein. Der Reiter hatte sein Pferd an der Querstange vor dem Gasthaus festgemacht und ging jetzt zur Tür. Von seinem Gesicht konnte Jeannet nichts sehen. Es lag im Schatten. Aber die Bewegungen kamen ihr vertraut vor. Auch die mächtigen Schultern, der kräftige Körperbau und die Art, wie er den Degen an der Seite trug, sprachen für niemand anderen als Sir Donald Cooper.

Das Herz schlug ihr bis zum Hals.

Sie musste unwillkürlich schlucken.

Er ist es!, durchzuckte es sie siedend heiß.

Der Reiter klopfte an die Tür.

Nach kurzer Zeit wurde ihm geöffnet. Er verschwand im Inneren des Gasthauses. Kurze Zeit später hörte Jeannet Schritte schwerer Stiefel, die die Treppe emporkamen.

Es klopfte an der Tür ihres Zimmer.

»Jeannet!«, sagte eine ihr wohlvertraute Stimme.

Jeannet öffnete.

Selbst im Halbdunkel erkannte Jeannet ihren Geliebten sofort.

»Donald!«, flüsterte sie.

Er trat ein, nahm sie in den Arm. Ihrer beider Lippen fanden sich zu einem Kuss voller Leidenschaft und verzehrendem Feuer. Mit dem Absatz seines Stiefels ließ Sir Donald die Tür ins Schloss fallen.

»Ich bin so froh, Euch wiederzusehen, Jeannet!«, bekannte er. »Seid Ihr in den letzten Monaten wieder so sehr Teil Eurer Welt aus Hofintrigen und Falschheit geworden, dass Ihr eine gewöhnliche Strauchdiebin wie mich in so förmlicher Weise anredet, Sir Donald?«

»Nein, Mylady. Es ist der Respekt gegenüber jener Frau, die ich liebe und der ich mit Haut und Haaren verfallen bin, ob ich es nun will oder nicht!«

Er zog sie an sich. Sie fühlte die kräftigen Arme in ihrem Rücken.

»Donald …«, flüsterte sie.

»Du weißt gar nicht, wie sehr ich mich nach dir gesehnt habe!« Eine Hand strich ihr zärtlich über das ungebändigte rote Haar, glitt anschließend ihre Wange entlang, den Hals hinab und schließlich über die Schulter. Ein wohliger Schauder überlief Jeannet. Sie konnte sein Herz schlagen fühlen, so nah standen sie beieinander.

Einige Augenblicke lang verschmolzen ihre Blicke miteinander. Sie fühlte sich ihm in diesem Moment sehr nah. Dieses überwältigende Gefühl der Verbundenheit, der Anziehung und des hemmungslosen Begehrens kam wieder in ihr auf. Bei ihrer ersten Begegnung hatte sie sich noch dagegen gewehrt. Die intensive Reaktion einer Frau, die sich irgendwann geschworen hatte, nie wieder Schwäche zuzulassen. Aber sie wusste längst, dass eine derartige Reaktion töricht war. Töricht und sinnlos, denn gegen die Kraft dieser Gefühlswoge gab es keine Macht, die in der Lage war, diesen Sturm zu stoppen.

Sie schlang ihre Arme um seinen Hals. Die Lippen der beiden Liebenden berührten sich sanft. Sehr sanft.

Wie konnte ich auch nur einen Moment daran zweifeln, dass er mich noch liebt und am Treffpunkt erscheint?, ging es ihr durch den Kopf. Allein der Gedanke daran erschien ihr mit einem Mal völlig absurd zu sein.

Atemlos lösten sie sich voneinander. Jeannet hielt Sir Donald bei den Händen. Ihre Brust hob und senkte sich, während sie nach Luft rang. Sie zog ihn mit sich in Richtung des Bettes.

»Ein zerwühltes Bett habt Ihr, Mylady!«, stellte Lord Cooper mit einem leicht anzüglichen Lächeln fest. Mondlicht strahlte durch das Fenster und beleuchtete sein Gesicht.

»Zerwühlt ja – aber das sind keine Spuren der Wonne, sondern solche des Schreckens.«

»Wie das?«, fragte er lächelnd.

»In den letzten Tagen habe ich kaum ein Auge zugedrückt.«

»Das tut mir Leid.«

»Braucht es nicht, Sir Donald!«

»Ah, jetzt werdet Ihr aber förmlich, Mylady«!«

»Dann werde ich Euch jetzt ganz unförmlich nach allen Regeln der Kunst verführen, Lord Cooper. Was haltet Ihr davon?«

Sie hatte bereits damit begonnen, die Spange zu lösen, die seinen Mantel hielt. Im nächsten Augenblick glitt dieser zu Boden.

Anschließend machte sie sich an dem mächtigen Waffengurt zu schaffen, den Sir Donald wie eine Schärpe über der Schulter trug.

Ihre Hände waren geschickt. Und sie hatte außerdem den Vorteil, dass sie sich im Gegensatz zu beinahe allen anderen Frauen mit derartigen Ausrüstungsstücken hervorragend auskannte. Ehe sich Lord Cooper versah, fiel sein Degen zu Boden.

Seine Hände glitten derweil über ihren Körper und lösten damit wohlige Schauer bei ihr aus. Er war sehr zärtlich und schob ihr das Nachthemd über die Schultern, so dass es zu Boden glitt. Nackt stand sie im Mondlicht da. Jeannet sah den bewundernden, ja, begehrenden Blick ihres Geliebten, ein Blick, der ihr durch und durch ging. Während er sie erneut an sich zog, nestelte sie an seiner Kleidung herum, löste die Verschlüsse des Lederwamses und sorgte anschließend dafür, dass auch sein Hemd über die Schultern glitt.

»Mylord, Ihr seid verschnürt wie eine um ihre Jungfräulichkeit bemühte spanische Adlige!«

»Wenn Ihr wüsstet, wie wenig spanische Adligentöchter auf ihre Jungfräulichkeit geben!«, erwiderte Lord Cooper.

»Aber Ihr wollt jetzt nicht etwa von Prinzessin Carla reden!«, entfuhr es Jeannet mit einer unüberhörbaren Spur Empörung in der Stimme.

Sir Donald lachte.

Er dachte natürlich nicht im Traum daran, ihr jetzt etwas davon zu erzählen, wie er sich der Zuneigung Prinzessin Carlas erwehrt hatte.

»Ich will jetzt eigentlich gar nicht mehr reden, Jeannet!«

Jeannet lächelte.

»Ah, so einer bist du also! Gehst gleich aufs Ganze!«

»Wo ist Eure Förmlichkeit geblieben, Mylady?«

»Ich pfeife darauf, Donald!«

Sie sanken gemeinsam auf das breite Bett. Jeannet fühlte pure Lust in sich aufkeimen, Sehnsucht nach Berührungen durch diesen Mann, der mit keinem anderen auf der Welt zu vergleichen war. Sie genoss seine Berührungen, die zuerst überraschend schüchternen, aber dann sehr kundigen und zielstrebigen Berührungen. Eng umschlungen bebten ihre Körper in einem immer schneller werdenden Takt. Jeannet stöhnte wohlig auf, als Donald schließlich in sie eindrang.

Es war eine kurze, heftige Vereinigung. Ein erstes Feuerwerk purer Lust, das zwei Menschen miteinander abgebrannt hatten, die beide durch den Augenblick ihrer ersten Begegnung für immer aneinander gekettet waren. Das spürten sowohl Sir Donald als auch Jeannet Witch Harris sehr deutlich.

Schließlich sanken sie vollkommen ermattet in die Kissen. Sie rangen nach Atem, während Schweiß auf ihrer Haut glänzte.

»Du weißt, wie man eine Frau glücklich machen kann«, sagte Jeannet. »Und ich will hoffen, dass du diese Kunst einzig und ausschließlich an mir anwendest, Donald!«

»Oh, ich hoffe nicht, dass das eine Drohung sein sollte, Jeannet!«

»Nimm es, wie du willst, Lord Donald Cooper!«, erwiderte sie in gespieltem Zorn.

Ich könnte den Gedanken nicht ertragen, ihn in den Armen einer anderen zu sehen!, wurde es Jeannet in diesem Augenblick klar. Sie war bereit, alles mit ihren Mitmenschen zu teilen. Wie oft hatte sie mit ihren Piratenfreunden buchstäblich die letzte Brotkrume und den letzten Zwieback gerecht aufgeteilt. Oder es zumindest versucht. Aber den Mann, den sie liebte, wollte sie für sich allein.

Jeannet scheuchte diese Gedanken davon.

In diesem Augenblick wollte sie einfach nur glücklich sein. Es interessierte sie nicht, wie hoch ihr Anteil an der Verwertung der aufgebrachten Galeone war, noch irgendetwas anderes, was ihr Bündnis mit der Krone Englands betraf. Das war im Moment alles sehr unwichtig für sie. Es zählte nur eins, der Herzschlag des geliebten Menschen neben ihr. Sie seufzte und schmiegte sich an Donalds mächtigen Oberkörper. Seine Hand glitt zärtlich ihren Rücken entlang. *Ein Augenblick, der ewig währen sollte!*, ging es ihr durch den Kopf.

»Ich liebe dich Jeannet«, hörte sie seine tiefe Stimme leise sagen. »Nie zuvor habe ich eine Frau wie dich kennen gelernt. Vom ersten Augenblick wusste ich, dass wir zusammengehörten!«

»Ja, das wusste ich auch!«

»Dafür hast du dich aber ganz schön gesträubt!«, konnte Donald nicht umhin anzumerken.

»Ich wollte es mir nicht eingestehen. Eine Närrin war ich. Ich wollte nicht schwach sein und ausgeliefert …«

»Wer liebt, ist schwach und ausgeliefert.«

»Das weiß ich jetzt«, seufzte sie. »Aber man gewinnt eigenartigerweise auch Stärke.«

Jeannet mochte nicht daran denken, dass ihnen beiden wahrscheinlich nur wenige flüchtige Augenblicke des Glücks gehören sollten. Ein Graben stand zwischen ihnen. Ein Graben aus sozialen Konventionen, der nicht zu überbrücken war. Allenfalls für ein paar Momente der Liebe. Aber es war undenkbar, dass sie ein gemeinsames Leben führten, zusammen die Zukunft bestritten oder gar eine Familie gründeten.

Träume!, dachte Jeannet. *Nichts als Träume, die nie Wirklichkeit werden!*

Sie schwiegen eine Weile und genossen die Gegenwart des anderen.

»Ich war in Spanien, wie du sicher schon gehört hast«, sagte Donald.

»Der Wirt hat mir davon berichtet«, gab Jeannet zurück.

»Ja, der gute alte George Woodrow. Sein Gasthaus benutze ich schon seit langem für geheime Treffen … Aber zurück zu Spanien! Ich habe gute Nachrichten mitgebracht!«, flüsterte der Lord seiner Geliebten ins Ohr und konnte ein Lächeln dabei nicht unterdrücken.

Sie drückte ihn von sich weg und musterte ihn verliebt und neugierig zugleich.

»Welche Nachrichten?«

»Vor unserem Treffen hatte ich eine entscheidende Audienz bei Ihrer Majestät, der Königin von England. Dabei ging es nicht nur um die Anteile für dich und deine Besatzung, sondern ich habe ihr bei dieser Gelegenheit auch streng geheime Pläne und Beschreibungen gezeigt, mit denen man nicht nur die Neue Welt erreichen kann, sondern sich auch dort zurechtfindet!«

»Sprich weiter!«, forderte sie.

»Aber der englischen Flotte nutzen diese Informationen nichts. Jedes englische Kriegsschiff, das die Armada in verbotenen Gewässern entdecken würde, wäre eine Gefährdung des Friedens.«

Sie lachte leise und schüttelte den Kopf.

»Das ist doch nicht wirklich dein Ernst, nicht wahr?«

»Was meinst du?«, fragte er betont unschuldig.

»Du weißt das ganz genau, du mein durchtriebener, mit allen Wassern gewaschener und trotzdem überaus geliebter Lord: Du willst mich in die Neue Welt schicken, und die Königin hat dir dafür bereits den Auftrag erteilt!«

Er musste lachen.

»Dir kann man aber auch wirklich nichts vormachen, Jeannet!«

Sie gab ihm einen zärtlichen Klaps.

»Das solltest du dir für alle Zeiten merken, mein Lieber!«

»Kann ich versprechen!«

Er wollte sie wieder in die Arme nehmen, aber sie sträubte sich zunächst: »Moment noch: Wie genau soll das ablaufen?«

»Ach, ganz einfach, Liebste: Die WITCH BURNING muss natürlich als spanisches Handelsschiff getarnt werden. Wie ihr vorgeht, ist im Übrigen ganz allein eure Sache. Ihr könnt Beute machen, wie ihr wollt. Aber Ihre Majestät macht zur Bedingung, dass ihr weitere Informationen sammelt, die England nutzen könnten.«

»Und falls wir in der Neuen Welt ein Versteck einrichten, um alle Schätze zu deponieren, die wir während unserer Mission – äh – sichern und die über das hinausgehen, was wir zurückbringen können?«

»Auch das ist selbstverständlich ganz allein euch überlassen.«

»Da sehe ich allerdings eine Schwierigkeit ...«

»Welche denn?«

»Kennt Ihr denn die Piraten gut genug, um zu ahnen, wie schwierig das sein wird, sie dann überhaupt noch zur Rückkehr zu bewegen, bei allen Risiken, die es dabei geben wird? Und wie soll die Königin ansonsten an die Informationen herankommen, die sie haben will?«

»Allerdings kenne ich die Piraten gut genug – und Ihre Majestät anscheinend ebenfalls, denn es wird im Plan berücksichtigt: Euer Versteck in der Neuen Welt soll mehr sein als nur ein Piratennest. Ihr sollt die Präsenz von Spanien unterwandern. Mit der Zeit soll dafür die Präsenz Englands immer größer werden. Dabei kann dies nur funktionieren, wenn es einen vergleichsweise engen Kontakt geben wird zwischen dem englischen Königshaus und den agierenden Piraten ...«

Jetzt lachte sie wieder: »Und diese Kontaktperson heißt rein zufällig Lord Donald Cooper, nicht wahr?«

Sie lachten gemeinsam und küssten sich und herzten sich dabei.

»Genial!«, flüsterte sie währenddessen immer wieder »ihrem« Lord ins Ohr und: »Ich freue mich schon so auf meinen persönlichen Kontakt zur Krone! Niemand wird Verdacht schöpfen, wenn du immer wieder auftauchst, um mit mir Informationen auszutauschen. Weitere Schiffe meiner Piraten werden den Weg nach drüben finden, um uns zu unterstützen und zu verstärken. Meine Piratenbande wird allmählich zu einem Bollwerk in der Neuen Welt werden. Ach, Donald, ich freue mich ja schon so darauf!«

Dem Lord ging es ebenso, denn er war genauso zuversichtlich und konnte sich gar nicht mehr vorstellen, dass auch nur das Geringste noch schiefgehen konnte.

Eine Schwierigkeit gab es jedoch nach wie vor, was von Jeannet endlich angesprochen wurde: »Aber was nutzen mir die geheimen Dokumente, wenn nur die Königin sie hat?«

»Sie hat nur die Originale, denn es wurden in aller Eile Kopien davon angefertigt, die ich bei mir trage, um sie dir zu überlassen. Dort ist sogar eingezeichnet, wo unser erstes Treffen in der Neuen Welt stattfinden soll. Zwar werden viele Wochen dazwischen stehen, denn der Weg ist weit und gefährlich, aber wir werden es schaffen, weil wir wissen, wie sehr wir uns lieben und dass wir uns dadurch immer wieder sehen können.«

»Für immer?«

»Für immer!« In Gedanken jedoch fügte er einschränkend hinzu: *Solange es Gott und die Königin wollen!* Und er dachte dabei nicht zufällig an seinen ärgsten Konkurrenten in der Beratung der Königin, jenen Lord Graham, der bereits gewohnheitsmäßig anderer Meinung war als er und alles tun würde, Ihre Majestät von einem möglichen Risiko zu überzeugen, das für England entstünde, falls eines der agierenden Schiffe von der spanischen Armada jemals aufgebracht werden würde …

Doch dann verscheuchte er diese pessimistischen Gedanken gleich wieder. Jeannet half ihm dabei.

»Die Nacht ist kurz«, sagte sie und begann erneut damit, ihn zu liebkosen. Ihre Küsse bedeckten sein Gesicht, seinen Hals, den Oberkörper. Schließlich glitt sie tiefer.

Donald fuhr ihr durch das dichte Haar.

Das Feuer der Leidenschaft entbrannte erneut in ihnen.

»Du hast Recht, Jeannet«, sagte er. »Aber ich hoffe doch, dass du noch einige Zeit bleiben wirst!«

»Nicht, dass ich dagegen etwas einzuwenden hätte!«

»Na, also!«

»Aber durch deine verspätete Rückkehr aus Spanien hat sich unser Aufenthalt bereits um Tage verlängert. Die WITCH BURNING wartet an der Themse-Mündung zu einem festgesetzten Zeitpunkt auf uns. Ich möchte kein Risiko für meine Männer eingehen …«

»Uns bleibt nur diese Nacht?« Bedauern sprach aus Sir Donalds Stimme.

»Ja. Aber du sprachst ja von einem Treffen in der Neuen Welt …«

»Die Position ist auf den Karten, die ich dir übergeben werde, genau eingezeichnet. Nur was den Zeitpunkt angeht, werden wir etwas vage sein müssen.«

»Es wird wahrscheinlich Monate dauern, ehe wir uns wiedersehen.«

»Bedauerlicherweise, Jeannet!«

Jeannet seufzte und fuhr fort, Donald zu liebkosen. Ihrer beider Lippen trafen sich jetzt zu einem Kuss. Seine Hände glitten über ihren Köper, streichelten ihren Hals, die Schultern, sanken tiefer zu den wohlgeformten Brüsten.

Denk immer daran, dass es das letzte Mal sein könnte, ging es Jeannet durch den Kopf, und in ihre Leidenschaft mischte sich eine bittersüße Nuance. *Genieß es*, dachte sie. *Verpasse nicht diesen Augenblick aus Angst vor dem, was die Zukunft bringt! Du lebst jetzt, und wenn es nur dieser eine Augenblick sein sollte, der unserer Liebe noch gegeben ist, so ist er dadurch um so kostbarer …*

Auf jeden Fall würde es lange dauern, bis sie sich wieder so begegnen konnten. Wenn es überhaupt dazu kam, denn bis sie sich in der Neuen Welt trafen, konnte viel geschehen.

Noch vor Sonnenaufgang stand Donald auf und zog sich an. »Es ist besser, wenn ich hier nicht gesehen werde«, sagte er.

Jeannet warf sich ihr Nachthemd über.

Donald griff nach seiner Tasche, die er bei sich getragen hatte. Mehrere Dokumente befanden sich darin. Er reichte sie Jeannet. »Das ist er der versprochene Schatz! Er ist Gold wert! Unser Treffpunkt ist eingezeichnet. Er liegt vor einer Küste, die die Spanier Darien genannt haben. Die Neue Welt ist dort nur sehr schmal. Ein Isthmus trennt die Ozeane voneinander.«

Jeannet nahm die Karten, rollte eine von ihnen auseinander. Es waren erstaunlich detaillierte Kopien.

Das sah Jeannet auf den ersten Blick.

»So wird die WITCH BURNING zur Kundschafterin Englands in der Neuen Welt werden!«, stellte sie fest.

Lord Cooper nickte.

»So ist es.«

»Es ist schon eigenartig …«

»Was?«

»Für ein Land zu kämpfen, dem man beim besten Willen keine patriotischen Gefühle entgegenbringen kann … Aber die Aussicht auf Gold kann da manches ersetzen.« Sie sah Donald an. »Und die Hoffnung darauf, dich wiederzusehen, Donald!«

»Ganz gewiss werden wir uns wiedersehen. Ah, ehe ich es vergesse! Dein Anteil am Erlös der Galeone.« Donald griff erneut in die Tasche und holte einen Lederbeutel hervor. Er warf ihn Jeannet zu. Sie fing ihn auf, öffnete ihn und runzelte die Stirn.

»Das ist nicht dein Ernst! Allein die Kanonen der Galeone müssten eine Summe erbracht haben, die ...«

Donald hob beschwichtigend die Hände.

»England ist ein armes Land, und man war leider der Meinung, dass dieser – zugegebenermaßen sehr bescheidene Anteil – dich zufrieden stellen müsste.«

»Das ist Betrug!«

»Ein Betrug, den ich nicht zu verantworten habe, Jeannet. Aber ich denke, gelohnt hat sich unsere Zusammenarbeit dennoch! Schließlich wirst du bald mehr Gold besitzen, als du an Bord der WITCH BURNING überhaupt unterbringen kannst! Wie an einer Perlenkette segeln die spanischen Schiffe über den Atlantik. Wer ihren Kurs kennt, braucht nur zuzugreifen ...«

Jeannet warf den Beutel mit dem Gold auf das Bett.

»Ich werde Schwierigkeiten haben, den Männern das beizubringen!«

»Ich denke, sie werden das verstehen. Die Karten sind mehr wert als alles Gold der Welt. Spanische Schiffe dürfen sie noch nicht einmal an Bord nehmen! So wertvoll sind sie. Die Steuermänner und Navigatoren müssen sie sich einprägen, damit sie nur ja nicht den Engländern in die Hände fallen!«

Lord Cooper sah Jeannet mit einem nachdenklich, fast etwas melancholischen Blick an. »Ich fürchte, ich muss gehen, Jeannet. Wenn herauskommt, dass die englische Krone Piraten unterstützt, bedeutet das Krieg. Und England ist für einen Seekrieg noch lange nicht gerüstet. Seine Flotte wäre der Armada hilflos ausgeliefert.«

Jeannet nickte.

Sie trat auf ihn zu. Ihr Blick versank für Augenblicke in seinen Augen, die sie ruhig betrachteten. *Es tut gut, so angesehen zu werden!*, dachte Jeannet. Sein Blick streichelte auf eine ähnlich zärtliche Weise, wie es seine Hände getan hatten.

Er nahm ihre Hände.

Sie fühlte einen Kloß in ihrem Hals.

Der Augenblick des Abschieds, er war so schnell gekommen.

Sie wollte nicht, dass sie getrennte Wege gingen. Aber es war nicht zu ändern.

Alles, was ihr blieb, war die Hoffnung, dass dieser Lord es ehrlicher mit ihr meinte als die Königin, der er zu Dienst und Gefolgschaft verpflichtet war.

»Auf unser Wiedersehen, Jeannet!«, flüsterte er.

»Auf unser Wiedersehen!«, erwiderte sie mit beinahe tonloser Stimme.

Ein letztes Mal küssten sie sich. Sie schlang ihre Arme mit einer Heftigkeit um seinen Hals, die ihn beinahe aus dem Gleichgewicht brachte.

Notgedrungen lösten sie sich voneinander.

Er strich ihr eine verirrte Strähne aus dem Gesicht, lächelte sie an und sagte dann: »Wer weiß, ob es nicht doch einen Weg für uns gibt, den heute noch keiner von uns kennt …«

Vielleicht nur eine gnädige Lüge, dachte sie. Aber in diesem Moment wollte sie daran glauben. Warum denn nicht? Sie weigerte sich einfach, die Hoffnung aufzugeben, dass es diesen Weg für sie beide tatsächlich gab.

Ein letzter Kuss, ein letzter Blick.

Er ging hinaus. Sie hörte seine Schritte auf dem Flur. Vom Fenster aus sah sie ihn in den Morgendunst hineinreiten, der von der Themse her durch die Gassen Londons quoll.

Kurz bevor der Nebel ihn zu einem grauen Schemen werden ließ, drehte er sich im Sattel noch einmal um und winkte ihr zu.

Sie winkte zurück.

Auf ihren Wangen fühlte sie etwas Feuchtes. Tränen.

SIEBTES BUCH:
Der Plan

Gegenwart 1564, in der Neuen Welt, an der Küste Dariens …

Wie große Schatten hoben sich die WITCH BURNING und die SWORD FISH gegen die Dunkelheit der Nacht ab. Dunst war aufgezogen. Der Mond stand als großer, verwaschener Fleck am Himmel, der sich im gekräuselten Wasser spiegelte. Die Brandung war für die Verhältnisse des Atlantiks sehr sanft. Es herrschte fast vollkommene Windstille. Noch immer war es sehr warm.

Eine Nacht für Liebende, dachte Jeannet. Eine Nacht, in der sie Sir Donald das Schwimmen hatte beibringen wollen.

Und vielleicht auch einige andere Dinge.

Voller Leidenschaft hatten sie sich am Strand geliebt, während die Besatzung ihrer beiden Schiffe ihre jeweiligen Kapitäne an Bord wähnte.

Von einem Plan hatte Donald Cooper gesprochen. Ein Plan, zu dem sie angeblich nur ja zu sagen brauchte, damit ihr sehnlichster Wunsch in Erfüllung gehen konnte.

»Was redest du da?«, sagte sie.

»Hör mir einfach einen Moment zu!«

»Was für ein Plan könnte es sein, der es möglich macht, dass unser Traum doch noch in Erfüllung geht?«, fragte Jeannet.

Der Lord schaute seine geliebte Jeannet zögernd an, ehe er sagte: »Bevor ich dir alles erkläre, muss ich dir ein Geständnis machen. Prinzessin Carla hatte sich in mich verliebt!«

»Tatsächlich?« Sie musterte ihn überrascht.

»Das war ein Problem.«

Sie stemmte die Arme in die Hüften.

Ihre Augenbrauen umwölkten sich.

Selbst im schwächer werdenden Mondlicht war das erkennbar.

»Ich glaube, du willst mich auf den Arm nehmen!«

»Das würde ich niemals wagen!«

»Sprich weiter! Ohne Umschweife!«

Er lächelte mit mildem Spott.

»Wie gesagt, die Gefühle der Prinzessin waren ein Problem ...«

»*Waren*?«, echote Jeannet.

Donald nickte.

»Ja, ich konnte sie davon überzeugen, dass aufgrund ihrer hohen Stellung keine gemeinsame Zukunft möglich sein könnte.«

»Das hat ihr sicher sehr weh getan.«

»Es ging nicht anders – oder was hättest du denn gedacht?«

Sie drohte schelmisch mit dem Zeigefinger: »Sag so etwas nie wieder!« Aber dann wurde sie auf einmal sehr ernst. »Heraus damit, wie lautet dein Plan?«

Lord Donald Cooper wich ihrem forschenden Blick aus.

»Wir müssten einiges dafür tun.«

»Erkläre es mir, Liebling, bitte!« Sie wirkte auf einmal zu allem entschlossen.

»Also gut! Unsere gegenwärtige Lage ist doch ungeschminkt betrachtet so: Keinem von uns beiden könnte es je gelingen, am Leben des anderen teilzunehmen. Du könntest genauso wenig Hofdame werden wie ich der Pirat an deiner Seite. Aber es gäbe da eine dritte Möglichkeit.«

»Die haben wir ja versucht, aber nachdem die Königin sich anders entschieden hat und den Piraten die Unterstützung versagt, dürfte es kaum noch Gelegenheiten wie diese geben!«

Er schüttelte den Kopf. »Nein, das meine ich jetzt nicht, Jeannet, Liebling. Wir müssten uns sozusagen auf halber Strecke entgegenkommen.«

»Das verstehe ich nicht«

»Wir sollten unser bisheriges Leben radikal aufgeben.«

»Sozusagen aussteigen aus allem?«, vergewisserte sie sich. Aber bevor er antworten konnte, fuhr sie fort: »Wie sollte das denn funktionieren? Ich kann mir kaum vorstellen, dass die Königin deine Abtrünnigkeit billigen würde. Du wärst des Todes. Es wäre schlimmer als Landesverrat.«

»Ich weiß! Also dürfte ich niemals wieder in meinem Leben englischen Boden betreten.«

»Und was sollte ich tun? Glaubst du, eine Piratenführerin kann einfach so in den Ruhestand gehen?«

Er lachte bitter. »Natürlich nicht, Jeannet, aber du bist reich. Wenn du deinen Leuten genügend überlässt, werden sie es akzeptieren. Und Ben Rider wird dich würdig vertreten, wie ich ihn einschätze. Außerdem ist er dir ergeben. Dein Entschluss wird ihm zwar nicht gefallen, und er wird mich dafür noch viel mehr hassen als ohnedies schon, aber die eigentliche Frage ist: Würdest du das alles überhaupt auf dich nehmen für unsere gemeinsame Liebe?«

»Ich würde alles tun, Liebster, wirklich alles – und viel mehr! Aber wie kannst du denn so sicher sein, dass es überhaupt funktionieren könnte, was du vorhast? Ich dürfte niemals wieder meinen Piraten in die Quere kommen, und dir wäre die Rückkehr nach England für immer verwehrt. Und die wichtigste Frage: Wo sollten wir denn überhaupt leben?«

Er lächelte und machte eine umfassende Geste. »Ist dies hier nicht das wahre Paradies?«

»Du meinst, wir sollten es jetzt und hier schon wahr machen?«

»Nicht ganz, Liebste, denn aus diesem Paradies sind leider Piraten und Engländer ausgeschlossen. Früher oder später würden uns die Spanier dafür töten. Außerdem wäre ich hier völlig mittellos. Nur als englischer Lord bin ich vermögend.«

»Aha, du willst erst dein Vermögen in Sicherheit bringen, soweit es ohne Aufsehen geht? Und dann?«

Er ergriff ihre Schultern und schaute sie zärtlich an.

»Dieses Paradies ist nur für Spanier. Wären wir also spanische Edelleute …?«

Sie lächelte entsagungsvoll: »Das wäre zu schön, um jemals wahr werden zu können!«

»Wie gesagt, wir sind beide vermögend.«

»Das genügt nicht, glaube mir. Jeder Versuch könnte tödlich enden. Die Spanier würden uns alles abnehmen und anschließend ein Exempel statuieren. Sie würden uns als Spione anprangern oder Schlimmeres …«

»Es sei denn, man hat unter den Spaniern einflussreiche Freunde!«, unterbrach der Lord sie mit ruhiger Stimme. Er dachte dabei nicht zufällig vor allem an Comandante Fernando Garcia, den Chef der spanischen Zollbehörde in der Hafenstadt Vigo, der somit dort eine der wichtigsten Persönlichkeiten überhaupt war. Aber ihm fiel auch Prinzessin Carla von Spanien ein: »Denke außerdem an …«

»… an die Prinzessin?«, vollendete Jeannet. »Nachdem sie sich so unglücklich in dich verliebt hat?« Sie erschrak. »Oder hast du ihr gar von uns beiden erzählt?«

»Noch nicht!« Sein Lächeln wollte nicht weichen. »Doch hat sie dir nicht ihre Hilfe angeboten, wann immer du darauf zurückgreifen wolltest?«

»Glaubst du denn, ihre freundschaftlichen Gefühle gehen so weit, dass sie einer anderen den Mann überlässt, den sie selber so sehr liebt, und dazu auch noch aktiv beiträgt? Da kennst du uns Frauen aber schlecht!«

»Nicht ganz so wird es sein. Carla braucht nur den Eindruck zu gewinnen, dass du sie sozusagen würdig vertrittst, was mich betrifft. Sie kann mich nicht haben und ich genauso wenig sie. Aber dafür gehe ich mit ihrer Freundin zusammen.«

Sie zog nachdenklich ihre hübsche Stirn kraus.

»Ja, du hast Recht, das könnte klappen. Sie würde nicht das Gefühl haben, betrogen zu werden. Wenn sie dich wirklich so sehr liebt, möchte sie, dass du glücklich wirst. Mit ihr darfst du es nicht sein, aber warum nicht mit der Person, die sie ebenfalls mag, also mit … mir?« Sie lachte auf einmal befreit. »Und du glaubst wirklich, es könnte uns gelingen, dies alles?«

»Nicht sofort, aber in ein paar Monaten, wenn alles vorbereitet ist und wir uns in Vigo treffen – für immer!«

»Wieso ausgerechnet in Vigo?«

»Weil das alles nur dort funktionieren könnte.«

»Ach, ich verstehe: Deine Freunde?«

»Richtig!«

»Und dann werden wir zu spanischen Edelleuten, und niemand soll jemals erfahren, dass du einmal der Sonderbeauftragte der englischen Königin und ich die Führerin der Piraten war.«

»Ja, Liebes, ja und noch einmal ja!«, rief er begeistert, fasste sie an der Taille und schleuderte sie wild um sich, wobei sie quiekte vor Vergnügen.

»Ach, jetzt graut mir gar nicht mehr so sehr vor unserem bevorstehenden Abschied«, rief sie danach, »denn ich weiß, es wird unser allerletzter sein. Die paar Monate werden vergehen, dann werden wir uns in Vigo vereinen – für immer!«

»Um entweder in Spanien zusammen glücklich zu sein oder auch hier, im Paradies der Neuen Welt. Wer weiß?«

»Wer weiß?«, echote sie vergnügt.

»Uns stehen dann alle Wege offen. Wir werden Dokumente mit uns führen, die uns zweifelsfrei ausweisen werden … Alle Türen werden sich vor uns öffnen.«

»Wir werden Spanisch lernen müssen?«

»Oh, diese Mühe ist dir unsere Liebe nicht wert?« Donald lachte.

Jeannet hingegen stieß ihn in die Seite.

»Daran solltest du niemals wieder zweifeln, Donald!«

Sie schlang ihre Arme um seinen Hals. Ihrer beider Lippen trafen sich zu einem Kuss, der wie kein Kuss zuvor schmeckte. Die Aussicht auf eine Zukunft an Donalds Seite ließ einen wohligen Schauder über ihren Rücken jagen. Sie fühlte sich wie neugeboren. So, als ob ihr bisheriges Leben nichts weiter gewesen war als ein Prolog zu dem, was jetzt noch kommen würde. Sicher waren noch zahllose Einzelheiten genau abzuklären und zu organisieren. Aber der Kurs lag fest. Und kräftiger Wind würde die Segel ihres gemeinsamen Schiffes der Liebe blähen, um sie ihrem paradiesischen Hafen näher zu bringen. Was war dieses bisherige Leben schon gewesen, außer einem Kampf darum, nicht getötet zu werden und die Bilder der Vergangenheit zu vergessen? Ein Jammertal, ein Vorhof der Hölle. Und in diesem Vorhof der Hölle hatte Jeannet sich irgendwann gesagt, dass es besser war, zu den Teufeln zu gehören als zu den verdammten Seelen, die bis in alle Ewigkeit geschunden und gequält wurden.

Aber nun sollte sich das alles ändern.

Träume, von denen sie geglaubt hatte, dass es für sie niemals eine Erfüllung geben konnte, sollten Wirklichkeit werden.

Ihr Kuss wurde leidenschaftlicher, inniger. Er zog sie an sich. Sie spürte sein pochendes Herz im Gleichklang mit ihrem. Dann riss sie sich von ihm los. Außer Atem schüttelte sie den Kopf.

»Was ist?«, fragte er.« Sei unbesorgt, wenn du es nicht willst, brauchst du noch nicht einmal Spanisch zu lernen. Die adligen Herrschaften lassen ihre Kinder sonstwo erziehen, und nicht wenige sprechen nicht die Sprache des Landes, in dem sie leben. Ich dachte daran, dass man uns mit einem Besitz in den spanischen Niederlanden belehnt. Ein paar Ländereien, ein kleines Schloss … nichts Außergewöhnliches.«

»Das würde man dir zugestehen?«

»Es gibt in Spanien einige, die in meiner Schuld stehen. Prinzessin Carla ist da an erster Stelle zu nennen.«

»Du würdest alles aufgeben!«

»Du auch.«

»Aber du gibst mehr auf! Nie wieder würdest du das Ohr der Königin haben, deine Macht und dein Einfluss wären dahin.«

»Nichts ist von Dauer, Jeannet. Im Übrigen ist das ein Opfer, das ich gerne bringe. Um unserer Liebe willen.«

Jeannet war tief bewegt.

Es war ein großartiges und großzügiges Geschenk, das Sir Donald Cooper ihr machte. Ein Geschenk, wie sie es nie zuvor in ihrem Leben erhalten hatte. Eigentlich hatte sie es sogar für unmöglich gehalten, dass überhaupt jemand um der Liebe willen zu so einem Verzicht bereit war.

Ganz davon abgesehen, war auch ein Risiko dabei.

In England würde Sir Donald Cooper als Hochverräter gelten, so viel stand fest. Und es war gut möglich, dass eines Tages ein gedungener Meuchelmörder das, was die Königin für ihre Gerechtigkeit hielt, an ihm zu vollstrecken versuchte.

Lord Cooper nahm Jeannet erneut bei den Schultern und zog sie zu sich heran. Der Blick seiner Augen ging ihr durch und durch. Ein Blick so voller Liebe und Zärtlichkeit, dass es ihr das Herz erwärmte. Nicht eine Sekunde hätte sie damit gezögert, seinem Plan zuzustimmen, wenn es nur um sie selbst und ihr eigenes Glück gegangen wäre.

Aber das war nicht so.

Sie wollte nicht, dass Donald sich ihretwegen unglücklich machte.

»Was ist, Jeannet?«, fragte er. »Bist du bereit, mit mir diesen Weg zu gehen?«

»Ich weiß nicht, ob ich das von dir verlangen kann!«

»Du redest Unsinn! Den größten Wunsch würdest du mir erfüllen.«

»Oh, Donald ... Ich kann nur hoffen, dass du dir das gut überlegt hast!«

»Sehr gründlich, Jeannet. Sehr gründlich ... Was glaubst du, weshalb ich dir erst jetzt diesen Plan eröffne. Aber ich glaube, dass ich an alles gedacht habe und bin fest entschlossen – sofern du es auch bist!«

»Natürlich bin ich es auch!«, rief sie. Donald legte ihr den Finger auf den Mund.

Die Männer auf den Schiffen durften sie nicht hören.

Ihr Blick traf seinen. Sie schluckte unwillkürlich.

»Einmal noch wird es einen schmerzhaften Abschied für uns beide geben. Aber es wird nicht für lange sein!«

»Wie lange?«

»In etwa sechs Monaten werde ich am Strand von Vigo auf dich warten. Jeden Tag werde ich nach einer Piratenbraut Ausschau halten, die sich an der Küste absetzen lässt. Ich erwarte dich.«

»Wäre die Zeit bis dahin nur schon vorbei«, seufzte Jeannet.

»Noch ist diese Nacht ja nicht vorbei!«, gab Lord Cooper zu bedenken.

»Du hast Recht. Und außerdem wollte ich dir ja noch das Schwimmen beibringen ...«

»Das Schwimmen – und andere schöne Dinge.«

Wieder trafen sich ihre Lippen.

Ihre Körper pressten sich gegeneinander. Sie sanken in den weichen Sand. Im Hintergrund rauschte die milde Brandung. Begehren keimte in ihnen beiden auf. Und eine Welle ungestillten Verlangens riss sie mit sich fort.

Jede Berührung seiner Hände genoss Jeannet. Jedes Wort, das er ihr zärtlich ins Ohr flüsterte.

»Wir sollten alle Einzelheiten jetzt besprechen!« murmelte sie.

»Später«, flüsterte er ihr ins Ohr. »Später ...«

Der Morgen graute, als Jeannet in den Armen ihres geliebten Sir Donald erwachte. Sie hatten am Strand geschlafen, ermattet vom leidenschaftlichen Liebesspiel. Außerdem hatte Donald ihr noch bis in alle Einzelheiten erläutert, wie er sich die Umsetzung seines Plans vorstellte. Seine Beziehungen in Spanien waren offenbar exzellent. Bei einem Mann, der nach außen hin immer als loyaler Gefolgsmann der englischen Krone aufgetreten war, hätte Jeannet so etwas nie vermutet.

Noch immer war sie tief bewegt davon, dass dieser Mann bereit war, ihr zuliebe alles aufzugeben, woran er geglaubt hatte und was bis zu diesem Augenblick sein Lebensinhalt gewesen war. *Diese Liebe muss wirklich stark sein,* dachte sie und erinnerte sich an die ersten Momente ihres gegenseitigen Kennenlernens zurück.

Es ist kaum zu glauben, um ein Haar hätte ich ihn umgebracht, durchzuckte es sie. Jetzt war dieses Detail nichts weiter als eine befremdliche Erinnerung. Wie aus einem anderen Leben. Etwas, das nicht zu ihr zu gehören schien.

Jeannet sah kurz hinüber zu den friedlich vor Anker liegenden Schiffen, dann legte sie erneut den Kopf an seine mächtige Schulter.

Der Morgen dämmerte, und das bedeutete, dass die Nacht so gut wie vorbei war. Jeannet wollte sie bis zum letzten Moment auskosten. Diese Zeit mit Donald … sie war so kostbar. Noch blieb ihnen beiden nur die Nacht. Sie brauchten die schützende Geborgenheit der Dunkelheit, um sich treffen zu können.

Aber wenn der Plan, den Donald ihr gegenüber eröffnet hatte, in die Tat umgesetzt wurde, würde sich das in absehbarer Zeit ändern.

Sechs Monate.

Angesichts der Angst, Donald nie wiedersehen zu können, war das eine geradezu lächerlich kleine Zeitspanne. *Sechs Monate war nichts*, so dachte sie. Nichts gegen die Jahre der Liebe, die sich daran anschließen würden.

Bei jedem ihrer Abschiede war Jeannet die Trennung schwerer gefallen. Es hatte ihr jedes Mal wahrhaftig das Herz zerrissen, aber diesmal würde es nicht ganz so furchtbar sein.

Schließlich gab es da diesen Silberstreif am Horizont.

Das gemeinsame Leben mit Donald.

Sie seufzte.

Donald bewegte sich etwas.

Sie fühlte seine Hand auf ihrem Rücken. Diese kräftige und doch gleichzeitig so zärtliche Hand, von der sie wusste, dass sie ihr niemals wehtun würde.

Nur noch diesen Augenblick!, durchzuckte es die junge Frau. *Diesen und den nächsten Moment …*

Sie war unersättlich, was Donald anbetraf. Trotz der positiven Zukunftsaussicht sträubte sich alles in ihr gegen den Gedanken, sich schon bald wieder von ihm verabschieden zu müssen.

Ich kann nur hoffen, dass die Jäger und Früchtesammler, die wir an Land schicken, in den nächsten Tagen keinen allzu großen und vor allem schnellen Erfolg haben!, ging es ihr durch den Kopf.

»Guten Morgen, Jeannet!«

Diese Stimme.

Jeannet seufzte.

Das sonore Timbre ging ihr durch und durch.

»Sprich weiter«, sagte sie. »Sag einfach irgendetwas, damit ich mich in den nächsten sechs Monaten leichter an den Klang deiner Stimme zu erinnern vermag!«

»Es wird Zeit, zum Schiff zurückzukehren!«

»Noch einen Moment …«

»Sollen sich unsere Männer Sorgen machen?«

»Wenn sie uns hier erwischen, werden wir es sein, die sich Sorgen machen müssen.«

»Das glaube ich auch.«

Sie setzte sich auf, sah ihn an. Er strich mit der Hand über ihr offenes, ungebändigtes Haar.

»Wie schön du bist«, sagte er.

»Ich hoffe, du vergisst das nicht in den sechs Monaten, in denen wir uns nicht sehen.«

»Wie könnte ich!«

»Ah, du wärst nicht der Erste, der …«

»Schschsch …«

Er schüttelte den Kopf.

Sie atmete tief durch.

»Ja, du hast ja Recht«, sagte sie. »Ich rede Unsinn und tue dir sicher Unrecht. Die Tiefe deiner Gefühle wollte ich nie in Frage stellen. Es ist nur so, dass ich mich einfach nicht an den

Gedanken gewöhnen mag, dass wir uns schon so bald wieder trennen müssen. Und wenn es auch nur vorübergehend ist!«

»Das verstehe ich gut.«

Sie erhoben sich.

»Du kannst noch immer nicht richig schwimmen, Donald«, stellte Jeannet fest.

Lord Cooper zuckte die mächtigen Schultern.

Er lächelte verwegen.

»Wir sind einfach nicht dazu gekommen!«

»Vielleicht bleibt uns ja noch eine weitere Nacht ... oder noch eine!« Sie küsste ihn. »Sorgen wir dafür, dass unsere Mannschaften so betrunken sind, dass sie eine Woche brauchen, bis sie auch nur annähernd ihren Rausch ausgeschlafen haben!«

»Wir werden bald so viele Nächte für uns haben, wie wir wollen, Jeannet«, versprach Lord Cooper.

Beinahe drei Tage blieben beide Schiffe an der Küste vor Anker. Die Musketiers kamen mit reicher Jagdbeute zurück aus dem Dschungel. Sie berichteten allerdings auch von Fiebersümpfen und feindlichen Indianern, die dort auf jeden lauerten, der es wagte, ihr Gebiet zu betreten. Ein paar Schüsse aus den Musketen der Engländer hatten sie vertreiben können.

Die Expeditionen beider Schiffsbesatzungen gingen in jeweils unterschiedliche Richtungen. Was ihnen jedoch widerfuhr und was sie zu berichten hatten, war ähnlich.

Schließlich kam der Augenblick des Abschieds.

Es gab einfach keinen Grund mehr, den Aufenthalt zu verlängern.

Die Botschaft war überbracht.

So gab es nun keine Zusammenarbeit mehr zwischen der Krone und den Piraten. Zumindest vorerst. Die Engländer hatten sich verpflichtet, alles in ihren Kräften Stehende gegen die Piraten zu tun, die versuchten, etwas vom spanischen Goldfluss für sich abzuzweigen.

Dass Königin Elizabeth ihre Meinung in dieser Frage noch einmal änderte, war für die Zukunft durchaus nicht ausgeschlossen. Es war abhängig von der politischen Großwetterlage. England war noch zu schwach, um sich wirklich eine eigenständige Position leisten zu können.

Noch hatte Jeannet ihren Männern nichts von den schlechten Nachrichten gesagt, die Lord Cooper aus der Alten Welt mitgebracht hatte.

Die meisten von ihnen – allen voran Ben Rider – hatten ja von Anfang an der Zusammenarbeit mit der Krone sehr skeptisch gegenübergestanden.

Sie werden sich bestätigt fühlen!, ging es Jeannet durch den Kopf. *Und wahrscheinlich werden sie mich dafür verantwortlich machen!*

Eine prekäre Situation, wenn die Kapitänin nicht auf der Hut war.

Aber Jeannet hatte schon Schwierigeres gemeistert.

So war sie zuversichtlich, dass auch dies ihrer Autorität letztlich keinen Abbruch tun würde.

Ein anderes Problem blieb, das in ihren Augen noch sehr viel schwerer wog.

Sie musste ihre Nachfolge regeln. Sich einfach davonzustehlen, gar ihre Schätze mitzunehmen und ihre Männer allein dastehen zu lassen, das verbot ihr einerseits ihr Ehrenkodex. Andererseits konnte es auch sehr gefährlich werden. Schon so manchem Freibeuterkapitän war ein ähnliches Verhalten nicht verziehen worden.

Alles musste sehr sorgfältig eingefädelt werden.

Sie konnte nichts übers Knie brechen.

Einige erfolgreiche Kaperungen in der Karibik und auf dem Kurs über die Azoren, wo die spanischen Goldschiffe wie an einer Perlenkette daherzogen, konnte vielleicht dafür sorgen, dass Jeannet ihre Pläne leichter in die Tat umsetzen konnte.

Aber das alles waren die Probleme von morgen.

Jetzt galt es erst einmal, den Augenblick zu leben.

Jeannet weilte zum Abschied in der Kajüte des Kapitäns der SWORD FISH.

»Hier hat alles angefangen, erinnerst du dich?«, hauchte sie.

Lord Cooper nickte.

»Ja, ich spüre die Dolchspitze noch immer, so als wäre es erst wenige Augenblicke her!«

»Donald! Das wirst du mir wohl bis ans Ende aller Tage nachtragen!«

»Aber gewiss, Mylady! Was erwartet Ihr!«

Sie lachten beide.

Aber verhalten.

Dann schlang Jeannet die Arme um seinen Hals und presste sich an ihn. Noch einmal wollte sie ihn so nah wie möglich spüren, seinen Herzschlag hören, seine Nähe atmen …

Sechs Monate …

Mein Gott, dachte sie, *stell dich nicht so an! Was hat dieser Mann aus dir gemacht? Du warst eine starke Piratenkapitänin und jetzt bist du nichts als ein schwaches Weib, das Wachs ist in den Armen dieses Mannes!*

Aber hatte er sich ihr gegenüber nicht genauso schwach gezeigt?

Schließlich gab er im Vertrauen auf ihre Liebe seinen Stand und seine Position auf und machte sich damit so schwach und angreifbar, wie man sich nur denken konnte.

»Ich liebe dich!«, hauchte er ihr ins Ohr. »Ich weiß, dass du die Frau meines Lebens bist. Es wird nichts geben, was uns in Zukunft noch trennen kann. Keine Macht der Welt, glaub mir!«

»Ich glaube dir!«, erwiderte sie.

»Wir sehen uns in Vigo.«

»Ja.«

»In einem halben Jahr. Dann werde ich alles vorbereitet haben.«

»Ich werde mit dir gehen, wo immer du hingehst«, sagte sie.

»Adios – so sagt man in Spanien«, hörte sie Lord Coopers unvergleichliche Stimme sagen. »Gewöhn dich schon einmal daran …«

Ihnen blieb nicht viel Zeit, wollten sie kein Misstauen unter ihren jeweiligen Mannschaften erregen. Hinter vorgehaltener Hand zerrissen sich einige der Seeleute ohnehin schon das Maul, wagten es aber nicht, irgendetwas von dem, was sie erkannt zu haben glaubten, auch offen auszusprechen.

»Vergesst nicht, mich jetzt wieder mit aller Förmlichkeit zu behandeln, Mylady!«, sagte Lord Cooper schließlich, als sie zur Tür gingen.

Sie lächelte.

»Mylord, ich werde Euch all die Förmlichkeit zuteil werden lassen, zu der ein ehemaliges Straßenmädchen im Stande ist!«

Sie gingen an Deck.

Geoffrey Naismith und John Kane warteten dort ebenso wie Ben Rider und der Portugiese João.

»Lebt wohl, Jeannet«, sagte Lord Cooper, kurz bevor Jeannet als letzte unter den Piraten auf das Beiboot hinunterkletterte, das sie wieder an Bord ihres eigenen Schiffes bringen sollte.

Wie gerne hätte sie in diesem Augenblick den Geliebten noch einmal umarmt, noch einmal seine Nähe gespürt.

Aber das war unmöglich.

Dutzende von Augenpaaren – und manch einzelnes dazu! – ruhten auf ihr. Sie konnte diese Blicke regelrecht auf ihrer Haut fühlen. Unangenehm war das. In diesen Blicken lag nicht der Hauch von Respekt. *Für diese Männer bin ich nicht einmal ein menschliches Wesen!,* ging es ihr durch den Kopf. *Sie würden mich ohne zu zögern sofort am Mastbaum aufknüpfen, wenn sie den Befehl dazu erhielten! Und bei unserem nächsten Zusammentreffen wird das wohl auch der Fall sein …*

Eine ganze Weile wagte Jeannet es nicht, sich umzudrehen, während sie mit dem Beiboot zur WITCH BURNING übersetzte.

Schließlich konnte sie es aber einfach nicht mehr aushalten. Sie drehte sich herum und sah Sir Donald Cooper an der Reling stehen. Die SWORD FISH hatte in der leichten Meeresbrise bereits Fahrt aufgenommen. Es war ihm unmöglich, ihr ein Zeichen zu geben oder ihr gar zuzuwinken …

Sechs Monate!, dachte Jeannet, und der Gedanke daran schnürte ihr schier die Kehle zu. *Du hast schon so vieles ausgehalten, da wirst du auch diese Zeit hinter dich bringen,* meldete sich eine andere, besonnenere Stimme in ihr. Aber das sagte sich so leicht.

Ihr Herz jedoch war schwer.

Viel schwerer, als sie es selbst jemals für möglich gehalten hätte.

»Wann werdet Ihr mich und die Mannschaft über die Gespräche informieren, die Ihr mit dem Berater Ihrer Majestät geführt habt?«, verlangte Ben Rider zu wissen.

»Nur Geduld«, antwortete Jeannet. »Du wirst schon alles erfahren. Habe ich jemals zum Nachteil der Mannschaft gehandelt, Ben?«

»Ich meine ja nur …«

»Ich habe sehr genau verstanden, was du gesagt hast«, erwiderte Jeannet.

Ihre Stimme hatte einen schneidenden Tonfall.

Sie ahnte, dass eine schwierige Zeit vor ihr lag. Schließlich hatte Ben Rider ohnehin schon Verdacht geschöpft. Auf New Antikythera hatte er sich noch bedingungslos auf ihre Seite gestellt. Es war die Frage, ob er bei der nächsten Gelegenheit dieser Art ebenso handeln würde.

Du bekommst dein Kommando!, dachte Jeannet. *Du musst nur noch ein bisschen warten …*

Auf jeden Fall durfte Jeannet es sich mit ihrem Ersten Offizier und Stellvertreter nicht verderben.

Sie brauchte ihn.

Vielleicht sogar mehr als er sie.

Ben Rider war der Einzige in der Mannschaft, dem sie zutraute, ihre Nachfolge anzutreten. Er war kompromisslos genug, um sich gegen eventuelle Konkurrenten durchzusetzen, andererseits war er aber auch sensibel genug, um das Gras wachsen hören zu können. Eine Eigenschaft, die einen wirklich guten Kapitän auch ausmachte.

Die WITCH BURNING drehte.

Jeannet stand neben einem Steuermann namens Greg Sykes. João, der Portugiese, hatte ihn in den letzten Wochen ausgebildet. Er würde ein gleichwertiger Ersatz werden, wenn er diese Ausbildung erst einmal abgeschlossen hatte. Der Wind war mild, aber stetig, der Wellengang nicht allzu hoch. Ein idealer Moment also, um sich zum Steuermann ausbilden zu lassen.

Jeannet stand in der Nähe des Ruders. Aber ihr Blick folgte nicht dem Kurs der WITCH BURNING, sondern verfolgte die SWORD FISH, die sich dem Horizont näherte und schließlich am Horizont verschwand.

Das werden die längsten sechs Monate meines Lebens werden!, durchfuhr es sie.

Sechs Monate später, an der galizischen Küste vor Vigo, Spanien …

»Dort ist sie, die Küste Spaniens!«, sagte Ben Rider an Jeannet gewandt.

»Ist die Flagge gehisst?«, fragte Jeannet.

»Dieser eigenartige bunte Lappen?«, höhnte Ben. Er deutete zum Großmast. »Dort hängt er!«

»Gut!«

Der bunte Lappen, wie Ben Rider diese Flagge nannte, hatte ursprünglich an einem der Masten jener Galeone geweht, mit der Prinzessin Carla vor der ungeliebten Heirat mit einem osteuropäischen Fürsten zu fliehen versucht hatte.

Jetzt war dieses knallrote Tuch das Erkennungszeichen für Sir Donald Cooper. Seine Freunde bei der spanischen Zollkommandantur beobachteten die Küste und würden ihn sofort benachrichtigen.

Die Sicht war klar.

Mit einem halbwegs brauchbaren Fernglas war die Flagge deutlich von der Küste aus zu erkennen.

Eigentlich musste alles plangemäß seinen Gang gehen. So, wie Jeannet und Donald es vor gut sechs Monaten vereinbart hatten.

»Ich möchte, dass wir vor Anker gehen«, erwiderte Jeannet mit einem eigenartigen Gesichtsausdruck, den Ben Rider nie zuvor bei ihr bemerkt hatte. Da war etwas in ihren Zügen, das neu war. *Melancholie*, dachte Ben Rider. All die Jahre über, da er mit ihr die Meere besegelt hatte, war ihm das nie an ihr aufgefallen.

Ein Wesenszug, den sie wohl gut zu verbergen wusste, ging es ihm durch den Kopf.

»Ich hoffe, du hast dir gut überlegt, was du tust!«

»Das habe ich, Ben.«

Er zuckte die Achseln. »Vielleicht sollte ich Euch auf förmliche Weise anreden, Mylady – nun, da Ihr unter die Edelleute gehen werdet, an der Seite eines Mannes, der sich meiner Ansicht nach zwar nicht unbedingt durch eine edle Gesinnung auszeichnet, aber …«

»Schweig, Ben Rider!«, fuhr Jeannet ihn an. »Noch bin ich der Kapitän, wenn auch nicht mehr lange. Und ich verbiete dir, so über den Mann zu reden, den ich liebe!«

Ben blickte sie mit seinem einzigen Auge nachdenklich an, dann nickte er.

»Du hast Recht«, gab er zu. »Ich bin ein Narr. Aber vielleicht macht es mich einfach wütend zu sehen, dass dir jenes Glück widerfahren wird, das ich niemals finden werde!«

Sein Gesichtsausdruck war düster geworden.

Jeannet hatte bis zu einem gewisse Grad durchaus Verständnis für ihren Ersten Offizier, der ihr Nachfolger werden würde, sobald sie das Schiff verlassen hatte.

Jeannets Gedanken gingen ein paar Tage zurück.

Sie war ihren Männern entgegengetreten und hatte ihnen eröffnet, dass sie die Mannschaft verlassen würde und dass Ben Rider ihr Nachfolger sein sollte. Es wäre beinahe zu einem Aufruhr gekommen, aber Jeannet hatte vorgesorgt. Während ihrer ersten Fahrt in die Neue Welt hatte die WITCH BURNING reiche Beute gemacht. Davon ließ Jeannet den größten Teil an die Mannschaft verteilen. Das stimmte die Männer etwas milder. Die Mannschaft hatte ihre Entscheidung geschluckt. Bei näherem Nachdenken wurde den meisten klar, dass Ben Rider der einzige in Frage kommende Nachfolgekandidat war. Sowohl was seemännisches Können als auch taktische Fähigkeiten im Kampf anging, konnte niemand an Bord Rider das Wasser reichen.

Und die Tatsache, dass Jeannet ihm die wie ein strenges Staatsgeheimnis gehüteten spanischen Seekarten übergeben hatte, bürgte dafür, dass auch in Zukunft reiche Beute für alle da war, die mit Ben Rider über das Meer zogen.

Jetzt blieb nur eine Pflicht für die Mannschaft der WITCH BURNING, von der manche meinten, man sollte sie nach dem Kommandowechsel in ONE-EYED SORCERER umbenennen.

Sie mussten ihre Kapitänin an der Küste bei Vigo absetzen.

Das verteilte Gold und die Aussicht auf noch mehr von diesem edlen Metall hatte die Stimmung der Männer deutlich gehoben.

»Viele von uns werden dich vermissen, Jeannet«, drang Ben Riders Stimme in ihr Bewusstsein. »Es wird nicht leicht für mich sein, deine Nachfolge anzutreten!«

»Oh, es wird leichter sein, als du denkst, Ben!«

»So?«

»Die Karten, die Lord Cooper uns besorgte, sind Gold wert. Wir kennen jetzt die Passage, die die Spanier nehmen und ...«

»Du hast *wir* gesagt«, unterbrach Rider sie.

Ein beinahe mildes Lächeln umspielte das Gesicht des einäugigen Ersten Offiziers der WITCH BURNING.

Jeannet musste ebenfalls lächeln.

»Ja, das stimmt. Ich hätte es gar nicht bemerkt.« Ein bisschen Wehmut war schon in ihr, wenn sie daran dachte, nicht mehr täglich den frischen Wind der See um die Nase herum zu spüren, den Geruch von Seetang und die salzige Gischt im Gesicht, wenn man sich dem Bug zu sehr näherte.

Bevor das Beiboot zu Wasser gelassen wurde, versammelte sich die Mannschaft der WITCH BURNING auf dem Achterdeck.

Jeannet wurde gebeten, noch ein paar Worte zu jenen Männern zu sagen, die mit ihr durch die Hölle gegangen waren, um paradiesischen Reichtum zu erringen.

»Ich wünsche euch allen viel Glück und allzeit ein spanisches Schiff vor dem Bugspriet!«, rief sie den Männern zu.

Sie schwenkten ihre Degen und Entermesser.

Hier und da wurden Musketen zum Salut abgefeuert.

Eine Ehrenbezeugung, die nicht gerade jener militärischen Etikette entsprach, die Marschall Rider in seinen königstreuen Zeiten vielleicht gewohnt gewesen war. Aber sie kam von Herzen, das spürte Jeannet.

Sie trug an diesem Tag eng anliegende Hosen, ein Männerhemd und darüber ein ärmelloses Lederwams. Außerdem hatte sie einen weiten Umhang bei sich, den sie jetzt noch über die Reling gelegt hatte.

Am Gürtel trug sie als einzige Waffe einen kurzen Dolch, der ihr auch als Essbesteck dienen würde, wenn sie in einem Gasthaus einzukehren gedachte. Außerdem befand sich an ihrer Taille noch ein Beutel mit ein paar Goldstücken.

Spanische Münzen waren es.

Geraubt von jener Galeone, mit der Prinzessin Carla versucht hatte, sich dem Zugriff ihres Vaters zu entziehen. *Manchmal*, so ging es ihr durch den Kopf, *ging das Schicksal reichlich verworrene Wege, um an ein vermeintliches Ziel zu kommen.*

»Von dem Gold, das in der Grotte auf New Antikythera eingelagert wurde, will ich nichts. Es ist euer Gold. Denn ihr habt es errungen. Euer neuer Kapitän Ben Rider mag damit verfahren, wie er möchte. Er wird sicher dafür sorgen, dass jeder von euch seinen gerechten Anteil bekommt.«

»Und du willst in Zukunft nur von Luft und Liebe leben?«, rief João der Portugiese.

Gelächter ertönte.

»Genau das habe ich vor!«, rief Jeannet. »Im Ernst: Niemand braucht sich um meine Zukunft irgendwelche Sorgen zu machen!« Sie deutete auf Ben Rider. »Folgt eurem neuen Kapitän, wie ihr mir gefolgt seid, und ihr werdet es nicht bereuen! Auf dass immer reichlich spanische Schiffe euren Kurs kreuzen!«

Die Männer johlten.

Ben Rider raunte Jeannet zu: »Wir nehmen zurzeit ja auch englische Schiffe! Schließlich konnte dein feiner Lord nicht Wort halten, was den Handel mit England angeht!«

»Nicht er hat sein Wort gebrochen, sondern seine Königin. Und dafür kann er nichts!«, entgegnete Jeannet.

»Oh, natürlich musst du ihn verteidigen, Jeannet. Ich hoffe nur, dass Lord Cooper Euch gegenüber sein Wort nicht brechen wird!«, raunte er ihr zu. Die anderen bekamen davon im allgemeinen Tumult nichts mit.

»Das wird er nicht. Da bin ich mir sicher!«

»Wir werden uns nie wiedersehen, nicht wahr?«

»Nein.«

»Leb wohl, Jeannet!«

»Adios!«, erwiderte Jeannet mit Blick auf die Küste Spaniens.

Wenig später saß sie im Beiboot.

Einige ihrer Männer ruderten sie an Land.

Als das Boot im seichten Wasser auf dem feinen Sand auf Grund lief, sprang Jeannet heraus. Bis zu den Knien reichte ihr das Wasser.

Den Umhang hatte sie gerafft.

»Lebt wohl!«, rief sie den Männern zu.

João, der Portugiese, war unter ihnen.

»Noch könntet Ihr zurück, Kapitän!«, rief er.

Aber Jeannet schüttelte den Kopf. »Glaubt Ihr wirklich, dass Ben Rider mir das Kommando so einfach zurückgeben würde? Ich will es auch nicht!«

Jeannet sah zu, wie die Männer das Boot zurück ins Wasser schoben und in Richtung der WITCH BURNING ruderten.

Ich werde nichts vermissen, dachte sie. In diesem Punkt hatte sie keinen Zweifel. Dasselbe galt für die Erwartung, dass sie nicht lang allein am Strand von Vigo bleiben würde …

Sie wandte sich nach Osten.

Wenn sie einfach der Küste folgte, konnte sie den Hafen nicht verfehlen.

Der Strand war flach und fast weiß.

Ein Ort, der sie an die Küste Dariens in der Neuen Welt erinnerte, wo sie sich das letzte Mal mit Donald getroffen hatte.

Sie wanderte den Strand entlang, zog dabei ihre Stiefel aus, trug sie unter dem Arm und ging barfuß.

Die Brandung umspülte ihre Knöchel.

Sie spürte ein Gefühl von Freiheit, das sie seit Jahren nicht gekannt hatte, zumindest nicht in dieser Form.

In der Ferne sah sie einen dunklen Punkt, der sich rasch näherte.

Hufschlag drang durch das Rauschen der Brandung an ihre Ohren.

Ein Reiter!, dachte sie und blieb stehen. Sie blinzelte. Das Sonnenlicht flimmerte und blitzte auf der Wasseroberfläche. Der helle Sand blendete sie ein wenig.

Ein kräftiger, frischer Wind blies aus derselben Richtung, aus der der Reiter herannahte, und so wurde der Hufschlag immer lauter.

Jeannet fühlte, wie ihr das Herz bis zum Hals schlug.

Bist du es, Donald?, ging es ihr durch den Kopf.

Wer sonst würde genau um diese Zeit, da die WITCH BURNING in Sichtweite von Vigo aufgetaucht war, hier reiten. Bei den Menschen aus der Gegend war es sicherlich eher anzunehmen, dass sie sich in Richtung Hafen bewegten. Schließlich bedeutete die Ankunft eines Schiffes Abwechslung und Neuigkeiten. Natürlich auch Verdienstmöglichkeiten, denn beim Löschen der Ladung wurden scharenweise Träger gebraucht.

Das war in allen Häfen der Welt so.

Aber dieser Reiter hatte ein anderes Ziel.

Jeannet atmete tief durch und sog die klare, salzhaltige Luft in sich hinein.

Noch lag das Gesicht des Reiters im Schatten des breitkrempigen Hutes, den er nach Art eines spanischen Landedelmanns trug. Ein Mantel wehte hinter ihm her.

Aber sie fühlte, dass nur er es sein konnte.

Donald.

Der Reiter preschte heran.

Schließlich zügelte er sein Pferd. Das Sonnenlicht beschien sein Gesicht.

Wie angewurzelt stand Jeannet da. Am liebsten hätte sie geschrien vor Glück und seinen Namen hinausgerufen, aber kein einziger Laut kam über ihre Lippen. Sie war wie gelähmt.

Er war es wirklich.

»Jeannet!«, rief er, stieg von seinem Pferd, ließ achtlos dessen Zügel hinter sich und trat auf Jeannet zu.

»Donald!«, flüsterte sie.

Dann gab es kein Halten mehr, sie lief auf ihn zu, schlang ihre Arme um seinen Hals und er fasste sie um die Taille, hob sie hoch und wirbelte sie einmal um sich herum. Ihre Lippen fanden sich zu einem ersten, flüchtigen und völlig überhasteten Kuss. Aber die Erinnerung an die alte Vertrautheit war sofort wieder da. Jeannets Blick verschmolz für Augenblicke mit dem ihres geliebten Lords.

»Ich bin froh, dich endlich wieder in die Arme schließen zu können«, sagte er.

»Oh, Donald! Ich habe mich so nach dir gesehnt!«

»Jetzt wird es nichts mehr geben, was uns trennen kann, Jeannet. Es ist alles vorbereitet. Von nun an bist du Dona Joana, die Frau von Francisco Paya de Aranjuez, dem Sohn eines langjährigen spanischen Diplomaten am Hof des Großfürsten von Nowgorod.« Donald lächelte verschmitzt. »Da er von slawischen Ammen aufgezogen wurde, lernte er die spanische Sprache erst im Erwachsenenalter, was bis heute zu hören ist, zumal er kaum je spanischen Boden betrat, wo er seinen Zungenschlag hätte verbessern können. Er diente nämlich ...«

»Sprich weiter Donald. Sprich einfach weiter. Ich habe deine Stimme so lange nicht gehört ...«

»In Flandern wartet ein Landgut auf uns. Es hat mich einige Mühe gekostet, es auf verdeckten Pfaden zu erwerben. Aber es ist mir schließlich gelungen.«

»Was ist mit deiner Königin?«

»Sie glaubt mich auf einer Mission in Irland verschollen. Du weißt sicher, dass es dort ständig irgendwelche Aufstände gegen die englische Besatzung gibt. Und die allesamt papistischen Rebellen sympathisieren natürlich mit den Spaniern. Wenn es nach ihnen ginge, könnte Philip II. gar nicht schnell genug in London einmarschieren.«

»Oh, Donald.«

Sie küssten sich erneut. Diesmal vorsichtiger und kundiger. Jeannet fühlte sowohl wilde Leidenschaft als auch ein tiefes, überwältigendes Gefühl von Liebe und Verbundenheit in sich aufkeimen. Ihr wurde ganz warm ums Herz. Angenehme Schauder liefen ihr über den Rücken.

Es soll nie aufhören!, dachte sie.

Sie genoss es, wie seine starken Arme sie hielten und sie an sich pressten. Sein Herzschlag vermischte sich mit dem ihren. Nie zuvor in ihrem Leben hatte sich Jeannet Witch Harris so geborgen und so geliebt gefühlt.

Atemlos lösten sie sich voneinander.

»Ich liebe dich, Jeannet«, sagte er.

»Joana«, korrigierte sie ihn. »Du solltest dich an den neuen Namen gewöhnen!«

»Joana ist gebürtige Französin, und Joana ist nur die spanische Übersetzung ihres eigentlichen Namens – Jeannet!«

»Ah, ich verstehe ...«

Sie lächelte ihn an. Ihre Augen strahlten.

Donald pfiff auf zwei Fingern.

Das Pferd hatte feine Ohren und kam sofort herbei. Donald griff nach den Zügeln. Er schwang sich in den Sattel. Dann reichte er Jeannet seine Hand und zog sie zu sich herauf. Sie klammerte sich an ihn, während er das Tier davonpreschen ließ.

Jeannet schmiegte sich an seinen Rücken.

Ihr neues Leben hatte gerade erst begonnen.

Das Leben an der Seite eines Mannes, der bereit gewesen war, alles für sie aufzugeben, was ihm etwas bedeutet hatte.

Das Rauschen des Meeres vermischte sich mit ihrer beider Atem. Ihr Körper schmiegte sich an ihn, ihre Arme schlangen sich von hinten um seine Taille. *Ich werde dieses Glück festhalten und bewahren!*, ging es ihr durch den Kopf. *Für immer!*

»Mary Balogh ist ein Juwel.«
Romantic Times Magazine

Lord Ferdinand Dudley ist gewohnt, zu bekommen, was er will. Bis zu dem Tag, als er vor Pinewood Manor steht, um das Anwesen als seinen Besitz einzufordern – und dort auf die wütende Viola trifft, die behauptet, die rechtmäßige Erbin zu sein. Die junge Frau weigert sich, ihm das Haus zu überlassen, und Lord Dudley weigert sich, zu gehen. Ein heißer Kampf entbrennt. Bald kann Viola die Leidenschaft nicht mehr ignorieren, die sie zu ihrem Gegner hinzieht. Doch sie wird keine Schwäche zeigen …

Dir darf ich nicht gehören
Roman
ISBN-13: 978-3-548-26270-3
ISBN-10: 3-548-26270-8

ULLSTEIN

UB297